Für Jenny

Fetch me that flower; the herb I showed thee once:
The juice of it, on sleeping eyelids laid
Will make man or woman madly dote
Upon the next live creature that it sees.

Hol' mir die Blum'! Ich wies dir einst das Kraut.
Ihr Saft, geträufelt auf entschlafne Wimpern,
Macht Mann und Weib in jede Kreatur,
Die sie zunächst erblicken, toll vergafft.

William Shakespeare (1596)

Die meisten unserer Produkte sind naturidentisch. Das heißt, ihr chemischer Aufbau und ihre Eigenschaften sind nicht von denen zu unterscheiden, die in Pflanzen oder Tieren auftreten.

Roche Pharmaceuticals (2003)

Prolog

»Aufwachen, Max, aufwachen! Wir müssen los.«

Max hört das eindringliche Flüstern seiner Mutter nicht. Er ist ganz in seine Träume versunken und fährt mit dem blitzenden roten Fahrrad, das er am nächsten Tag zu seinem neunten Geburtstag zu bekommen hofft. Ein paar Stunden zuvor war er so aufgeregt, dass ihn seine Mutter, mit ihrer kühlen Hand über seine Stirn streichend, in den Schlaf streicheln musste. Doch jetzt kann nichts mehr seinen Schlaf stören. Nicht der hawaiische Vollmond, der durch die dünnen Vorhänge dringt und seine braune Haut und das weißblonde Haar in einen bläulichen Schein taucht. Nicht die Wellen, die sich am Strand hinter dem abgeschiedenen Holzhaus brechen. Nicht einmal die rauen Stimmen und schweren Schritte draußen auf der sandigen Terrasse.

Jetzt schüttelt ihn dieselbe kühle Hand, die ihn vorher in den Schlaf gestreichelt hat. »Wach auf, Max. Los.«

Flackernd fliegen seine Augen auf. Seine Mutter, in einem weißen Nachthemd, sieht sehr aufgeregt aus; das Dunkel lässt ihre hohen Wangenknochen noch deutlicher hervortreten, und ihr langes blondes Haar schimmert in dem bläulichen Licht. »Sie sind gekommen, um uns zu holen, Max. Wir müssen weg. Schnell und ganz leise.«

Er stöhnt. »Nicht schon wieder, Mum. Ich bin müde.«

»Diesmal ist es keine Übung, Max. Diesmal ist es ernst. Sie sind hier.«

Er hört die kehligen Stimmen vor dem Haus, und in seinem

Bauch entrollt sich etwas Kaltes. Plötzlich ist er hellwach, sein Geburtstag ist vergessen. »Ist *er* hier?«, flüstert er.

Mit großen Augen nickt sie und legt einen Finger an ihre Lippen.

Als sie ihn über den Flur in ihr Schlafzimmer führt, ertönt vom Eingang ein durchdringendes Krachen. Die Tür wölbt sich nach innen, und zwischen dem splitternden Holz erscheint der Kopf einer Axt. Bisher hat sie die Lage des Bungalows an der Nordwestküste von Kauai, der westlichsten der Hawaii-Inseln, geschützt. Jetzt macht sie seine Abgeschiedenheit wehrlos.

Im Schlafzimmer seiner Mutter schließt sie die Tür ab, und sie schieben die Kommode davor. Sie holt einen Baseballschläger unter dem Bett hervor, außerdem zwei fertig gepackte Rucksäcke und eine Plastiktüte, die einen Packen Dollarscheine und drei Pässe enthält: einen amerikanischen Pass auf ihren Mädchennamen Collins und zwei Pässe mit Max' Foto – einer schweizerisch, der andere amerikanisch. Im Schweizer Pass steht sein vollständiger Name, Max William Kappel. Im amerikanischen Pass stehen sein Mittelname und der Mädchenname seiner Mutter: William Collins. Sie rollt den Teppich zurück, zieht an einer im Holzboden eingelassenen Messinglasche und öffnet eine Klappe, die zu dem Kriechbereich unter dem Haus führt.

Sie springen auf den Sand hinab, und als sie zwischen den Stützen hindurchkriechen, auf denen das Haus steht, hört Max auf den Bodendielen über ihnen schwere Schritte. Seine Mutter zieht ihn zur Vorderseite des Hauses, aber er kann an der Veranda Beine entlanggehen sehen. Er schüttelt den Kopf und zeigt auf die Jasminbüsche auf der Seite des Hauses. Es wird länger dauern, aber die Büsche bieten ihnen Deckung.

Die warme Luft ist erfüllt vom schweren Duft der Jasminblüten, als sie vom Meer fort auf festeren Untergrund kriechen. Als der Mond hinter einer Wolke verschwindet, machen sie sich die Dunkelheit zunutze, um über den unbefestigten Weg am Eingangstor in den Carport zu huschen, wo der alte Jeep steht. Max ist groß für einen Neunjährigen, größer als manche Jugendlichen, aber er ist ungelenk und läuft schwerfällig. Als er den schützenden Carport erreicht, ist er völlig außer Atem. Während seine Mutter den Jeep aufschließt, blickt er zum Haus zurück, das die letzten zwei Jahre ihr Zuhause war. Die zertrümmerte Eingangstür klafft wie eine Zahnlücke, und im Innern zucken die Lichter von Taschenlampen herum. Er schaut zum Anleger hinter dem Haus und sieht eine große weiße Jacht neben ihrem kleinen Schlauchboot liegen.

Als er die Autotür öffnet, nimmt er einen ganz speziellen Geruch in der Luft wahr. Von irgendwoher erinnert er sich an den beißenden Geruch, aber er kann ihn nicht zuordnen. Sie löst die Handbremse, dreht den Zündschlüssel und gibt Gas.

Nichts passiert.

Sie versucht es noch einmal. Immer noch nichts.

»Mist.«

Zum ersten Mal sieht er Panik in ihren Augen, und ihm dreht sich der Magen um. Das ist nicht wie bei den anderen Übungen. Das macht überhaupt keinen Spaß.

Sie versucht es noch einmal.

Nichts.

Eine dunkle Gestalt tritt vor das Auto und wirft ein Knäuel aus durchtrennten Kabeln auf die Motorhaube. Im Dunkeln glüht eine Zigarette, und jetzt erkennt Max den vertrauten Tabakgeruch wieder, den er schon vorher bemerkt hat. Sein Vater ist hier irgendwo.

Die Tür auf Max' Seite wird aufgerissen, und kräftige Hände ziehen ihn aus dem Auto. Trotz seiner Größe ist er dem Mann, der ihn festhält, nicht gewachsen. Er schreit und wehrt sich, aber der Angreifer ist zu stark. Der Mann hat langes pechschwarzes Haar, das zu einem Pferdeschwanz gebunden ist, und riecht nach Meerwasser und Schweiß.

»Lassen Sie meinen Sohn los«, ruft seine Mutter und klettert aus dem Auto. Sie schlägt mit dem Baseballschläger auf den Mann ein, und Max stößt ihm, so fest er kann, zwei Finger in sein linkes Auge. Der Augapfel fühlt sich an wie ein hartgekochtes Ei, und der Mann brüllt wie am Spieß, aber Max drückt weiter und versucht verzweifelt, von dem Mann loszukommen. Zwei weitere Männer erscheinen, schlagen seine Mutter nieder und ziehen Max die Hände auf den Rücken. Der erste Mann kommt mit seinem Gesicht ganz dicht an das von Max heran: Seine geschwollene Augenhöhle glänzt von Blut, und sein heiles Auge leuchtet mit solcher Wut, dass Max seine Augen ganz fest zudrückt.

»Vorsicht, Stein!«, warnt eine vertraute Stimme aus dem Dunkeln. »Tun Sie dem Jungen nichts. Bringen Sie sie zum Boot.«

Die Männer zerren Max und seine Mutter den Strand hinunter zu der eleganten weißen Motorjacht. Der Wind ist inzwischen stärker geworden, und die schnell dahinziehenden Wolken lösen sich auf, als sie den Anleger erreichen. Im Mondlicht sieht Max seinen Vater. Er ist tadellos gekleidet, gebügelte Hose, Blazer und Krawatte. Sein ordentlich gekämmtes Haar ist so auffallend weiß wie das von Max. Zwischen seinen Lippen glimmt die obligatorische schwarze Zigarette. Er sieht Max kaum an, bevor er sich seiner Mutter zuwendet. Seine starren, hellblauen Augen sind kalt. »Du hättest nicht wieder deinen Mädchennamen annehmen sollen, Jean«, sagt er nüchtern. »Das hat uns auf deine Spur geführt.«

Furchtlos tritt sie näher an ihn heran. »Helmut, lass uns in Frieden. Du hast nichts von mir zu befürchten. Wenn ich der Polizei irgendetwas sagen wollte, hätte ich es längst getan. Es interessiert mich nicht mehr, was du getan hast, aber ich kann nicht zulassen, dass du meinen Sohn verdirbst.«

»*Deinen* Sohn?« Helmut Kappel läuft rot an, als könnte er seine Wut nicht mehr im Zaum halten. Doch seine Stimme ist so leise, dass sie in dem böigen Wind kaum zu hören ist. »Er ist *mein* Sohn. Der Junge ist ein Kappel. Er hat Pflichten. Eine Bestimmung.« Er hält inne, und als er weiterspricht, ist seine Stimme sanfter. »Du hättest nicht weggehen sollen, Jean. Ich kann immer noch nicht glauben, dass du das getan hast. Niemand verlässt einen Kappel.«

»Ich liebe dich nicht mehr.«

Seine Augen verdunkeln sich. »Was soll das mit Liebe zu tun haben? Pflichterfüllung und Loyalität ist alles, was ich von dir verlangt habe.«

Sie blinzelte, als ob er ihr ins Gesicht geschlagen hätte. »Aber ich habe dich einmal geliebt, Helmut. Mehr, als du je begreifen wirst. Ich kann nur die Verbrechen nicht akzeptieren, die du im Namen deiner Familie begangen hast.«

»Es war *unsere* Familie.« Er nimmt die schwarze Zigarette aus dem Mund, betrachtet kurz den goldenen Filter und schnippt sie dann ins Meer. »Aber genug davon.« Er wendet sich dem Mann mit dem pechschwarzen Pferdeschwanz zu, der sich sein blutendes Auge verbunden hat. »Ihre Leute können sie an Bord bringen, Stein.«

»Ich bleibe bei dem Jungen, Helmut«, sagt ein untersetzter bärtiger Mann in einem förmlichen Sommeranzug. Er hat ähnlich helle Augen und weißblondes Haar und ist Max' Onkel Klaus, der jüngere Bruder seines Vaters. »Bis du zurückkommst.«

»Nein, Klaus. Ich möchte, dass er es sieht.« Mit einer schwungvollen Bewegung wendet sich Max' Vater ab, sodass kurz das scharlachrote Futter seines gedeckten blauen Blazers sichtbar wird. »Der Junge muss lernen.«

Die Jacht ist über fünfzehn Meter lang, mit Kabinen im Bug, doch die Männer schaffen Max und seine Mutter in das offene Heck. Zwei Männer nehmen Max in die Mitte und halten ihn an den Handgelenken fest. Bei seiner Mutter sitzen Stein und ein anderer Mann. Der Anker wird gelichtet, und die Jacht legt ab. Sein Vater nickt Onkel Klaus am Steuer zu, und die im Leerlauf blubbernden Motoren erwachen brüllend zum Leben und tragen das Boot auf den Pazifik hinaus.

Sein Vater ragt über ihm auf wie ein alttestamentarischer Prophet. »Ich bringe dich jetzt nach Zürich zurück, damit du mit deiner Ausbildung fortfahren kannst. Du bist mein Erbe, Max. Deine Mutter hat dir zwei Jahre deines Lebens gestohlen, aber das wirst du nachholen. Du bist ein Kappel.«

Max reckt sich, um an seinem Vater vorbeizuschauen, aber die Männer packen seine Handgelenke fester. »Was hast du mit Mami vor?«

»Denk nicht mehr an sie, Max.« Die Wolken schieben sich jetzt wieder vor den Mond und verdunkeln das Gesicht seines Vaters. »Du musst lernen, mein Sohn, dass Liebe nichts bringt als Leid und Durcheinander. Ohne sie wäre es um die Welt besser bestellt. Bestenfalls ist sie eine belanglose Zerstreuung, schlimmstenfalls eine gefährliche Krankheit, die den Verstand zersetzt und das Urteilsvermögen trübt. Sie muss unter Kontrolle gebracht werden.« Helmut Kappel blickt auf die Frau zurück, mit der er elf Jahre verheiratet war. »Niemand ist immun gegen ihr Gift. Pflichterfüllung und Loyalität sind das Einzige, was in einer Familie zählt, aber das hat deine Mutter nie begriffen.«

»Hör nicht auf ihn, Max«, sagt seine Mutter. »Ohne Liebe sind Pflichterfüllung und Loyalität nichts.«

Helmut Kappel richtet sich auf, und Max sieht, dass Stein ein Seil um die Beine seiner Mutter geschlungen hat. Sein Blick folgt den nassen Schlingen, die wie eine schlafende Python auf Deck liegen. Ihm bleibt das Herz stehen, als er den Steinblock neben ihren Füßen sieht.

»Wie tief ist es hier?«, fragt sein Vater.

Onkel Klaus schaut in die Seekarten, dann späht er durch den Regen und das wechselnde Mondlicht zu den hohen gezackten Klippen der Na Pali-Küste. »Fällt senkrecht zum Meeresboden ab – über fünfhundert Meter.«

»Dann mal los, Stein.«

»Nein«, schreit Max. »Nicht, Vater, nein.« Er will die Arme nach seiner Mutter ausstrecken, aber die Männer packen ihn fester.

Die Augen seiner Mutter glühen vor Leidenschaft. »Hasse deinen Vater deswegen nicht«, sagt sie. »Lass nicht zu, dass du so wirst wie er.«

Stein führt Max' Mutter an die Bordwand der Jacht, dann starrt er Max mit seinem einen Auge an und grinst. Als sich die Wolken wieder teilen, scheint der Mond wie eine silberne Sonne, und das weiße Nachthemd seiner Mutter leuchtet in dem geisterhaften Licht. Auf ein Zeichen Kappels hin wuchtet Stein den schweren Block über Bord, und während ihm die geschmeidigen Schlingen hinterhergleiten, hebt Max' Mutter die Arme hoch über den Kopf, als setzte sie zu einem Hechtsprung an. Sie ist so schön, so gefasst, dass die Männer sie fasziniert ansehen und nicht mehr auf Max achten.

»Sei ein guter Junge, Max«, sagt sie. »Ich liebe dich.«

Unter Aufbietung all seiner Kräfte reißt sich Max von den Männern los und stürzt gerade in dem Moment auf sie zu, als sich das Seil strafft und sie über Bord reißt.

»Haltet ihn zurück!«, ruft sein Vater, als Max ihre Handgelenke packt und ein letztes Mal tief Luft holt. Er spürt keine Angst, als ihn das Wasser umschließt. An Land ist er unbeholfen, aber im Wasser ist er in seinem Element. Wenn er sich nur richtig anstrengt, wird er sie retten. Seine Mutter war einmal Olympiateilnehmerin im Schwimmen. Gemeinsam werden sie gegen das Gewicht des Steinblocks anschwimmen.

Unter Wasser sieht er im Mondlicht, wie sie bestürzt die Augen aufreißt, und aus ihrem Mund entweichen Luftblasen. Der Sturz hat sie Atem gekostet, kostbare Luft aus ihren Lungen gepresst. Jetzt kommt es auf ihn an. Er muss sie an die Oberfläche ziehen. Er strampelt gegen das Gewicht des Steinblocks an, bietet alle seine Kräfte auf, aber unaufhaltsam werden sie weiter in die Tiefe gezogen.

Ihre Hände versuchen, sich den seinen zu entziehen und ihn von seiner Bürde zu befreien, aber er lässt sie nicht los. Als das tintige Schwarz immer dichter wird, blickt sie flehentlich zu ihm hoch, dass er sie doch loslassen soll. Aber er hält sie weiter fest. Der kalte Meeresgrund erscheint ihm als ein unendlich wärmerer Ort als das, was ihn dort oben erwartet. »Ich liebe dich«, erklärt er stumm und sieht ihr in die Augen.

Dann lässt ihn sein Körper im Stich. Der zunehmende Kohlendioxidgehalt in seinem Blut löst den Drang zu atmen aus, bevor er ohnmächtig wird, und in seiner Panik gehorcht sein Körper nur einem unfreiwilligen Imperativ: zu überleben. Er lässt die Handgelenke seiner Mutter los und strampelt an die Oberfläche. Als er sie durchbricht, schnappt er so gierig nach Luft wie ein Neugeborenes. Grobe Hände packen ihn und hieven ihn an Bord.

Auf Deck übergibt er sich zitternd. Er hasst sich dafür, dass er seine Mutter hat sterben lassen, aber noch mehr hasst er sich dafür, dass er lebt. Sein Vater blickt finster auf ihn herab. »Du wirst lernen, nie wieder so etwas zu tun, mein Junge«, sagt er. »Du wirst keine Gefühle haben, keine Schmerzen zeigen.«

TEIL EINS

Naturidentisch

1

Dreißig Jahre später:
28. Juli

Bsss, bsss, bsss.

Das Geräusch der Türglocke drang durch das tiefe Summen der Klimaanlage, das geschmeidige Schnurren teurer Laborgeräte und den CD-Player, von dem die Eagles »Hotel California« sangen. Das Geräusch ließ Professor Carlo Bacci im Büro seines kleinen Privatlabors im Norden Turins aufschrecken. Er blickte von seinem Computermonitor auf und griff instinktiv nach der noch warmen Ampulle, die auf der Arbeitsplatte neben ihm lag. Sie enthielt ein weißes Pulver, und auf dem Etikett stand: »Messprobe. NiL-Version Nr. 072. Versuch Nr. 2. Abdruck: selbst.« Er sah auf die Uhr. Es war fast sechs Uhr abends. Um den letzten Versuch ungestört durchführen zu können, hatte er seinen Laboranten früh nach Hause geschickt.

Er öffnete die oberste Schreibtischschublade und holte eine wiederverwendbare Impfpistole heraus. Sie war nicht größer als ein Lippenstift, und in ihr beigefarbenes Polypropylen-Gehäuse war der Schriftzug PowerDermic eingeprägt. Er schob die Ampulle mit dem weißen Pulver in ihr hohles Ende und ließ sie dann in eine Tasche des abgenutzten Baumwollsakkos gleiten, das über seinem Stuhl hing.

Bsss, bsss, bsss.

Trotz der Klimaanlage hatten sich Schweißtropfen auf seiner hohen Stirn gebildet, und sein Herz schlug schneller. Er tat nichts Unrechtes: Wie konnte es unrecht sein, die Person, die man liebte, glücklich zu machen? Dennoch war ihm klar, dass der heutige Versuch ethisch nicht vertretbar war, und die gute alte Ethik war ziemlich hartnäckig. Er war fast sechzig und hatte den größten Teil seines Berufslebens in den Vereinigten Staaten verbracht, wo er für Forschungsinstitute verschiedener Eliteuniversitäten und großer Pharma-Unternehmen tätig gewesen war. Der jahrelange Umgang mit profitversessenen Männern in Armani-Anzügen hatte ihn jedoch gelehrt, dass ein bloßes Lippenbekenntnis zu ethischen Richtlinien nicht immer hieß, dass man auch wirklich das Richtige tat.

Und nie hieß es, dass man die materielle und ideelle Anerkennung erhielt, die man verdiente.

Bsss, bsss, bsss.

Er beschloss, die Türglocke zu ignorieren und sich wieder dem Bildschirm zuzuwenden, um zu Ende zu bringen, was er begonnen hatte. Ende Juli war es in Italien immer sehr heiß, doch in dieser Woche hielt sich das Thermometer hartnäckig dicht unterhalb der 40-Grad-Marke. Wer auch immer auf dem aufgeheizten Asphalt vor dem anonymen Gebäude auf der Rückseite des Agnelli-Gewerbeparks stand, würde wiederkommen, wenn es wichtig war.

Er lächelte, und im gekrümmten Chrom der Schreibtischlampe legte sich die Haut um seine dunklen Augen in tausend Fältchen. Er sah ein bisschen verrückt aus in der verzerrten Spiegelung, aber das störte ihn nicht. Er blickte auf das Foto seiner Tochter, das auf dem Schreibtisch stand. Isabella würde nie gutheißen, was er tat, doch der Gedanke an das, was Leo ihr angetan hatte, bestärkte ihn in seinem Entschluss. Wenn er schließlich der Welt die Ergebnisse seiner Arbeit bekannt gäbe, würde sie es sicher verstehen: Seine Entdeckung bedeutete, dass niemand je wieder unglücklich sein müsste.

Auf dem Bildschirm war eine vierspaltige Tabelle mit der Überschrift: »Zeitplan NiL-Versuche. Version Nr. 069.« Über der ersten Spalte stand »Injektionsdatum«, über der zweiten »Testperson«, über der dritten »Dauer«. Die vierte Spalte mit der Überschrift »Genetischer Gesichtsabdruck« enthielt computergenerierte Bilder von Frauengesichtern. Insgesamt waren fünfzehn Versuche aufgeführt, nicht genug für eine statistisch signifikante Testreihe, aber für Bacci dennoch Beweis genug für die Wirksamkeit seines Mittels.

Aus der Spalte »Injektionsdatum« ging hervor, dass die ersten zwölf Versuche über einen Zeitraum von drei Monaten in wöchentlichen Abständen stattgefunden hatten. Unter den Bildern der Frauen, von denen keine von dem Experiment wusste, waren ihre vollständigen Adressen angegeben. Aus der Spalte »Dauer« ging hervor, dass jeder Versuch zwischen 47 und 49 Stunden gedauert hatte. Unter »Versuchsperson« stand in jeder Zeile derselbe Eintrag: »selbst«. Der zwölfte Versuch war über ein Jahr zuvor durchgeführt worden, und dann folgte eine fast dreimonatige Pause.

Danach waren die Versuche unter veränderten Bedingungen wieder aufgenommen worden. Die letzten drei Einträge erfolgten weiterhin in wöchentlichem Abstand, die vermerkte Dauer war weiterhin 48 Stunden, und auch die Versuchsperson blieb dieselbe. Anders war allerdings, dass der »Genetische Gesichtsabdruck« jetzt immer derselbe war. Das Bild zeigte jedes Mal dieselbe Frau. Großflächiges, rundes Gesicht, Stupsnase, warme hellbraune Augen und rotbraunes gelocktes Haar. Darunter standen ihr Name, Maria Danza, ihr Alter, 44, eine Adresse und eine Telefonnummer.

Bacci scrollte durch die Tabelle, bis eine rote Linie erschien. Unter der Linie stand eine neue Überschrift: »Zeitplan NiL-Versuche. Version Nr. 072.« Hier gab es nur einen Eintrag, der drei Monate nach dem letzten Versuch mit Version Nr. 069 datiert war. Die Versuchsperson war wieder Bacci selbst, und der genetische Gesichtsabdruck stammte wieder von Maria Danza, aber diesmal gab es einen entscheidenden Unterschied. Unter der Rubrik »Dauer« stand das Wort »permanent«. Das war vor sechs Monaten gewesen.

Bacci tastete nach der geladenen PowerDermic-Impfpistole in seiner Jackentasche, dann machte er in die Tabelle für Version Nr. 072 einen zweiten Eintrag. Er hatte das Pulver zwar noch nicht injiziert, aber er hatte vor, es an diesem Abend zu tun, weshalb er das Datum dieses Tages eingab. Die Spalte »Dauer« ließ er frei und importierte dann in die vierte mit einem Doppelklick ein Bild aus der Datenbank, die mit dem Genescope im angrenzenden Labor verbunden war. Das Gesicht, das unter »Genetischer Gesichtsabdruck« erschien, war nicht das einer Frau, sondern das von Bacci. Er tippte »selbst« darunter. Dann ging er mit dem Cursor auf »Versuchsperson« und hielt inne.

Die bisherigen Versuche waren unorthodox gewesen und ohne Einwilligung der Versuchspersonen durchgeführt worden, aber sie hatten nur ihn betroffen. Das war bei diesem Experiment anders: Dabei überschritt er eine ethische Grenze, die er bisher noch nie überschritten hatte. Aber es wird endgültigen Charakter haben, sagte er sich. Es wird den unwiderlegbaren Nachweis erbringen, dass das Mittel wirkt, und mir helfen, das für die Vermarktung erforderliche Kapital aufzunehmen. Sein Cousin Marco Trapani hatte ihm bereits eine Privatbank empfohlen. Jedenfalls geht es hier um mehr als um Maria und mich, dachte er, und was soll daran auszusetzen sein, wenn wir dabei glücklich werden? Auch jeder andere würde das Mittel nehmen, wenn er die Gelegenheit dazu hätte. Er gab für den bevorstehenden Versuch unter der Rubrik »Versuchsperson« den Namen Maria Danza ein.

Seine Schultern spannten sich an. Sein Handy vibrierte. Er griff danach und sah auf das Display. »*Ciao,* Maria. Ich hoffe, du rufst nicht an, um abzusagen.«

In ihrer Stimme war ein Lächeln. »Aber nicht doch.«

»Gut. Es ist schließlich unser erster Jahrestag. Dreihundertundfünfundsechzig Tage.« Er glaubte, ein Seufzen zu hören.

»Keine Sorge«, fügte er rasch hinzu. »Ich werde nicht viel Aufhebens darum machen, das verspreche ich dir.« Maria legte großen Wert auf ihre Unabhängigkeit: Sie hatte eine eigene Firma, hatte eine üble Scheidung hinter sich und konnte keine Kinder bekommen. Sie hatte ihm bei mindestens drei Gelegenheiten zu verstehen gegeben, sie wolle auf keinen Fall eine zu enge Beziehung eingehen und unter keinen Umständen noch einmal heiraten.

»Machen wir uns einfach einen schönen Abend, ja? Wo bist du gerade?«

»Im Labor.«

»Dann bist du sicher beschäftigt.«

»Ich bin gerade dabei, hier Schluss zu machen. Ich fahre mit dem Rad nach Hause und hole dich dann um sieben mit dem Auto ab.« Maria war Inhaberin und Geschäftsführerin mehrerer Turiner Juwelierläden und wohnte über dem Haupthaus in der Nähe des Duomo. »Dann gehen wir essen.«

»Ich habe eine bessere Idee. Ich hole dich mit meinem Wagen ab.«

Er lächelte. »Gut, dann bei mir zu Hause.«

»Nicht im Labor?«

Er schaute durch die gläserne Trennwand zwischen seinem Büro und dem Labor. Auf dem Arbeitstisch lagen Eppendorf-Röhren, eine Petrischale mit zwei Haaren, eine Pipette und andere Abfälle von der Probe dieses Tages verstreut. Er müsste noch alles im Autoklav sterilisieren und alle Spuren seiner Experimente beseitigen, bevor am nächsten Morgen der Laborant zurückkam. »Ich muss mich noch umziehen.«

»Ich fahre dich nach Hause.«

So hatte er das nicht geplant. Er sah auf die Uhr und schlüpfte in sein Sakko. »Treffen wir uns lieber bei mir. Ich fahre jetzt los.«

»Und ich würde dich lieber im Labor abholen.«

»Warum?«

Sie lachte. »Aus zwei Gründen. Erstens, weil ich es nie von innen gesehen habe. Und zweitens, weil ich schon da bin.«

In einem Anfall von Panik schoss sein Blick zum Bildschirm, von dem ihm Marias Gesicht entgegenblickte. Nur keine Aufregung, schärfte er sich ein und erstickte seine Nervosität im Keim.

»Wie soll ich das verstehen?«

»Ich stehe jetzt in dieser Affenhitze schon fünfzehn Minuten vor deiner Tür und klingle unablässig. Mach also bitte endlich auf und lass mich rein, Carlo.«

Er holte die PowerDermic-Impfpistole aus der Jackentasche und hielt sie in seiner zitternden Hand. Es handelte sich dabei um eine völlig neuartige nadellose Spritze, die für Kinder und Patienten mit einer Nadelphobie entwickelt worden war und mithilfe von komprimiertem Helium Medikamente in extrem feiner Pulverform mit dreifacher Schallgeschwindigkeit durch das Stratum corneum schoss. Sobald das Medikament einmal die dünne, aber widerstandsfähige menschliche Hautoberfläche durchdrungen hatte, löste es sich im Blut auf. Der Vorgang war laut- und schmerzlos und hinterließ keinerlei Spuren. Maria bekäme also gar nicht mit, was er tat.

Er holte tief Luft. Ich tue nichts Unrechtes, sagte er sich noch einmal. Dann verbarg er die Impfpistole in seiner rechten Handfläche und ging zur Tür. »Einen Augenblick, Maria. Ich komme schon.«

2

Eine Woche später: 5. August

Isabella Baccis Vater hatte ihr zwei telefonische Nachrichten hinterlassen: eine in der neurologischen Abteilung der Mailänder Universitätsklinik, wo sie arbeitete, und eine in Phoebe Davenports Mailänder Wohnung, wo sie wohnte, seit Leo vor genau 26 Tagen die Verlobung mit ihr gelöst hatte. Beide Male klang er aufgeregt und lud sie zum Essen ein: »Bella, da ist etwas, was ich dir unbedingt erzählen muss. Etwas, was du als Erste erfahren sollst.«

Als sie zurückgerufen hatte, um zuzusagen, hatte sich nur sein Anrufbeantworter gemeldet. Inzwischen war sie mit ihrem kleinen Fiat in Turin angekommen und fragte sich, was ihr Vater ihr erzählen wollte. Die Fahrt von Mailand dauerte anderthalb Stunden, aber in dem kleinen Fiat, der sich auf der *autostrada* abmühte wie ein frisierter Rasenmäher, kam sie ihr länger vor. Sie tauschte die CD gegen einen Mix, den sie sich auf ihrem Mac gebrannt hatte, und drehte lauter. Pink röhrte gerade laut genug »Just Like A Pill«, um mit dem jaulenden Motor mithalten zu können. Isabella hatte sich den kleinen Wagen zugelegt, als sie knapp ein Jahr zuvor nach Italien gekommen war. Angesichts des dichten Verkehrs und der Parkplatznot in Mailand war er geradezu ideal. Für längere Strecken hatten sie allerdings immer Leos Wagen genommen. Doch jetzt hatte Leo sie aus seinem Leben gestoßen, und alles war anders geworden.

Sie ließ ihre steifen Schultern kreisen und sah auf den Diamanten ihres Verlobungsrings hinab, den sie inzwischen an der rechten Hand trug. Eigentlich sollte sie ihn ganz ablegen – aber so weit war sie noch nicht. Solange sie den Ring trug, bestand noch Hoffnung, dass Leo zu ihr zurückkam. Sie hasste sich für ihre Schwäche, aber sie konnte sich noch gut an ihre Freude erinnern, als er zu Hause in den Staaten um ihre Hand angehalten hatte. Er war Italiener und hatte in Baltimore internationales Recht studiert, und als er sie gefragt hatte, ob sie mit ihm nach Mailand kommen wolle, hatte sie eingewilligt und ohne einen weiteren Gedanken ihr Leben in den Staaten aufgegeben, einschließlich einer Karriere als Wissenschaftsmedizinerin an der renommierten Johns Hopkins University. Es war ein romantischer Sprung ins Ungewisse gewesen, aber ihr Vater lebte in Turin, und ihre beste Freundin Phoebe hatte eine Wohnung in Mailand, wo Isabella an der Universitätsklinik rasch eine Stelle gefunden hatte. Sie war sich ihrer Sache absolut sicher und voller Hoffnung gewesen.

Sie bog in die Einfahrt der Villa ihres Vaters. Es war ein schlichtes, von Glyzinien überwuchertes Haus in einer schönen Wohngegend, und im warmen Gold des Abendlichts hatte es etwas Idyllisches. Vor dem Eingang stand der klapprige alte Lancia ihres Vaters, und das Cannondale-Mountainbike, mit dem er jeden Tag zu seinem Labor im Agnelli-Gewerbepark fuhr, lehnte an der Veranda. Angesichts dieses etwas heruntergekommenen Ambientes fiel es einem schwer zu glauben, dass er sechs oder sieben Jahre zuvor genug Geld geerbt hatte, um dem Big Business in den Staaten den Rücken kehren und sich in der alten Heimat selbstständig machen zu können.

Doch als er ihr endlich einmal sein Labor gezeigt hatte, hatte sie gesehen, wohin das ganze Geld gewandert war: Seine Laboreinrichtung konnte es problemlos mit der aufnehmen, die sie in der Universitätsklinik hatte. Doch jedes Mal, wenn sie ihn auf seine Arbeit hin ansprach, sagte er nur:

»Wenn ich fertig bin, Bella, zeige ich dir alles.« Vielleicht war es das, was er ihr heute mitteilen wollte.

Sie parkte neben dem Auto ihres Vaters und warf einen prüfenden Blick in den Rückspiegel. Sie strich sich das schulterlange schwarze Haar aus dem Gesicht – große braune Augen, volle Lippen und eine markante Nase. Wenigstens waren ihre Augen nicht rot geweint wie bei ihrem letzten Besuch.

Die Eingangstür stand weit offen, und Küchengerüche mischten sich mit dem Blütenduft. Sie betrat die geräumige Diele und ging in Richtung Küche. In der Tür blieb sie stehen. Eine blaue Schürze um seine ausladende Mitte, stand ihr Vater am Herd und rührte in einem Topf mit seiner berühmten Spaghettisauce. Er war umgeben von Töpfen, Zwiebelschalen, Knoblauchzehen und Kräutern. Das durchs Fenster hereinfallende Licht verklärte die hohe schlanke Flasche mit grünem Olivenöl und die Schale mit leuchtend roten Tomaten zu einem Stillleben. Auf der alten Sony-Anlage in der Ecke lief »Suzanne« von Leonard Cohen. Der Anblick versetzte Isabella in ihre Kindheit zurück. Seit dem Tod ihrer Mutter, die sechzehn Jahre zuvor, einen Monat nach Isabellas siebzehntem Geburtstag, gestorben war, hatte Carlo Bacci die Funktion beider Elternteile für sie übernommen. Sie ging auf ihn zu und nahm ihn in die Arme. »Hallo, Professor Bacci.«

Er drehte sich um, und seine dunklen Augen leuchteten auf. »Hallo, Dr. Bacci.« Er tauchte den Holzlöffel in die blubbernde Sauce, blies kurz darauf und hielt ihn ihr dann hin.

Der Geschmack ließ ihr das Wasser im Mund zusammenlaufen, aber irgendetwas fehlte. »Ein bisschen mehr Zitrone, würde ich sagen.«

Er probierte die Sauce ebenfalls. »Du hast Recht.« Er drückte eine halbe Zitrone in den Topf, schmeckte wieder und nickte. Dann legte er den Kochlöffel beiseite und wischte sich die Hände an der Schürze ab. Er ging zum Kühlschrank, schenkte ein Glas Asti ein und reichte es ihr. »Für meine

Tochter, die so gern Süßes mag.« Sich selbst schenkte er ein Glas Barolo ein. In der Nische hinter ihm sah Isabella leere Keksdosen und Weinflaschen. Ihr Vater konnte sich schwer von etwas trennen. Sein zweites Schlafzimmer war voll mit Stapeln vergilbter und überholter wissenschaftlicher Fachzeitschriften und Zeitungen. Sie hatte längst aufgegeben, ihn zu drängen, endlich einmal ordentlich auszumisten.

Sie nahm einen Schluck von ihrem Asti. »Und was gibt es für große Neuigkeiten, Papa?«

Er trank von seinem Glas. »Warten wir lieber, bis Maria hier ist. Aber keine Sorge, es sind gute.«

»Irgendetwas mit deinem Projekt? Wie läuft es?«

Er tippte sich an die Nase und zwinkerte, wie er es immer tat. »Das erzähle ich dir, wenn es abgeschlossen ist.«

Sie lächelte. Einmal hatte er eine Andeutung fallen lassen, sein Projekt könnte ihr bei ihren Forschungen über Prosopagnosie helfen, aber mehr nicht. Sie führte seine Heimlichtuerei auf seine schlechten Erfahrungen mit den Pharmaunternehmen in den Vereinigten Staaten zurück: Er hatte nie die Anerkennung erfahren, nach der er sich so sehr sehnte, und glaubte immer noch, die Firmen, für die er gearbeitet hatte, hätten ihm seine besten Ideen gestohlen. Jetzt traute er nichts und niemandem mehr, wenn es um seine Arbeit ging. Nicht einmal ihr.

»Was macht *deine* Arbeit?«, fragte er.

Isabella war Neurologin an der Universitätsklinik und stellte zwei Tage pro Woche Untersuchungen über ein seltenes und eigenartiges Leiden namens Prosopagnosie an. Auch als Gesichtsblindheit bekannt, handelte es sich dabei um eine neurologische Störung, die es dem Betroffenen unmöglich machte, menschliche Gesichter zu erkennen, selbst wenn er über ein unbeeinträchtigtes Sehvermögen und ein ausgezeichnetes Gedächtnis verfügte.

Sie tippte an ihre Nase und zwinkerte. »Das erzähle ich dir, wenn sie abgeschlossen ist.«

»Das hat gesessen.« Er lachte. Dann strich er ihr über den Rücken. »Wie geht es dir sonst, Bella? Du machst jedenfalls einen deutlich besseren Eindruck als letztes Mal. Ist er schon zur Besinnung gekommen?«

»Nein.«

»Wird er aber noch.«

Sie zuckte mit den Achseln und drehte verlegen ihren Verlobungsring, um den Diamanten zu verbergen. Ihr Vater war ihr nach der Trennung von Leo eine große Stütze gewesen, und das hatte sie in ihrem Entschluss bestärkt, nicht in die Staaten zurückzukehren. Er hatte sie in die Arme genommen, Leo als Dummkopf bezeichnet und ihr versichert, wie sehr er sich wünschte, ihre Mutter wäre noch am Leben, weil sie immer die richtigen Worte gefunden hatte. Seine Unterstützung hatte aber auch sehr unkonventionelle Züge getragen: Anhand seines umfassenden Wissens über Neurologie und Genetik hatte er ihr eine klinische Erklärung geben können, warum sie sich Leo nicht aus dem Kopf schlagen konnte und ständig das Bedürfnis verspürte, ihn anzurufen. Und warum sie sogar seine Wohnung beobachtet hatten, um zu sehen, wie Giovanna das Heim bezog, aus dem sie vertrieben worden war. Die Einsichten ihres Vaters hatte zwar ihren Schmerz nicht gelindert – zu wissen, warum etwas schmerzte, linderte den Schmerz nicht –, aber die nachdrückliche Art, auf die er ihr versichert hatte, alles werde sich zum Besten wenden, hatte sie aufgemuntert. »Ich bin gar nicht sicher, ob ich ihn überhaupt zurückhaben will, Papa.«

Er sah auf den Ring. »Wenn du zu der Überzeugung gelangst, dass du das willst, wirst du ihn auch wieder kriegen.« Er nahm einen Schluck Wein. »Wohnst du immer noch bei Phoebe?«

»Nur, bis ich was Eigenes gefunden habe.«

»Sie hat sich dir gegenüber sehr anständig verhalten.«

»Allerdings. Sie hilft mir, wenn ich nächste Woche meine

letzten Sachen bei ihm abhole. Dann fahren wir zusammen in Urlaub.«

»Wunderbar. Wohin?«

»An die Côte d'Azur. Nach Antibes. Ins Hôtel du Cap Eden-Roc.«

Er stieß einen Pfiff aus. »Nicht übel!«

Sie lachte. »Wir müssen nicht mal was bezahlen. Im Hotel legen sie großen Wert darauf, den Prominentenanteil möglichst hoch zu halten, und der Geschäftsführer hat Phoebe buchstäblich angefleht, ein paar Suiten zu beziehen. Ihre Schwester und Kathryn Walker sind gerade in Europa und werden ebenfalls hinkommen.«

»Großartig.«

Das Telefon an der Wand klingelte. Bacci hörte sich die Ansage an. »Carlo, hier ist Marco Trapani.« Er nahm das Handgerät ab.

»*Ciao,* Marco.« Er nahm einen Stift, der neben dem Telefon lag, und machte sich auf einem Block Notizen. »Wirklich? In vier Tagen, am neunten August. Und es macht dir wirklich nichts aus? Ich würde mich sehr freuen, sie zu treffen. Danke, Cousin.«

Als er auflegte, stieß Isabella einen leisen Pfiff aus. »War das *der* Marco Trapani – der berühmte Onkel Marco Trapani, der Mafioso?« Ein halbes Jahrhundert zuvor war ihr Großvater mit seiner sizilianischen Braut und seinem kleinen Sohn aus Italien geflohen, um sich in Boston eine Karriere als Arzt aufzubauen und auf diese Weise zu vermeiden, in die »Familienangelegenheiten« der Trapanis verwickelt zu werden. Er hatte ihr alle möglichen Geschichten über die Trapanis erzählt. »Sie mögen zwar zur Familie gehören, Isabella«, hatte er immer gesagt, »aber einem Trapani solltest du nie trauen, von deiner Großmutter einmal abgesehen.«

Bacci runzelte die Stirn und verschränkte die Arme. »Das ist lange her, Bella. Mittlerweile ist Marco ein angesehener Geschäftsmann. Der es im Übrigen auch zu etwas gebracht hat. Da du mir ständig in den Ohren liegst, dass ich nicht mit Geld umgehen kann, habe ich mir von ihm eine Bank empfehlen lassen, die mich in geschäftlichen Dingen beraten kann.«

Dagegen war nichts einzuwenden.

»Diese Bank feiert nächste Woche ihr zweihundertjähriges Bestehen, und Marco will mich zu der Feier mitnehmen und mich mit den zuständigen Herren bekannt machen.«

Von der Einfahrt ertönte ein zweimaliges Hupen.

Bacci errötete. »Das wird Maria sein.«

Fast so aufgeregt wie ihr Vater, drehte sich Isabella zur Tür. Jetzt würde sie endlich erfahren, warum er sie zum Essen eingeladen hatte.

3

Maria Danza war in den Vierzigern und jünger als Isabellas Vater, aber ähnlich lebenslustig. Isabella hatte sie von Anfang an sympathisch gefunden, was nicht unwesentlich dazu beigetragen hatte, das Paar zusammenzubringen; sie hatte Maria kennen gelernt, als ihr Vater ihr in einem von Marias Juwelierläden ein Geburtstagsgeschenk ausgesucht hatte.

Lange hatte Isabella gedacht, ihr Vater käme nie über den Tod ihrer Mutter hinweg, umso mehr hatte sie sich deshalb gefreut, als er Maria kennen lernte. Allerdings war von Anfang an klar gewesen, dass Maria ihren Vater sehr mochte, sich aber auf keinen Fall binden wollte. Als Maria jedoch jetzt in die Küche kam, erschien sie Isabella irgendwie verändert. Wie üblich war ihr rundes Gesicht leicht gebräunt, die hellbraunen Augen schön geschminkt, das Haar seidig glänzend. Das schicke rote Leinenkostüm, das sie trug, brachte ihre üppige Figur hervorragend zur Geltung. Und ebenfalls wie üblich war sie eine wandelnde Reklame für ihre Firma: Sie trug einen Armreif, nicht gerade kleine Ohrringe und eine Perlenkette. Unüblich war allerdings das Leuchten, das von ihr ausging, und als sie Isabella umarmte, strahlte sie förmlich.

Bacci schenkte Maria ein Glas Barolo ein und legte einen Arm um sie. Er grinste wie ein Schuljunge. »Bella, der Grund, warum ich dich heute Abend hierher gebeten habe, ist Folgender: Ich möchte, dass du als Erste erfährst, dass ich Maria gefragt habe, ob sie mich heiraten will.«

Maria kicherte, errötete und zeigte einen prächtigen Verlobungsring. »Und ich habe ja gesagt.«

Isabella war baff. Das hätte sie nie gedacht. Maria war nicht die Sorte Frau, die unbedingt heiraten wollte. »Gebranntes Kind scheut das Feuer« hatte sie es ausgedrückt. Doch jetzt bedachte sie ihren Verlobten mit einem liebevollen Blick. Isabella war überrascht, wie berührt sie war. Sie freute sich für die beiden – aber wenn sie ganz ehrlich war, beneidete sie sie auch ein wenig. »Das ist ja großartig«, sagte sie und bestaunte den stolz zur Schau gestellten Diamant- und Saphirring. »Er ist wunderschön.«

»Er hat meiner Urgroßmutter gehört.« Maria lächelte, als würde sie jeden Moment platzen vor Glück.

Bacci strahlte. »Ich war immer schon der Überzeugung, dass das Leben ohne Liebe sinnlos ist und dass jeder verdient hat, sie wenigstens einmal in seinem Leben zu erfahren. Als deine Mutter starb, Bella, sagte ich mir, du hast dein eines Mal gehabt.« Er wandte sich Maria zu. »Aber inzwischen ist mir klar geworden, dass wahre Liebe ein menschliches Grundrecht sein sollte, nicht nur ein von Glück und Chemie abhängiger Zufall.«

Isabella war überzeugt, dass ihre Mutter auch der Ansicht wäre, er hätte diese zweite Chance verdient. »Habt ihr schon einen Termin festgelegt?«

»Am zweiundzwanzigsten November«, sagte ihr Vater.

»Würdest du bitte eine Brautjungfer sein?«, fragte Maria.

»Es wäre mir eine Ehre.« Isabella küsste beide, dann hob sie ihr Glas. »Auf das glückliche Paar.«

Als sie tranken, beobachtete Isabella, wie ihr Vater und Maria sich ansahen. Sie musste an Leo denken, und das versetzte ihr einen Stich. Ihr Vater hatte zweimal in seinem Leben die große Liebe gefunden: Würde sie das Glück haben, sie wenigstens einmal zu finden? Sie streifte ihren Verlobungsring ab und steckte ihn in die Hosentasche.

Als könne er ihre Gedanken lesen, umarmte Bacci seine

Tochter und flüsterte: »Wenn ein alter Vogel wie ich die große Liebe finden kann, Bella, kann es jeder – vor allem wenn er so schön ist wie du. Wenn du Leo zurückhaben willst, wird er zu dir zurückkommen, glaub mir.«

»Sicher, Papa.«

»Nein, das ist mein voller Ernst.« Er strich ihr übers Haar. »Das ist wissenschaftlich erwiesen, und eines Tages werde ich es dir beweisen.« Sie lächelte über seinen Optimismus.

Als sie sich von ihm abwandte, bekam sie nicht mit, wie er zwei Haare von ihrem Kopf zupfte, sich vergewisserte, dass die Follikel daran waren, und sie dann sorgfältig in eine Schale neben dem Notizblock beim Telefon legte, auf dem stand:

Marco Trapani
Mehr Informationen über das Bankhaus Kappel
und Comvec einholen
Kappel-Jubiläum 9. August

4

Ein paar Stunden später und sechs Zeitzonen weiter schwamm ein Räuber durch das Karibische Meer. Seine Schwanzflossen waren über einen Meter lang, und seine glatte schwarze Haut schimmerte im Mondlicht. Als er sich der Küste von St. Martin in den Kleinen Antillen näherte, hob er den Kopf.

Im Mondschein waren das Halbrund aus Sand und das La Samanna, das auf dem Steilabfall über der Baie Longue thronte, deutlich zu erkennen. Die exklusiven Strandbungalows des Hotels säumten die palmenbestandene Bucht. Es war fast drei Uhr morgens. Im August war in der Karibik Nebensaison, aber in einigen Bungalows brannte trotzdem Licht.

Als das Wesen seichteres Gewässer erreichte, verharrte es reglos im Wasser und vergewisserte sich erst, dass der Strand verlassen war, bevor es sich zu voller Größe aufrichtete. Max Kappel war über eins neunzig groß und steckte von Kopf bis Fuß in hautengem schwarzem Neopren. Er hatte keine vollständige Tauchausrüstung, nur eine Maske und extrem lange Flossen. Er nahm die Flossen ab und schnallte sie seitlich an seine Beine, dann schob er sich die Maske auf die Stirn und zählte die Bungalows. Er steuerte auf den vierten zu.

In der wassergefüllten Muschel auf der Veranda wusch er sich den Sand von den Füßen, dann spähte er durch die abgeschlossene Schiebetür ins Wohnzimmer und schlich zum Schlafzimmerfenster weiter. Die Glaslamellen standen offen, aber ein feines Geflecht hinderte Moskitos daran, in den Raum dahinter zu gelangen. Die Klimaanlage war ausgeschaltet, und der Deckenventilator surrte geräuschvoll. Max Kappel spähte zwischen den Lamellen hindurch und roch ein schweres, unangenehmes Parfum. Auf dem Bett lag, mit geschlossenen Augen und offenem Mund, ein dicker Mann, dessen mächtiger sonnengebräunter Bauch sich mit jedem Schnarchen hob und senkte. Bis auf eine dicke goldene Halskette, eine Golduhr und zwei Goldringe war er nackt. Sein Stummelpenis war noch erigiert. Auf dem einen Nachttisch lag neben einer verwischten weißen Linie Kokain und zwei blauen Tabletten eine aufgerissene Kondomhülle. Auf dem anderen standen eine Flasche Armagnac und drei leere Gläser. Die Ränder von zweien trugen Lippenstiftspuren. Die Begleiterinnen des Mannes waren gegangen. Die Party war vorbei.

Max Kappel hörte Schritte und zog sich in das Dunkel zurück. Der Korse mochte *en vacances* sein, aber er ließ sich bestimmt von einem Bodyguard bewachen. Max Kappel wartete, bis sich die Schritte entfernten, dann huschte er zur Schiebetür. Die salzige Meeresluft hatte die simple Metallraste korrodiert. Er holte ein Stück Draht aus einem der wasserdichten Beutel an seinem Gürtel, bog es zu einer Schlinge, schob es dann in den schmalen Spalt zwischen den Türen und krümmte es um den Verschluss. Er zog und hörte ein leises Klicken. Lautlos wie ein Schatten schlich er in den schlafenden Bungalow.

Der Korse lächelte im Schlaf. Seit den 70er Jahren hatte sich Antoine Chabrol Frankreichs Kolonialverbindungen zunutze gemacht, um sich in die Mohnfelder und Marihuana-Plantagen Indochinas, des Nahen Ostens und Nordafrikas einzukaufen. Mittlerweile über sechzig, kontrollierte er die Herstellung fast der Hälfte des nach Europa und Amerika importierten Heroins.

Im Lauf der Jahre hatten zahlreiche Dealer erfolglos versucht, auf seinem Marktsegment Fuß zu fassen, und es bereitete ihm besondere Freude, die jüngsten Rivalen auszuschalten: die Trapani-Familie. Die Sizilianer hatten ein Partnerschaftsabkommen gefordert, weil ihre hauseigenen Wissenschaftler ein Verfahren entwickelt hatten, das eine größere Sicherheit und konstantere Qualität seines Produkts garantieren würde. Um Sicherheit ging es ihm oder seinen korsischen Brüdern jedoch nicht, weshalb sie den Sizilianern den Nachschub abgeschnitten hatten. Jetzt hatte er gehört, dass Marco Trapani seine Wissenschaftler mit der Entwicklung eines billigeren synthetischen Heroins beauftragt hatte. Früher oder später würde Chabrol auch diesen Markt kontrollieren. Er grinste im Schlaf, als er sich Marco Trapani mit einem korsischen Lächeln vorstellte – mit einer von einem Ohr zum anderen aufgeschlitzten Kehle.

Eine Sache, die Chabrol nicht mehr unter Kontrolle hatte, war seine Prostata, und der hartnäckige Druck auf seine Blase bohrte sich durch seine Träume. Er wälzte sich aus dem Bett und tappte über die kühlen Terrakotta-Fliesen ins Bad. Er dachte an die zwei *putains,* die ihm zuvor zu Diensten gewesen waren. Er hatte seinen Kontaktmann in Marigot gebeten, ihm zwei minderjährige Mädchen zu besorgen, die zu allem bereit wären, und beide hatten seine abartigsten Träume übertroffen.

Er trat in eine Pfütze und runzelte die Stirn. Er hatte den Mädchen gesagt, sie sollten die Dusche nicht benutzen. Er rieb sich die Augen und sah auf das Leuchtzifferblatt seiner goldenen Rolex: 3:11 Uhr. Ohne das Licht im Bad anzumachen, schlurfte er an der Wanne vorbei zur Toilette und stöhnte. Das war das Problem mit Viagra: Es sorgte dafür, dass man ihn hoch bekam, aber dann blieb er stundenlang oben. Er konzentrierte sich, entspannte sich und entleerte seine Blase. Als er fertig zu sein glaubte, verspürte er, wie ihm das inzwischen oft passierte, den starken Drang weiterzumachen. Nach dem dritten falschen Halt ertönte ein Geräusch, von dem er schlagartig hellwach wurde. Die Badezimmertür hatte sich hinter ihm geschlossen.

Das Schloss klickte, und er wirbelte herum. Als er die große schwarze Gestalt in der Dunkelheit sah, war sein erster Impuls, einen Schrei auszustoßen, aber bevor er den Mund aufbekam, wurde etwas Kaltes und Metallisches an seine Lippen gedrückt. Dann packte eine mächtige Pranke seine rechte Schulter und drehte ihn wieder zur Kloschüssel herum. Der Pistolenlauf wanderte weiter zu seinem Hals. Als Chabrol nach unten blickte, war seine Erektion weg, und das sporadische Rinnsal war ein unaufhaltsamer Strom geworden.

»Après que vous avez finit, Monsieur«, flüsterte jemand in sein Ohr.

5

Als Max Kappel im Dunkeln stand und den Schalldämpfer seiner Glock gegen Chabrols wabbligen gebräunten Hals drückte, empfand er nichts. Keine Aufregung, keinen Abscheu, keine Angst und schon gar kein Mitleid. Er erledigte für seinen Vater und das Familienunternehmen lediglich einen Auftrag, der sich in nichts von irgendeinem anderen Auftrag unterschied, den er in der Vergangenheit ausgeführt hatte. Als Chabrol fertig war, reichte ihm Max ein Handtuch, um seine Blöße zu bedecken. »Klappen Sie den Deckel runter und setzen Sie sich.«

Das gebräunte Gesicht des Korsen war blass. »Wer sind Sie? Was wollen Sie?«

Max betrachtete ihn mit teilnahmslosem Interesse. In den frühen Morgenstunden haben selbst die hartgesottensten Männer Probleme, ihre Angst in den Griff zu bekommen, vor allem wenn sie beim Wasserlassen splitternackt von einem bewaffneten Fremden überrascht werden. Seufzend setzte er sich auf den Rand der Badewanne. »Sie haben einem unserer Kunden das Leben schwer gemacht.«

»Wem?«

»Marco Trapani.«

In den Augen des Korsen flackerte Wiedererkennen auf. »Ich kenne Sie. Sie sind vom Bankhaus Kappel.« Langsam gewann er seine Fassung zurück. »Sie waren mal in meinem Büro in Ajaccio.«

Max nickte. »Um im Auftrag unseres Kunden über eine gütliche Einigung zu verhandeln. Ich habe Sie gebeten, Augenmaß zu bewahren. Erinnern Sie sich an Ihre Abschiedsworte?«

Über Chabrols Züge huschte ein bösartiges Grinsen. »Trapani wird bald ein toter Kunde sein. Warum verpissen Sie sich also nicht wieder zurück nach Zürich?«

»Sie haben ein hervorragendes Gedächtnis, Monsieur.« Max griff in einen der wasserdichten Beutel an seinem Gummigürtel. Er holte eine gläserne Ampulle mit einem schneeweißen Pulver und eine PowerDermic-Impfpistole heraus. »Aber wenn Sie das Leben oder die Lebensgrundlage eines unserer Klienten bedrohen, bedrohen Sie auch die Kappels.« Er schob die Ampulle mit der geübten Präzision eines Schützen in das untere Ende der Impfpistole.

Chabrol trat Schweiß auf die Stirn. »Was ist das?«

»Ihre Fahrkarte ins Nichts.«

»Wir können doch sicher noch zu einer Einigung gelangen«, sagte Chabrol. »Sie sind Banker.«

»Zu spät. Sie sollten sich geehrt fühlen, Monsieur. Hätten Sie einen simplen Unfall haben sollen, hätten wir vielleicht Stein und seine Ex-Stasi-Agenten damit beauftragt. Sie sind sehr gut – die Ostdeutschen haben ihre Geheimpolizei gut ausgebildet. Wenn wir allerdings eins unserer eigenen Gifte verwenden, sehen wir zu, dass es in der Familie bleibt.«

Max tippte gegen die Ampulle, und das weiße Pulver stob darin herum wie Schnee. »Das ist ein genetisches Gift, das mein Bruder in unserem Comvec-Labor entwickelt hat. Es ist ein in der Gentherapie verwendeter viraler Vektor, der auf erbliche Mutationen in Ihrer DNS abzielt und sie beschleunigt und auf diese Weise zu Ihrem natürlichen Tod führt. Diese spezielle Version zielt auf Ihr Herz ab. Da wir wissen, dass Sie koksen, Monsieur, haben wir es mit erstklassigem Kokain versetzt, um Ihren Herzinfarkt glaubwürdiger erscheinen zu lassen.« Mit der Glock in der linken und der geladenen Impfpistole in der rechten Hand kam er näher. »Es ist ein schöner Tod. Einer der schönsten.«

Chabrol, sein Gesicht so weiß wie das Pulver, sah erst auf die Impfpistole und dann in Max' regloses Gesicht. Als er jedoch merkte, dass er dort keine Gnade fände, schoss sein Blick zum Fenster über der Toilette.

»Rufen Sie nicht um Hilfe«, sagte Max ruhig und richtete die Glock auf Chabrols Unterleib.

»Aber …«

»Schschsch. Jeder sollte so sterben.« Er hielt die Impfpistole an Chabrols Schulter. »Haben Sie keine Angst. Ich bleibe bis zum Schluss bei Ihnen.«

Max blickte direkt in Chabrols entsetzte Augen, als er die Impfpistole auslöste. Es ertönte ein kaum hörbares Zischen, und die Ampulle entleerte sich. Sonst deutete nichts darauf hin, dass das weiße Pulver in den Blutkreislauf des Korsen geschossen wurde.

Einen Augenblick lang geschah gar nichts. Dann wurde Chabrols Körper starr, und er begann zu zittern. Das Mittel lähmte ihn, dann brachte es sein Herz zum Stillstand. Max hielt ihn fest und stützte seine Körpermasse.

Er sah das Nicht-verstehen-können, den Hass, die Angst in den Augen des Mannes bloßgelegt. Max ging nicht mehr viel nahe, aber jemanden sterben zu sehen berührte ihn immer noch. Es war, als ob der letzte Lebensfunke des Sterbenden seine emotionale Leere überspränge und flüchtig die verkümmerten Scheite seiner Menschlichkeit entzündete. Sobald sich Chabrols Pupillen weiteten, stieß Max einen tiefen Seufzer aus.

Nachdem er Chabrols Leiche zu Boden hatte gleiten lassen, verließ er den Bungalow. Am Strand sah er auf dem an seinem Handgelenk befestigten GPS nach, wo sich die Jacht befand. Dann legte er Flossen und Maske an, tauchte in das Wasser der Karibik und schwamm mit langsamen, kräftigen Zügen los.

Er brauchte fünfzehn Minuten, um zur Jacht zurückzukehren. Er kletterte die Leiter hinauf und wälzte sich an Deck, streifte den Taucheranzug ab und stand nackt in der warmen Nachtluft. Er dehnte die vom Schwimmen angespannten

Muskeln und sah auf die Uhr. Er war 57 Minuten weg gewesen. Er nahm eine kleine Flasche Evian aus dem Kühlschrank in der Kombüse und betrachtete sich im Spiegel, während er daraus trank. Er erinnerte sich an seinen ersten Mord und wie er hinterher sein Spiegelbild angestarrt und nach einer Veränderung in seinem Gesicht gesucht hatte. Er hatte damals keine entdeckt und konnte auch jetzt keine erkennen. Einen Moment blickte ihm jedoch ein anderes Paar blauer Augen aus dem Spiegel entgegen. Die seiner Mutter. Er blinzelte, und das Bild verschwand.

Er stieg zur Hauptkabine hinab. Delphine lag, das Gesicht von aschblondem Haar umgeben, schlafend im Bett. Das Laken enthüllte mehr von ihrem nackten Körper, als es verbarg. Er war noch aufgeputscht von Adrenalin, und der Anblick erregte ihn. Er hob das Laken an und schlüpfte darunter. Sie bewegte sich und tastete nach ihm. »Warst du auf, Max?«

»Ich hab nur was getrunken.«

Ihre Hand streifte über seinen Unterleib, und sie schlug die Augen auf. »Oh, was haben wir denn *da*?«

Er lächelte. »Das muss an der warmen Nachtluft liegen.«

»Tatsächlich?« Sie hatte ihn zu streicheln begonnen. »Nicht an mir?«

»Wie kommst du denn darauf? Eine Dame wie du.«

Sie setzte sich rittlings auf ihn. »Ach ja?«

Er lächelte. Delphine war die Tochter von Henri Chevalier, dem Leiter einer der ältesten und renommiertesten unabhängigen Genfer Banken. »Möglicherweise habe ich mich doch in dir getäuscht.«

Als er in sie eindrang, stöhnte sie auf. »Ich liebe dich, Max.«

Lust erfüllte ihn, aber er runzelte die Stirn.

»Ich liebe dich, Max«, hauchte sie noch einmal.

Er drehte sie auf den Rücken und passte sich dem Rhythmus ihres Körpers an. Ihre Liebeserklärung rief nur Bedauern in ihm hervor. Warum verliebten sie sich bloß immer in ihn, wenn es so gut lief?

6

Vier Tage später:
9. August

Es hätte ein stolzer Tag zum Feiern sein sollen, aber Helmut Kappel empfand nichts als blinde Wut, als er durch die getönten, schalldichten Fenster seines Arbeitszimmers schaute und seine Gäste draußen auf dem Rasen beobachtete.

Schloss Kappel war ein schmuckloser Steinbau auf einem acht Hektar großen Grundstück im Süden von Zürich. Unter den mit Zinnen versehenen Türmen stand ein großes Partyzelt, und auf einer schwimmenden Insel im See spielte eine Band. Unter einem strahlend blauen Himmel flatterten weiße Transparente mit der Aufschrift: *200 Jahre Bankhaus Kappel.*

Er hatte alle wichtigen Kunden eingeladen, die seriösen, die Ansehen brachten, und die kriminellen, die Gewinn brachten – auch wenn ihn die Erfahrung gelehrt hatte, dass der einzige echte Unterschied zwischen ihnen darin bestand, wie lange sie ihren Reichtum besaßen. Einige waren berühmt. Seine dritte Frau Eva unterhielt sich gerade mit dem Modeschöpfer Odin. Das auffallende rotblonde Haar des extravaganten Norwegers reichte bis auf seine Schultern, und er trug eines der ausgefallenen Pelz- und Lederoutfits, die seinen Wikingerstil so populär gemacht hatten. Es hatte einmal eine Zeit gegeben, als Helmut Kappel seine Frau dekorativ gefunden hatte, aber inzwischen war er nicht mehr zufrieden mit ihr. Sie hatte ihm keinen Erben geboren – das hatten sowohl seine erste wie seine zweite Frau geschafft.

Hinter ihnen war ein zweitrangiges Mitglied der monegassischen Fürstenfamilie mit einem Schweizer Investor in ein Gespräch vertieft. Don Marco Trapani, einer der treuesten Kunden des Bankhauses Kappel, unterhielt sich mit Joachim, Kappels jüngerem Sohn, und einem Mann, den er nicht kannte. Dann fiel ihm ein, dass Trapani seinen Cousin, einen Wissenschaftler, mitgebracht hatte. Kappel betrachtete den schlecht sitzenden Anzug des Mannes und runzelte die Stirn. Am See hielt sein älterer Sohn Max Hof. Nach seinem erfolgreich verlaufenen Karibik-Urlaub sah er sonnengebräunt und gut erholt aus mit Delphine Chevalier an seiner Seite. Sie gaben ein attraktives Paar ab.

Helmut Kappel verlagerte den Blick auf sein Spiegelbild im Fenster und strich seine weiße Mähne zurück, bis jedes Härchen an seinem Platz war. Er wurde nie müde, sich zu bewundern: Für seine 65 Jahre sah er wirklich gut aus. Über eins achtzig groß, schlank, mit preußisch strammer Haltung. Er trug einen dunklen Anzug, ein hellblaues Hemd, das zu seinen Augen passte, und ein buntes Seidentuch, das die violette Narbe an seinem Hals verdeckte, wo ihm ein Tumor entfernt worden war. Die Krankheit hatte ihm in Erinnerung gerufen, dass die Zeit nicht auf ihn warten würde, bis er seiner Bestimmung Folge geleistet hätte. Dennoch hatte er entgegen dem Rat des Arztes nur ein einziges Eingeständnis an den Krebs gemacht: Gelegentlich ersetzte er seine über alles geliebten handgedrehten Zigaretten durch Zigarren.

Auch jetzt nahm er wieder eine schwarze Sobranie-Zigarette aus dem Silberetui in der obersten Schublade seines Schreibtisches, steckte sich den goldenen Filter in den Mund und zündete sie an.

Sein Bruder räusperte sich. »Ich habe doch von Anfang an gesagt, dass es nichts bringt, so eine extravagante Feier zu veranstalten. Nicht nur, dass so etwas unnötige Aufmerksamkeit auf uns lenkt, verursacht es auch Kosten, die wir uns nicht leisten können.«

Helmut Kappel antwortete nicht. Die Vorsicht seines Bruders in Ehren, aber Klaus hatte einfach kein Gespür für besondere Anlässe. »Ich kann nicht glauben, dass keiner von ihnen kommt«, sagte er. Wegen der Operation war es ihm nicht möglich, lauter zu sprechen als in einem heiseren Flüstern.

Sein Bruder zupfte an seinem Bart. »Hudsucker, Corbasson, Lysenko und Nadolny, sie haben alle abgesagt.«

»Glaubst du, sie werden wirklich ihre Konten bei uns auflösen?«

Klaus Kappel zuckte mit den Achseln. »Anscheinend sind wir ihnen nicht mehr seriös genug.«

Helmut Kappel knirschte mit den Zähnen.

Sein Bruder fuhr fort: »Sie sind unsere größten Kunden, Helmut. Jeder von ihnen hat ein Gesamtvolumen von mehr als einer Milliarde Dollar. Das ist nicht das Gleiche, wie wenn wir andere verlieren. Wenn sie uns alle gleichzeitig verlassen und ihre Einlagen zurückziehen, könnte das kritisch für uns werden. Insbesondere in der augenblicklichen Situation, in der Comvec unsere ganzen Rücklagen aufzehrt.«

Comvec war eine Biotech-Consulting-Firma im Besitz der Bank, die Joachim aufgebaut hatte, um die zahlreichen kleinen Start-up-Unternehmen, die es im Bereich der Gentechnik gab, vor dem Börsengang in technischen, behördlichen, rechtlichen und wirtschaftlichen Fragen beraten zu können.

Die Aussichten, dass dank Comvec die Bank nicht mehr das einzige wirtschaftliche Standbein der Kappels wäre, waren nicht schlecht, aber bisher hatte das Projekt die Bank Geld gekostet. »Wie kritisch würde es für uns, wenn sich alle vier Kunden zurückzögen?«

»Wir dürften es überleben. Gerade so.«

Helmut Kappel blickte zu den früheren Oberhäuptern der Kappel-Dynastie auf, deren Porträts die Wände seines Arbeitszimmers und des Flurs davor säumten. Alle waren Männer und hatten das für die Familie typische weißblonde Haar und die hellblauen Augen. Jeder von ihnen hatte das Familienunternehmen weiter ausgebaut und seinem Nachfolger vergrößert hinterlassen. »Überleben allein genügt nicht.«

»Aber wir müssen den Tatsachen ins Auge sehen, Helmut. In den letzten zehn Jahren ist die Zahl der unabhängigen Privatbanken in der Schweiz um vierzig Prozent zurückgegangen. Unsere Gesetze zum Schutz des Bankgeheimnisses gelten vielleicht auch weiterhin, aber die Auflagen der Eidgenössischen Bankenkommission im Rahmen des Programms zur Terrorismusbekämpfung sind strenger denn je. Es wird zunehmend gefährlicher für uns, Gelder dubioser Herkunft zu waschen, und zudem bieten Banken auf den Cayman Islands solche Dienste günstiger an als wir. Immer mehr Kunden wechseln zu den größeren Banken. Unsere Reserven sind so niedrig wie noch nie, und die Wirtschaft steckt in einer Rezession. Wenn wir unsere vier größten Kunden verlieren, sind wir gezwungen, Beteiligungen in einer äußerst ungünstigen Marktsituation abzustoßen. Wir können von *Glück* reden, wenn wir überleben.«

Helmut Kappel begann im Zimmer auf und ab zu gehen. »Denkst du, das wüsste ich nicht, Klaus? Wir haben diese Dreckskerle reich gemacht. Sie hatten nichts, als sie zu uns kamen. Was bilden die sich eigentlich ein, uns ins Gesicht zu sagen, sie bräuchten eine seriösere Bank? Als wir ihnen durch die schwierige Anfangsphase geholfen haben, waren sie außerordentlich dankbar für unser ganz spezielles Knowhow. Was interessiert es mich, dass Warren Hudsucker in den Senat gewählt geworden ist. Meinetwegen kann er auch die Königin von England werden. Wir haben ihn zu dem gemacht, was er ist.«

»Ich weiß«, sagte Klaus Kappel besänftigend. »Wir könnten Comvec abwickeln. Du weißt ja, was Max von Joachims Lieblingsprojekt hält, und er hat damit keineswegs so Unrecht. Comvec kostet uns jedes Jahr Millionen von Franken, ohne dass realistische Aussichten bestehen, dass es in den nächsten fünf Jahren irgendwelche Gewinne einfährt.«

Helmut Kappel schüttelte den Kopf. »Das ist nicht der Zeitpunkt, um Comvec einzustellen, auf keinen Fall jetzt, wo Joachim ein entscheidender Durchbruch gelungen ist.« Klaus war loyal und regelte mit größter Gewissenhaftigkeit die Verwaltungsangelegenheiten der Bank, aber er hatte keinen Mut und keine Visionen. »Was unsere untreuen Kunden angeht, hätte ich früher Stein und seine Leute damit beauftragt, sie zu bestrafen, aber solange wir keine Möglichkeit gefunden haben, unsere Schäfchen anderweitig ins Trockene zu bringen, sind wir auf das Geschäft mit ihnen angewiesen. Nimm dir die Zahlen vor, Klaus. Biete ihnen die günstigsten Konditionen an, die wir uns leisten können. Verkauf es ihnen als Treuebonus. Du musst ihnen jedenfalls klar machen, dass es für sie attraktiver ist zu bleiben, als zu gehen – zumindest auf kurze Sicht.«

Wieder blickte er zu den Porträts an der Wand auf und fragte sich, was sie an seiner Stelle getan hätten. Zwangsläufig blieb sein Blick auf dem Gemälde von Dieter Kappel haften, der die Familie vor zweihundert Jahren gerettet hatte.

Die vier ursprünglichen Kappel-Brüder waren Söldner gewesen, deren Name sich von dem Dorf Ebnat-Kappel im Kanton Graubünden herleitete. Nachdem sie in der Mitte des 17. Jahrhunderts für die sich bekriegenden italienischen Stadtstaaten gekämpft hatten, ließen sie sich in Florenz nieder, wo sie einer wesentlich einträglicheren Tätigkeit als gedungene Mörder nachgingen. Sie spezialisierten sich auf »natürliche« Morde mithilfe unauffälliger Gifte und gaben ihr Wissen an die einzigen Menschen weiter, denen sie vertrauen konnten: an ihre Familie. Mit dem steigenden Renommee der Kappel-Familie stiegen auch ihre Honorare und ihr Einfluss. Ihre Nachfahren dienten Päpsten und Königen.

Um sie für ihre Dienste nicht bezahlen zu müssen, versuchte jedoch zu Beginn des 19. Jahrhunderts ein mächtiger florentinischer Fürst, sie wegen eines Mordes, den sie in seinem Auftrag begangen hatten, belangen zu lassen. Er verfiel von dem Gift, das ihm die Kappels verabreichten, in derart heftige Zuckungen, dass sein Rückgrat brach, bevor er starb – und die Familie musste aus Italien fliehen. Dieter Kappel kehrte mit der Familie gerade zu dem Zeitpunkt in die Schweiz zurück, als diese zum internationalen Zentrum des privaten Bankwesens wurde.

Mit dem Vermögen, das die Familie angehäuft hatte, wurde 1804 in Zürich das Bankhaus Kappel gegründet. Es machte sich eine einträgliche Marktnische zunutze und verwaltete die unrechtmäßig erworbenen Gewinne all jener, die sich dem strengen Blick konventioneller Banken entziehen wollten. Die Bank gewährte ihnen für diese Vergünstigung niedrigere Zinsen als üblich und verlieh das Geld zu einem wesentlich höheren Zinssatz kleineren Kunden.

Dieter Kappel sorgte dafür, dass die Familie ihre ursprünglichen Kenntnisse und Fähigkeiten nicht in Vergessenheit geraten ließ. Er glaubte, es sei wesentlich einfacher, einen finanziellen Mord zu begehen, wenn man zu einem richtigen Mord imstande war. Die Bank begann in Kunden zu investieren, deren Firmen nur einen oder zwei Hauptkonkurrenten hatten. Dann sorgten die Kappels ohne Wissen der Kunden dafür, dass ihre Rivalen bedauerlichen Unglücksfällen zum Opfer fielen. Manche Kunden argwöhnten zwar, dass hinter dem daraufhin erfolgenden Aufschwung ihrer Firmen die Kappels steckten, aber Dieter Kappel machte es sich zu einem Grundsatz, dies nie zu bestätigen, geschweige denn, es in Rechnung zu stellen. Die Entschädigung der Kappels erfolgte ausschließlich über den wirtschaftlichen Erfolg ihrer Kunden: Ihr Reichtum ließ auch den der Bank wachsen. Und nach und nach gewann das Bankhaus Kappel an Status und Ansehen. Während des Zweiten Weltkriegs, als viele Kunden ihr Vermögen in der neutralen Schweiz sicher anlegen wollten, verzeichnete sie ungeheure Zuwächse. Sie wurde auch die bevorzugte Bank führender Mafia-Familien und weitete ihren Einfluss auf den lukrativen amerikanischen Markt aus. Ein Kader aus professionellen Mitarbeitern stellte ein breites Spektrum an Dienstleistungen bereit, darunter private und institutionelle Vermögensverwaltung, Finanzanalyse, Effektenhandel, Anlageverwaltung, Unternehmensberatung und Wirtschaftsprüfung. Aber das Unternehmen blieb klein und überschaubar, von der Familie geleitet.

Doch jetzt ging es mit dem Bankhaus Kappel zum ersten Mal in seiner Geschichte bergab. Helmut Kappel wusste, dass sie nicht wieder dazu übergehen konnten, als Auftragskiller zu arbeiten. Damit war zu wenig Geld zu verdienen. Profis aus dem alten Osteuropa und die russische Mafia mordeten fast umsonst. Die Kunden verlangten keine Finesse mehr, nur Resultate.

Wie sein Vorfahr Dieter musste Helmut Kappel das Unternehmen eine Stufe weiter bringen. So erhoffte er sich gerade in Hinblick auf Comvec, der prognostizierte Biotech-Boom erwiese sich als der neue Markt, auf dem sich die Familie ihr einzigartiges Spektrum an Fähigkeiten zunutze machen könnte – ein Abkömmling hatte sich bereits zu einer versteckten Dividende verholfen, indem er eine neue Generation nicht nachweisbarer Gifte entwickelte. Doch seine Krebserkrankung hatte ihm vor Augen geführt, dass sich das Unternehmen rascher entwickeln müsste, wenn er die Zukunft der Familie noch vor seinem Tod sichern wollte.

»Auf welchem Stand befinden sich die Verhandlungen mit der Banque Chevalier in Genf?«, fragte Klaus.

Helmut Kappel entdeckte Henri Chevalier am Ufer des Sees, und Delphine war noch bei Max, der sich mit einem japanischen Kunden unterhielt. »Chevalier ist sehr interessiert. Er glaubt nach wie vor, die einzige Möglichkeit, den amerikanischen Großkonzernen Paroli zu bieten, bestünde darin, mit einer kleinen Privatbank wie der unseren zu fusionieren. Aber ich lasse mich nicht auf eine Fusion ein, solange ich nicht völlig sicher bin, dass wir weiterhin das Sagen haben.« Helmut Kappel beobachtete, wie Delphine Chevalier seinen älteren Sohn anhimmelte, und ein dünnes Lächeln umspielte seine Lippen. Er nahm einen tiefen Zug von seiner Zigarette und hauchte heiser: »Klaus, bitte sag Max, ich muss ihn dringend sprechen.«

7

Als Max in das Arbeitszimmer kam, beobachtete Helmut Kappel durch das Fenster seinen jüngeren Sohn, der sich mit Trapani und Trapanis Cousin unterhielt. Joachim trug einen formellen Anzug mit einer bunten Fliege. Er war voller Ideen und Enthusiasmus und hatte sich fest vorgenommen, die Vision seines Vaters, mit dem Familienunternehmen neue wirtschaftliche Wege zu beschreiten, in die Tat umzusetzen. Joachim war zwar geschäftlich nicht so gewieft wie sein Halbbruder Max, aber er war ehrgeizig, fleißig und sehr stark von der Anerkennung seines Vaters abhängig. Er hatte einen Doktor in Biochemie, leitete Comvec, den neuesten Ableger der Bank, und führte die stolze Familientradition fort, neue und immer subtilere nicht nachweisbare Tötungsmethoden zu entwickeln. Mit Ausnahme seiner randlosen runden Brille sah er auf geradezu unheimliche Weise wie Helmut Kappels jüngeres Selbst aus.

Max hatte mehr von den Genen seiner amerikanischen Mutter geerbt. Seine Augen waren von einem wärmeren Blau, seine Haut stärker gebräunt als die eines typischen Kappel. Er war größer, sportlich und im Umgang mit Menschen versierter als sein Halbbruder. Die Kunden mochten ihn sehr. Auf seinen älteren Sohn war Helmut Kappel ganz besonders stolz, weil er ihn trotz des verderblichen Einflusses seiner Mutter zu dem Mann geformt hatte, der er war.

»Was gibt's, Vater? Alle fragen, wo du bleibst. Wir sollten da draußen bei unseren Kunden sein.«

»Das werden wir gleich.« Er schob eine Ausgabe des *Figaro* über den Schreibtisch. Er hatte die Meldung von Chabrols vermeintlich natürlichem Herzinfarkt rot eingekreist. »Ich höre, du hast so viel wie möglich aus deinem Karibikurlaub mit Delphine gemacht. Natürlich wird Trapani nie erfahren, dass es dein Werk war, aber er wird begeistert sein. Das war gute Arbeit.«

Max zuckte bescheiden mit den Achseln. »Es war Joachims Mittel.«

Helmut Kappel gestattete sich ein verhaltenes Lächeln. »Dann ist Comvec also doch zu etwas zu gebrauchen?«

Max ignorierte die Spitze. »Trapani ist einer der Gäste, die nach dir fragen. Er möchte dir seinen Cousin vorstellen.«

»Wir kümmern uns gleich um sie. Aber vorher muss ich dich noch etwas fragen.« Kappel hielt inne. Er wählte seine Worte mit Bedacht, obwohl er sicher war, Max würde ihm zwar widersprechen, aber dennoch seine Pflicht tun. Als Junge war Max wild und leidenschaftlich gewesen, aber er hatte ihn gezähmt und ihm beigebracht, den Weg der Kappels zu gehen. Er konnte sich noch gut an die Zeit nach dem Tod von Max' Mutter erinnern, als der Junge außer sich vor Schmerz über diesen Verlust gewesen war. Während des ersten Winters nach seiner Rückkehr nach Zürich war Max in einen Taucheranzug geschlüpft, hatte das Eis auf dem See von Schloss Kappel aufgehackt und war wie ein Besessener in seine eisigen Tiefen hinabgetaucht, offensichtlich in dem Glauben, das Rad der Zeit zurückdrehen und seine Mutter retten zu können, wenn er nur tief genug tauchte.

Damals hatte ihn sein Sohn gehasst, aber im Lauf der Zeit hatte ihn Helmut Kappel überzeugen können, dass der Tod seiner Mutter nicht nur notwendig gewesen war, sondern sie sogar auf eine untergründige Art zusammenschweißte. Wenn der Junge nicht gerade Selbstmord beginge oder, um seine Mutter zu rächen, den Vater umbrächte, gab es, wie Helmut Kappel wusste, für einen Neunjährigen in Max' Lage nur eine Möglichkeit zu überleben: Er musste die Weltsicht seines Vaters übernehmen.

Kurz nach seiner Rückkehr aus Hawaii schickte er seinen Sohn auf ein englisches Internat. Das verschaffte Max den nötigen Abstand zu ihm, und eine englische Privatschule war für einen Jungen nach wie vor die ideale Umgebung, um zu lernen, wie man seine Gefühle in den Griff bekam. Bis er dreizehn wurde, besuchte Max eine Schule in Kent und kam dann an die King's School in Canterbury, wo man großen Wert auf Tradition und Pflichtgefühl legte. Die Ferien verbrachte Max in Zürich, wo ihn sein Vater auf seinem Besitz und in den Fluren des Familiensitzes herumführte, um ihm so die Last seiner Verantwortung und Bestimmung zu verdeutlichen. Er hielt ihm immer wieder vor Augen, dass eines Tages er die Familie führen würde und sein Porträt eine Wand von Schloss Kappel zieren würde.

Nachdem er die King's School mit großem Erfolg abgeschlossen hatte, kehrte Max in die Schweiz zurück, wo er Betriebswirtschaft studierte. Er leistete seinen Wehrdienst beim Schweizer Bundesheer ab, machte eine Banklehre und schließlich bei INSEAD in Fontainebleau bei Paris ein Diplom in Betriebswirtschaft.

Schließlich hatte Helmut Kappel seinen Sohn so weit gebracht, dass er nicht nur mit dem Tod seiner Mutter fertig wurde, sondern auch einsah, dass er unvermeidlich gewesen war: Sie hatte die Kappel-Dynastie bedroht. Sobald Helmut Kappel seinen Sohn konditioniert hatte, sich den Familieninteressen zu unterwerfen, hatten sich Schmerz, Wut und Schuldgefühle des Jungen so weit gelegt, dass er überhaupt keine Emotionen mehr spürte und sich mit zunehmendem Alter zu etwas Außergewöhnlichem, geradezu Übermenschlichem entwickelte: einem echten Kappel.

Als Helmut Kappel seinen Sohn jetzt ansah, empfand er Stolz auf sein Geschöpf. »Wie läuft es mit Delphine?«, fragte er.

Max kniff die Augen zusammen. »Warum?«

»Ich habe über Henri Chevaliers Fusionsvorschlag nachgedacht.« Eine Pause. »Du solltest sie heiraten.«

Max lachte. »Aber ich will Delphine Chevalier nicht heiraten. Ich will überhaupt nicht heiraten.«

Das war ein weiterer Unterschied zwischen seinen Söhnen: Joachim, der ihn umschmeichelte und hofierte, widersetzte sich ihm nie in aller Offenheit. »Die Ehe hat einen Zweck, Max.«

Max lachte wieder, er konnte einfach nicht anders. Sein Vater sammelte schöne Frauen und rüstete sie auf ähnliche Weise auf, wie er es mit den Ferraris in seiner Garage tat. Außerdem wusste Max, dass er zweimal im Monat Madame Lefarges exklusives Etablissement im zweiten Pariser Arrondissement besuchte, das für sein vielfältiges Angebot an ausgefallenen sexuellen Dienstleistungen bekannt war. »Bei allem Respekt, Vater, aber in dieser Hinsicht warst du nicht gerade ein leuchtendes Vorbild.«

»Joachims Mutter habe ich geheiratet, um einen weiteren rechtmäßigen Erben zu zeugen, falls dir etwas zustoßen sollte. Das dritte Mal habe ich geheiratet, weil Eva extrovertierter und besser im Umgang mit Kunden ist.«

»Ist sie nicht auch jünger und attraktiver?«

Sein Vater sah ihn finster an. »Eine Heirat ist die ideale Möglichkeit, die Banque Chevalier unter unsere Kontrolle zu bekommen. Abgesehen davon ist Delphine verrückt nach dir. Die Familie ist darauf angewiesen, dass du das tust, Max. Du bist dir doch des Problems mit Lysenko, Nadolny, Hudsucker und Corbasson bewusst?«

»Wir sollten lieber Comvec verkaufen, das Millionenverluste macht, und uns stattdessen an das halten, wovon wir etwas verstehen. Wir sind Banker, Vater, kein Biotech-Unternehmen.«

»Wir waren nicht immer Banker, Max. Und ich werde Comvec nicht verkaufen, nachdem Joachim mit seinem durch die Luft übertragbaren Tag Vector gerade ein wichtiger Durchbruch gelungen ist.«

Max runzelte die Stirn. Er hatte die Diskussionen zu diesem Thema satt. »Comvec wurde nicht gegründet, um selbst kostspielige Durchbrüche zu erzielen. Es wurde gegründet, um die Voraussetzungen zu schaffen, dass die Durchbrüche *anderer Leute* rasch und *mit Gewinn* vermarktet werden können. Dem Ganzen lag die Absicht zugrunde, diesen modernen Goldsuchern Hacken und Schaufeln zur Verfügung zu stellen, und nicht, selbst nach Gold zu schürfen.«

Joachim hatte seinem Vater Comvec schmackhaft gemacht, indem er an seine Eitelkeit appellierte: Er hatte es als eine Gelegenheit dargestellt, das Familienunternehmen auf einen zukunftsweisenden neuen Bereich auszuweiten, der seinen Fortbestand sichern würde. Der ursprüngliche Grundgedanke, dem Max nur widerstrebend zugestimmt hatte, war gewesen, dass sich Comvec Joachims Know-how auf dem Gebiet viraler Vektoren sowie die weitreichende juristische, kommerzielle und behördliche Erfahrung der Bank – und natürlich auch ihre Kapitalressourcen – zunutze machen sollte, jungen auf Gentherapie spezialisierten Biotechnologie-Firmen zu helfen, ihre Entdeckungen zu vermarkten.

In der Gentherapie lag anscheinend die Zukunft der Medizin. Anstatt die Folgen von Krankheiten zu behandeln, zielte sie darauf ab, die genetischen Anweisungen in der DNS zu korrigieren, die in den Chromosomen jeder degenerierten Zelle enthalten ist. Sie stellte in Aussicht, genetisch bedingte Krankheiten wie Krebs und Mukoviszidose zu heilen, indem sie die Fehler in der Basis-Software so umschrieb, dass die Krebszellen starben, wenn sie das sollten, und der menschliche Körper die richtigen Proteine in den richtigen Mengen produzierte und auf diese Weise ein langes Leben in Gesundheit ermöglichte.

Max war kein Wissenschaftler, aber in seinen Augen ließ sich Gentherapie am besten mit dem Verschicken eines Paketes vergleichen. In beiden Fällen ging es im Wesentlichen um zwei Dinge: um den zu verschickenden Inhalt und um die Verpackung – einschließlich Adresse und Transportart –, die bei der Versendung zur Anwendung kam.

Zur Entwicklung des Inhalts gehörte die Herstellung eines DNS-Musters aus gesunden Genen, um eine beschädigte Sequenz fehlerhafter Gene zu reparieren. Die Lieferung erforderte den Einsatz genetisch hergestellter Viren, der so genannten viralen Vektoren, die bei Comvec entwickelt wurden. Joachim fasste Comvecs kommerzielle und technische Rolle als Einrichtung zusammen, die kleinen Biotech-Firmen half, die optimale Verpackung zu entwickeln, um ihre Gentherapie-Produkte zu den richtigen Zellen und Märkten zu befördern.

Man hatte sich ursprünglich darauf geeinigt, dass Comvec einen lagerfähigen Bestand von verschiedenen viralen Vektoren entwickeln und sich darauf konzentrieren würde, die Therapien so bald wie möglich auf den Markt zu bringen. Aber Joachim hatte viel Zeit und Geld darauf verwendet, immer komplexere Viren zu entwickeln, was schließlich zu seinem viel gerühmten Durchbruch in Gestalt des Tag Vector geführt hatte, der es ermöglichte, ein gentherapeutisches Mittel einem einzigen Individuum zu verabreichen und es dann wie beim Fangenspielen mittels eines sekundären über die Luft übertragenen Vektors auf Grippebasis auf andere Menschen zu übertragen. Es zielte auch auf die Geschlechtszellen des Patienten ab, damit das Heilmittel an nachfolgende Generationen weitergegeben werden konnte. Eine nahe liegende Anwendungsmöglichkeit war die Impfung der von Aids dezimierten Dritten Welt.

»Joachims Tag Vector mag ja technisch brillant sein, aber Geld lässt sich damit auf Jahre hinaus nicht verdienen. Es wird Jahrzehnte dauern, bis wir die entsprechenden Zulassungen von den europäischen Gesundheitsbehörden und der amerikanischen FDA erhalten.«

»So siehst du die Sache, aber nicht Joachim. Ich möchte, dass aus der Chevalier-Fusion etwas wird.«

Max seufzte. »Ich werde es mir überlegen, aber mit der Banque Chevalier zu fusionieren, wird unsere Probleme nicht lösen. Damit gewinnen wir nur Zeit.«

»Und Zeit brauchen wir, Max. Außerdem möchte ich die Gewissheit haben, dass mein Erbe in guten Händen ist. Du musst heiraten und einen Erben zeugen. Du bist fast vierzig, und Joachim ist schon verheiratet. Bisher hat er nur eine Tochter, aber er arbeitet daran. Widersetz dich mir in diesem Punkt nicht, Max – ich habe dir schon genug durchgehen lassen. Was deine Tauchleidenschaft und die viele Zeit angeht, die du in deinem Haus an der Côte d'Azur verbringst, drücke ich schon die ganze Zeit ein Auge zu. Aber in diesem Punkt werde ich nicht nachgeben. Du bist mein Nachfolger, Max. Du trägst eine große Verantwortung. Du musst deiner Rolle gerecht werden und die Bank erhalten und den Fortbestand der Familie gewährleisten.«

»Das sehe ich durchaus ein, aber bei dem Ausmaß, in dem wir im Moment Kunden verlieren, ist eine radikalere Lösung erforderlich, wenn wir das alles erhalten wollen.« Er machte eine weit ausholende Geste, die das Haus, die Ahnenporträts und den ganzen Besitz einschloss. Dann zeigte er auf Marco Trapani, der sich mit Joachim unterhielt. »Und wenn wir heute nicht noch mehr Kunden verlieren wollen, sollten wir jetzt lieber nach draußen gehen und uns unter die Leute mischen.«

Helmut Kappel zog sein Halstuch zurecht und ging zur Tür. »Was hat es mit Trapanis Cousin noch einmal genau auf sich?«

Max folgte seinem Vater auf den Gang hinaus. »Wir müssen erst noch genauere Erkundigungen über ihn einziehen, aber er heißt Professor Carlo Bacci. Laut Joachim ist er ein angesehener Wissenschaftler, der vor ein paar Jahren in den USA dem Big Business den Rücken gekehrt und in Italien eine eigene Firma gegründet hat. Jetzt bräuchte er das entsprechende finanzielle Backing, um seine Erfindung zu vermarkten.«

Helmut Kappel verzog das Gesicht, als sie auf die Flügeltür zugingen, die auf die Terrasse hinausführte. Max konnte sich vorstellen, was er dachte: Waren die Kappels schon so tief gesunken, dass sie den abgehalfterten Verwandten ihrer Kunden schöntun mussten?

»Hört sich nach purer Zeitverschwendung an«, krächzte Kappel.

»Wenn es Zeitverschwendung ist, kannst du Joachim die Schuld geben«, murmelte Max, als sie in die Sonne hinaustraten. Lächelnd streckte er die Hand aus, um den ersten Kunden zu begrüßen. »Offensichtlich ist Professor Bacci sehr beeindruckt von Comvec und seinem *langfristigen* Engagement für so spekulative Projekte wie den Tag Vector ...«

8

Eine Woche später:
16. August

Das Bankhaus Kappel befand sich in der Bahnhofstraße, mitten im Züricher Bankenviertel. Der wuchtige klassizistische Bau mit dem imposanten Portikus und den vergitterten Doppelfenstern war eine eigenartige Mischung aus Tempel, Festung und Gefängnis. Als Professor Carlo Bacci an der Fassade hochblickte, fand er, dass die Bank in vieler Hinsicht alle diese Dinge war: ein Heiligtum des Mammons, ein sicherer Hort für die Reichtümer ihrer Kunden und ein Verwahrungsort für nicht beanspruchte Guthaben.

Er hatte den silbernen Aktenkoffer, dessen wertvoller Inhalt ihn mit Zuversicht erfüllte, fest an seine Seite gedrückt, in der anderen Hand hielt er den Laptop. Infolge der positiven Reaktion, die seine Tochter auf die Ankündigung seiner Verlobung gezeigt hatte, war er versucht gewesen, ihr zu erzählen, wie er Marias Herz gewonnen hatte. Doch das wäre ein Fehler: Auch wenn Isabella Neurologin war und daher die Tragweite seiner Erfindung beurteilen könnte, verstünde sie möglicherweise nicht, *warum* er es getan hatte. Noch nicht. So lange nicht, bis er ihr und der Welt demonstrieren könnte, zu welchem Glück sein Mittel der Menschheit verhelfen würde. Er dachte an die Haare, die er von Isabellas Kopf gezupft hatte, dann an Leo. Wenn er Leo das Mittel verabreichte, würde sie es verstehen. Bald würde er es jedem begreiflich machen. Aber um seine Vision zu verwirklichen und aller Welt nahe zu bringen, brauchte er mehr Kapital und Arbeitsbedingungen, wie sie in den Staaten einmal eine Selbstverständlichkeit für ihn gewesen waren.

Er trat durch die große, kunstvoll verzierte Tür in die Eingangshalle der Bank, deren Inneres sogar noch beeindruckender war. Der Boden war ein Schachbrettmuster aus schwarzen und weißen Marmorplatten. Zu der luftigen Decke und der vergoldeten Randleiste strebten hohe Grünpflanzen und Marmorsäulen empor. Von der Wand hinter dem Empfang blickte das eindrucksvolle Porträt eines weißhaarigen Mannes mit eisblauen Augen herab. Der Porträtierte, Dieter Kappel, ähnelte Helmut Kappel, trug aber einen altmodischen Stehkragen und einen dunklen Gehrock. Plötzlich wurde Bacci bewusst, wie nervös er war.

Als ihn sein Cousin den Kappels in ihrem Schloss vorgestellt hatte, war das noch nicht so gewesen. Er hatte es genossen, sich unter die zahlreichen Prominenten zu mischen, und es hatte ihn sehr beeindruckt, dass er noch nie etwas vom Bankhaus Kappel gehört hatte, obwohl sie zahlreiche prominente Kunden hatten und schon zweihundert Jahre lang im Geschäft waren: Das war wahre Diskretion. Imponiert hatte ihm auch, dass die Bank ein Familienunternehmen war – so völlig anders als die gesichtslosen internationalen Institute, mit denen er früher zu tun gehabt hatte.

Ganz besonders hatte es ihm Comvec angetan. Vor zwei Tagen hatte ihm Joachim Kappel das kleine, aber bestens ausgestattete Comvec-Labor im Süden Zürichs gezeigt. Es war nicht unbedingt spektakulär, konnte sich aber durchaus sehen lassen und hatte bereits einige beachtliche Erfolge vorzuweisen. Die hier entwickelten viralen Vektoren, insbesondere der durch die Luft übertragene Tag Vector, waren kühn und revolutionär, und das Engagement der Kappels für das Projekt war beachtlich. Wie viele andere Banken würden das Risiko eingehen, in etwas so Spekulatives und Langfristiges zu investieren?

Doch die Besichtigung von Comvec war eine entspannte PR-Veranstaltung gewesen, und bei dem Treffen im Schloss Kappel hatte eine Atmosphäre geherrscht, in der alle Beteiligten ihren Charme spielen ließen und der Champagner in Strömen floss. Hier handelte es sich dagegen um einen reinen Geschäftstermin, von dessen erfolgreichem Verlauf für Bacci einiges abhing. Ihm lag sehr viel daran, dass die Kappels ihn und sein Projekt unterstützten, und das machte ihn nervös.

Er meldete sich am Empfang, wo man ihn bat, in den sechsten Stock zu fahren. Als er darauf zum Aufzug ging, öffnete sich eine der Lifttüren und Klaus Kappel kam heraus. Bacci kannte ihn von der Feier im Schloss, aber Kappel war so in ein Gespräch mit einem tief gebräunten, gedrungenen kleinen Mann mit einer Glatze vertieft, dass er Bacci nicht bemerkte. Klaus Kappel zupfte an seinem Bart und schüttelte den Kopf. Als Bacci die Aufzugkabine betrat und die Tür hinter ihm zuging, hörte er ihn murmeln: »Damit will ich nur sagen, Herr Lysenko, dass Sie nur gewinnen können, wenn Sie bei uns bleiben.«

Im sechsten Stock stieg Bacci aus dem Lift, und ein Mitarbeiter zeigte den Gang hinunter. »Am Ende des Flurs. Sie brauchen nur zu klopfen.«

Bis Bacci die Ehrfurcht gebietende Eichentür erreichte, waren seine Handflächen feucht. Er straffte die Schultern, strich seinen Anzug glatt und warf einen letzten Blick auf seinen Aktenkoffer. Dann klopfte er zweimal.

Max saß an dem langen Tisch des eichenvertäfelten Besprechungszimmers, und er war überrascht, wie aufgeregt Professor Bacci wirkte, der ständig an seinem silbernen Aktenkoffer herumnestelte und zwischendurch von seinem Espresso trank. Er konnte sich nicht erinnern, wann er das letzte Mal aufgeregt gewesen war – oder überhaupt Gefühle empfunden hatte.

Er blickte auf den Ordner, der vor ihm lag. Er enthielt alles, was er und sein Bruder über Bacci hatten in Erfahrung bringen können. Joachim hatte einmal bei einem Gentherapie-Symposion in Basel einen Vortrag von ihm gehört. Offensichtlich stand der Professor, dessen Spezialgebiete Neurologie und Genetik waren, in dem Ruf eines zwar unorthodoxen, aber dennoch hoch angesehenen Wissenschaftlers. Nachdem ihnen klar geworden war, dass Bacci möglicherweise durchaus etwas zu bieten hätte, hatten sie den roten Teppich ausgelegt. Joachim hatte ihm Comvec gezeigt, und zu der nun bevorstehenden Besprechung waren mit Ausnahme von Klaus, der sich um Feliks Lysenko kümmerte, alle Kappels erschienen. Helmut Kappel hatte seinen gewohnten Platz am Kopfende des Tischs eingenommen, Joachim und Max saßen Professor Bacci gegenüber.

Max' Halbbruder trug, wie es seine Art war, eine farbenprächtige Fliege und rauchte die gleichen Sobranie-Zigaretten wie sein von ihm verehrter Vater. Obwohl er zehn Jahre jünger als Max war, konnte man seine Ambitionen, die Nachfolge seines Vaters anzutreten, nicht übersehen. Max störte das nicht, weil er wusste, dass das völlig ausgeschlossen war. Joachim war ein hervorragender Wissenschaftler, und ihr Vater verwöhnte ihn sogar noch mehr als Max, was vielleicht daran lag, dass sich Helmut Kappel stärker in den Zügen seines jüngeren Sohnes wiederzufinden glaubte, aber Joachim hatte keine Führungsqualitäten: Er war zu schwach und zu sehr auf Anerkennung bedacht.

»Zunächst möchte ich mich bedanken, dass Sie sich für mich Zeit genommen haben«, begann Bacci.

»Hoffentlich können wir Ihnen auch helfen, Professor Bacci«, erwiderte Helmut Kappel mit einem jovialen Lächeln. »Wir sind in erster Linie Banker, wobei jedoch mein Sohn Max für den Bereich Unternehmensberatung zuständig ist, während mein anderer Sohn, Joachim, unsere Tochter Comvec leitet, die sich, wie Sie ja inzwischen wissen, darauf spezialisiert hat, aufstrebenden Biotech-Unternehmen bei der Vermarktung ihrer Produkte zur Seite zu stehen. Die beiden werden sich also bei unserer heutigen Besprechung möglicherweise als sehr nützlich erweisen.« Er räusperte sich. »Doch erst einmal eine Frage an Sie, Professor Bacci. Warum haben Sie eigentlich den Vereinigten Staaten den Rücken gekehrt?«

Bacci nahm einen Schluck von seinem Espresso und fummelte an dem kleinen silbernen Koffer herum, der neben seinem Laptop auf dem Tisch lag und Max' Interesse geweckt hatte. »Ich wurde zunehmend unzufriedener mit den dortigen Arbeitsbedingungen. Die großen Pharma-Unternehmen, für die ich arbeitete, verwehrten mir die mir zustehende Anerkennung und finanzielle Honorierung. Sie brüsten sich zwar damit, solide Forschungsarbeit betreiben und hochwertige Medikamente für die Welt entwickeln zu wollen, aber das stimmt nicht. In Wirklichkeit geht es ihnen nur um den Profit.

Die großen amerikanischen Banken sind sogar noch schlimmer. Sie haben keinerlei Interesse daran, in die Zukunft zu investieren. Für sie zählt nur eines: Was unter dem Strich herausspringt. Wenn man bereits Geld hat, leihen sie einem mehr. Aber wenn man welches braucht, geben sie einem nichts. Deshalb bin ich in meine Heimat mit ihrem etwas altmodischeren Wertesystem zurückgekehrt, um meine Vision auf eigene Faust zu verwirklichen.«

»Fanden Sie denn in Italien andere Bedingungen vor?«

Ein Seufzen. »Eigentlich nicht. Doch Marco Trapani hat sich in den höchsten Tönen über *Ihre* Bank und ihre Zielsetzungen geäußert. Die viralen Vektoren von Comvec sind weltweit unerreicht, und ganz besonders imponiert hat mir die Art und Weise, wie Sie im Fall des Tag Vector vorgehen, der zwar absolut genial ist, aber eben leider kurzfristig keine Gewinne abwerfen wird.«

Max verkniff sich ein ironisches Lächeln, als er bemerkte, wie sein Vater zu Joachim sah. Es war höchst zweifelhaft, ob

Joachims Tag Vector, der auf dem virulenten Grippe-Retrovirus basierte, jemals eine behördliche Zulassung erhalten würde. Ungeachtet seiner Genialität konnte er sich nicht vorstellen, wie Comvec jemals einen Unbedenklichkeitsnachweis dafür erbringen wollte.

Helmut Kappel lächelte. »Das Bankhaus Kappel ist zuallererst ein Privatunternehmen. Das Tagesgeschäft erledigen professionelle Fondsmanager, Anwälte und Consultants, aber der Vorstand setzt sich aus vier Familienmitgliedern zusammen, und wir befassen uns persönlich mit allen strategischen Entscheidungen, die eine bestimmte Kundengruppe betreffen. Kundenvertrauen wird bei uns groß geschrieben, und auf strenge Vertraulichkeit legen wir nicht weniger großen Wert als jeder Arzt. In gewisser Weise sind wir Finanzärzte. Was Sie uns anvertrauen, bleibt innerhalb der vier Wände dieses Zimmers, und zwar unabhängig davon, ob es zu einer Zusammenarbeit zwischen uns kommt oder nicht.«

Er räusperte sich wieder. »Das einmal vorangestellt, müssen wir so viel wie möglich über Ihren Vorschlag wissen. Es ist auch ganz in unserem Interesse, das Vermögen eines jeden Kunden zu vergrößern, weshalb wir es uns zum Prinzip gemacht haben, ihm die Leistungen zu empfehlen, die er *braucht,* und nicht unbedingt die, die er *will.* Genau das wird jedoch eine gründliche Prüfung Ihres Vorhabens erfordern.« Er reichte Bacci einen Ordner. »Wir haben die üblichen Schweigepflicht- und Geheimhaltungsvereinbarungen unterschrieben, Sie können also alles rückhaltlos auf den Tisch legen. Sollten Sie den Eindruck gewinnen, dass wir in bestimmten Punkten zu sehr nachbohren, bedenken Sie bitte, dass wir nur unsere Pflicht tun. Wenn das für Sie nicht akzeptabel ist, Professor Bacci, sollten wir uns am besten jetzt gleich voneinander verabschieden, und wir wünschen Ihnen viel Erfolg bei einer anderen Bank.«

Bacci schlug den Ordner auf und überflog die unterzeichneten Dokumente. »Nein, das scheint mir durchaus vertretbar.«

»Sehr gut. Möchtest du dem noch etwas hinzufügen, Joachim?«

Joachim Kappel schüttelte den Kopf.

Sein Vater wandte sich seinem Bruder zu. »Max?«

Es überraschte Max immer wieder von Neuem, wie charmant und überzeugend sein Vater sein konnte, wenn er wollte. »Nein«, sagte er, »ich glaube, du hast alles berücksichtigt.« Er warf einen Blick auf das Dossier, das er über Bacci zusammengetragen hatte. Der Professor hatte an fast allen Eliteuniversitäten der amerikanischen Ostküste gelehrt, darunter MIT, Princeton, Yale und Harvard, und hatte mehrere Doktortitel. Er hatte sich in seiner außergewöhnlichen Karriere auf die Erforschung und Entwicklung von Gentherapien für die so genannten »großen vier« Nervenleiden konzentriert: Alzheimer, Parkinson, Schizophrenie und Depressionen. Seine Arbeiten über Parkinson hätten ihm den Nobelpreis eingetragen, hätte er nicht – bei den mächtigen Pharma-Unternehmen, die seine Forschungstätigkeit finanzierten – in dem Ruf gestanden, schwierig zu sein.

Fünf Jahre zuvor hatte dem Professor eine wohlhabende Einzelperson, die ganz direkt von seiner Arbeit über Parkinson profitiert hatte, eine beträchtliche Summe vermacht. Das hatte Bacci veranlasst, der Pharma-Industrie den Rücken zu kehren und sich in Italien niederzulassen.

Doch als Max jetzt den Inhalt des Ordners überflog, wurde sein Blick immer wieder auf einen Ausdruck der Internetseite der Mailänder Universitätsklinik gelenkt. Darauf war ein Foto von Isabella Bacci zu sehen. Da war etwas an der direkten Art, wie die Tochter des Professors ihm entgegenblickte … Die großen, ausdrucksvollen Augen und das schiefe Lächeln ließen sie gleichzeitig verletzlich und stark erscheinen. Reizvoll.

»Wie es scheint, sind Sie die letzten fünf Jahre in Italien nicht untätig geblieben, Professor Bacci«, sagte Joachim. Er zeigte auf den silbernen Koffer. »Wenn ich mir Ihren erstaunlichen Lebenslauf so ansehe, nehme ich einmal an, dass Sie eine hochinteressante neue Therapie entdeckt haben.«

»Nein, keine Therapie«, entgegnete Bacci. »Eigentlich sogar das genaue Gegenteil.« Er fuhr den Laptop hoch und drehte den Bildschirm den Kappels zu. »Ich habe eine Möglichkeit entdeckt, eine Epidemie auszulösen, eine harmlose, aber extrem nachhaltige Geisteskrankheit, die für die Evolution der Menschheit von entscheidender Bedeutung sein wird.«

Helmut Kappel runzelte die Stirn, und Joachim rückte seine Brille zurecht. Max ertappte sich dabei, wie er sich auf seinem Stuhl vorbeugte.

Bacci drückte auf eine Taste des Laptops, und am oberen Bildschirmrand erschien die Überschrift »NiL 072«. Darunter befand sich eine einzige Zeile: »Marazziti-Studie, Universität Pisa 1999«.

»Die Geisteskrankheit, von der hier die Rede ist«, fuhr Bacci fort, »besteht darin, sich zu verlieben.« Ein Leuchten trat in seine Augen, und seine bisherige Nervosität fiel von ihm ab. »Zunächst müssen Sie verstehen, dass jemand, der von sich behauptet, liebeskrank zu sein, keineswegs übertreibt. Eine Studie, die Donatella Marazziti neunzehnhundertneunundneunzig mit ihrem Kollegen an der Universität Pisa durchgeführt hat, deutet darauf hin, dass eine starke Ähnlichkeit besteht zwischen den physiologischen Prozessen im Gehirn von verliebten Menschen und solchen, die an einer Zwangsneurose leiden, ein Zustand, für den intrusive Gedanken typisch sind sowie ein unwiderstehliches Bedürfnis, seine Ängste durch beständige Wiederholung irrationaler Rituale, wie zum Beispiel Händewaschen, abzubauen.

Im Frühstadium der Verliebtheit weisen Menschen vergleichbare Symptome auf: intrusive eingleisige Gedanken, die um eine einzige Person kreisen, die sie, obwohl sie um ihre Irrationalität wissen, nicht abstellen können, und der Drang, Dinge zu tun, die sie normalerweise nicht tun würden – dem Objekt ihrer Liebe zu folgen, am Telefon auf seinen Anruf zu warten, sich ständig zu vergewissern, dass es sich da befindet, wo es sich befinden soll. Das alles sind klassische Symptome einer Zwangsneurose, und sie werden häufig von intensiven Ängsten begleitet.« Der Bildschirm veränderte sich. »Bei der Studie in Pisa wurden Studenten untersucht, die sich vor kurzem verliebt hatten. Dabei zeigte sich, dass der für das Wohlbefinden zuständige Serotonin-Spiegel in ihrem Hirn vierzig Prozent unter dem Normalwert lag.« Der Bildschirm veränderte sich wieder. »Wie Sie nun dieser Tabelle entnehmen können, sind die darauf eingetragenen Werte in etwa mit den vorhergehenden vergleichbar. Allerdings stammen sie von Personen, bei denen eine Zwangsneurose diagnostiziert wurde. Marazzitis Studie legt den Schluss nahe, dass ›Liebeskrankheit‹ eine vorübergehende gesunde Version einer Zwangsneurose ist, die für die menschliche Fortpflanzung und Evolution von entscheidender Bedeutung ist.«

Max sah seinen Vater nicken. Die Vorstellung, dass jede Emotion, insbesondere Liebe, eine Krankheit war, stand in vollkommenem Einklang mit seiner Sicht der Dinge.

»Das Zweite, was Sie sich klar machen müssen, ist, dass sich zu verlieben ein chemischer Prozess ist, der im Gehirn abläuft, nicht im Herzen. Dabei handelt es sich um ein natürliches Phänomen, das von einem bis ins Kleinste aufgeschlüsselten dreistufigen biologischen Prozess gesteuert wird.«

Joachims Stift kratzte hektisch über das Papier, als er sich über seinen Block beugte.

Bacci drückte auf eine Taste des Laptops, worauf eine neue Überschrift erschien: »Die drei Phasen der Liebe.« Darunter waren folgende drei Hauptpunkte aufgeführt:

- Phase 1 – Anziehung
- Phase 2 – Verliebtheit
- Phase 3 – wahre Liebe

Bacci streckte einen Finger hoch. »Mit dem ersten Aufwallen von Liebe übernehmen unsere Sexualhormone und Pheromone das Kommando. Im Körper kommt es zu einer hohen Dopamin-Ausschüttung, die intensive Gefühle der Erwartung, begleitet von der Hoffnung auf Erfüllung, auslöst. Das ist von ganz entscheidender Bedeutung, wenn es darum geht, sich des Interesses eines Sexualpartners zu versichern und ihn für sich zu gewinnen.« Er streckte zwei Finger hoch. »In der zweiten Phase sinkt der Serotonin-Spiegel. An die Stelle des Serotonins treten Adrenalin und Noradrenalin, was sich in der halb freudigen, halb angsterfüllten Aufgeregtheit der Verliebtheit niederschlägt. Dadurch gewährleistet die Natur, dass sich unsere Paarungsenergie auf eine einzige Person konzentriert – das ist das Stadium, in dem der zwangsneurotische Charakter am stärksten ausgeprägt ist.«

Er hob einen dritten Finger. »Wenn jedoch aus Verliebtheit anhaltende und stabile ›wahre Liebe‹ werden soll, ist eine andere Gruppe von Hormonen gefragt – Endorphine und Bindungssubstanzen wie Vasopressin und Oxytozin. Oxytozin ist die Substanz, die nach einem Orgasmus oder bei Frauen nach der Entbindung gebildet wird. Mit dem Gefühl der Nestwärme und des Wohlbefindens, das es hervorruft, belohnt uns die Natur dafür, dass wir bei unserem Partner beziehungsweise unserem Nachwuchs bleiben. Mithilfe dieser dritten Phase trägt also die Natur dafür Sorge, dass jedes auf diesem Weg gezeugte Kind zwei Elternteile hat – zumindest in den ersten Jahren.«

»Dann ist also Liebe nur ein Trick der Natur?«, sagte Helmut Kappel.

Bacci lächelte. »In gewisser Weise ja. Aber es ist dieser Trick, der das Leben nicht nur erst möglich, sondern auch lebenswert macht.«

»Und worin besteht nun Ihre Entdeckung?«, fragte Max und verschränkte die Arme.

Bacci bat um etwas Geduld, indem er die Hand hob. »Bei meinem letzten Projekt in den Vereinigten Staaten, das am

MIT stattfand, ging es um die Entwicklung eines genetischen Antidepressivums. Den Geldgebern, Drake Pharmaceuticals, ging es darum, eine Alternative zu Prozac ohne dessen Nebenwirkungen zu entwickeln. Das neue Mittel sollte auf genetischer Ebene wirken. Ein Patient hätte also nicht endlos Tabletten schlucken, sondern nur ein einziges Mal behandelt werden müssen. Es sah alles sehr vielversprechend aus, eine echte Heilung und nicht nur eine neue Möglichkeit der Symptombehandlung bei einer ganzen Reihe von Angstzuständen – darunter auch Zwangsneurosen. Doch gerade als wir deutliche Fortschritte zu machen begannen, kauften Brandt Tolzer, die Hersteller eines führenden Prozac-Klons, Drake Pharmaceuticals auf und stoppten das Projekt. Sie zogen es vor, die Patienten weiter Pillen schlucken zu lassen. Denn mehr Pillen bedeuteten mehr Gewinn.

Doch bevor Brandt Tolzer auf den Plan trat, kam es bei der klinischen Erprobung meines genetischen Prozac zu einem interessanten Zwischenfall. Zum Glück waren die Auswirkungen nur von kurzer Dauer – alle meine Testseren sind so ausgelegt, dass ihre Wirkung nicht länger als achtundvierzig Stunden anhält –, aber trotzdem bekam man bei Drake einen gewaltigen Schreck.«

»Was ist passiert?«, fragte Joachim Kappel.

»Grob vereinfacht, wirken Mittel wie Prozac, indem sie den Anteil des Glückshormons Serotonin im Hirn erhöhen. Wenn Patienten zum ersten Mal Prozac nehmen, bekommen sie jedoch paradoxerweise verstärkte Angstzustände und suizidale Anwandlungen, bis sich ihre Nervenverbindungen schließlich auf die abrupte Veränderung ihrer Hirnchemie umgestellt haben. Aus irgendeinem Grund verstärkte das Testserum diesen Effekt. Es trieb die Versuchspersonen zwar nicht gerade in den Selbstmord, aber es verstärkte ihre emotionalen Reaktionen. Es wirkte wie eine Art emotionales Viagra. Versuchspersonen, die sich vor der Studie nicht gekannt hatten, gingen innerhalb des Achtundvierzig-Stunden-Zeitraums enge Beziehungen ein – in der Regel mit der ersten gegengeschlechtlichen Person, der sie begegneten.

Als an den Versuchspersonen daraufhin eine Magnetresonanzspektroskopie vorgenommen wurde, machte ich eine eigenartige Feststellung. Im inferotemporalen Kortex und im fusiformen Gyrus – das sind diejenigen Bereiche, die auf das Erkennen menschlicher Gesichter spezialisiert sind – machte sich geballte Hirnaktivität bemerkbar, die vor allem dann ganz besonders intensiv war, wenn die Versuchsperson das Gesicht derjenigen Person betrachtete, zu der er oder sie während der achtundvierzigstündigen Versuchsphase eine besonders enge Beziehung aufgebaut hatte. Selbst ein Foto genügte, um ihre Hirnwerte aufleuchten zu lassen wie ein Feuerwerk. Grundsätzlich lässt sich also sagen, dass die Versuchspersonen intensive Emotionen verspürten – ähnlich denen, wenn man verliebt ist – und diese dann mit dem Gesicht in Verbindung brachten, das sie als Erstes sahen, nachdem das Mittel zu wirken begonnen hatte.«

»Also Liebe auf den ersten Blick?«, warf Max ein. »Wie bei Shakespeare?«

Bacci nickte mit Nachdruck. »*Ein Sommernachtstraum.* Genau. Aber dann, nach achtundvierzig Stunden, waren die Versuchspersonen wieder ganz normal, und es traten keinerlei schädliche Nebenwirkungen auf – außer dass ihnen das Ganze ziemlich peinlich war. Wie dem auch sei, bei Drake wollte man das Projekt einschlafen lassen, weshalb ich ihnen nichts von dieser Entdeckung sagte, und als Brandt Tolzer auf den Plan trat, stieg ich aus und arbeitete auf eigene Faust an der Entwicklung des Serums weiter. Nach zahlreichen Modifikationen kam dabei schließlich das hier heraus.«

Bacci schloss den silbernen Koffer auf und öffnete ihn so, dass der Deckel seinen Inhalt vor Max' Blicken verbarg. Der Professor nahm eine daumengroße Ampulle mit einem extrem feinen Pulver heraus und reichte sie Max. »Das ist NiL Neunundsechzig.«

Max betrachtete das Etikett. Bei der Bezeichnung schien es sich um eine Abkürzung zu handeln, ein kleines *i* zwischen einem großen *N* und *L*. Dann kam die Abkürzung für Nummer und die Nummer selbst: NiL Nr. 069. Er hielt die Ampulle ans Licht und betrachtete das schmutzig weiße Pulver. Es sah nicht gerade wie ein Wundermittel aus, das die Welt verändern würde.

Joachim nahm ihm die Ampulle aus der Hand und schien stärker beeindruckt. Er gab sie an seinen Vater weiter.

»Was ist das, Professor Bacci?«, fragte Helmut Kappel. »Was halte ich da in der Hand?«

»Die neunundsechzigste Iteration des Mittels.«

»Aber worum handelt es sich dabei?«

Bacci runzelte die Stirn, als läge die Antwort auf der Hand. »Liebe. Wahre Liebe.«

9

»Wahre Liebe?«, wiederholte Helmut Kappel.

»Streng gesprochen, naturidentische Liebe«, erklärte Bacci. »Ich nenne es NiL. Viele der Geschmäcke und Düfte – wie Vanille und Rose –, die wir von modernen Produkten und Lebensmitteln kennen, sind naturidentische, chemische Klone natürlicher Zutaten, die zu einem Bruchteil der Kosten dieselbe Wahrnehmung hervorrufen. Mein NiL-Serum funktioniert nach dem gleichen Prinzip; es bildet im menschlichen Hirn diejenigen Substanzen, die dort auf synthetischem Weg, aber absolut authentisch die Erfahrung von Liebe auslösen.

Nach der Analyse des Originalserums und seiner Wirkung stellte ich fest, dass es die intensiven Gefühle von Nervosität und Erregung auslöst, die man gemeinhin mit den ersten beiden Stadien einer Liebesbeziehung in Verbindung bringt, nämlich Anziehung und Verliebtheit; jedoch nicht die des dritten Stadiums. Deshalb habe ich es verbessert.«

»Und wie?«, fragte Joachim staunend.

Helmut Kappel, der seine Söhne beobachtete, stellte fest, dass Max die Begeisterung seines jüngeren Bruders nicht teilte. Während sich Joachim aufgeregt Notizen machte, setzte sich Max mit verschränkten Armen und skeptischer Miene zurück.

»Ich habe tausenderlei geringfügige Modifikationen vorgenommen«, fuhr Bacci fort, »aber sie summierten sich alle zu zwei wesentlichen Verbesserungen. Erstens habe ich die Wirkung des Mittels intensiviert.« Er drückte auf eine Taste des Laptops, worauf der Bildschirm in zwei Hälften unterteilt wurde. In der rechten war eine weiße Maus, in der linken ein brauner Nager. Bacci zeigte auf das braune Nagetier. »Das ist eine Prärie-Wühlmaus. Sie ist insofern ungewöhnlich, als zwei Tiere ihr Leben lang zusammenbleiben, wenn sie sich einmal gepaart haben. Mäuse dagegen sind promiskuitiv und paaren sich mit jedem verfügbaren Partner. Dieser Unterschied in ihrem Verhalten ist auf das Gen zurückzuführen, das für die Produktion des Hormons Oxytozin zuständig ist, eben der Substanz, die ich Ihnen als eine der Schlüsselkomponenten von wahrer Liebe genannt habe. Es ist umfassend dokumentiert, dass Mäuse sofort Paarbeziehungen eingehen und sich treu bleiben, sobald sie das Oxytozin-Gen eingesetzt bekommen. Umgekehrt werden Prärie-Wühlmäuse promiskuitiv, wenn ihnen das Gen entfernt wird.«

Joachim nickte. »Sie haben dem Mittel also Oxytozin-Gene hinzugefügt?«

»Ja, zusammen mit anderen bindungsförderlichen Substanzen wie Vasopressin fügte ich Steuergene hinzu, um die Oxytozin-Wirkung im Hirn der Versuchsperson zu intensivieren. Und siehe da, ich hatte bloße Verliebtheit zu etwas Intensiverem, Dauerhafterem und tiefer Gehendem gemacht.«

Helmut Kappel runzelte die Stirn. »Ein Aphrodisiakum also?«

»Nein, wesentlich mehr als das, Vater«, sagte Joachim. »Obwohl sexuelle Anziehung ein wichtiger Aspekt von Professor Baccis Mittel ist, stimuliert es den *ganzen* Menschen – Körper und Geist.«

»Ganz richtig«, sagte Bacci. »Es ruft wahre Liebe hervor, nicht nur Lust.«

»Was ist die zweite wesentliche Verbesserung, die Sie daran vorgenommen haben?«, fragte Joachim.

Baccis Augen leuchteten. »Also, das ist die Entdeckung, auf die ich ganz besonders stolz bin. Ich habe herausgefunden, wie man das Mittel gezielt einsetzt.« Er drückte auf eine weitere Taste des Laptops, und auf dem Bildschirm erschien das Gesicht eines Mannes. »Erkennen Sie ihn?« Helmut Kappel wusste, dass es sich um einen berüchtigten Mörder handelte, der einige Jahre zuvor in den Vereinigten Staaten für die Ermordung und Vergewaltigung von achtzehn Frauen verurteilt worden war. Er hatte weltweit für Schlagzeilen gesorgt, allerdings nicht wegen seiner Verbrechen, sondern wegen der Umstände seiner Überführung und Festnahme. »Bei diesem Bild handelt es sich nicht um ein Foto, sondern um ein digitales Bild, das anhand von DNS generiert wurde, die er an einem der Schauplätze seiner Verbrechen zurückgelassen hatte. Genauer gesagt, es wurde mithilfe der 597 Gene generiert, die das Aussehen seines Gesichts bestimmen – Haartyp und -farbe, Knochenbau, Augen- und Hautfarbe, Ohrform. Anhand der Länge der Telomere an den Chromosomen-Enden konnte sogar sein Alter berechnet werden. Abgesehen von nicht genetisch bestimmten Abweichungen wie Frisur, Verletzungen, Operationen und Lebenswandel war dieses Abbild so ähnlich, dass ihn das FBI binnen weniger Tage fassen konnte. Sicher kennen Sie diese Technik. DNS-Gesichtserkennung ist inzwischen in zahlreichen Sicherheitssystemen gebräuchlich. Wahrscheinlich haben Sie auch in Ihrer Bank eines.«

Das war tatsächlich so, dachte Helmut Kappel.

»Die gleichen Informationen über *Ihr* Gesicht, Herr Kappel, sind in der DNS jedes Haarfollikels auf Ihrem Kopf enthalten. Aus nur einem einzigen davon kann ich Ihr faziales Steuergen isolieren und es in das Serum einsetzen. Sobald eine Versuchsperson das Serum mit Ihrer DNS injiziert bekommt, wird ihrem inferotemporalen Kortex Ihre faziale Blaupause eingeprägt. Dann verliebt sich diese Person nicht mehr unsterblich in das erste Gesicht, das sie zu sehen bekommt. Sie verliebt sich in Sie, und zwar ganz allein in Sie.«

Darauf wurde es still im Raum. Helmut Kappel sah Joachim an und stellte fest, dass er sprachlos war – wie er. Max runzelte die Stirn, er schien noch nicht überzeugt.

»Genial«, sagte Joachim. »Welchen viralen Vektor haben Sie verwendet?«

»Ein ganz gewöhnliches RNS-Retrovirus, das gebaut wurde, um die Blut-Hirn-Schranke zu umgehen, die das Hirn vor verunreinigenden Substanzen im Blut schützt.«

»Woher wissen Sie, dass dieses Mittel auch tatsächlich funktioniert?«, fragte Max.

»Weil ich es an mir selbst ausprobiert habe. Ich muss gestehen, dass nicht jede Iteration ein Erfolg war. Mein erster Versuch, ein zielgerichtetes Serum herzustellen, NiL Zweiundvierzig, war ein Desaster. Um seine geschlechtsunabhängige Wirkung zu testen, setzte ich den fazialen Abdruck eines willkürlich ausgewählten Mannes in das Serum ein und injizierte es dann mir selbst.«

»Und es hat nicht funktioniert?«

»Nein, es hat *zu gut* funktioniert. Obwohl ich kein sexuelles Verlangen nach dem Mann verspürte – es war der Mechaniker, der mein Auto wartet –, empfand ich ihm gegenüber eine zwanghafte Hingabe. Achtundvierzig Stunden lang war alle Liebe verflogen, die ich für andere Menschen empfand. Ich war so absorbiert, so hingerissen von dieser Person, dass sogar meine Liebe zu meiner Tochter neutralisiert war. Ich wäre für diesen Mann gestorben, hätte wahrscheinlich für ihn gemordet, und als das Serum zu wirken aufhörte, war ich von dieser Erfahrung so erschüttert, dass ich das Projekt beenden wollte.« Er seufzte. »Aber ich machte weiter, und schließlich gelang es mir, die Gen-Promotoren, die den Ausdruck relevanter Proteine regulieren, so auszutarieren, dass die Liebe zum beabsichtigten Individuum meine Liebe zu anderen nicht ausschloss. Ich testete es wieder, aber diesmal konzentrierte ich mich auf Frauen. Ich sammelte DNS von Frauen in der Nähe meines Wohnsitzes und stellte Proben von NiL Neunundsechzig her. Alles was ich dafür benötigte, war etwas Speichel von einer Kaffeetasse oder ein einziges Haar. Ich wählte Frauen aus, von denen ich wusste, dass ich sie in den nächsten Tagen sehen würde – die Verkäuferin im Gemüseladen an der Ecke, die Frau nebenan, die Frau, die in der Mittagspause immer auf derselben Parkbank saß. Ich wählte junge und alte Frauen aus, schöne und unscheinbare. Insgesamt führte ich zwölf verschiedene Experimente durch, und achtundvierzig Stunden lang verliebte ich mich in jede von ihnen unsterblich. Meine Gefühle für meine Tochter waren davon jedoch nicht betroffen.«

Joachim hielt die Ampulle mit dem Pulver hoch. »Und wessen genetischer Code ist hier drin?«

»Das war eins der letzten Experimente, obwohl ich mittlerweile längst über das Experimentierstadium hinaus bin. Diese Ampulle enthält den genetischen Code einer Frau namens Maria. Ich mochte sie vom ersten Augenblick an, und wir wurden Freunde, aber ich machte mir Sorgen, unsere Beziehung könnte nicht zu etwas Dauerhafterem heranreifen. Ich habe vor sechzehn Jahren meine Frau verloren und machte mir Sorgen, nicht noch einmal die große Liebe erfahren zu können. Ich bin nicht mehr jung, und die Zeit ist nicht auf meiner Seite … deshalb setzte ich das Mittel ein, um mich in sie zu verlieben.

Liebe ist eine enorme positive Macht. Wird sie erwidert, ist sie das stärkste Gefühl überhaupt. Nun, hier ist es. Ich habe mir zum Ziel gesetzt, NiL paarweise zu verkaufen, damit wir eine Welt schaffen können, in der die entscheidende Quelle für Liebe und Gutartigkeit für jeden erhältlich ist. Wenn es in einer Beziehung kriselt, können die beiden Partner ein Mittel mit dem Profil des jeweils anderen nehmen, und sie verlieben sich wieder ineinander. Keine Scheidungen mehr, keine Einsamkeit und kein Unglück mehr. Wie bereits gesagt, es handelt sich hier um emotionales Viagra. Und diesmal wird allen bewusst sein, dass sie ihr Glück und ihr Wohlbefinden nicht irgendeinem seelenlosen Unternehmen zu verdanken haben, sondern *mir.* Die Menschen werden mir danken und mich reichlich dafür belohnen, dass ich Liebe in ihr Leben gebracht habe.«

»Wie verabreicht man es?«

Bacci holte eine beigefarbene Impfpistole aus seinem silbernen Koffer. Sie war klein genug, um in der Handfläche eines Mannes Platz zu finden. Helmut Kappel wusste sofort, worum es sich dabei handelte. »Eine ganz normale PowerDermic-Pistole ist alles, was Sie benötigen, um es in den Blutkreislauf zu injizieren«, sagte Bacci.

Joachim machte sich auf seinem Block Notizen. »Wie lange dauert es, bis es wirkt?«, fragte er.

»Man muss schlafen, bevor die Wirkung einsetzt – so ähnlich, wie man einen Computer neu starten muss, nachdem man neue Software installiert hat. Das Mittel macht einen schläfrig, und während man schläft, verändert es die Hirnchemie und prägt dem inferotemporalen Kortex unterbewusst das Gesicht der Zielperson ein. Unter Umständen träumt man sogar von ihr. Wenn man aufwacht, ist das Hirn neu programmiert. Abgesehen von dem merkwürdigen Nebeneffekt, dass man einen gesunden Appetit verspürt, merkt man keine Veränderung, bis man das Gesicht der Zielperson sieht.« Bacci lachte amüsiert. »Dann erlebt man einen typischen Fall von Liebe auf den ersten Blick, als ob einen Amors Pfeil mitten ins Herz getroffen hätte.«

Helmut Kappel runzelte die Stirn. »Wie lang hält die Wirkung an?«

»NiL Neunundsechzig befällt die somatischen Körperzellen, die nur eine kurze Lebensdauer haben. Es wirkt achtundvierzig Stunden.« Bacci griff in seinen Silberkoffer. »Aber es ist nicht die ausgereifteste Version.« Er holte eine zweite Ampulle heraus. »Das ist NiL Zweiundsiebzig. Es bedient sich eines viralen Vektors, der nicht nur die kurzlebigen Körperzellen befällt, sondern auch die permanenten Stammzellen. Die Wirkung von Zweiundsiebzig hält nicht nur übers Wochenende an. Sie hält ein Leben lang an. Wenn NiL Neunundsechzig vorübergehende Liebe ist, dann ist NiL Zweiundsiebzig das absolute Nonplusultra – reine, immerwährende, Bis-dass-der-Tod-euch-scheidet-Liebe.«

Helmut griff nach der Ampulle und betrachtete sie. Abgesehen vom Etikett sah sie genauso aus wie die Vorgängerversion. Angesichts des Potenzials von Baccis Behauptungen hatte es in seinem Kopf bereits fieberhaft zu arbeiten begonnen. »Woher wissen Sie, dass *das* hier wirkt?«

»Um meine Liebe zu Maria aufrechtzuerhalten, habe ich NiL Neunundsechzig drei Mal genommen. Als ich schließlich vor sechs Monaten zu der Überzeugung gelangt war, dass es unbedenklich ist, habe ich mir Zweiundsiebzig injiziert. Seitdem brauche ich keine weitere Dosis mehr.« Er machte eine Pause. »Vor ein paar Wochen habe ich die Zahl der Probanden erweitert. Ich habe das Mittel Maria injiziert. Ich wollte die Wirksamkeit des Mittels beweisen, aber ich wollte auch ihr helfen. Sie war verletzt worden und wollte sich nicht mehr binden; sie fürchtete sich, der Liebe zu vertrauen. Ich dachte, das Mittel würde ihr diese Angst nehmen.«

Darauf trat kurzes Schweigen ein.

»Haben Sie sie gefragt, ob sie damit auch einverstanden ist?«, fragte Max.

Wieder eine Pause. »Nein. Aber da ich es selbst bereits genommen hatte, habe ich sie nicht benutzt. Wie gesagt, ich liebe sie, und jetzt ist sie auch sicher, dass sie mich liebt. Wir sind glücklich.«

»Haben Sie ihr von dem Mittel erzählt?«

»Nein.«

»Aber es hat funktioniert?«, fragte Helmut Kappel.

»Wir werden heiraten.«

»Was genau wollen Sie von uns?« Kappel dachte bereits weit voraus und überlegte, wie er von Baccis genialer Entwicklung profitieren könnte. Falls es sich dabei nicht um irgendeinen Schwindel handelte.

»Meine finanziellen Rücklagen sind aufgebraucht«, sagte Bacci. »Ich brauche Geldmittel und das entsprechende Knowhow, um klinische Versuche durchzuführen und das Mittel schließlich auf den Markt zu bringen. Allerdings will ich nicht auf die großen Banken zurückgreifen, weil sie sich das Projekt unter den Nagel reißen und die großen Pharmakonzerne einschalten würden, um größtmöglichen Profit daraus zu schlagen. Aber hier handelt es sich um meine Idee, um das Ergebnis jahrelanger Arbeit, und ich möchte auch den Lohn und die Anerkennung dafür ernten. Außerdem möchte ich die Kontrolle über das Projekt nicht aus der Hand geben, weil sich diese Technik für Missbrauch geradezu anbietet. Ich stelle mir vor, dass das Mittel von Paaren genommen wird, von gleichgestellten Partnern, die sich lieben. Ich bin auf Ihre Hilfe angewiesen, um diese Idee in die Tat umzusetzen.«

Helmut Kappel machte eine wegwerfende Handbewegung. »Sie können von uns bekommen, was Sie brauchen, aber unser Interesse gilt erst einmal Ihrer Entdeckung.«

»Wer weiß sonst noch davon?«, fragte Joachim Kappel.

»Niemand. Mein Laborant kennt Einzelaspekte des Verfahrens, aber mehr nicht. Niemand weiß, was es bewirkt.«

Max Kappel sah auf seine Akte hinab. »Marco Trapani?«

»Ihm habe ich nur erzählt, dass ich eine Entdeckung gemacht habe. Worin sie besteht, habe ich ihm jedoch nicht gesagt.«

Kappel merkte, dass Max ein Foto in der Akte betrachtete. »Und Ihre Tochter?«

»Nein.«

Kappel nickte. »Erzählen Sie vorerst *keinem Menschen* davon, Professor Bacci. Es ist von entscheidender Bedeutung, dass wir alle nötigen Vorkehrungen getroffen haben, bevor wir damit an die Öffentlichkeit gehen.«

»Dann wollen Sie mir also helfen?«, sagte Bacci.

Max' Stirnrunzeln vertiefte sich. »Falls Ihr Mittel tatsächlich so wirkt, wie Sie behaupten.«

»Das tut es. Glauben Sie mir. Ich habe es an mir selbst getestet.«

Helmut Kappel hob die Hand. »Nichts für ungut, Professor Bacci, aber Ihre Entdeckung ist einfach so unglaublich, dass wir einen Beweis brauchen.«

»Aber wie soll ich den erbringen, ohne die Sache publik zu machen?«

»Joachim, du bist der Wissenschaftler. Was denkst du?«

Helmut Kappel beobachtete, wie sein jüngerer Sohn seinen Gesichtsausdruck zu lesen versuchte. Joachim äußerte selten eine Meinung, ohne sich vorher vergewissert zu haben, dass sie mit der seines Vaters konform ging.

»Das hängt davon ab«, sagte Joachim. »Ich müsste mir die detaillierten Unterlagen und Formeln und das ganze Verfahren ansehen.«

Sein Vater verdrehte die Augen. »Was *denkst* du?«

Joachim fuhr mit der Zunge über seine Lippen. »Unter rein wissenschaftlichen Gesichtspunkten betrachtet, hört es sich durchaus plausibel an. An der Sache könnte etwas dran sein.«

Helmut Kappel warf einen kurzen Blick in Max' Dossier. Baccis Ruf war untadelig, und seine Erklärung der Wirkungsweise des Mittels war einsichtig und stimmig gewesen, aber es war einfach zu unglaublich. Dennoch ließen die Möglichkeiten, die sich dadurch auftaten, sein Herz schneller schlagen. Er sah seinen älteren Sohn an, einen Mann, dem er beigebracht hatte, die Pflicht zu achten und Gefühle hintanzustellen, einen Kappel, der unfähig war zu lieben. »Max, was denkst du?«

Max verzog keine Miene. Obwohl sich sein Vater nach außen hin gleichgültig gab, spürte er, dass er interessiert war. Sein ganzes Leben lang hatte Helmut Kappel seine Geringschätzung der Liebe betont – er betrachtete sie als Produkt eines schwachen, kranken Geistes –, doch offenkundig dachte er, Baccis Wundermittel könnte mehr sein als ein fantasievolles Märchen.

Er wandte sich wieder Bacci zu. »Nehmen Sie mir das bitte nicht übel, Professor Bacci, aber ich bin skeptisch.«

»Was kann ich tun, um Sie zu überzeugen?«

Max lächelte. »Ehrlich gestanden, könnte mich nur eines überzeugen, dass Ihr Mittel wirkt.«

»Und das wäre?«

»Wenn ich es selbst nähme.«

Sein Vater schüttelte den Kopf. »Kommt überhaupt nicht in Frage.«

»Warum nicht? Ich würde nur die Achtundvierzig-Stunden-Version nehmen.«

»Das ist zu riskant.«

Sein Vater fürchtete nur, seinen Erben zu verlieren, dachte Max. »Es ist die einzige Möglichkeit, zu einer Entscheidung zu kommen, und ich glaube nicht, dass es irgendeine Wirkung haben wird.«

»Ich sagte nein, Max.«

»Es ist vollkommen unbedenklich«, warf Bacci ein.

Helmut Kappel wandte sich seinem jüngeren Sohn zu.

»Professor Bacci, was das Wissenschaftliche angeht, hört sich das alles sehr glaubhaft und eindrucksvoll an«, sagte Joachim, »aber ich bin sicher, Sie wären der Letzte, der leugnen würde, dass Ihre Testmethoden etwas unorthodox sind. Sie können nicht *sicher* sein, dass Ihr Mittel tatsächlich wirkt und unbedenklich ist.«

»Und ob ich das bin. Wie gesagt, ich habe das Mittel selbst genommen.«

Max blickte wieder auf das Dossier mit dem Foto der jungen Frau. »Können Sie meinem Vater versichern, dass es vollkommen unbedenklich ist, wenn ich Ihr Mittel einnehme?«

»Ich kann nur wiederholen«, erklärte Bacci, »es ist vollkommen ungefährlich.«

Max lächelte. »So ungefährlich, dass Sie es *Ihr* Kind nehmen ließen?«

»Ja.«

In dem darauf eintretenden Schweigen wurde Bacci und den anderen bewusst, was er gerade gesagt hatte.

»Sie würden es tatsächlich Ihre eigene Tochter nehmen lassen?«, fragte Kappel.

Bacci senkte den Blick. Er rückte seinen Krawattenknoten zurecht und fuhr sich mit den Fingern durch sein sich lichtendes Haar. »Ich hatte eigentlich andere Pläne für sie«, sagte er leise, »aber vielleicht hat Leo sie nicht verdient. Außerdem gibt es schlechtere Möglichkeiten, ein gebrochenes Herz wieder ganz zu machen.« Er nickte kaum merklich, als hätte er sich zu einer schmerzhaften Entscheidung durchgerungen. Sein Gesicht war blass, als er aufblickte. »Ich weiß, es ist unbedenklich. Wenn Sie Ihren Sohn das Mittel nehmen lassen, um seine Wirksamkeit zu beweisen, lasse ich es meine Tochter nehmen, um seine Unbedenklichkeit zu beweisen.«

Helmut Kappel sah Max an, um sich zu vergewissern, dass sein Entschluss immer noch feststand. Max nickte: Es war die einzige Möglichkeit, diesem Unsinn ein Ende zu bereiten.

Helmut Kappel sah den Professor forschend an. Dann reichte er ihm seufzend die Hand, um die Abmachung zu besiegeln. »Also gut. Achtundvierzig Stunden lang wird Ihre Tochter dem Romeo meines Sohnes die Julia sein.«

Bacci rückte wieder seine Krawatte zurecht. Dann reichte er Kappel die Hand. »Einverstanden«, sagte er. »Unter einer Bedingung.«

»Ja?«

»Isabella darf nie etwas davon erfahren.«

10

24. August

Im Lauf der vergangenen Wochen hatte Isabella Bacci oft über die überraschende Verlobung ihres Vaters nachgedacht. Er und Maria würden in weniger als drei Monaten heiraten. Doch jetzt musste sie sich darauf konzentrieren, noch verschiedene Dinge zu erledigen, damit sie am nächsten Tag in Urlaub fahren konnte. Als sie Signor Martini und seine Frau in die Kinderstation der Mailänder Universitätsklinik brachte, nahm sie sich vor, nicht mehr ständig auf die Uhr zu sehen. Ich habe noch jede Menge Zeit, sagte sie sich. Solange ich bis vier Uhr aus der Klinik komme, schaffe ich es noch vor Leos Rückkehr in die Wohnung. Und mir bleibt immer noch genug Zeit, um für Antibes zu packen.

Als sie die Sicherheitstür erreichte, schlug sich Isabella alle persönlichen Gedanken aus dem Kopf, legte die Hand auf die schwarze Platte mit den Umrissen einer Hand und wartete, bis der DNS-Scanner das genetische Material in ihrer Haut gelesen hatte. Binnen weniger Sekunden hatte er die 597 Gene entschlüsselt, die ihre Gesichtszüge bestimmten, und auf dem kleinen Monitor erschien ein computergeneriertes Bild ihres Gesichts, das unverzüglich mit dem Bild in ihrer Personalakte verglichen wurde. Die Tür ging auf, und sie drehte sich lächelnd zu dem jungen Paar um. »In punkto Sicherheit nimmt man es in der Klinik sehr genau, vor allem in der Entbindungs- und Kinderstation.« Diese Maßnahme war gängige Praxis. Viele Einrichtungen hatten ähnliche Sicherheitsvorkehrungen.

Signor Martini kannte das Modell. »Das Interface 3000 ist nicht hundertprozentig sicher«, sagte er. »Ich komme aus der Branche. Ich könnte der Klinik die verbesserte Version besorgen, das Interface 3500.« Er begann, die Schwächen des Systems zu erklären, aber seine Frau legte ihm die Hand auf den Arm, und er verstummte.

Isabella führte sie durch die Kinderstation zu den Privatzimmern und blieb vor 109 stehen. Durch die Glastür sah sie Sofia aus ihrem Bett klettern und auf wackligen Beinen ins Bad gehen. In ihrem himmelblauen Nachthemd und mit dem Kopfverband sah die 7-Jährige sehr zerbrechlich aus, aber sie erholte sich gut von dem Unfall – sie war auf dem Fahrrad von einem Lieferwagen angefahren worden. Als Sofia die Badezimmertür erreichte, blieb sie vor dem verspiegelten Glas an der Tür stehen und betrachtete stirnrunzelnd ihr Spiegelbild, als versuchte sie sich an etwas zu erinnern.

Isabella öffnete die Tür. »Hallo, Sofia, ich bin's«, sagte sie. »Dr. Bacci. Isabella.«

Das kleine Mädchen lächelte, als es die Stimme erkannte, und zeigte auf ihr Spiegelbild. »Ich kenne sie«, sagte sie triumphierend. »Sie ist meine Freundin.«

Isabella ging in die Hocke, bis ihr Gesicht auf einer Höhe mit dem des Mädchens war. Sie betrachtete ihr Spiegelbild: dunkler Teint, schulterlanges schwarzes Haar, markante Nase, schiefes Grinsen und dunkelbraune Augen. Dann streckte sie die Hand aus und berührte das Glas. »Das ist mein Gesicht«, sagte sie. Dann zeigte sie auf das blassere Gesicht des kleinen Mädchens. »Und das ist deines, Sofia.« Schließlich drehte sie sich um und winkte dem Paar, das in der Tür wartete. »Sofia, du hast Besuch.«

Das Mädchen sah seine Eltern strahlend an. »*Ciao,* ich bin Sofia. Wer seid ihr?«

Die Frau biss sich auf die Lippen. Sie wusste nicht, was sie sagen sollte. Der Mann legte die Arme um seine Frau und lächelte Sofia an. Es war ein liebevolles, aber trauriges Lächeln. Er bückte sich und streichelte dem Kind die Wange. »Schatz, wir sind Mama und Papa.«

»Prosopagnosie«, wiederholte Isabella Bacci langsam und beobachtete, wie Sofias Eltern das Wort stumm artikulierten, als sie sich über den Zustand ihrer Tochter klar zu werden versuchten.

Isabella war nur wenig älter als Sofia gewesen, als sie sich zum ersten Mal hin und her gerissen fühlte zwischen dem Beruf ihres Vaters und dem ihres Großvaters, der Arzt gewesen war. Der Letztere hatte sie immer geneckt, Wissenschaftler seien Träumer, Idealisten, die im Leben wenig bewirkten: Nur Ärzte seien imstande, Menschen zu heilen. Aber ihr Vater war nie müde geworden, sie daran zu erinnern, dass Ärzte ohne Wissenschaftler nichts zustande brächten. Diese Debatte hatte sich von selbst erledigt, als ihre Mutter an einem Aneurysma gestorben war und ihr niemand, kein Wissenschaftler und kein Arzt, hatte helfen können. Schließlich hatte Isabella beschlossen, beides zu werden.

Als sie jetzt in ihrem Büro in der neurologischen Abteilung saß, wünschte sie, mehr für Sofia tun zu können. »Versuchen Sie sich immer vor Augen zu halten, dass Ihre Tochter großes Glück gehabt hat. Sie hatte sehr schwere Kopfverletzungen, aber abgesehen von dieser einen Störung wurden ihre Hirnfunktionen nicht beeinträchtigt. Die Chirurgen sind überzeugt davon, dass die Narben unerheblich sein werden.«

Die Mutter, die inzwischen ruhiger geworden war, nickte nachdenklich.

Isabella zeigte auf den Bildschirm, auf dem die PET-Aufnahme von Sofias Gehirn zu sehen war. »Dieser Bereich auf der rechten Seite des Hirns ist der inferotemporale Kortex. Dabei handelt es sich um einen hochentwickelten Bereich, in dem sich visuelle und das Gedächtnis betreffende Systeme vernetzen. Der inferotemporale Kortex und der fusiforme Gyrus sind auf die Erkennung menschlicher Gesichter spezialisiert. Das ist ihre einzige Funktion. Diese angeborene Fähigkeit ermöglicht einem Neugeborenen, im Alter von nur wenigen Wochen seine Mutter zu erkennen. Und das ist der Bereich in Sofias Hirn, der bei dem Unfall in Mitleidenschaft gezogen wurde.

Prosopagnosie oder Gesichtsblindheit kommt sehr selten vor. Manchmal haben sie Menschen mit Autismus oder Asperger-Syndrom. Manche leiden von Geburt an daran, andere, wie Sofia, ziehen es sich durch eine spezielle Kopfverletzung zu.«

»Wie lang wird sie an dieser Krankheit leiden?«, fragte der Vater.

Isabella überlegte, wie es ihr ginge, wenn sie die Gesichter der Menschen, die sie liebte, nicht mehr erkennen könnte. Gesichter, die selbst ein lebloser Computer in einer Sicherheitsanlage identifizieren konnte. Sie dachte daran, dass es ihr erst vor kurzem gelungen war, nicht mehr ständig an Leo zu denken und sein Gesicht vor sich zu sehen. Die Ironie entlockte ihr kein Lächeln. »Ich fürchte, Sofia wird wahrscheinlich ihr ganzes Leben lang gesichtsblind bleiben. Es werden zwar ständig Bemühungen unternommen, die Ursachen der Prosopagnosie zu erforschen, und ich arbeite schon eine Weile auf diesem Gebiet, aber bisher gibt es noch kein Mittel dagegen.«

»Sie wird uns *nie wieder* erkennen?«, entfuhr es der Mutter.

»Zumindest nicht Ihre Gesichter. Nicht, bis es eine Therapie dafür gibt. Aber sie wird Ihre Stimmen erkennen oder Ihre Art zu gehen und all die anderen kleinen Dinge. Und vergessen Sie nicht, Sofia bleiben alle anderen Fähigkeiten erhalten. Ihr Gedächtnis und ihr Sehvermögen sind völlig intakt. Sie ist nur nicht imstande, Gesichter zu erkennen – ihr eigenes eingeschlossen. Sie wird jedoch lernen, damit umzugehen.«

»Woher wollen Sie das wissen?«, fragte Sofias Vater bitter.

»Das ist eine gute Frage.« Isabella stand auf und ging zu dem mit einer Glastür versehenen Kühlschrank auf der anderen Seite ihres Büros. Auf dem obersten Bord stand ein Tablett mit Edelstahlbehältern. Sie öffnete die Tür, suchte einen Behälter aus und stellte ihn in ihre Handfläche. Der Stahl fühlte sich kalt an auf ihrer Haut. »Forschungsprobe: Amigo-Extrakt« stand fettgedruckt auf einem weißen Etikett. Als sie den Behälter vor Sofias Eltern auf den Schreibtisch stellte, klimperten die Tabletten darin leise.

»Dieses Medikament ist einer der jüngsten Forschungserfolge. Es wird aus einer illegalen Freizeitdroge namens Amigo gewonnen, einem Ecstasy-Ableger. Amigo wurde für die Club-Szene der amerikanischen Westküste entwickelt und verhilft demjenigen, der es einnimmt, zu einem euphorischen High, das den Betreffenden jeden als seinen Freund betrachten lässt – daher der Name. Es hat jedoch eine interessante Nebenwirkung. Es führt vorübergehend zu Gesichtsblindheit.

Kollegen in den USA haben die maßgebenden Bestandteile isoliert und extrahiert, um ein Mittel herzustellen, das *nur* die Nebenwirkung hervorruft.« Sie tippte auf den Behälter. »Vorausgesetzt, wir erhalten von unserer Ethikkommission eine Genehmigung, haben wir vor, diese Forschungsmedikamente gesunden Freiwilligen zu verabreichen. Indem wir ihre Hirnaktivitäten beobachten, wenn die temporäre Prosopagnosie einsetzt und schließlich wieder nachlässt, hoffen wir, besser verstehen zu lernen, welche Schalter dabei im Hirn umgelegt werden. Ich habe das Mittel selbst genommen und kann diese Erfahrung nur so beschreiben, dass einzelne Gesichter unerkennbar wurden. Ich konnte zwar aufgrund der Haarfarbe und der Kleidung weiterhin erschließen, wer bestimmte Personen waren, aber das Aussehen ihrer Gesichter sagte mir überhaupt nichts. Vielleicht hilft Ihnen das hier, dieses Phänomen besser zu verstehen.« Sie griff in eine

Schublade ihres Schreibtisches, holte vier kleine Kieselsteine heraus und legte sie auf den Tisch. »Stellen Sie sich vor, diese Kieselsteine haben Namen – Giovanni, Frederico, Giuseppe und Enzo.« Sie wartete einen Moment, dann brachte sie die Steine durcheinander und legte drei davon in die Schublade zurück. Sie zeigte auf den verbleibenden. »Können Sie mir den Namen von diesem nennen?«

Der Vater zuckte mit den Achseln. »Nein. Sie sehen alle gleich aus.«

»Es ist Frederico.« Isabella legte die anderen Kieselsteine wieder auf den Schreibtisch. »Frederico ist etwas größer und blauer als die anderen, mit einem unverkennbaren Sprung auf der Seite. Diese Steine unterscheiden sich nicht weniger voneinander als menschliche Gesichter, aber wir sind nicht darauf programmiert, sie als zusammenhängendes Ganzes zu erkennen. Das Problem für Menschen mit Prosopagnosie ist, dass für sie menschliche Gesichter genauso ununterscheidbar aussehen wie für uns Kieselsteine.

Der springende Punkt ist: Dieser Zustand mag frustrierend und peinlich sein, aber er stellt keine Behinderung dar. Viele Menschen, die von Geburt an an leichter Prosopagnosie leiden, sind sich dessen gar nicht bewusst. Sie führen ein völlig zufriedenstellendes Leben und denken, sie hätten lediglich ein schlechtes Personengedächtnis – obwohl Prosopagnosie nichts mit dem Gedächtnis zu tun hat. Ich kann Ihnen jedenfalls versichern, dass Sofia lernen wird, damit umzugehen. Und Sie, glauben Sie mir, werden das genauso lernen.«

Erst nachdem Isabella die restlichen Fragen von Sofias Eltern beantwortet und sie zum Empfang zurückbegleitet hatte, sah sie wieder auf die Uhr. Bevor sie in Urlaub fahren konnte, musste sie noch die Übergabe mit ihren Vertretungen regeln. Sie müsste sich beeilen, aber sie hätte trotzdem noch genug Zeit, um in die Wohnung zu kommen, bevor er zurückkam.

11

Leos Wohnung, die noch bis vor wenigen Wochen Isabellas Zuhause gewesen war, lag im Süden Mailands in der Nähe des Corso Italia. Sie hatte immer noch einen Schlüssel. Sie hatte fast ein Jahr dort gelebt und war deshalb trotz aller Bemühungen, ruhig zu bleiben, so mit ihren Erinnerungen beschäftigt, dass sie den großen blonden Mann, der sie von der anderen Straßenseite beobachtete, nicht bemerkte. Sie betrat den kühlen Eingangsbereich und fuhr im Lift in den vierten Stock. Als sie die Wohnungstür aufschloss, stellte sie bestürzt fest, wie völlig anders die Einrichtung war.

Die Diele, bisher mit einem ramponierten Ledersessel, einem Schreibtisch und Postern aus den Uffizien und dem San Francisco Museum of Modern Art eingerichtet, war jetzt eine Studie in Minimalismus. Die frisch gestrichenen Wände waren einheitlich eierschalenfarben und kahl. Der Holzfußboden war poliert, sodass er glänzte, und das einzige Möbelstück war ein eleganter Glastisch, auf dem ein Telefon und eine Kristallvase mit weißen Lilien standen, deren orangefarbene Staubgefäße abgeschnitten worden waren, damit sie nichts, was sie versehentlich streifte, verfärben konnten. Die einzigen unordentlichen Gegenstände waren Isabellas Gitarre und zwei Umzugkartons neben der Wohnzimmertür; sogar die Kartons waren mit Klebeband verschlossen und wie Kunstwerke arrangiert. An einem hing eine gelbe Haftnotiz: »Izzy. Freundlicherweise hat Giovanna alle deine Sachen schon eingepackt. Lass bitte deine Schlüssel auf dem

Tisch in der Diele, wenn du gehst. Ich hoffe, wir können Freunde bleiben. Leo.«

Isabella fühlte sich innerlich leer, als sie auf die alte Gitarre sah, die einmal ihrer Mutter gehört hatte, und auf die zwei Umzugkartons, die die letzten Spuren ihres Lebens mit dem Mann enthielten, dessentwegen sie nach Italien gekommen war. Sie ging an ihnen vorbei ins Wohnzimmer. Auch dort hatte Giovanna alles verändert. Wie ein Hund, der sein Revier markierte, hatte sie jedem Quadratzentimeter ihre Persönlichkeit aufgedrückt und mithilfe ihres Geldes jede Spur von Isabella – und sogar von Leo – aus der Wohnung getilgt. Die ganzen alten Möbel, einschließlich der riesigen durchgesessenen Couch, die Isabella nicht gemocht, aber Leo geliebt hatte, waren weg. An ihre Stelle war eine durchgestylte Symphonie aus langweiligen, aber ohne Frage teuren Teppichen und cremefarbenen Ledermöbeln getreten. Isabella fand es grauenhaft.

Ihr Blick wanderte zu dem Denon DVD-Player in der Ecke. Warum hatte Giovanna ihn nicht eingepackt, damit sie ihn mitnehmen konnte? Wahrscheinlich, weil er zu der neuen Einrichtung passte, dachte sie. Isabella hatte ihn gekauft, um sich ihre geliebten Filmklassiker ansehen zu können. Das war einen Monat, bevor Leo die Bombe hatte platzen lassen, er werde zu seiner Jugendliebe zurückkehren. »Ich muss einfach, Izzy. Du musst das verstehen. Sie braucht mich mehr als du.«

Auf dem Kaminsims war ein Foto von Leo und Giovanna. Sie und Giovanna waren so unterschiedlich, dass Isabella einen Moment heftiger Verunsicherung verspürte. Sie war ein dunkler, sportlicher Typ mit markanten, asymmetrischen Zügen und einem schiefen Lächeln, während Giovanna blond und zierlich mit einer reizenden Stupsnase war. Und während Isabella ganz in ihrer Arbeit aufging, scheute sich Giovanna nicht, ihre Ansprüche zu äußern. Ein weiterer Faktor, wie Isabella inzwischen begriffen hatte, war darin zu sehen, dass Giovannas wohlhabender Vater ein einflussreicher Richter war, der versprochen hatte, Leos juristische Karriere zu fördern. Isabellas Vater war ein brillanter, aber exzentrischer Wissenschaftler, der seine ganzen Ersparnisse für das Unterfangen ausgegeben hatte, die Welt von seiner Genialität zu überzeugen.

Der Gedanke an ihren Vater hob Isabellas Stimmung. Seine Verlobung mit der unabhängigen Maria bewies, dass in Sachen Liebe alles möglich war.

Als sie durchs Wohnzimmer ging, überlegte sie, ob sie den DVD-Player mitnehmen sollte. Sie war der Filmfan. Leo hatte nicht einmal DVDs. Bis auf ein, zwei Dekorationsstücke waren die Regale leer. Sogar die wenigen ledergebundenen Bücher sahen nagelneu und ungelesen aus. Auf dem Couchtisch lagen, ebenfalls ungelesen, drei Hochglanzmagazine, obenauf die *Vogue.* Das Gesicht auf dem Titel brachte Isabella zum Lächeln, vor allem als sie die Bildunterschrift las: »Das Milliarden-Dollar-Gesicht: Ist Phoebe *das* Gesicht des Jahrtausends?«

In der Ecke stand ein edler Aktenschrank aus Holz. Sie öffnete ihn und sah zu ihrer Überraschung Reihen von Katalogen für Tapeten sowie Vorhang- und Bezugsstoffe, alle alphabetisch geordnet. Alles war so perfekt, so bis ins Kleinste durchgestylt, dass sie einen weiteren Moment heftiger Verunsicherung hatte. War das ein weiterer Grund, weshalb Leo ihr Giovanna vorgezogen hatte?

Plötzlich ertönte von der Straße ein lautes zweimaliges Hupen, das sie erschrocken auf die Uhr sehen ließ. Leo hatte gesagt, sie kämen nicht vor sechs Uhr zurück, und das Letzte, was sie wollte, war, ihm oder Giovanna zu begegnen. Sie stellte sich an das große Fenster, von dem man auf die Straße und die fernen Türme des Duomo sah. Vom gegenüberliegenden Wohnblock blickten ihr zwei riesige Plakatwände entgegen. Eine warb für ein Auto, die andere für Mode. Am unteren Rand der Modewerbung stand der Slogan zu lesen

»Walküre pur von Odin«, und das Gesicht vom *Vogue*-Titel lächelte sie an.

Wieder das Hupen.

Sie schaute nach unten und sah zu ihrer Erleichterung Phoebe in ihrem silbernen Mercedes-Cabrio sitzen. Ihr langes blondes Haar fiel lose auf ihre Schultern, und obwohl sie eine Sonnenbrille trug, war sie aufgrund ihrer Wangenknochen sofort als das Model auf dem riesigen Plakat und auf dem Zeitschriftentitel erkennbar.

Isabella öffnete das Fenster und rief nach unten: »Die Tür ist offen – komm rauf.« Phoebe winkte und stieg aus dem Auto, ohne von den Blicken der Passanten Notiz zu nehmen, als sie unter dem riesigen Plakat auf den Eingang zuging. Die beiden waren schon so lange so eng befreundet, dass Isabella manchmal vergaß, wie berühmt Phoebe war. Auch heute sah sie wieder umwerfend aus: eins zweiundachtzig, blond und von Kopf bis Fuß in Odin gekleidet – oder für welchen Top-Designer sie sonst gerade als Mannequin arbeitete.

Isabellas Niedergeschlagenheit verflog, als Phoebe hereinrauschte, sie umarmte und abschätzig den Kopf schüttelte. »Mein Gott, was hat sie nur mit der Wohnung angestellt! Ich wusste gar nicht, dass sie sich einen kompletten Persönlichkeits-Bypass hat legen lassen.« Sie sprach mit einem messerscharfen englischen Akzent. »Entschuldige die Verspätung, Izzy, aber das Shooting hat länger gedauert, als ich dachte. Sollen die Sachen da ins Auto?« Sie zeigte auf die zwei Umzugkartons und die Gitarre.

»Nur ein Karton. Den anderen und die Gitarre kriege ich in meines.«

»Sonst nichts?«

»Den DVD-Player habe ich einen Monat vor unserer Trennung gekauft, aber ich bin mir nicht sicher, ob ich …«

Phoebe schnalzte mit den Lippen, nahm Isabella an der Hand und führte sie ins Wohnzimmer. »Zieh den Stecker raus und stell ihn auf die Kartons. Und dann schauen wir, ob das arme Mädchen sonst noch irgendwelche Sachen von dir zu packen *vergessen* hat.« Sie blickte sich im Wohnzimmer um. »Herrgott, da sage mir noch jemand, es gäbe keine langweiligen Farben. Der arme Leo – fast könnte er einem Leid tun. Izzy, du kannst wirklich froh sein, dass du ihn los bist. Er ist viel zu schwach für jemand so Lebendigen wie dich.« Sie zog Isabella hinter sich her ins Schlafzimmer. »Komm, lass uns hier ein wenig rumschnüffeln.«

Isabella wollte schon protestieren, aber Phoebe zog nur die Nase hoch und legte einen Finger an die Lippen. Als sie sich in den Staaten kennen gelernt hatten, war Phoebe Davenport eine dünne, schlaksige Göre aus England gewesen, aber selbst damals schon war sie unwiderstehlich gewesen und bald so berühmt geworden, dass alle Welt sie nur mit dem Vornamen kannte. Phoebe war eine dieser charismatischen Persönlichkeiten mit unerschöpflicher Energie, die jedem in ihrer Umgebung frische Kräfte zu verleihen schien. Ihr verstorbener Vater, Sir Peter Davenport, hatte in London zahlreiche Immobilien besessen, und ihre Mutter stammte aus einer der wohlhabendsten und ältesten Familien Bostons. Einmal hatte sich der *New Yorker* einen ganzen Artikel lang damit beschäftigt, wie Phoebe in aller Höflichkeit die Heiratsanträge von mindestens sieben der begehrtesten Junggesellen der Welt ausgeschlagen hatte. Und dennoch war sie Isabella trotz ihrer privilegierten Herkunft und ihres Erfolgs eine treue und verständnisvolle Freundin gewesen: Sie hatte Isabella ihre Mailänder Wohnung zur Verfügung gestellt, als Leo die Verlobung mit ihr gelöst und sie gebeten hatte, bei ihm auszuziehen.

Phoebe steuerte schnurstracks auf den Kleiderschrank zu. Sie öffnete die Türen, sodass Reihen von herrlichen Kleidern, Röcken und Jacken zum Vorschein kam, die, nach Farben geordnet, in Plastikhüllen aufgehängt waren. Isabella war schwer beeindruckt, aber Phoebe schnaubte nur: »Was für eine Geldverschwendung. Das ist doch alles so was von gestern. Mehr Geld als Geschmack.«

Isabella lachte. »Ganz im Gegenteil zu dir natürlich.«

Phoebe lächelte. »Ein Mädchen mit Geld und Geschmack ist etwas ebenso Seltenes wie Großartiges. Eine äußerst rare Spezies.« Sie wandte sich drei Schwarz-Weiß-Fotos über dem Bett zu, auf denen Giovanna in unterschiedlichen Stadien der Entkleidung zu sehen war, wie sie affektiert in die Kamera schmollte. Selbst Isabella konnte erkennen, dass sie amateurhaft waren, aber Phoebe, das Model, das sich über zehn Jahre an der Spitze ihrer Branche gehalten hatte, zog eine Augenbraue hoch und bemerkte süffisant: »Wie mutig.«

Mit wiedererstarkendem Selbstbewusstsein ging Isabella in die Küche. »Dort ist etwas von mir, was ich auf jeden Fall mitnehmen werde.« Sie schaute in den Kühlschrank, der bis auf ein paar undefinierbare Gläser, ein Stück verschimmelten Käse und ein welkes Salatblatt leer war. Offensichtlich kochte die im Übrigen so perfekte Giovanna nicht. Phoebe hatte Recht: Vielleicht hatte Leo sie verdient. Sie öffnete das Gefrierfach und stöberte darin, bis sie den Behälter mit ihrer selbst gemachten Double-Choc-Chip-Eiscreme entdeckte, die Leo so gern mochte.

»So ist es brav«, sagte Phoebe, die über Isabellas Schulter spähte. »Hatte schon ewig kein richtig gutes Schoko-Eis mehr.« Sie sah auf die Uhr. »Weil wir gerade bei den schönen Dingen des Lebens sind – lass uns lieber in deine Wohnung fahren und das alles dort abladen. Wir haben nicht mehr viel Zeit, um für Antibes zu packen.«

Isabella spürte einen ersten Anflug von Reisefieber. Morgen wäre sie bereits in Südfrankreich, und ein kleiner Urlaub war genau das, was sie jetzt brauchte: Es war eine Gelegenheit, reinen Tisch zu machen und noch einmal ganz von vorn anzufangen.

Sie trugen die Gitarre, die Umzugkartons, den DVD-Player und das Eis zum Lift. Dann kehrte Isabella in die Wohnung zurück und legte die Schlüssel auf den Tisch in der Diele. Nach kurzem Zögern nahm sie ein Schächtelchen aus ihrer

Tasche. Sie öffnete es und betrachtete den schönen Diamantring darin. Ihres Wissens war es schon immer üblich gewesen, dass die Frau den Ring behalten durfte, wenn ein Mann die Verlobung löste. Aber Isabella wollte nichts mehr von Leo haben. Sie klappte das Schächtelchen zu und legte es zu den Schlüsseln auf den Tisch. Der schmale weiße Streifen um ihren leicht gebräunten Finger war kaum noch zu sehen.

Sie blickte sich ein letztes Mal in der Wohnung um und war plötzlich froh, dass sie umgestaltet worden war. Sie war jetzt Vergangenheit. Isabella gehörte nicht mehr hierher. Sie musste weiterziehen.

12

28. August

Der Jachthafen von Antibes lag still im Mondlicht, und auf dem spiegelglatten Wasser ankerten Reihen von Jachten. Isabella entdeckte ihn, als sie den Kir Royal an ihre Lippen hob. Sie stieß Phoebe an. »Schau, dort ist Bondi.«

»Wo?« Phoebe drehte sich gerade noch rechtzeitig auf ihrem Stuhl herum, um ihn an der Bar vorbeigehen zu sehen. Der Mann, den sie Bondi getauft hatten, war groß, mit einer intensiven Bräune, dunklen Augen und blonden Strähnchen. Er hatte Phoebe in den letzten drei Tagen Windsurf-Unterricht gegeben. Jetzt war er mit einem ähnlich gut aussehenden Mann unterwegs.

Kathryn Walker schnippte sich das kastanienbraune Haar aus den grünen Augen. »Er ist schwul, Phoebe«, sagte sie in einem Ton, trockener als ihr Martini. »Du magst zwar ein Supermodel sein, aber egal, wie viele Stunden du bei ihm nimmst und welchen Bikini du trägst, er wird nicht anbeißen.« Kathryn war eine alte Schulfreundin aus den Vereinigten Staaten, die aus der für ihren Reichtum bekannten Walker-Familie aus New York stammte. Sie war gertenschlank und hatte so helle Haut, dass ihre Nase mit Sommersprossen gesprenkelt war, obwohl sie sich die letzten drei Tage mit Sunblocker gepanzert hatte.

»Ich verstehe nicht, was ihr an dem Kerl findet«, sagte Isabella. »Er ist Surflehrer und die ganze Zeit an der Sonne, und trotzdem lässt er sich Strähnchen ins Haar machen. Das ist doch so was von eitel.«

»Ich sage euch doch, er ist garantiert schwul«, wiederholte Kathryn.

»Ach was, er ist einfach toll.« Phoebe suchte bei der Vierten in ihrer Tischrunde Unterstützung. »*Du* findest das doch auch, Claire, oder nicht?«

Claire Davenport nippte an ihrem Bacardi Breezer. »Da müsste ich ihn erst kennen lernen.« Sie war nur etwas über ein Jahr jünger als Phoebe und im Verlagswesen tätig. Sie war so blond wie ihre Schwester, aber nicht so groß.

»Du müsstest ihn erst kennen lernen?«

»Ja, um zu sehen, ob ich ihn sympathisch finde.«

Isabella lachte. »Da hast du allerdings Recht. Ich fliege nie nur wegen des Aussehens auf einen Typen.« Nach der Trennung von Leo war ihr noch nicht danach, sich wieder auf irgendjemanden einzulassen, selbst wenn sie ihn noch so sympathisch finden sollte. »Das Äußere sagt nichts über die inneren Werte.«

»Willst du damit etwa behaupten, der erste Eindruck hat überhaupt nichts zu besagen?« Phoebe zeigte auf einen anderen gut aussehenden Mann, der gerade vorüberging. »Was ist mit dem da? Er sieht aus wie Brad Pitt.«

»Na und?«, sagte Isabella.

»Jetzt hör aber mal, du bist doch hier der Filmfreak. Auf welchen Filmstar stehst du?«

Isabella überlegte kurz und unterdrückte ein Gähnen. Es war fast elf, und sie war plötzlich schläfrig. »John Corbett.«

»Wer?«

»Dieser Typ aus *My Big Fat Greek Wedding*. Ich fand die Figur, die er gespielt hat, richtig klasse.«

»Ja«, sagte Claire. »In *Sex and the City* hat er auch einen coolen Typen gespielt.«

Isabella unterdrückte ein weiteres Gähnen. »Er macht einen sympathischen Eindruck, ein Mann, dem man vertrauen könnte.« Sie blickte zu den Sternen hoch, und während der Wind kühlend über ihre Haut strich, hörte sie zu, wie sich die anderen weiter unterhielten. Während der ersten Urlaubstage waren ihre Gedanken noch ständig um ihre Arbeit gekreist, aber die Mischung aus Freundinnen, Sonne, Meer und körperlicher Betätigung hatte ihre Wirkung nicht verfehlt. Sie hatte kaum noch an Leo gedacht. Jetzt fühlte sie sich nach ein paar Drinks so wohlig müde, dass sie vorhatte, sich auf ihr Zimmer zurückzuziehen, obwohl Phoebe und die anderen noch in eine Disco gehen wollten.

Drei Tische weiter nahm Max Kappel einen Schluck von seinem eiskalten *bière blonde* und lehnte sich in das Dunkel zurück. Er konnte nicht aufhören, sie anzusehen. Er hatte sich ohne weiteres bereit erklärt, das NiL-Serum an Professor Baccis Tochter und sich selbst zu testen, weil er fest überzeugt gewesen war, dass es nicht wirken würde. Doch inzwischen war er sich da nicht mehr so sicher. In Fleisch und Blut war Isabella sogar noch reizvoller als auf dem Foto und interessanter als ihre klassisch schönen Freundinnen, unter ihnen auch die einzigartige Phoebe. Selbst wenn sich Isabella entspannt zurücklehnte, wirkte sie lebendig und ausdrucksstark. Ihre auffallend großen braunen Augen schienen ihre Gefühle ganz direkt und ungefiltert zum Ausdruck zu bringen.

Nachdem Professor Bacci die Seren hergestellt und ihm von Isabellas Urlaubsplänen erzählt hatte, hatte Max beschlossen, das Experiment in Antibes durchzuführen. Es war ein neutraler Ort, und wenn das Experiment klappte, ließe es sich als eine Urlaubsliebe abtun – außerdem kannte er die Gegend gut, weil sein Haus an der Küste von St. Laurent-du-Var nur ein Stück von Antibes entfernt war. Er hatte immer noch nicht entschieden, wie er ihr nahe genug kommen könnte, um ihr das Serum zu injizieren, ohne dass sie Verdacht schöpfte.

Er beobachtete sie eine weitere halbe Stunde, bis sie aufstand, um zu gehen. Durch das Stimmengewirr hörte er ihre Entschuldigungen: »... müde ... zu viel Sonne ... spazieren gehen in der frischen Luft ...« Phoebe und die anderen standen auf, um sie zu begleiten, aber Isabella sagte: »Geht doch ruhig noch in die Disco. Ich komme schon zurecht. Das Hotel ist ja nur ein Stück die Straße rauf. Bis dann.« Sie umarmten sich alle, und dann war sie auf der Straße. Allein.

Max wartete etwa eine Minute, dann folgte er ihr. Am Eingang warteten ein paar Paparazzi, vermutlich auf Phoebe. Als sie merkten, dass Isabella »niemand« war, ließen sie ihre Kameras wieder sinken. Als er ihr durch die engen Gassen folgte, war er sich der kleinen PowerDermic-Impfpistole in seiner Hosentasche so deutlich bewusst, als wäre sie ein Steinchen in seinem Schuh. Es kostete ihn einige Beherrschung, nicht ständig nach ihr zu fassen. Wenn er einen Anschlag durchführte, war er sich seiner Sache normalerweise absolut sicher, aber an diesem Abend nicht. Jemanden zu töten war anders, sauberer. Tote konnten nichts mehr erzählen, und deshalb spielte es keine Rolle, ob sie mitbekamen, wer sie umbrachte. Doch an diesem Abend musste er der Zielperson das Serum injizieren und sich wieder von ihr entfernen, ohne dass sie mitbekam, was er getan hatte.

Außerdem hatte ihn Isabella Bacci ein wenig aus der Fassung gebracht. Bisher waren seine Zielpersonen skrupellose Männer gewesen, bei denen es ihm nicht schwer gefallen war, nichts zu empfinden. Bei ihr war das anders: Sie war so ungeschützt und wehrlos, dass sie seine Neugier weckte.

Während er Isabella folgte, beobachtete er die anderen Menschen, die auf den beleuchteten Straßen lachend und händchenhaltend unterwegs waren. »Ich war einmal wie du«, flüsterte er in die Nachtluft. »Ich habe empfunden, was du empfindest.« Er betastete wieder die Impfpistole. Was war, wenn Baccis Behauptung stimmte? Würde er dann empfinden, was normale Menschen empfanden?

Plötzlich blieb Isabella stehen und schaute in eine schmale Seitenstraße. Ein Stück vor ihr waren ein Paar und eine Gruppe Männer ebenfalls stehen geblieben und blickten in die gleiche Richtung. Sie wandten sich jedoch rasch wieder ab und gingen weiter. Plötzlich ertönte ein wütender Schrei, und Max zog sich instinktiv in einen dunklen Hauseingang zurück. Aber fast im selben Moment begann er, an den Hauswänden entlang auf die nächste Ecke zuzuhuschen, wo er sah, wie drei Männer einen vierten zu Boden schlugen. Zwei junge Männer in Anzügen gingen an ihm vorbei und bogen in die schmale Seitenstraße, kehrten aber sofort wieder um. Jeden Blickkontakt mit den Angreifern vermeidend, setzten sie ihren Weg fort, als hätten sie nichts gesehen.

Nur Isabella rührte sich nicht von der Stelle und schaute auch nicht weg. Max, der sich ein Stück hinter ihr befand, konnte sehen, dass auch sie versucht war, weiterzugehen – schließlich gab es nichts, was sie hätte tun können. Fast konnte er die Unschlüssigkeit und Angst in ihren Augen sehen.

Dann stieß der Mann auf dem Boden einen lauten Schrei aus. Einer der Angreifer hatte ihm kurz hintereinander zweimal gegen den Kopf getreten. Isabella blickte sich verzweifelt um. Offensichtlich hoffte sie, jemand würde dem Mann zu Hilfe kommen. Max zog sich weiter in das Dunkel zurück. Die wenigen Passanten unterhielten sich weiter miteinander, als wollten sie nicht an sich heranlassen, was vor ihren Augen geschah.

Der Mann bekam einen weiteren Tritt, und die Pflastersteine glänzten von dem Blut, das sich vom Kopf des auf dem Boden liegenden Mannes ausbreitete wie Wein aus einer zerbrochenen Flasche. Das veranlasste Isabella schließlich, auf die Männer zuzulaufen und aus vollem Hals zu schreien: »Aufhören! Sie bringen ihn ja um! Ich bin Ärztin! Lassen Sie ihn in Ruhe!«

Zuerst geschah nichts. Dann drehte sich der Mann, der auf den am Boden Liegenden eingetreten hatte, um und sah sie mit ausdrucksloser Miene an. Die anderen hatten erstaunte Mienen aufgesetzt. Isabella blieb einen Meter vor ihnen stehen, und Max konnte sehen, wie ihre Schultern nach unten sackten, als die ungestüme Wut, die sie so weit getrieben hatte, verflog und sie hilflos zurückließ. Ihr linkes Knie begann zu zittern, und es musste sie ihren ganzen Mut kosten, aufrecht stehen zu bleiben.

Der Anführer der Schläger ging auf sie zu. Er war jung, mit langem, dunklem Haar und einem runden, pausbackigen Gesicht. An seiner linken Wange klaffte eine blutende Wunde, und die Spitzen seiner hellen Timberland-Boots waren dunkel von Blut. Dann stiegen die anderen zwei über ihr Opfer und kamen ebenfalls auf sie zu. Sie stellten sich in einer Reihe vor ihr auf. »Geht Sie das vielleicht was an, Mademoiselle?«, fragte der Kleinste von ihnen.

»Sie bringen ihn um«, hörte Max Isabella sagen. Ihre Stimme zitterte vor Entrüstung, als sie auf das Opfer und dessen blutüberströmten Kopf hinabsah.

Der Mann mit den blutigen Timberlands fasste in die Tasche seiner Jeans, zog ein Messer mit einem Elfenbeingriff heraus und machte einen Schritt auf Isabella zu. Sie wich nicht zurück. Er kam noch näher.

»Sie haben schöne Augen, Mademoiselle, aber sie sehen zu viel.« Er holte mit dem Messer aus, um damit zuzustoßen. »Vielleicht sollte ich sie Ihnen ausstechen.«

13

Isabella hielt nicht deshalb die Stellung, weil sie so mutig war: Sie war ganz einfach außerstande, sich von der Stelle zu bewegen, weil sie jede Kontrolle über ihre Glieder verloren hatte. Sie ging regelmäßig ins Fitness-Studio und war gut in Form, aber sie war keine Kämpferin. Ihr brach kalter Schweiß aus. Inzwischen wünschte sie sich, sie wäre in der Bar geblieben und zusammen mit den anderen ins Hotel zurückgegangen. Sie versuchte zu schreien, aber ihr Mund war vollkommen trocken, ihre Kehle wie zugeschnürt.

Der Mann grinste, und sein Messer blitzte im flackernden Licht der Straßenlaterne. Er machte einen Schritt auf sie zu, und als sie zurückwich, verfing sie sich mit dem Absatz am Bordstein. Sie stolperte, schlug mit dem Kopf gegen den Laternenpfahl und fiel benommen zu Boden.

Was für eine jämmerliche Art zu sterben, dachte sie, als sie in das Gesicht des Schlägers hochblickte. Als er mit dem Messer nach ihr stieß, fiel ein Schatten über seine Züge, und sie sah, wie sich am Rand ihres Blickfeldes etwas bewegte. Die Zeit schien langsamer abzulaufen, und sie schien alles mit extremer Deutlichkeit wahrzunehmen, als die Messerklinge blitzschnell auf sie zuschoss. Doch wenige Zentimeter vor ihren Augen wurde sie von etwas Dunklem verdeckt. Neben ihr war eine große Gestalt aufgetaucht, deren weißblondes Haar im Licht der Straßenlaterne aufleuchtete wie ein Heiligenschein. Erst jetzt wurde ihr klar, dass er seinen Arm vor ihr Gesicht gehalten und es so vor dem Messer geschützt hatte. Er hatte sich sein Leinensakko um den Unterarm gewickelt, aber die Klinge hatte ihn trotzdem getroffen: Auf dem hellen Stoff erblühte ein dunkler Blutfleck. Der Mann gab keinen Laut von sich, und seine hellblauen Augen verrieten keinen Schmerz.

Ihr Angreifer, der neben ihrem Beschützer winzig wirkte, machte plötzlich gar nicht mehr so einen sicheren Eindruck, als dieser ihn mit seiner kräftigen linken Hand am Handgelenk packte und es so weit herumdrehte, bis er das Messer fallen ließ. Die zwei anderen Kerle kamen mit gezückten Messern auf den Fremden zu, aber der machte keine Anstalten, sich zurückzuziehen: Er ließ sein Sakko fallen und stellte sich schützend über Isabella, die am Boden lag.

Einen Augenblick lang standen die Angreifer vollkommen reglos da, dann stürzten alle drei gleichzeitig los. Isabella erschienen sie wie drei knurrende Hunde, die einen Löwen angriffen. Aber sie hatten keine Chance. Isabellas Beschützer bewegte sich mit unaufgeregter, überlegter Präzision und platzierte seine Schläge mit solcher Wucht, dass die drei rasch in die Nacht davonhumpelten. Dann wandte er sich dem am Boden liegenden Mann zu, der sich stöhnend aufzurichten versuchte. Bevor er ihn jedoch erreichte, fasste sich der Mann an seinen blutigen Kopf und wankte davon. Der blonde Mann schüttelte den Kopf und wandte sich Isabella zu. Bevor sie sich aufrichten konnte, kniete er neben ihr nieder und untersuchte behutsam die Stelle an ihrem Hinterkopf, wo sie sich am Laternenpfahl gestoßen hatte. Sein Gesicht war ihrem so nah, dass sie sein Rasierwasser riechen konnte. Einen flüchtigen Augenblick lang blickten seine blauen Augen in ihre, und sie dachte, er würde sie küssen. Und sie hätte nichts dagegen gehabt.

Dann spürte sie etwas in ihrem Nacken, einen Lufthauch, und der Bann war gebrochen. »Danke, es geht schon wieder«, sagte sie, plötzlich verlegen.

Er half ihr lächelnd auf die Beine. Für eine Frau war sie

groß, eins dreiundsiebzig, aber er überragte sie deutlich. »Sie haben eine dicke Beule, aber Sie werden es überleben.«

Sie zitterte immer noch, aber jetzt, wo sie in Sicherheit war, spürte sie etwas anderes: Erregung. Sie erwiderte das Lächeln. »Ich weiß nicht, wie ich Ihnen danken soll. Sollten wir nicht die Polizei rufen?«

Er schlüpfte in sein blutiges Sakko. »Das würde ich mir sparen. Haben Sie nicht gesehen, wie schnell der Verletzte weggelaufen ist?«

Sie griff nach seiner Hand und zog den Ärmel zurück. Über seinen Unterarm zog sich ein hässlicher roter Schnitt. »Lassen Sie mal sehen.« Sie fühlte ihm am Handgelenk den Puls. Er war selbst für einen Ruhepuls langsam, und das umso mehr, wenn sie ihn mit ihrem heftig klopfenden Herzen verglich. »Sie sind wohl nicht so leicht aus der Ruhe zu bringen, wie?« Sie untersuchte die Wunde, aber er zuckte mit keiner Wimper. »Es ist völlig in Ordnung, Schmerz zu empfinden. Es zeigt, dass man am Leben ist.« Der Schnitt war tief, aber sauber. »Wurden Sie in letzter Zeit mal gegen Tetanus geimpft?«

»Machen Sie sich meinetwegen keine Sorgen.«

Sie holte ein sauberes weißes Taschentuch aus ihrer Handtasche. »Ich werde jetzt die Wunde provisorisch verbinden, aber Sie sollten möglichst rasch einen Arzt aufsuchen.«

»Wenn Sie das sagen.«

»Das sage ich.« Sie lächelte über seine ruhige Selbstsicherheit. »Wohnen Sie hier irgendwo?«

»Ich habe ein Stück die Küste rauf ein Haus. Und Sie?«

»Ich wohne im Eden Roc.«

Er nickte. »Ich begleite Sie dorthin.«

Als sie zum Hotel gingen, sah sie sich seine Kleider genauer an. »Darf ich Ihnen Ihr Sakko bezahlen?«

Er blickte auf den Blutfleck hinab. »Machen Sie sich deswegen keine Gedanken.«

»Darf ich Sie zum Dank wenigstens auf einen Drink einladen?«, fragte sie, als sie das Hotel erreichten.

In seinen blauen Augen flackerte kurz etwas auf. »Danke, das ist sehr nett, aber nicht heute Abend.« Sie war enttäuscht. Er hatte etwas Geheimnisvolles und Gefährliches an sich, das Leo wie einen dummen kleinen Jungen erscheinen ließ. Plötzlich lächelte er. »Aber ich warne Sie. Ich werde Sie wiedersehen, und dann werde ich Sie an diese Einladung erinnern.« Er wandte sich ab. »Gute Nacht.«

»Gute Nacht. Und noch mal vielen Dank«, rief ihm Isabella hinterher, als sie ihn in der Nacht verschwinden sah. Als sie das Hotelfoyer betrat, merkte sie, dass sie nicht einmal seinen Namen wusste. Im Lift massierte sie ihren Nacken und dachte an seine sanfte Berührung.

14

Max' Domizil befand sich fünf Kilometer die Küste hinauf in St. Laurent-du-Var. Die Villa lag in einem Kiefernwäldchen mit Blick aufs Mittelmeer. Er lud wenig Menschen auf seinen Besitz ein und nie seine Familie. An den Wänden hingen Bilder seiner Mutter, und in seinem Schreibtisch war der amerikanische Pass auf den Namen William Collins eingeschlossen, den sie ihm auf Hawaii gegeben hatte. Das Haus war sein Rückzugsort, an dem er, völlig abgeschnitten von allen anderen Lebensbereichen, tauchte, schwamm und nachdachte.

Max drehte die Dusche so heiß, bis ihm das Wasser die Haut verbrühte. Er untersuchte seine Wunde und beobachtete, wie das Blut über seinen muskulösen Arm floss und auf den Boden der Duschwanne tropfte.

Während das Wasser auf ihn herabprasselte, ließ er die Ereignisse der letzten Stunde noch einmal Revue passieren und kam zu dem Ergebnis, dass sein Eingreifen rasch und professionell gewesen war. Wäre Isabella von den Angreifern verletzt worden oder Schlimmeres, wäre das Experiment gestört worden. Zugleich hatte ihm der Zwischenfall zu einer idealen Gelegenheit verholfen, ihr beim Untersuchen ihrer Verletzungen das Serum zu injizieren. Er kam jedoch nicht auf den Gedanken, Schnelligkeit und Entschlossenheit seines Einschreitens könnten weniger auf abgeklärte Professionalität zurückzuführen gewesen sein als auf Instinkt und Gefühl.

Er stieg aus der Dusche, trocknete sich ab und nahm Verbandmaterial, Desinfektionsmittel und Heftpflaster aus dem abgeschlossenen Arzneischrank neben der Badezimmertür. Das Desinfektionsmittel brannte, aber die Schmerzen erhöhten seine Konzentration. Nachdem er den Schnitt verbunden hatte, ging er über die kühlen Steinfliesen und die Seegrasmatten in das offene Wohnzimmer, wo er sich an der kleinen Bar einen Glenmorangie auf Eis machte. Zurück im Schlafzimmer, holte er die PowerDermic-Impfpistole aus der Tasche seines blutigen Leinensakkos und entfernte die benutzte Ampulle. Ihr Inneres war noch mit Resten des Mittels bestäubt, das er in Isabellas Nacken injiziert hatte, und auf dem weißen Etikett stand in ordentlicher schwarzer Druckschrift NiL Nr.069 (Romeo). Romeo enthielt den DNS-Code seines Gesichts. Zur Hälfte hatte er seine Mission erledigt.

Er schaute durch die gläserne Schiebetür auf die Terrasse des Schlafzimmers hinaus. In der Ferne waren die Lichter von Cap d'Antibes zu sehen. Vielleicht erhellte eines davon ihr Hotelzimmer. Er fragte sich, ob sie bereits, ohne es zu wissen, die Wirkung des Mittels spürte. Er stellte sich vor, wie sie im Bett lag und das Pulver sich in ihrem Blutkreislauf ausbreitete. Vielleicht hatte es sie einschlafen lassen. Möglicherweise drang sein Gesicht bereits in ihre Träume ein, während das Serum ihre Hirnchemie umprogrammierte.

Vorausgesetzt natürlich, es wirkte.

Er öffnete ein schwarzes Kästchen, das auf dem Nachttisch aus Eiche lag. In dem Schaumstoff, mit dem es ausgekleidet war, befanden sich zwei Vertiefungen. Die leere hatte Romeo enthalten. In der anderen befand sich eine volle Ampulle mit der Aufschrift »NiL Nr. 069 (Julia)«. Sie enthielt den genetischen Gesichtsabdruck Isabella Baccis. Max nahm die Ampulle heraus, steckte sie in die Impfpistole und legte sie aufs Bett.

Er nahm einen weiteren Schluck Whisky und ging nackt auf die Schlafzimmerterrasse. Nach Professor Baccis Präsentation hatte Max keine Bedenken gehabt, sich als Versuchskaninchen zur Verfügung zu stellen. Egal, wie überzeugend Baccis wissenschaftliche Erklärungen gewesen sein mochten, sein Konzept einer naturidentischen Liebe war absurd. Und der Gedanke, dass ausgerechnet Max dazu gebracht werden könnte, Liebe zu empfinden, war unvorstellbar. Er hatte seit seiner Kindheit keine Liebe mehr empfunden oder gebraucht – und er war froh darüber. Liebe machte einen nur traurig. Wenn er einen emotionalen Ausgleich benötigte, dann holte er ihn sich beim Tauchen. Er dachte an die geplante Fusion mit der Banque Chevalier und lächelte. Eben noch hatte sein Vater bei ihm und Delphine Chevalier Amor spielen wollen, und jetzt würde er für Isabella Baccis Julia den Romeo spielen. In den Augen seines Vaters war Liebe eine Ware, ein Mittel zum Zweck, und damit hatte Max keine Probleme.

Aber was war, wenn das Mittel wirkte? Er dachte wieder an Isabellas Gesicht und diese ausdrucksstarken Augen. Wie würde er sich danach fühlen?

Trotz der warmen Nacht fröstelte er. Er nahm einen Schluck Whisky und blickte aufs Mittelmeer hinaus. Plötzlich verspürte er das Bedürfnis, aufs Meer hinauszuschwimmen, unter seine silbergekrönten Wellen zu tauchen und die euphorische Befreiung der Tiefe zu suchen. Er warf einen Blick auf den Kleiderschrank, in dem er seine Tauchausrüstung aufbewahrte, und dann auf die Impfpistole auf dem Bett. Das eine bot Sicherheit, das andere Gefahr. Er holte tief Luft, beugte sich über das Geländer und ließ den Wind über seinen nackten Körper streifen. Als er in den dunklen Garten hinabblickte, glaubte er, vor dem Eingangstor eine Gestalt stehen zu sehen. Was tat er oder sie dort? Er spähte angestrengt in das Dunkel, merkte aber, dass er sich getäuscht haben musste.

Sein Handy klingelte. Er ging zum Bett und griff danach.

Das heisere Flüstern seines Vaters schnitt durch seine Gedanken wie ein kalter Wind. »Max, ist es so weit?«

»Ich habe ihr das Mittel injiziert, aber mir noch nicht.«

»Warum nicht?«

»Dränge mich bitte nicht, Vater. Ich tue es, wann es mir passt.« Er beendete das Gespräch.

Er kippte den restlichen Whisky hinunter, dann tappte er ins Bad und putzte sich die Zähne. Wieder zurück im Schlafzimmer, nahm er die Impfpistole, hielt sie an seinen Arm und drückte ab. Er sah zu, wie das Pulver aus der Ampulle verschwand, als das Mittel lautlos durch seine Haut schoss.

Dann machte er das Licht aus, legte sich aufs Bett und wartete darauf, dass er einschlief. Was würde der nächste Tag bringen?

NiL Nr. 069 (Julia) explodierte mit dreifacher Schallgeschwindigkeit schmerzlos durch das Stratum corneum von Max' linkem Arm. Das mikroskopisch feine Pulver löste sich in seinem Blut auf und strömte zu seinem Herz. Das Mittel war ein Geschoss in einem Geschoss: Jedes feine Pulverkörnchen enthielt einen retroviralen Vektor, in den wiederum ein Bündel genetischer Anweisungen eingekapselt war. Sobald das Pulver sein Herz erreichte und von dort in die Arterien gepumpt wurde, brach die Hülle jedes dieser extrem feinen Körnchen auf und gab ein Retrovirus frei, das so programmiert war, dass es seine Fracht zu einer genau festgelegten Stelle in Max' Körper beförderte.

Von seinem Herz raste jedes retrovirale Geschoss nach Norden, bis es die Blut-Hirn-Schranke erreichte, die Grenzkontrolle an der Basis des Hirnstamms. Hier gab es dann eine Kette von Peptiden frei, die ihm als Pass dienten und ihm gestatteten, ungehindert weiter zu den geschützten Hirnzellen vorzudringen. In Max' Hirn durchsuchte es dann die entsprechenden Regionen, bis sein RNS-Botenstoff im inferotemporalen Kortex die passenden Zellen entdeckte. Es drang in den Kern der ersten aufnahmefähigen Zelle ein, worauf seine DNS den ursprünglichen genetischen Code der Zelle mit seinen eigenen Anweisungen überschrieb.

Daraufhin erschien das gentechnisch in den inferotemporalen Kortex eingesetzte Gesicht zwar bereits in Max' Träumen, aber die neu programmierte DNS ruhte noch inaktiv in seinem Genom und würde erst dann Symptome hervorrufen, wenn er Isabella Baccis Gesicht sah.

15

Am nächsten Morgen

Isabella war ein Morgenmuffel. Normalerweise betrachtete sie sich erst nach mindestens zwei Tassen Kaffee als richtig wach. Diesmal war das anders. Sie wachte früh auf, und als sie, hellwach und ausgeruht, auf die Uhr sah und feststellte, dass es erst sechs Uhr war, wälzte sie sich nicht stöhnend auf die andere Seite, sondern hüpfte aus dem Bett, duschte und schlich, um Phoebe nicht zu wecken, leise aus ihrer Suite.

Am Meer hatte sich Isabella immer schon besonders wohl gefühlt, doch als sie jetzt durch den taunassen Garten zum Strand hinunterging, konnte sie sich nicht erinnern, sich jemals so lebendig gefühlt zu haben. Sie schien alles intensiver wahrzunehmen: die Morgensonne auf ihrer Haut, den Geruch des Meeres, das Türkis des Wassers, das Rauschen der Wellen. Sie führte es auf die Aufregung des vergangenen Abends zurück. Der Angriff war entsetzlich gewesen, aber auch erregend, vor allem, wenn sie sich vor Augen rief, wie ihr Schutzengel ihr zu Hilfe gekommen war. Sie hatte wach zu bleiben versucht, um Phoebe alles zu erzählen, war dann aber eingeschlafen, bevor ihre Freundin zurückkehrte.

Am verlassenen Strand atmete sie die salzige Luft, zog ihre Sandalen aus und ging über den Sand zu dem Anlegesteg, der in das spiegelglatte Mittelmeer hinausragte. Ein paar Meter hinter dem Ende des Stegs hob sich im Wasser eine kleine Boje mit einer knallroten Fahne keck vom nahtlosen Blau von

Himmel und Meer ab. Als sie zum Kap und zum Hotel zurückblickte, konnte sie keine Menschenseele sehen. Sie schaute sich auf dem Strand um, und ein irrationales Gefühl der Erwartung brachte ihren Nacken zum Prickeln, als würde gleich etwas passieren. Aus ihrem Unterbewusstsein stieg eine Erinnerung an einen Traum hoch, um ihr jedoch gleich wieder zu entgleiten.

Plötzlich überkam sie wahrer Heißhunger. Sie sah auf die Uhr und stellte erleichtert fest, dass auf der Hotelterrasse in Kürze Frühstück serviert würde. Sie wollte sich gerade zum Gehen wenden, um Phoebe zu wecken und ihr von dem Vorfall am Abend zuvor zu erzählen, als sie sah, wie sich draußen auf dem Wasser etwas bewegte. Neben der roten Flagge durchbrach eine schwarze Gestalt die Wasseroberfläche. Sie sah aus wie ein Seehund oder ein Hai, verschwand aber wieder, bevor sie einen genaueren Blick darauf werfen konnte. Als die Gestalt wieder auftauchte, sah sie, dass es ein von Kopf bis Fuß in schwarzes Neopren gekleideter Taucher war. Sein Gesicht verdeckte eine Taucherbrille, aber er trug keine Pressluftflasche. Er nahm beim Schwimmen keine Notiz von ihr, sondern machte sich mit raschen Atemzügen für den nächsten Tauchgang bereit. Er bewegte sich mit solcher Eleganz im Wasser, dass Isabella sich auf den Anlegesteg setzte, um ihn zu beobachten.

Sein erster Tauchgang war kurz, der zweite länger. Den dritten stoppte sie mit drei Minuten. Als er zum vierten Mal tauchte, hielt auch sie die Luft an. Sie selbst schaffte nicht einmal zwei Minuten, bevor sie nach Luft schnappen musste, aber er blieb doppelt so lang unter Wasser. Es war der fünfte Tauchgang, der sie wirklich beeindruckte – und beunruhigte. Nach fünf Minuten stand sie auf und schritt auf dem Steg auf und ab, um zu schauen, ob er woanders aufgetaucht war. Nach sechs Minuten setzte sie sich ans Ende und spähte in das klare blaue Wasser hinab. Als sie sah, wie tief es war, viel zu tief, um den Grund erkennen zu können, befiel sie Panik.

Max empfand keineswegs Panik. Er fühlte sich in seinem Element, als er durch eine flüssige Welt an einen Ort hinabsank, an dem er totalen Frieden finden konnte. Er war früh wach geworden, ungewöhnlich ausgeruht, mit einem gewaltigen Appetit und verschwommenen Erinnerungen an einen Traum, in dem Isabella Bacci vorkam. Er freute sich darauf, sie wiederzusehen, und war gespannt, wie sich das Mittel bemerkbar machen würde, falls es überhaupt eine Wirkung zeigte. Es war ein perfekter Morgen, weshalb er in seinen Taucheranzug schlüpfte und sich auf den Weg zum Strand ihres Hotels machte.

Im Wasser begann er mit raschen Atemübungen, um seinen Blutkreislauf mit Sauerstoff anzureichern und den Kohlendioxid-Gehalt zu reduzieren. Dann machte er eine Reihe kurzer Tauchgänge. Schließlich holte er tief Luft und begann den letzten Abstieg. Sich am Seil der Boje orientierend, tauchte er mit dem Bleigürtel in das tiefe Blau hinab. Seine Bewegungen waren flüssig und scheinbar mit keinerlei Anstrengung verbunden, sodass er durch das Wasser zu fallen schien. In zehn Metern Tiefe verdoppelte sich der Druck auf seinen Körper, in zwanzig verdreifachte er sich, und als er dreißig Meter erreichte, betrug der Wasserdruck das Vierfache des Drucks, dem Menschen an der Wasseroberfläche ausgesetzt sind.

Die Auswirkungen auf diejenigen Teile von Max' Körper, die keine Luft enthielten, waren minimal, da Gewebe und Knochen von allen Seiten demselben Druck ausgesetzt waren. Seine Lungen dagegen waren auf einen Bruchteil ihres normalen Umfangs zusammengepresst.

Beim Abstieg nahm er zur Entlastung von Stirnhöhlen und Trommelfellen in regelmäßigen Abständen einen Druckausgleich vor und reduzierte seinen Puls auf acht Schläge pro Minute, um den in seiner Bauchhöhle gespeicherten Sauerstoff zu bewahren. Schon nach weniger als einer Minute verspüren die meisten Menschen den fast unwiderstehlichen

Drang einzuatmen, aber Max hatte sich darauf trainiert, diesem Impuls zu widerstehen. Nachdem ihn sein Körper einmal im Stich gelassen hatte, hatte er inzwischen gelernt, ihn zu beherrschen. Er machte seinen Verstand frei von störenden Gedanken und konzentrierte sich auf ein Bild, das ihn immer beruhigte: die Hand seiner Mutter, die über seine Stirn strich, bevor er einschlief. Nach fast drei Minuten in dem tiefen Blau, in das die Sonnenstrahlen kaum mehr hinabdrangen, erschien sie vor ihm. Sie trug ihr leuchtend weißes Nachthemd und winkte ihn tiefer hinab. Er streckte, wie um sie zu berühren, die rechte Hand aus und lächelte, als die Euphorie des Sauerstoffmangels wie ein alter Freund zu ihm kam. In der blauen Stille, in der er nichts mehr wahrnahm als seinen langsamen Herzschlag, überkam ihn ein überwältigendes Gefühl des Friedens.

Er wusste von erfahrenen Gerätetauchern, die mithilfe von Pressluftflaschen in große Tiefen hinabtauchten, um die frühen euphorischen Auswirkungen einer Stickstoff-Narkose zu erleben. Allerdings achteten sie dabei immer darauf, dass sie an die Oberfläche zurückkehrten, bevor der »Tiefenrausch« sie dazu brachte, sich das Mundstück herauszureißen und zu ertrinken. Max misstraute Rauschmitteln und zog die Reinheit des Sporttauchens vor. Seit dem Tod seiner Mutter war er jedoch süchtig nach der beschwingten Hypoxie und emotionalen Befreiung, die er empfand, wenn er in große Tiefen hinabtauchte. Freitauchen an den euphorischen Rand des Todes war seine Lieblingsdroge geworden.

An Land empfand er keine Gefühle für seinen Vater und hatte auch nicht das Bedürfnis, von ihm Gefühle entgegengebracht zu bekommen. Das interessierte ihn nicht. Es war irrelevant. Aber das hier war das Reich seiner Mutter, und hier konnte er die Gefühle herauslassen, die er an Land unterdrückte. Das war besser als jeder Besuch beim Psychiater: Es war, als wäre er ein paar flüchtige Augenblicke lang in den Mutterschoß zurückgekehrt. Das war der Ort, an dem er Zugang zu seiner Mutter fand, an dem er sich seine Liebe zu ihr eingestehen und ihre Liebe zu ihm spüren konnte.

Er sah die Zeit an seinem Handgelenk. Er musste auftauchen, wenn er nicht riskieren wollte zu ertrinken. Der Aufstieg gegen die Schwerkraft und unter Druck erforderte 80 Prozent der Anstrengungen des Tauchers und war deshalb am gefährlichsten. Er sah auf die Leuchtanzeige des Tiefenmessers neben seiner Uhr. Er war auf fast 60 Meter hinabgetaucht. Es schien, als müsse er immer tiefer gehen, um seine geheime Lust zu verspüren. Kurz bildete er sich ein, seine Mutter noch einmal zu sehen, und empfand dabei eine solche Freude, dass er versucht war, den Abstieg fortzusetzen.

Doch dann wurde es von einem Bild seines Vaters überlagert, das ihn an seine Pflichten und seinen Platz in der Gesellschaft erinnerte. Plötzlich empfand er Kälte und Müdigkeit. Sich am Seil der Boje festhaltend, begann er mit den Flossen zu schlagen und an die Oberfläche zu schwimmen.

Der Taucher war sieben Minuten unter Wasser gewesen, als ihn Isabella schließlich auftauchen und nach Luft schnappen sah. Er schwamm mit langen, kräftigen Zügen ans Ufer, und sie folgte ihm auf dem Steg, aber er schwamm so schnell, dass sie laufen musste, um mit ihm Schritt zu halten.

Als das Wasser seichter wurde und er sich zu voller Größe aufrichtete, blieb sie wie angewurzelt stehen und starrte ihn an. Er hatte ihr seinen breiten Rücken zugewandt, als er die Maske abnahm und sich dann die Kapuze seines Neoprenanzugs vom Kopf zog, sodass sein weißblondes Haar zum Vorschein kam. Als er sich ihr zuwandte, begann ihr Herz heftig zu schlagen, und ihre Handflächen wurden feucht. Er war zu weit entfernt, um sein Gesicht deutlich erkennen zu können, aber sie wusste, dass es ihr Retter vom Abend zuvor war.

Unwillkürlich begann sie, mit jedem Schritt schneller auf ihn zuzugehen. Inzwischen hatte auch er sie gesehen und kam langsam auf sie zu. So hatte sie sich noch nie gefühlt: der Mund trocken, die Brust so fest zusammengeschnürt, dass sie kaum atmen konnte, das Herz so heftig schlagend, dass sie das Blut in ihren Ohren rauschen hören konnte. Noch bevor sie sein Gesicht deutlich erkennen konnte, konnte sie ihn sehen, jeder Zug seines Gesichts in ihr Bewusstsein eingeprägt, so vertraut wie ihr eigenes.

Ihr ganzer Körper prickelte, sie stand unter Hochspannung, als flösse Strom durch ihre Adern. Isabella musste alle Selbstbeherrschung aufbringen, um nicht weiter auf ihn zuzulaufen.

Die Morgensonne war hinter ihr, sodass er sie nicht richtig sehen konnte, als sie auf ihn zukam, aber Max erkannte sie sofort. Sein Brustkorb fühlte sich zusammengeschnürt an, als sein Puls auf 60 Schläge beschleunigte, fast der durchschnittliche Ruhewert eines normalen menschlichen Herzens. Doch das neuartige Gefühl war sowohl verwirrend als auch beglückend. Inzwischen war sie näher gekommen, und er sah jedes Detail ihres Gesichts. Es war, als hätte er bis zu diesem Moment in kargem Schwarzweiß gelebt: Plötzlich war alles überwältigendes Technicolor. Alle seine Sinne arbeiteten auf Hochtouren. Trotz des Taucheranzugs fühlte er sich nackt und bloß, als läge jedes Nervenende frei.

Wie hatte ihm bloß entgehen können, wie vollkommen ihr Gesicht war? Er hatte sie zwar am Abend zuvor gesehen – aber er hatte sie nicht wirklich *gesehen.* Nicht so, wie er sie jetzt sah. Während er sie ansah, tobten eine Vielzahl intensiver Gefühle in seiner Brust, wie er sie bis dahin nicht gekannt hatte. Inzwischen war sie nur noch Zentimeter von ihm entfernt, ebenso fasziniert von ihm wie er von ihr. Sie berührte ihn an der Wange, und das dadurch ausgelöste Gefühl war fast zu viel für ihn. Panik wallte in ihm auf, in seinem Magen begann es zu rumoren. Es war, als stürzte er ins Bodenlose, als verlöre er jede Kontrolle. Er schloss die Augen, streckte die Hand aus und fuhr mit den Fingerspitzen die Konturen ihres Gesichts nach.

Er verlor jedes Gefühl dafür, wie lange sie schon auf dem verlassenen Strand standen, mit geschlossenen Augen, vollkommen versunken die Züge des anderen nachziehend.

»Wie heißt du eigentlich?«

Er öffnete die Augen. »Max.«

»Ich bin Isabella.« Sie lächelte und nahm seine Hand. »Gestern Abend wolltest du dich nicht auf einen Drink von mir einladen lassen. Kann ich dich jetzt vielleicht zu einem gemeinsamen Frühstück überreden?«

»Gute Idee. Ich komme fast um vor Hunger.«

Als sie zum Hotel zurückgingen, sah keiner von beiden den Mann, der am anderen Ende des Strandes kauerte, ein Auge am Sucher einer Videokamera, das andere hinter einer schwarzen Klappe verborgen.

16

»Gehen Sie näher ran, Stein.« Helmut Kappel blickte auf den Computermonitor in seinem Büro in der Züricher Zentrale des Bankhauses Kappel. Er hatte nie bereut, den Mann vor fast 30 Jahren in seine Dienste genommen zu haben. Als Stein das erste Mal nach Zürich gekommen war, hatte er als junger Agent im Auftrag der Stasi einen korrupten Parteifunktionär begleitet, der in die Schweiz gekommen war, um beim Bankhaus Kappel ein geheimes Konto zu eröffnen; auf Kappel hatte die Loyalität und Diskretion des jungen Stein damals großen Eindruck gemacht. Später geriet der Funktionär bei der SED in Misskredit und wurde exekutiert, aber Stein konnte in den Westen fliehen. Seitdem hatte er sich mit unverbrüchlicher Loyalität um die Sicherheitsbelange Helmut Kappels und der Bank gekümmert. Und mit dem Fall der Berliner Mauer hatte Stein weitere dankbare und hervorragend ausgebildete Ex-Stasileute angeworben.

»Noch näher. Halt. So ist es gut.«

Die Handy-Verbindung zwischen Steins Digitalkamera in Antibes und dem Computermonitor auf Kappels Schreibtisch in Zürich war so gut, dass Kappel Max' Gesichtsausdruck sehen konnte. Es war eine Offenbarung zu beobachten, wie er Isabellas Wange streichelte.

»Folgen Sie ihnen, Stein. Aber Max oder das Mädchen dürfen Sie auf keinen Fall sehen.«

Max und Isabella gingen händchenhaltend über den Sand auf das Hotel zu. Es war noch zu früh, um sich ein Urteil über

Baccis Mittel zu erlauben, aber Kappel wurde gleichzeitig heiß und kalt bei Max' Gesichtsausdruck. Wenn das Serum seinen Sohn, der wirklich nicht für Emotionen anfällig war, zu einem verliebten Narren machen konnte, musste das Mittel tatsächlich eine starke Wirkung haben. Er griff nach dem silbernen Zigarettenetui auf seinem Schreibtisch, überlegte es sich dann aber anders und nahm aus dem Holzkistchen daneben eine Zigarre. Er nahm einen rasiermesserscharfen Krummdolch aus einer an seiner rechten Wade befestigten Scheide und schnitt damit die Spitze ab. Den Dolch mit dem Perlmuttgriff hatte ein arabischer Assassine seinem Urgroßvater zum Zeichen seiner Anerkennung geschenkt. Kappel hatte ihn immer bei sich.

Er paffte an der Zigarre und blickte fasziniert auf den Bildschirm. Als sein Sohn seine Tauchausrüstung ablegte, passierte erst einmal eine Weile nichts. Dann sah er, wie sich Max auf der Hotelterrasse zu Isabella an den Tisch setzte. Die Art, wie sie ihn bewundernd ansah, machte Kappel fast neidisch.

Er betrachtete das Bild seiner dritten Frau Eva, das auf seinem Schreibtisch stand. Sie war etwas über dreißig – drei Jahrzehnte jünger als er – und blond. Er hatte sie einmal schön gefunden, aber sie hatte ihn nie so angesehen, wie Isabella gerade Max ansah. Eva hatte ihn seines Geldes und seiner Stellung wegen geheiratet, was er durchaus verstehen konnte: Gefühle machten alles nur unnötig kompliziert. Seit dem Ärger mit Max' Mutter hatte er sich auf seine zweite und dritte Frau ganz bewusst nicht emotional eingelassen. Er hatte auf knallharten Eheverträgen bestanden und sich jede Einmischung in Belange des Familienunternehmens verbeten.

Als Helmut Kappel jetzt jedoch Isabella und Max beobachtete, erinnerte er sich, wie ihn Max' Mutter einmal angesehen hatte und was er für sie empfunden hatte. Er wandte sich dem Wandspiegel neben seinem Schreibtisch zu und betrachtete stirnrunzelnd sein Spiegelbild. Er fand Liebe grauenhaft. Er erinnerte sich an die bittere Machtlosigkeit, die er angesichts der Zurückweisung empfunden hatte, als Max'

Mutter mit Max vor ihm geflohen war. Doch obwohl er versucht hatte, die Liebe aus seiner Welt zu tilgen, sehnte sich ein Teil von ihm ab und zu nach ihrem giftigen betörenden Rausch. Er brachte sie mit jugendlicher Ungebärdigkeit in Zusammenhang, und er wollte wieder jung sein. Er dachte an Baccis Mittel. Wenn er die Liebe schon nicht auslöschen konnte, gelänge es ihm vielleicht, ihren schwächenden Einfluss in den Griff zu bekommen. Ein Lächeln umspielte seine Lippen. Wenn er die Macht der Liebe zähmen konnte, konnte er dann nicht die Welt zähmen?

Als Isabellas Freundinnen zum Frühstück erschienen, sah Kappel, wie sie ihnen Max voller Stolz und Freude vorstellte. Doch dann richtete Stein die Kamera auf die hochgewachsene Blondine, die Isabella küsste. Irgendwie kam sie Kappel bekannt vor, und unwillkürlich beugte er sich vor. Er hatte schon immer eine Schwäche für schöne Dinge gehabt, und die blonde Frau war absolut umwerfend. Er sah wieder auf das Foto seiner Frau. Neben dem ätherischen Geschöpf auf dem Bildschirm sah Eva gewöhnlich, fast hässlich aus. Er erinnerte sich an die flüchtige Erregung, die er verspürt hatte, als er seinen wertvollsten Ferrari gekauft hatte, den letzten Wagen, der von dem inzwischen verstorbenen Enzo Ferrari persönlich produziert worden war. Ein ähnliches Flattern spürte er auch jetzt in seinem Bauch, als er beobachtete, wie sich die große Frau Max als Phoebe vorstellte.

Das Lämpchen an seinem Telefon begann zu blinken. Er war so in die Bilder auf dem Monitor vertieft, dass er nicht darauf achtete. Dann läutete es. Stirnrunzelnd schaltete er den Ton des Computerlinks zu Stein ab und griff nach dem Handapparat. »Elke, ich sagte Ihnen doch, ich will nicht gestört werden. Ich weiß, dass Marco Trapani angerufen hat, und ich rufe ihn zurück, sobald ich hier fertig bin.«

»Es ist nicht Don Marco, Herr Kappel. Es ist Professor Carlo Bacci. Er sagt, er muss dringend mit Ihnen sprechen.«

Kappel zog die Augenbrauen hoch. »Stellen Sie ihn durch.«

Ein Klicken. »Professor Bacci, was kann ich für Sie tun? Ihnen ist doch bewusst, dass die achtundvierzig Stunden noch nicht um sind? Unsere Kinder sind noch in Antibes.«

Er hörte Bacci seufzen. »Nein, darum geht es nicht, Herr Kappel.« Eine Pause. »Sie sagten doch, ich solle niemandem von meinem Projekt erzählen. Es könnte allerdings sein, dass ich meinem Cousin Marco Trapani mehr verraten habe, als ich sollte.«

»Was haben Sie ihm erzählt?«

»Nichts Konkretes. Aber er hat mich wegen unseres Treffens ausgequetscht, und ich war sehr aufgeregt. Mir ist etwas über das Mittel und seine naturidentischen Eigenschaften herausgerutscht. Was genau ich gesagt habe, weiß ich nicht mehr, aber ich könnte einige seiner Vorzüge erwähnt haben. Natürlich habe ich ihm keine chemischen Einzelheiten genannt, aber ich hielt es trotzdem für besser, Sie darauf hinzuweisen.«

Deshalb hatte sich Trapani mit ihm in Verbindung zu setzen versucht. »Keine Sorge, Professor Bacci. Immerhin ist er Ihr Cousin. Trotzdem würde ich vorschlagen, Sie erzählen ihm nichts weiter. Wenn wir einen Antrag auf Patentschutz stellen, ist es von größter Wichtigkeit, dass außer Ihnen und Ihren Beratern niemand etwas über Ihre Erfindung weiß, sonst könnte es mit dem Patent Probleme geben.«

»Ich verstehe.«

»Jedenfalls danke ich Ihnen, dass Sie mir Bescheid gesagt haben. Ich melde mich bei Ihnen, sobald mein Sohn aus Antibes zurück ist.«

Er legte das Telefon beiseite und blickte wieder auf den stummen Bildschirm. Sobald er zu einer Entscheidung gekommen war, stellte er die Audio-Verbindung zu Stein wieder her. »Stein, halten Sie bis morgen Mittag weiterhin genau fest, was mein Sohn tut. Dann kommen Sie nach Zürich zurück. Es hat sich etwas ergeben, wofür wir Sie brauchen.«

Er betastete den Dolch des Assassinen und griff wieder nach dem Telefon. »Elke, verbinden Sie mich mit Marco Trapani.«

17

Sechsunddreißig Stunden später:
30. August

Über dem Freiluft-Kino funkelten die Sterne am nächtlichen Himmel, über die breite provisorische Leinwand, die an der Nordseite des alten Marktplatzes angebracht war, flackerten Filmbilder, und durch die warme Nachtluft drang der aus riesigen Lautsprechern kommende Ton. Isabella sah kaum auf die Leinwand: Sie hatte nur Augen für Max.

Die letzten zwei Tage in Antibes waren wie ein Traum gewesen. Seit sie sich am Tag zuvor am Strand kennen gelernt hatten, waren sie und Max unzertrennlich gewesen. Als sie Max ihren Freundinnen Phoebe, Kathryn und Claire vorgestellt hatte, war ihr nicht entgangen, dass sie beeindruckt gewesen waren. Phoebe hatte sie am Tag zuvor beim Mittagessen beiseite genommen, um ihr zu sagen: »Mit dieser Figur und so einem Teint sollte er für Odin als Model arbeiten, nicht ich. Wo hast du ihn bloß aufgetan?«

»Ich habe ihn nicht aufgetan.« Isabella seufzte glücklich. »Er hat mich aufgetan.« Als sie Phoebe erzählte, wie ihr Max das Leben gerettet hatte, lachte Phoebe erstaunt und umarmte sie.

Was sie an Max am anziehendsten fand, war, dass er sogar dann nur Augen für sie hatte, wenn Phoebe, eine der prominentesten und begehrtesten Frauen der Welt, mit ihnen am Tisch saß. Sie teilte ihn gern mit ihren Freundinnen und sonnte sich in ihrer Zustimmung, aber wenn sie Max länger als ein paar Sekunden aus den Augen verlor, überkam sie fast so etwas wie Panik, und das quälende Gefühl in ihrem Bauch verflog erst, wenn sie sein Gesicht wieder sah. Fast war es, als wäre sie wieder ein Teenager, eher sogar noch schlimmer. So etwas hatte sie noch nie erlebt – nicht einmal bei Leo.

Am Abend zuvor hatten sie zunächst mit den anderen am Meer gegessen und waren dann tanzen gegangen. Danach hatte sie Max überstürzt eine gute Nacht gewünscht und war fast auf ihr Zimmer gerannt, so stark war ihr Wunsch gewesen, mit ihm zusammen zu sein. Sie hatte kaum geschlafen.

An diesem Abend hatten sie allein gegessen. Danach hatte Max sie in die Altstadt mitgenommen, wo in der Spätvorstellung des Freiluft-Kinos *Der Himmel über Berlin* von Wim Wenders lief. »Hast du nicht gesagt, du magst Filmklassiker, Isabella?«

Sie hatte den Film schon mehrere Male gesehen, aber sie war vollauf zufrieden, in der flimmernden Dunkelheit zu sitzen und seine Hand zu halten. Es war, als gäbe es sonst nichts und niemanden. Wieder betrachtete sie sein Gesicht.

Normalerweise erwiderte er ihren Blick, aber jetzt schaute er auf die Leinwand. Es war die Szene, in der der unsterbliche, unverwundbare Engel sich wünscht, menschlich zu werden, und auf die Erde stürzt: Der Schwarzweißfilm wird farbig, und zum ersten Mal sieht der Engel all die leuchtenden Farben, die es in seiner Welt nicht gibt, darunter auch das Rot seines eigenen Blutes. Vorübergehend schien Max wie gebannt von der Szene, aber das störte Isabella nicht. Sie war glücklich, ihn bloß anzusehen.

Der Film war nach Mitternacht zu Ende, und sie gingen gemeinsam zum Hotel zurück.

»Hat dir der Film gefallen?«

Er nickte, sagte aber nichts.

»Ich kann mich noch genau an das erste Mal erinnern, als ich ihn gesehen habe. Das war etwa eine Woche vor dem

Tod meiner Mutter.« Isabella verstummte. Sie hatte das Gefühl, Max schon ewig zu kennen. »Ich war gerade siebzehn. Sie hatte ein Aneurysma im Gehirn. Eben war sie noch da und einen Augenblick später nicht mehr. Sie wusste, dass ich sie liebe, aber ich habe nicht von ihr Abschied genommen.«

Max' Miene verdüsterte sich. »Auch meine Mutter ist ganz unerwartet gestorben, als ich noch klein war. Wir haben allerdings noch miteinander gesprochen, bevor es mit ihr zu Ende ging.« Er wollte bereits fortfahren, hielt sich dann aber doch zurück. Er schüttelte den Kopf, als wolle er einen unerwünschten Gedanken vertreiben, und setzte ein verlegenes Lächeln auf. »Ich könnte jetzt was zu trinken vertragen. Hast du auch noch Lust auf einen Drink?«

Sie rührte ihren Amaretto kaum an, als sie auf dem Balkon ihres Hotelzimmers standen, von dem man aufs Meer sah. Sie war sich seines warmen Körpers, der ihren berührte, zu deutlich bewusst. Als er sich zu ihr herabbeugte und sie küsste, schienen ihre Lippen mit den seinen zu verschmelzen, und als er sie zum Bett führte, widersetzte sie sich nicht. Der rationale Teil in ihr wollte es langsam angehen – es war zu früh –, aber ein anderer Teil von ihr sehnte sich stärker nach ihm, als sie sich je nach etwas gesehnt hatte.

Als er ihr das Kleid abstreifte, fühlten sich seine Hände warm an auf ihrer Haut. Er legte sie um ihre Brüste und streichelte sie mit solcher Zärtlichkeit, dass sie erzitterte. Sie knöpfte sein Hemd auf und küsste seine Brust, sodass sie das Salz auf seiner glatten goldbraunen Haut schmeckte.

Als er sie aufs Bett legte, wallte heftige Leidenschaft in ihr auf, so überwältigend, dass sie es fast mit der Angst zu tun bekam. Sie war so bereit, dass sie kein Unbehagen spürte, als er in sie eindrang, nur einen glühenden Stromstoß, der sie durchfuhr.

Als sie sich im Einklang miteinander zu bewegen begannen, versuchte sie zu begreifen, was mit ihr geschah, aber alles, was sie mit Sicherheit wusste, war, dass sie Max Kappel in diesem Moment mehr liebte, als sie jemals einen Menschen geliebt hatte. Als sie zum Höhepunkt kam, stieß sie hervor: »Max! Ich liebe dich, Max! Ich liebe dich.«

Und er brachte seinen Mund ganz dicht an ihr Ohr und hauchte: »Ich liebe dich auch.«

Max hatte schon oft in seinem Leben Sex mit einer Frau gehabt, aber er hatte sich noch nie mit einer geliebt. Dabei verspürte er jetzt eine Glückseligkeit, größer als die, die er beim Tauchen empfand. Es schien, als hätte ihm das Universum ein paar flüchtige Momente lang einen Blick auf das gewährt, was das Leben lebenswert machte.

Sobald er jedoch diese drei Worte gehaucht hatte, die seit dem Tod seiner Mutter nicht mehr über seine Lippen gekommen waren, ging der Vorhang zu, und er bedauerte, was er gesagt hatte. Er ging nicht mehr im Augenblick auf, und es war, als hätte sich ein drittes Auge geöffnet, das ihm gestattete, aus sich selbst herauszutreten und seine emotionale Euphorie als das zu sehen, was sie war. Ihre Liebe war nicht echt. Am nächsten Morgen wäre sie aus ihrem Organismus verschwunden, und sie würden nichts mehr füreinander empfinden. Als sie sein Gesicht streichelte, sagte er sich, dass alle Liebe endlich war und dass er weiterziehen und sie vergessen sollte. Da war allerdings ein Problem. Ein Problem, das Max bis dahin nie gekannt hatte.

Er hatte ein schlechtes Gewissen. Ihm lag etwas an ihr.

Sein Verstand sagte ihm, das sei eine Folge des Serums, aber das änderte nichts an seinen Gefühlen. Er war nicht darauf vorbereitet, dass seine Wirkung so stark war. Er hatte sich und seinen Körper in all den Jahren gnadenlos unter Kontrolle gehabt und hielt sich viel darauf zugute, dass er für schwächende Emotionen in keiner Weise anfällig war. Aber jetzt wurde er geradezu von ihnen überwältigt. In den letzten zwei Tagen hatte er sich in heftigem inneren Aufruhr befunden, in einem Auf und Ab aus Euphorie und Ängsten.

Eben noch hatte er kurz davor gestanden, Isabella, einem fremden Menschen, die Umstände des Todes seiner Mutter zu schildern, und beinahe den Versuch gemacht, ihr zu erklären, was er dabei empfand. Doch wie käme ein vernünftiger Mensch auf die Idee, die Tür zu diesem dunklen Ort aufzustoßen und Erinnerungen zu wecken, hinsichtlich deren er nicht das Geringste unternehmen konnte? Er war nicht einmal sicher, was er dabei empfand, wenn überhaupt etwas.

Das größte Problem mit dem naturidentischen Serum war, dass es seine bisherigen Prioritäten umwarf. Bisher hatten für ihn immer seine Interessen und die der Kappels an erster Stelle gestanden. Nun hatte das Mittel jedoch Isabella zum wichtigsten Menschen seiner Welt gemacht, wesentlich wichtiger als seine Familie oder er selbst. Er musste sich ständig vor Augen führen, dass ihn das Mittel nur vorübergehend aus dem Gleichgewicht brachte und dass er wieder ganz der Alte wäre, sobald seine Wirkung nachließ. Dennoch bedurfte es seiner ganzen Willenskraft, Isabella nicht alles zu erzählen und sie um Verzeihung für seine Täuschung zu bitten. Er musste rücksichtslos sein. Es ging nicht anders.

»Es geht alles so schnell«, sagte sie und legte den Kopf auf seine Brust.

Er sagte nichts, sondern starrte nur in die Dunkelheit und wünschte den Morgen herbei, damit alles wieder beim Alten wäre.

»Aber das macht überhaupt nichts«, sagte sie schläfrig, ihr Atem inzwischen wieder regelmäßig. »Uns drängt ja nichts. Wir haben alle Zeit der Welt.«

18

Am nächsten Morgen:
31. August

Die Waldlichtung war hoch oben in den Glarner Alpen, südwestlich von Zürich. Fernab aller Wanderwege und großen Straßen, war sie ideal für ein diskretes Treffen. Mit den Fingern auf den schwarzen Aktenordner trommelnd, sah Helmut Kappel auf seine Uhr und blickte dann wieder auf den fernen Zürichsee hinab, der in der frühmorgendlichen Sonne glitzerte. Marco Trapani müsste bald hier sein, und er wollte diesen Störfaktor aus dem Weg geräumt haben. Er rieb sich die Hände. Es war der letzte Tag im August, aber unter den Bergfichten war es kühl.

Als er den Ordner aufklappte und Steins Aufzeichnungen und Video-Standfotos durchblätterte, versuchte er sich zu erinnern, wann er zum letzten Mal so euphorischer Stimmung gewesen war. Vorausgesetzt, Max konnte bestätigen, was er auf Steins Videos gesehen hatte, könnte er der Geschichte der Kappel-Dynastie seinen Namen unauslöschlich aufdrücken. Die Möglichkeiten waren unbegrenzt.

Er hörte ein Auto auf der einsamen Straße, die sich den bewaldeten Berg heraufschlängelte, und ging an den Rand der Lichtung. Ein schwarzer Mercedes fuhr vom Asphalt und hielt unter den Bäumen, wo er vor vorbeikommenden Autos verborgen war. Vom Rücksitz stieg ein kleiner, zierlicher Mann mit glattem, dunklem Teint und schütterem schwarzem Haar. Er trug einen tadellosen italienischen Anzug mit einem Einstecktuch aus roter Seide und dazu passender Krawatte. Seine Augen waren so schwarz wie seine glänzenden Lederschuhe. Zwei große Männer in eng sitzenden Anzügen nahmen ihn in ihre Mitte.

Kappel breitete lächelnd die Arme aus. »Marco, schön, Sie zu sehen.«

Marco Trapani erwiderte das Lächeln und umarmte ihn. »Danke, dass Sie sich zu dem Treffen bereit erklärt haben. Aber musste es wirklich so früh und an einem so abgeschiedenen Ort sein?«

»Es handelt sich um eine delikate Angelegenheit.« Kappel warf einen bedeutungsvollen Blick auf Trapanis zwei Bodyguards und den Chauffeur. »Ausschließlich für *Ihre* Ohren bestimmt.«

Der Mafioso wandte sich seinen Begleitern zu. »Wartet beim Wagen.« Er drehte sich wieder zu Kappel um. »Normalerweise habe ich nur einen Begleiter dabei, aber ich habe gehört, Chabrols Leute wollen Blut sehen. Es interessiert sie nicht, dass er eines natürlichen Todes gestorben ist. Sie denken, weil ich von seinem Tod profitiere, müsste ich dahinter stecken. Sie kennen sie ja, diese Korsen.« Er machte die Bewegung des Kehledurchschneidens. »Zuerst verpassen sie einem das korsische Lächeln, und erst wenn man dann am Verbluten ist, fragen sie einen, ob man unschuldig ist.«

Kappel lachte. »Hier haben Sie nichts zu befürchten. Machen wir doch einen kleinen Waldspaziergang.« Als sie außer Hörweite von Trapanis Männern waren, fragte Kappel: »So, und was hat Ihnen Professor Bacci alles über dieses Serum erzählt?«

»Nicht sehr viel.« Trapani kniff die Augen zusammen. »Sie haben ihm ja eingeschärft, mir nichts davon zu erzählen.«

»Ich habe ihm *geraten, niemandem* etwas davon zu erzählen, solange wir die Sache nicht näher geprüft haben.«

»Ich bin aber nicht irgendjemand. Ich bin sein Cousin, und

ich habe Sie ihm empfohlen. Er ist mir etwas schuldig. *Sie* sind mir etwas schuldig. Als ich ihn fragte, wie das Treffen verlaufen sei, wollte er erst nichts erzählen, aber als ich nicht locker ließ, ließ er durchblicken, dass er ein Mittel entwickelt hat, das bewirkt, dass sich Leute verlieben.« Trapani sah Kappel finster an. »Das hört sich gewinnträchtiger an als das naturidentische Heroin, das meine Leute entwickeln. Ich könnte es dazu benutzen, den Sprung aus der Illegalität des Drogenhandels in die Legalität der Pharmaindustrie zu schaffen – falls die Entdeckung meines Cousins nicht nur irgendein fauler Zauber ist.«

»Es ist kein fauler Zauber«, sagte Kappel ohne Zögern. Er erzählte Trapani von Baccis Präsentation und dem Test, den er in Antibes arrangiert hatte. Dann tippte er auf den Ordner. »Ich habe Max beschatten lassen.«

In Trapanis dunklen Augen blitzte Bewunderung auf. »Sie haben Ihren eigenen Sohn beschatten lassen?«

»Woher hätte ich denn wissen sollen, was er unter dem Einfluss des Serums tun oder sagen würde.« Er klappte den Ordner auf und zeigte Trapani seinen Inhalt. Auf einem Standfoto waren Max und Isabella zu sehen, wie sie mit geschlossenen Augen am Strand standen und jeweils das Gesicht des anderen streichelten. Isabella war groß und sportlich, aber neben Max in dem dunklen Taucheranzug wirkte sie winzig. Auf einem anderen Foto waren sie in Jeans und T-Shirts und küssten sich auf der Straße leidenschaftlich. Auf einem dritten waren sie in einer Disco, und Max saß in der Ecke und sah Isabella beim Tanzen zu. Sein besorgter Gesichtsausdruck war so untypisch, dass Kappel seinen Sohn kaum wiedererkannte.

»Wenn Sie meinen Sohn so gut kennen würden wie ich, würden Sie verstehen, dass diese Bilder Bände sprechen. Max zeigt nie Gefühle – schon gar nicht in der Öffentlichkeit –, und dabei ist er diesem Mädchen nie zuvor begegnet.« Er zeigte auf Steins penible Aufzeichnungen, die jeden

Schritt Max' seit seiner Ankunft in Antibes genau festhielten. »Sie waren praktisch unzertrennlich.«

»Was sagt Max dazu?«, wollte Trapani wissen.

Kappel dachte an die kurze Nachricht, die ihm sein Sohn wenige Stunden zuvor auf Band gesprochen hatte: »Es wirkt. Bin in mein Haus in St. Laurent-du-Var zurückgekehrt, um wieder einen klaren Kopf zu bekommen. Melde mich in ein paar Tagen.« Er lachte leise. »Er ist davon überzeugt. Genau wie ich.«

Trapani nickte bedächtig. »Wie wollen Sie das Mittel vermarkten?«

»Ihr Cousin möchte alles daran setzen, dass es als Medikament zugelassen wird, eine Art emotionales Viagra sozusagen. Er hält es für ein Heilmittel gegen Scheidungen, zerrüttete Ehen und das daraus erwachsende Unglück. Er möchte allen Menschen zu Liebe verhelfen und der Einsamkeit ein Ende bereiten und dafür die ihm zustehende Anerkennung ernten.«

Trapani lächelte ungläubig. »Und *Sie*? Was hat das Bankhaus Kappel damit vor?«

Kappel zündete sich eine Zigarette an und nahm einen tiefen Zug. Er verzog keine Miene. »Wir richten uns immer nach den Wünschen unserer Kunden.«

Trapani kam ganz nah an ihn heran, und die Maske verbindlichen Charmes verflüchtigte sich. »Das können Sie jemand anderem erzählen, Helmut. Mein Cousin mag ja ein Genie sein, aber er ist auch ein Trottel. Das bin ich nicht. Ich weiß zwar nicht, was Sie mit diesem Mittel vorhaben, aber ich will einen Anteil am Gewinn. Vergessen Sie nicht, Sie sind nur Banker, Helmut. Ein kleiner Mann, der sich um das Geld großer Männer kümmert. Sie sind ein *Diener,* der sich nach den Wünschen seiner Kunden richtet.« Trapani stieß mit dem Zeigefinger gegen Kappels Brust. »Und die Trapanis gehören zu Ihren ältesten und wichtigsten Kunden. Sie dienen mir.«

Wortlos erwiderte Kappel den Blick des Sizilianers. Seine kalten blauen Augen absorbierten die Glut von Trapanis Zorn.

Trapani senkte als Erster den Blick. »Und?«, sagte er. »Wie hoch ist mein Anteil?«

Kappel zuckte mit keiner Wimper.

»Ich verlange vierzig Prozent«, sagte Trapani.

Stille.

Trapani wartete stirnrunzelnd und strich sich mit den Fingern durchs Haar. »Ich gebe mich mit einem Drittel zufrieden. Aber das ist mein letztes Wort. Andernfalls werde ich meinem Cousin raten, auszusteigen. Dann finanziere ich sein Projekt selbst. Sie kriegen nichts. Ich löse meine Konten auf und suche mir eine andere Bank.«

Kappels Lächeln erreichte seine Augen nicht.

»Und? Was sagen Sie, Helmut? Abgemacht?«

Kappel schüttelte langsam den Kopf.

Trapanis Kiefermuskeln traten vor. »Wie sieht dann Ihr Angebot aus? Was springt für mich dabei heraus?«

»Nichts.« Kappel machte eine Pause. »Nicht einmal Ihr Leben.«

Trapani machte einen Schritt zurück. »Was soll der Unsinn?« Er blickte sich um und rief nach seinen Bodyguards. Als er keine Antwort bekam, eilte er zu der Lichtung zurück. Die Türen der Limousine waren offen, und beide Bodyguards lagen auf der blutgetränkten Erde, die Köpfe nach hinten gedrückt, die Augen starr. Ihre Kehlen waren durchgeschnitten. Der Chauffeur saß, die Hände noch am Lenkrad, auf dem Fahrersitz. Er war buchstäblich geköpft worden. Die Windschutzscheibe war mit einem durchscheinenden roten Film beschmiert. Trapani blieb wie angewurzelt stehen, als könnte er nicht begreifen, was er sah.

Dann kam Stein, flankiert von zwei seiner grauhaarigen Schergen, hinter den Bäumen hervor. Jeder sah aus, als käme er gerade aus einem Schlachthaus. Steins Augenklappe, sein ergrauendes Haar und sein Anzug waren voll Blut. In der rechten Hand hielt er einen Kukri: die rasiermesserscharfe Krümmung seiner blitzenden Klinge war stumpf von Blut. Stein lächelte Kappel an: das zufriedene Lächeln nach getaner Arbeit. Kappel nickte anerkennend. Die Leichen würden tagelang nicht gefunden. Die Korsen würden die Morde abstreiten, aber die Leichen trugen ihre Handschrift.

Stein ging auf Trapani zu, aber Kappel hielt ihn zurück. »Sie und Ihre Männer haben sich selbst übertroffen, Stein. Überlassen Sie Trapani mir.«

Trapanis Gesicht wurde totenbleich, als Kappel den Dolch aus der Scheide an seiner Wade zog. Verzweifelt griff er nach seiner Pistole, aber er war zu langsam. Kappel machte einen Schritt nach vorn und fuhr mit der scharfen Klinge über seinen Kehlkopf. Trapani sank in die Knie und fasste sich an den Hals, um das Blut, das aus seiner Halsschlagader spritzte, zu stoppen. Aus seiner Wunde kam ein gurgelndes Geräusch, als versuchte er zu sprechen – oder zu schreien.

Angesichts der prekären Finanzlage der Bank ging Kappel mit der Ausschaltung eines wichtigen Kunden ein großes Risiko ein, aber er zählte darauf, dass der Zugriff auf das NiL-Serum die durch Trapanis Tod verursachten Einkommensverluste mehr als wettmachen würde. Wenn er das Familienunternehmen eine Stufe weiterbringen wollte, musste er Risiken eingehen, wie Dieter Kappel das vor ihm getan hatte.

Ohne sich um das Blut zu kümmern, kniete er neben Trapani nieder und zwang den Sizilianer, in seine Augen zu blicken, damit sein Gesicht das Letzte wäre, was er sah, bevor es mit ihm zu Ende ging. »Wir waren in der Vergangenheit nicht nur Banker, Marco«, flüsterte er und stieß dem Sizilianer so lange den Finger gegen die Brust, bis er auf den Rücken fiel und sich in den letzten Todeszuckungen wand. Kappel tippte auf den schwarzen Ordner unter seinem Arm. »Und wir werden auch in Zukunft nicht nur Banker sein.«

19

Am selben Morgen

Jemand klopfte an die Tür von Isabellas Hotelzimmer. »Seid ihr schon wach, da drinnen?«

Isabella schlug die Augen auf. Nach einer kurzen Pause hörte sie Phoebes Stimme wieder. »Aufwachen! Ich weiß, es ist noch früh, ihr zwei, aber die Jacht legt um acht ab, und wenn ihr euch nicht beeilt, fahren wir ohne euch nach Monaco.«

Isabella stand auf, schlüpfte in einen Bademantel und öffnete die Tür.

Phoebe sah auf das zerwühlte Bett. »Wo ist Max? Ich dachte …«

»Er ist weg.«

»Wo ist er hin?«

»Er meinte, er müsste zurück nach Zürich. Irgendetwas Berufliches anscheinend.«

»Wann?«

»Heute Morgen, so gegen fünf.«

Phoebe runzelte die Stirn. »Siehst du ihn wieder?«

»Keine Ahnung. Wahrscheinlich nicht.«

Phoebe setzte sich neben Isabella aufs Bett. »Was hat dieser Dreckskerl gemacht?«

»Nichts.«

»Das verstehe ich nicht. Ihr habt den Eindruck gemacht, als wärt ihr total ineinander verschossen. Als hätte es euch voll erwischt. Was ist passiert?«

»Das weiß ich, ehrlich gesagt, nicht. Es hat sich einfach geändert.«

Phoebe runzelte wieder die Stirn und legte den Arm um ihre Freundin. »Alles okay bei dir, Izzy? Wie geht es dir?«

»Ich weiß selbst nicht recht.« Und das stimmte tatsächlich. Sie wusste nur, dass etwas Seltsames passiert war, das sich ihrem Einfluss entzog, eine feine, aber unwiderrufliche Verschiebung im Gewebe ihres Lebens. Während der letzten zwei Tage, bis zu dem Moment, als sie in der vergangenen Nacht eingeschlafen war, war Max ein Teil von ihr geworden, wie ein zusätzliches Körperteil. Aber an diesem Morgen war die Intensität verflogen. Sie waren als Liebespaar zu Bett gegangen und als Fremde aufgewacht.

Sie hatte sogar vorgegeben zu schlafen, als er aus dem Zimmer geschlichen war. Er hatte eine kurze Nachricht hinterlassen, dass er nach Zürich zurückkehren müsse, hatte aber mit keinem Wort erwähnt, dass sie sich wieder treffen müssten. Sie fühlte sich so anders, als sie sich am Abend zuvor gefühlt hatte, dass sie nicht wusste, ob sie bestürzt oder erleichtert sein sollte. Vor allem kam sie sich dumm vor: Im kalten Licht des Tages sah die ganze Episode nach einer dieser furchtbaren Urlaubsromanzen aus, in die man sich stürzte, wenn man sich über einen andern hinwegtrösten musste. Zusammen mit ihrer Leidenschaft für Max war auch ihre Ferienstimmung verflogen. Sie verspürte das plötzliche Bedürfnis, nach Mailand zurückzukehren und sich in ihre Arbeit zu stürzen.

»Möchtest du darüber reden?«, fragte Phoebe.

Isabella ging ins Bad und streifte den Bademantel ab. »Nein, ich fühle mich prima. Es war nur ein Urlaubsflirt. Niemand ist dabei zu Schaden gekommen.« Doch als sie unter die Dusche ging und die Augen schloss, sah sie nur sein Gesicht.

20

3. September

Der Friedhof der Kappels befand sich am Nordende des Schlossparks auf einem kleinen Plateau, von dem man auf das große Haupthaus und den See hinabsah. In der Ferne breitete sich Zürich aus wie eine Spielzeugstadt. Als Kind hatte sich Max immer gefragt, weshalb die Toten einen so vorzüglichen Platz mit einer derart schönen Aussicht brauchten.

Seit Antibes waren drei Tage vergangen, und es war später Nachmittag, als er ins Schloss zurückkehrte. Die Luft war kühl, und das Laub begann sich zu verfärben. Als er den Fußweg zum Friedhofsplateau hinaufging, sah er die Kupferkuppel des ersten Mausoleums im trüben Sonnenschein schimmern. Jedes diente einem ehemaligen Oberhaupt der Kappel-Dynastie als letzte Ruhestätte. Einige waren aus Marmor und Stein errichtet worden, andere aus Granit, Kupfer und Messing. Doch allen lag eine Absicht zugrunde: die sterblichen Überreste, die sie enthielten, zu überdauern.

Jedes Mal, wenn er als Junge aus dem englischen Internat nach Hause gekommen war, hatte ihn sein Vater zu den Grabstätten hinauf mitgenommen, damit er sich einprägte, wo jeder seiner Vorfahren begraben war. Dann hatte er durch die düsteren Gänge des Schlosses gehen und jedem Porträt die entsprechende Gruft, inklusive Namen und Geburtsdatum, zuordnen müssen. Der Kernpunkt dieser Übung war immer Dieter Kappel. Jedes Mal, wenn Max an seinem Bild vorbeikam, hatte ihn sein Vater die Geschichte erzählen lassen, wie Dieter Kappel die Familie aus Italien zurückgeführt und vor der Auslöschung bewahrt hatte. Manchmal schien es ihm, als sei seine Kindheit eine einzige lange Unterrichtsstunde gewesen. In der Schule bekam er die Geburts- und Sterbedaten jedes Königs und jeder Königin von England beigebracht, deren Geschichte tausend Jahre zurückreichte, und in den Ferien hatte er den Stammbaum und die Jahreszahlen seiner Familie lernen müssen, die fast halb so lange währte.

Max atmete die milde Luft und spulte automatisch Namen und Geburtsdaten herunter, als er den Blick über die Grabstätten wandern ließ. In der hintersten Ecke arbeiteten Handwerker in gelben Schutzhelmen am letzten. Sein Vater hatte es in Auftrag gegeben, sobald sein Krebs diagnostiziert worden war, und Max wusste, dass es jedes andere Grabmal – vergangen, gegenwärtig und künftig – überstrahlen sollte.

Obwohl noch nicht fertig, bot es mit seiner sechs Meter hohen Kuppel aus lichtempfindlichem Glas bereits einen spektakulären Anblick. Es funkelte im Sonnenschein wie ein riesiges Juwel, und einen Augenblick vergaß Max Antibes und das verstörende Chaos, das in seinem Kopf herrschte. Durch das durchsichtige Glas konnte er einen großen Sockel sehen. Wie ein moderner Pharao wollte sein Vater, dass sein Körper der Nachwelt für immer erhalten bliebe. Er hatte den deutschen Anatomen Gerhard Heyne damit beauftragt, seinen Körper nach seinem Tod zu plastinieren, indem er sämtliche Körperflüssigkeiten durch Kunstharz ersetzte. Er würde dann vollständig bekleidet auf dem Sockel stehen und auf ewig auf seinen Besitz hinausblicken. Es war Helmut Kappels Streben nach Unsterblichkeit.

Max blickte hinter sich auf ein niedriges, weitflächiges, modernes Gebäude neben dem Schloss. Die vollklimatisierte Garage seines Vaters beherbergte mindestens sechs Autos.

Davor polierte ein Bediensteter einen der roten Ferraris. Max wandte sich wieder dem Mausoleum zu. Ungeachtet des großen Werts, den die Kappels auf Diskretion, Disziplin und Kontrolle legten, vermutete Max bei seinem Vater eine exhibitionistische Ader: Im Grunde seines Herzens war Helmut Kappel ein verhinderter Showman.

»Max, da bist du ja wieder«, rief ihm sein Vater von der Rasenfläche unter der Kristallkuppel zu.

Max fiel auf, dass sein Vater verändert wirkte, jünger: Sein Haar war kürzer geschnitten als sonst, und seine hellblauen Augen sprühten vor Leben. Er betrachtete Max forschend und legte eine Hand auf seine Schulter. »Du siehst aus, als wärst du durch die Hölle gegangen. Wie war es?«

Max wusste nicht, was er sagen sollte. Wie könnte er seinem Vater, der nicht an die Liebe glaubte, erklären, wie es war, unter ihrem Bann zu stehen? Er konnte es sich nicht einmal selbst erklären. Er hatte unbeschreibliche Momente mit Isabella Bacci erlebt, aber die Erinnerung an sie wurde überlagert von der Überreizung und feinnervigen Empfindlichkeit, die ihm immer noch zu schaffen machten. Die achtundvierzig Stunden mit ihr waren die intensivsten seines Lebens gewesen – jedenfalls seit dem Tod seiner Mutter.

Es war eine Sache, zu tauchen und sich dem Rausch der Tiefe hinzugeben. Es war eine völlig andere Sache, ein Mittel einzunehmen, das Gefühle weckte, die er bis dahin nicht gespürt hatte, und das in einer Intensität, die sich vollkommen seiner Kontrolle entzog. Diese Erfahrung hatte jede Gewissheit in Frage gestellt, auf die er sich bisher gestützt hatte, und er spürte, wie ihn Panik zu erfassen drohte. Er fürchtete nichts auf der Welt, aber das hier war aus seinem eigenen Inneren gekommen, und das beunruhigte ihn.

Das Serum hatte zur Folge gehabt, dass er etwas fühlte. Es hatte zur Folge gehabt, dass ihm etwas an einem anderen Menschen lag. Es hatte ihn schwach gemacht. Er war froh, wieder der Alte zu sein.

Über die Züge seines Vaters legte sich das entzückte Lächeln eines Lehrers, der sieht, dass sein Schüler eine wichtige Lektion begriffen hat. »Ich habe dich immer vor der Liebe gewarnt, Max. Wie Professor Bacci selbst gesagt hat, ist sie eine Krankheit, eine Plage. Sogar Plato bezeichnete die Liebe als eine ernste Geisteskrankheit.«

»Na, jedenfalls bin ich jetzt davon geheilt und werde so etwas nicht noch einmal durchmachen.«

Kappel klopfte seinem Sohn auf den Rücken. »Und deshalb solltest du Delphine Chevalier heiraten.«

»Wahrscheinlich.«

Die hellen Augen seines Vater leuchteten auf. »Diese naturidentische Liebe funktioniert also tatsächlich.«

Kappels Aufregung war ansteckend. »Ja, Vater. Jetzt müssen wir nur noch entscheiden, was wir damit machen wollen.«

»Großartig.«

In Helmut Kappels Innerem glomm die wärmende Glut unbegrenzter Möglichkeiten. Sein ältester Sohn und Erbe war von dem Mittel ungeschoren, aber als wandelnder Beweis seiner Wirksamkeit zurückgekommen. Trapani war zum Schweigen gebracht worden. Und mithilfe von Comvec würde Joachim Baccis Erfindung auch ohne das Zutun des Professors vermarkten.

»Weißt du, was das bedeutet, Max? Die Zukunft des Bankhauses Kappel ist gesichert. Das ist genau, was wir brauchen. Professor Baccis verrücktes Liebesserum ist unsere Rettung.« Er führte Max zur Terrasse hinab und schenkte ihm etwas zu trinken ein. »Das Mittel ermöglicht es jedem, jede beliebige Person seiner Wahl zu besitzen. Damit können wir jeden nach Belieben vollkommen hilflos machen, unsterblich verliebt in eine andere Person. Unsere Familie mag sich vielleicht über das Verlangen nach Liebe erhoben haben, aber trotzdem ist die Liebe immer noch die stärkste, heimtückischste Emotion. Überleg doch mal, Max! Wir haben die Macht, einem Kunden zur unsterblichen Liebe und Bewunderung jeder beliebigen Person seiner Wahl zu verhelfen. Nicht nur zu Sex, sondern zu so genannter wahrer Liebe – *für immer.* Solange der Kunde nur zu zahlen bereit ist, kann er jeden besitzen, den sein Herz begehrt. Jeden Menschen auf der Welt.« Er ließ sich die Konsequenzen durch den Kopf gehen. »Aber das ist noch nicht alles. Wir können sogar bestimmen, *wen* er begehrt. Wir können den ganzen Markt kontrollieren – Nachfrage *und* Angebot.«

»Es ist wichtig, dass wir die Existenz des Mittels geheim halten«, sagte Max. »*Besonders* vor unseren Kunden. Wir können ihnen seine Wirkungen und Vorteile verkaufen, aber nie das Mittel selbst. Wir müssen es immer selbst verabreichen, heimlich, ohne ihr Wissen.«

Helmut Kappel nickte. »Wie wir es bisher mit Giften getan haben.«

»Genau. Das alles kommt unseren Stärken zugute, und außerdem bedeutet es, die Kontrolle über das Mittel und seine Auswirkungen bleibt vollständig in unserer Hand, sodass wir es immer wieder einsetzen können.«

Kappel kratzte sich am Kinn. »Wie überzeugen wir die Kunden von der Wirksamkeit des Serums, ohne ihnen davon zu erzählen?«

»Mittels emotionaler Erpressung. Wir gewähren jedem Kunden einen kostenlosen Versuch – einen unwiderstehlichen, süchtig machenden Vorgeschmack auf die Wirkung des Mittels –, und sobald sie abhängig sind, drohen wir, es ihnen zu entziehen. Außer sie zahlen. Sehr viel.«

Kappel grinste. »Wir könnten eine blinde Auktion abhalten. Jeden Kunden gegen sich selbst bieten lassen.«

»Ja«, stimmte ihm Max zu. »Wir könnten sie an einen abgeschiedenen, für uns leicht kontrollierbaren Ort einladen, zum Beispiel in ein exklusives Berghotel wie das in Zermatt, das wir vor ein paar Jahren gebucht haben. Weißt du noch, wie wir für einen ausgesuchten Kundenstamm ein Skiwochenende veranstaltet haben?«

Kappel stand auf und schritt auf der Terrasse auf und ab, während Max nach seinem Laptop griff. »Wir sagen den in Frage kommenden Kunden, es ist ein Treue-Bonus, ein Dankeschön seitens der Bank. Dann injizieren wir jedem das genetische Profil einer vorher ausgewählten Frau. Wir lassen das Verlangen wachsen, und dann machen wir sie mit den Frauen bekannt. Zwei ganze Tage lang gehen ihre geheimsten Wünsche in Erfüllung, und sie bekommen einen Vorgeschmack aufs Paradies. Nach Ablauf dieser Probephase eröffnen wir ihnen, dass wir eine Auktion veranstalten.« Er begann sich für die Idee zu erwärmen. »Natürlich werden sie nicht wissen, dass sie keine Konkurrenz haben. Um sich ihre große Liebe zu sichern, werden unsere liebeskranken Kunden so viel bieten, wie wir von ihnen verlangen. Die Angst, das größte Glück zu verlieren, dass sie je erlebt haben, wird so groß sein, dass sie nicht widerstehen können. Und da sie nichts von unserem Serum erfahren werden, können wir es auch bei anderen Kunden einsetzen, immer und immer wieder. Wir beide wissen, wer die ersten Kunden sein sollten.«

Als sich Max über den Laptop beugte und sich in die Bankkunden-Datenbank einloggte, zählte sein Vater die Namen auf: »Hudsucker, Corbasson, Lysenko, Nadolny. Die Dreckskerle, die unserer Zweihundertjahr-Feier ferngeblieben sind und damit drohen, bei uns auszusteigen. Wie viel Geld hat jeder von ihnen? Insgesamt – nicht nur die Konten, die sie bei uns haben.«

Max rief ihre Auszüge auf. »Jeder hat Aktiva von mehr als einer Milliarde US-Dollar. Zwei sogar mehr als drei Milliarden.«

»Sehr gut. Wir bestrafen sie *und* nehmen ihnen ihr Geld weg.«

Helmut Kappel saß den Rest des Abends und die lange kühle Nacht hindurch mit seinem Erstgeborenen auf der Terrasse, trank Malt Whisky und schmiedete Pläne, wie sie mit dem Liebesserum maximale Gewinne erzielen könnten. Sie machten sich Notizen, informierten sich über die Zielkunden und besprachen, was zu tun sei. Bis die Sonne über dem See aufging, hatten sie eine Strategie entworfen, die nichts mehr zu wünschen übrig ließ.

Um halb sieben Uhr morgens rieb sich Kappel die Augen. »Jetzt wissen wir also, was *wir* mit Professor Baccis Serum machen wollen, aber was erzählen wir ihm?«

»Was er hören will, natürlich«, sagte Max. »Ich werde einen seinen Vorstellungen entsprechenden Pseudo-Geschäftsplan ausarbeiten. Er braucht ja nicht zu erfahren, was wir mit seinem Mittel wirklich machen.«

Helmut Kappel nahm einen Schluck von seinem Whisky. »Dann schlage ich vor, wir berufen nächste Woche ein Familientreffen ein.«

»Auf diese Weise bleibt mir noch genug Zeit, um nach Turin zu fahren und mir Baccis Labor mal etwas genauer anzusehen«, sagte Max. »Ich werde Joachim mitnehmen – ich weihe ihn morgen ein.«

Helmut Kappel stellte sein Glas ab. Ihm war etwas eingefallen, was Bacci bei ihrem ersten Treffen gesagt hatte und was ihn auf eine derart aberwitzige Idee gebracht hatte, dass er erst mit Joachim klären wollte, ob sie sich auch in die Tat umsetzen ließe. Jedenfalls wollte er Max auf keinen Fall jetzt schon davon erzählen. »Lass mich mit Joachim reden. Ich werde ihm unseren Plan erklären und wie sehr alles davon abhängt, dass wir das Mittel auch ohne Bacci herstellen können, damit wir von ihm unabhängig sind. Wenn du dich mit Bacci triffst, darfst du ihm gegenüber keinerlei Zweifel aufkommen lassen, dass wir sehr an einer Zusammenarbeit mit ihm interessiert sind.«

Kappel griff nach einer *Vogue,* die auf dem Tisch lag. Er schlug sie auf eine Seite auf, die er mit einer gelben Haftnotiz markiert hatte. Er betrachtete sie hingerissen und lächelte.

Obwohl er die ganze Nacht aufgeblieben war, fühlte er sich jünger als seit Jahren. Er goss den letzten Rest Glenmorangie in Max' Glas und prostete ihm mit seinem zu.

In diesem Moment kam Eva in einem Seidenkimono und Sandalen auf die Terrasse. Sie hatte sich das Haar aus dem Gesicht frisiert und war perfekt geschminkt, obwohl sie gerade aufgestanden war. Beim Anblick der leeren Whiskyflasche und der über den Teakholztisch verstreuten Papiere verzog sie angewidert das Gesicht. »Wart ihr beide die ganze Nacht hier draußen?«

Kappel nickte und senkte den Blick auf die *Vogue.*

Eva hob das leere Whiskyglas mit Daumen und Zeigefinger hoch und hielt es von sich weg, als wäre es eine tote Ratte. Sie sah ihren Mann finster an. »Darf ich dir noch was bringen? Oder hast du schon genug?«

Kappel straffte die Schultern. »Da ist nur eins, was ich von dir möchte, Eva«, krächzte er.

»Ja?«

»Die sofortige Scheidung.«

21

8. September

Der Agnelli-Gewerbepark befand sich in den nördlichen Außenbezirken Turins, angrenzend an einen dichten Wald aus hohen Zypressen, die sich messerscharf gegen den wolkenlos blauen Himmel abhoben. Als Max am Eingang anhielt und sich im Pförtnerhaus meldete, studierte er die unscheinbaren, kastenförmigen Gebäude. Auf einem weißen Schild war ein Plan des Gewerbeparks mit einer Nummer neben jedem Gebäude. Bacci Projects befand sich in Gebäude Nummer zwölf.

Das Gelände wirkte verlassen, obwohl die Parkplätze voll waren. Bei den meisten Firmen schien es sich um Software-Start-ups mit trendigen Logos und amerikanisch klingenden Namen zu handeln: RiverSoft, Mountain View Solutions, Net Ark. Er fuhr an einem Gebäude vorbei, an dessen Seite in schwarz-goldenen Lettern das Logo VirtualX prangte, und weiter zu einem schlichten Lagerhaus am Ende des Geländes, vor dem nur ein kleiner weißer Pfahl mit einer roten 12 darauf im sonnenverdorrten Gras stand. Das sah schwerlich nach dem fruchtbaren Nährboden für eine spektakuläre Technologie aus, die die Welt verändern würde. Davor stand ein einziges Auto, und an den Fahrradständer neben dem Haupteingang war ein Cannondale-Mountainbike gekettet. Das BMW-Cabrio gehörte Joachim. Sein Halbbruder saß auf dem Fahrersitz und wartete. Zu seinem dunklen Anzug trug er eine scharlachrote und kobaltblaue Sternenbanner-Fliege mit passender Weste. Max hatte Joachim seit seinem Ausflug nach Antibes nicht mehr gesehen.

Als sie auf den Haupteingang zugingen, zündete Joachim eine schwarze Zigarette an und lächelte wissend. »Na, Romeo, bin schon gespannt, was Professor Bacci von deinem Techtelmechtel mit seiner einzigen Tochter in Antibes hält.«

Max runzelte die Stirn. »Lass mich mit Bacci verhandeln. Du konzentrierst dich auf die Geräte und die technischen Belange.«

Joachim rückte seine Brille zurecht, aber sein Lächeln verflog nicht. »Wie du meinst.«

Bacci erwartete sie im Foyer. Er trug einen Anzug unter seinem weißen Laborkittel und sah Max strahlend an. Helmut Kappel hatte ihn bereits über den erfolgreichen Verlauf des Experiments in Kenntnis gesetzt, aber Max nahm an, dass er sich bei Isabella nach ihrem Urlaub erkundigt hatte.

Bacci wartete, bis Joachim seine Zigarette ausgedrückt hatte, bevor er sie einen weißen, sterilen Flur hinunter zu einer Reihe metallener Sicherheitstüren führte. Zu Max' Überraschung war die einzige Sicherheitsvorkehrung ein elektronisches Schloss, das sich mit einer simplen Tastatur öffnen ließ. Eigentlich hatte er mit einem DNS- oder Netzhaut-Scanner gerechnet. »Ich habe meinen Laboranten nach Hause geschickt«, sagte Bacci und tippte den Code zum Öffnen der Tür ein. »Wir können uns also ungestört unterhalten.«

Das makellos weiße Labor und die blitzenden Apparaturen standen in totalem Gegensatz zu der unscheinbaren, heruntergekommenen Fassade. Das Gebäude und die Sicherheit machten vielleicht nicht viel her, aber die Einrichtung war offensichtlich absolute Spitze. Joachim neben ihm nickte anerkennend; sogar Max konnte sehen, dass es sich mühelos mit dem messen konnte, was Joachim bei Comvec hatte. Das Labor schien in zwei Bereiche unterteilt. Auf der rechten Seite waren zwei Türen und eine Reihe frei stehender Geräte. Auf der Glastür im hinteren Ende der rechten Wand befanden sich ein gelbes Biorisiko-Warnschild und der Hinweis: »Vorsicht! Virale Agenten Stufe 2.« In die Glasscheibe der roten Tür in der Mitte der Wand war »Proben« graviert. Die linke Hälfte des Labors enthielt etwas, das aussah wie eine kleine Fertigungsanlage.

»Alle unsere Arbeitsschritte sind offiziell genehmigt.« Bacci zeigte auf die Glastür rechts von ihm. »Das kleine Biosicherheitslabor ist zwar nicht für Agenten der Stufen drei und vier zugelassen, aber bis Stufe zwei ist es völlig ausreichend, und mehr benötigen wir nicht für die Entwicklung viraler Basisvektoren.«

»Sie können gern einen von Comvecs intelligenten Vektoren verwenden«, sagte Joachim.

Bacci lächelte. »Ich bin mehr als glücklich über Ihre Verbesserungsvorschläge, aber die zwei genetisch produzierten Viren, die ich verwende, sind völlig ausreichend. Beide transportieren die Gene in die DNS der Wirtszelle, und das ist alles, was sie tun sollen. Der Neunundsechziger Vektor zielt auf die kurzlebigen somatischen Zellen ab und der Zweiundsiebziger auf die Stammzellen, die ein ganzes Leben lang erhalten bleiben. Die Punkte, in denen ich die Hilfe Comvecs und des Bankhauses Kappel benötige, sind die Finanzierung, die Organisation klinischer Tests, um von den zuständigen Behörden die Zulassung zu erhalten, und Rat in kommerziellen Fragen, wie ich das Produkt am besten vermarkte.«

»Das können Sie alles von uns haben«, sagte Max.

Bacci ging quer durch das Labor. »Ganz einfach ausgedrückt, erfolgt die Herstellung des Serums in drei Schritten. Zuerst isolieren und rekombinieren wir die Gene, die wir in die DNS der Zielperson einfügen wollen. Das ist der aktive Bestandteil des NiL-Serums, das künstlich hergestellte DNS-Muster, das den ursprünglich in der Zelle der Zielperson gültigen genetischen Code überschreibt, neue Grenzwerte für die Produktion von Hormonen und anderen Hirnsubstanzen eingibt und den genetischen Gesichtsabdruck des Liebesobjekts einfügt.

Als Nächstes müssen wir einen geeigneten viralen Vektor herstellen, bei dem es sich, wie Sie wissen, im Wesentlichen um ein abgeschwächtes Virus handelt.«

»Abgeschwächt?«, fragte Max.

»Gezähmt, harmlos gemacht«, erklärte Joachim. »Im Grunde genommen ist ein Virus ein nicht denkendes in Protein eingepacktes Paket mit genetischem Material, das existiert, um Wirte zu suchen und sich dort zu reproduzieren. Findet es einen Wirt mit empfänglichen Zellen, dringt es in eine von ihnen ein und bemächtigt sich ihres genetischen Codes, indem es ihn mit seinem eigenen überschreibt. Wenn sich dann die Zelle, die die neue virale DNS enthält, teilt und vervielfältigt, kopiert sich das Virus selbst und breitet sich im ganzen Körper aus.

Einem abgeschwächten Virus ist die schädliche DNS entfernt worden, sodass nur die leere Proteinverpackung übrig bleibt, die mit therapeutisch wirkenden menschlichen Genen gefüllt und auf chemischem Weg an ganz bestimmte Zellen des menschlichen Körpers adressiert werden kann. Deshalb machen die Eigenschaften, die ein Virus so gefährlich machen, es auch ideal für den Transport neuer Gene, und zwar insbesondere sein genauer Zielmechanismus und seine Fähigkeit, die DNS in einer Wirtszelle durch seine eigene zu ersetzen.«

»Genau«, sagte Bacci. »Und beim dritten Schritt, der zur Herstellung des NiL-Serums erforderlich ist, machen wir genau das, was Joachim gerade gesagt hat. Wir nehmen das rekombinierte genetische Material aus dem ersten Herstellungsschritt – die NiL-Gene – und setzen es in den abgeschwächten viralen Vektor aus dem zweiten Verfahrensschritt ein, und prompt haben wir unser Wundergeschoss, das sein Ziel nicht verfehlen kann.« Er zeigte auf die Apparaturen im rechten Teil des Labors. »Diese Geräte hier dienen zur Isolierung und Rekombinierung der NiL-Gene, und die viralen Vektoren stellen wir im Bio-Labor her.« Er zeigte nach links. »In der kleinen Pilot-Fertigungsanlage in diesem Teil des Labors bringen wir alles zusammen und produzieren das Serum in Pulverform.«

»Sehr eindrucksvoll«, sagte Joachim. »Alles, von den Gallencamp-Brutschränken bis zum Genescope, ist technisch auf dem neuesten Stand. Kein Wunder, dass Sie mehr Gelder benötigen.« Er zeigte auf ein mattschwarzes, schwanenförmiges Gerät auf der rechten Seite des Labors. »Ist das ein Genescope Version acht?«

Bacci nickte. »Für die Schnelligkeit und Genauigkeit benötige ich mindestens ein Achter. Es wurde außerdem noch aufgerüstet. Kommen Sie mit.« Er ging auf das Gerät zu, das aussah wie eine Kreuzung aus einem Computer und einem riesigen Mikroskop. Daran angebracht war ein kleineres, scanner-ähnliches Gerät mit einem Monitor und einem flachen horizontalen Element, das Max an ein Kopiergerät erinnerte. »Eingebettet in die DNS jeder Körperzelle ist eine Kopie unseres vollständigen Genoms, des einzigartigen genetischen Codes, der jeden physiologischen Aspekt unserer individuellen Zusammensetzung festlegt. Dieser Code hat ein Alphabet aus vier Buchstaben – A, G, T und C –, die für die vier chemischen Grundsubstanzen Adenin, Guanin, Thymin und Cytosin stehen. Diese Buchstaben fügen sich zu Wörtern – Genen – zusammen, die wiederum den vollständigen Satz eines Lebens bilden, unser Genom.«

Er lächelte Max an. »Ein menschliches Genom ist etwa drei Milliarden Buchstaben lang. Diese Buchstaben enthalten fast hunderttausend Gene. Nun *tun* Gene selbst an sich nichts. Sie sind nur ein Code. Aber dieser Code bestimmt jeden Aspekt unserer physiologischen Entwicklung – wie unser Haar wächst, wie wir altern, wie sich unsere Zellen teilen, wie wir unsere Nahrung verdauen. Wir werden mit dieser von unseren Eltern geerbten Software geboren, aber mithilfe der Gentherapie lernen wir, die Programmierung zu überschreiben und zu korrigieren, wenn etwas damit nicht stimmt.«

Er tätschelte das schwarze Genescope. »Dieses Gerät kann eine biologische Probe lesen und das gesamte darin enthaltene Genom übersetzen. Ein Haarfollikel, mehr braucht es nicht.« Er zeigte auf die Scan-Vorrichtung. »Dieses Teil befasst sich nur mit dem Teil des Genoms, der das menschliche Gesicht kodiert. Es macht die Genescope-Readings schneller und genauer.« Er zupfte sich ein Kopfhaar aus und legte es auf die Scan-Fläche, einen flachen weißen Behälter, der mit klarer Gelflüssigkeit gefüllt war. »Das Gel isoliert alle verschmutzenden Stoffe und hilft, die Probe für die Analyse zu zerlegen.« Er drückte auf einen Knopf an dem Schwanenhals, und ein Summen füllte den Raum. Die flache Schale begann in blauem, fast ultraviolettem Licht zu leuchten, und keine Minute später begann der Monitor an der Seite des Geräts zu flimmern. Dann erschien Carlo Baccis Gesicht.

»Die Technologie ist ähnlich der, die den meisten Security-Scannern zugrunde liegt, außer dass sie wesentlich präziser arbeitet. Darüber hinaus liest sie nicht nur den Code, sondern extrahiert das relevante genetische Material und fügt es mit den NiL-Genen zusammen.«

Joachim nickte, dann blickte er zu der roten Tür mit der Aufschrift »Proben«. »Haben Sie alle früheren Versionen des Serums aufbewahrt?«

»Aber sicher. Alle Versionen, meine Fehler eingeschlossen, sind in dem Kühlraum mit den Proben. Da drinnen ist eine Galerie verrückter und fantastischer Cocktails. Ich werfe nie etwas weg.«

»Das würde ich mir gern mal ansehen. Darf ich einen Blick hineinwerfen?«

Bacci lachte wieder. »Sicher. Wenn Sie wirklich wollen.«

In den nächsten 45 Minuten ging Bacci jeden einzelnen Entwicklungs- und Herstellungsschritt mit seinen Gästen durch. Danach folgte ihm Max in sein Büro, während sich

Joachim den Rest des Labors und den Raum mit den Proben ansah.

Als Bacci sich an seinen Schreibtisch setzte und Max auf einem Stuhl Platz nehmen ließ, war er zwischen Erleichterung und Aufregung hin und her gerissen. Er war von seinem Vorhaben, Leo das Mittel zu verabreichen, abgekommen. Isabella hatte gesagt, sie wolle ihn nicht zurückhaben. Aber Max Kappel *und* ihr das Serum zu geben, war eine andere Sache gewesen. Er hatte sie ohne ihr Wissen als Versuchskaninchen benutzt. Seitdem plagten ihn schwere Gewissensbisse.

Er war überzeugt, dass ihr ein Urlaubsflirt nicht schaden würde, und ihren eigenen Aussagen zufolge hatte er Recht gehabt. Aber bis zu ihrer Rückkehr aus Antibes hatte er wie auf Kohlen gesessen. Seit dem Tod ihrer Mutter hatten sie keine Geheimnisse voreinander gehabt, und sobald sie eine kurze Affäre mit einem Mann erwähnte, der sie vor ein paar gefährlichen Schlägertypen gerettet hatte, war ihm sofort wohler gewesen. Hätte er sie nicht in die Sache hineingezogen, wäre Max Kappel nicht zur Stelle gewesen, um ihr zu helfen. Und natürlich hatte ihm die Episode die Unterstützung der Kappels bei der Vermarktung seines Wundermittels gesichert.

»Und wie soll es jetzt weitergehen, Max?«

»Der Kappel-Vorstand wird nächste Woche zusammentreten, um Ihnen einen verbindlichen Vorschlag zu unterbreiten. Danach melde ich mich noch einmal mit einem vollständigen Geschäftsplan bei Ihnen – und einem Finanzierungsvorschlag. Sie werden ein paar Formulare unterschreiben müssen, und Joachim wird ein paar Monate mit Ihnen zusammenarbeiten. Er versteht etwas von Ihrem Forschungsgebiet und wird sich als außerordentlich hilfreich erweisen, wenn wir die erforderlichen Zulassungen beantragen. Die EU-Behörden und die amerikanische FDA werden sicher strengste Kriterien anlegen, weshalb es von größter Wichtigkeit ist, dass unser Antrag keine Angriffspunkte bietet. Wenn Ihnen Joachim in allen technischen Fragen zur Seite steht und ich mich um die finanziellen Aspekte kümmere, dürfte eigentlich nichts schief gehen. Trotzdem wird das alles natürlich einige Zeit dauern. Sie müssen also Geduld haben – außerdem werden Sie Ihren Laboranten entlassen müssen. Joachim wird nach Turin kommen, um Ihnen zu helfen. Wir dürfen nämlich auf keinen Fall riskieren, dass irgendetwas an die Öffentlichkeit dringt. Beschäftigen Sie also nur dann einen Laboranten, wenn Sie wirklich einen benötigen. Und nie denselben zweimal. Okay?«

»Okay.« Bacci lächelte. »Wie war's in Antibes?«

Max spitzte die Lippen und errötete. »Sie hatten Recht. Ich habe mich in Ihre Tochter verliebt. Und achtundvierzig Stunden später war alles wieder verflogen.« Er sprach in nüchtern-sachlichem Ton, als erläuterte er eine Gewinn-und-Verlust-Aufstellung.

Sein offensichtliches Unbehagen amüsierte Bacci. »Was macht Ihr Arm?«

»Ach, das ist nicht weiter tragisch.«

»Sie hat mir erzählt, dass Sie ihr das Leben gerettet haben. Das werde ich Ihnen nie vergessen. Außerdem habe ich deshalb kein so schlechtes Gewissen mehr, dass ich Isabella da hineingezogen habe.« Max sagte nichts. Trotz der Zurückhaltung und Selbstbeherrschung des jungen Kappel spürte Bacci eine tiefe, unterdrückte Leidenschaft in ihm. »Rein interessehalber, haben Sie meiner Tochter das Leben gerettet, bevor oder nachdem Sie NiL 69 genommen haben?«

»Spielt das denn eine Rolle?«

»Das würde ich gern von Ihnen hören.«

Max wechselte das Thema. »Ich muss Sie um einen Gefallen bitten, Professor Bacci. In einer etwas delikaten Angelegenheit.«

»Ja?«

»Mein Vater und seine Frau sind nicht glücklich miteinander. Sie wollen sich scheiden lassen und dachten deshalb, ob Sie ihnen nicht helfen könnten.« Er griff in seine Jackentasche und holte zwei kleine Plastiktüten heraus. Jede enthielt ein menschliches Haar. »Die Haarfollikel sind intakt. Sie wären selbst hergekommen, aber sie haben natürlich auch ihren Stolz, und das ist eine etwas schwierige …«

Bacci hob die Hand. »Wollen Sie es *beide*? Ihr Vater und seine Frau?«

Max reichte dem Professor ein Kuvert. »Hier drinnen finden Sie eine unterzeichnete Einverständniserklärung.«

Bacci öffnete den Umschlag. Das Schreiben war eine förmliche, von beiden Parteien unterzeichnete Bitte um »Behandlung«. »Bestellen Sie ihnen, es wird mir ein Vergnügen sein. Das ist genau, wofür ich NiL entwickelt habe.«

»Vielen Dank.« Max zögerte. »Noch etwas. In diesem Fall dringen sie allerdings darauf, dass Sie NiL 72 verwenden – die permanente Version.«

22

10. September

Die reglose Nachtluft war durchdrungen vom beißenden Duft teurer Zigarren. Nach der monatlichen Besprechung mit den nicht zur Familie gehörigen Direktoren des Bankhauses Kappel hatten sich die Familienmitglieder ins Schloss zurückgezogen, um über die illegalen Aspekte der Firma zu sprechen. Das Abendessen war vorbei, und die Männer hatten sich auf die Terrasse zurückgezogen, wo ein Diener in einer weißen Jacke mit einem Silbertablett mit vier Gläsern von einem zum anderen ging: Cognac für Helmut, Joachim und Klaus Kappel, Malt Whisky für Max. Die Kappel-Frauen hatten sich mit Delphine Chevalier in den Salon zurückgezogen.

Helmut Kappel schnitt mit dem Assassinendolch die Spitze seiner Zigarre ab und bot sie dann Max an. Da er selten jemandem seine Zigaretten oder Zigarren anbot, war das eine große Ehre.

»Leiste mir Gesellschaft, Max. Da man Zigarren ohnehin nicht inhaliert, wird sie auch deinen Taucherlungen nicht schaden.« Nach kurzem Zögern nahm Max die Zigarre in dem Geist entgegen, in dem sie angeboten worden war. Als sein Vater sein Feuerzeug aufklappte und ihm Feuer gab, spürte er, wie Joachim ihn mit brennenden Augen anstarrte.

Sobald der Diener nach drinnen gegangen war und Helmut

Kappel die Türen zur Terrasse geschlossen hatte, stellte Klaus die Frage, die während des Essens jeder umgangen hatte. »Wo ist Eva?«

Helmut Kappel sog an seiner Zigarre. »Ich lasse mich von ihr scheiden. Die Scheidungspapiere sind bereits ausgestellt. Den Grund werdet ihr gleich verstehen. Aber zunächst muss ich dir etwas erzählen.«

»Was?«

Helmut Kappel forderte seinen Bruder auf, sich zu setzen. Seine Söhne folgten seinem Beispiel. Helmut Kappel blieb stehen. »Diese Familie hat ihr Vermögen gemacht und sich ihren Platz in der Welt erkämpft, indem sie zwei der elementarsten menschlichen Ängste und Triebe durchschaut und sich zunutze gemacht hat – Tod und Gier.« Er sah einen nach dem anderen an. »In Italien waren wir als gedungene Mörder zwar sehr erfolgreich, aber wir waren dennoch Diener, die im Auftrag unserer Herren anderen den Tod brachten. Zum Glück begriff unser Vorfahre Dieter Kappel, dass sich jeder Organismus weiterentwickeln muss, sonst stirbt er. Deshalb entwickelten wir uns weiter, und aus Dienern wurden gleichberechtigte Geschäftspartner, Bankiers. Zweihundert Jahre lang haben wir uns in einzigartigem Wohlstand, Ansehen und Erfolg gesonnt und unsere Kunden und uns selbst reich gemacht.

Jetzt stehen wir wieder einmal an einem Scheideweg. Einige unserer Kunden, Männer, denen wir zu ihrem Reichtum verholfen haben, drohen damit, ihre Konten bei uns aufzulösen und ihr Kapital abzuziehen. Wieder droht uns die Auslöschung, und wieder müssen wir uns weiterentwickeln oder sterben. Comvec wurde gegründet, um uns auf eine höhere Stufe zu bringen, aber Comvec wird uns nicht rechtzeitig retten können. Es reicht nicht mehr, die Partner unserer Kunden zu sein. Inzwischen müssen wir ihre Herren werden. Wir müssen uns unseres Know-hows in Sachen Tod und Geld bedienen, um uns die größte Schwäche der

Menschen zunutze zu machen, ihren sehnlichsten Wunsch. Denn wir haben nicht nur die Macht, diese Sehnsucht zu befriedigen, sondern auch, sie zu kontrollieren. Ich spreche von der Liebe.«

»Liebe?« Klaus Kappel kratzte sich an seinem weißen Bart. »Das verstehe ich nicht.«

Nachdem Helmut Kappel in kurzen Zügen erläutert hatte, worum es bei Professor Baccis Forschungsprojekt ging, verschränkte sein Bruder stirnrunzelnd die Arme. Er war nicht minder skeptisch, als Max es gewesen war.

»Überleg doch mal, Klaus«, sagte Helmut Kappel. »Stell dir vor, wie es wäre, *jede* Frau oder *jeden* Mann auf der Welt haben zu können. Nicht nur sexuell, sondern auch ihr Herz, ihre unsterbliche Zuneigung. Wer könnte dem widerstehen?«

»Aber funktioniert das denn auch wirklich?«

»Von der Technik her, ja«, sagte Joachim von seinem Sitz zu Helmut Kappels Linken. Er begann zu erklären, wie das Mittel technisch funktionierte, aber Klaus schenkte ihm keine Beachtung. »Max, was denkst du?«

Max zuckte mit den Achseln. »Ich dachte auch erst, das wäre alles Humbug.« Er lächelte reuevoll. »Bis ich es ausprobiert habe.«

Klaus Kappel veränderte seine Haltung und nahm die Arme wieder auseinander. »Was genau ist passiert?«

»Glaub mir, Klaus, es wirkt ...«, begann Max und erzählte ihm von Antibes. Die Augen seines Onkels leuchteten.

»Joachim überprüft noch einmal die technischen Aspekte«, erläuterte Helmut Kappel, »und Max hat zwei Geschäftspläne erstellt. Einen werden wir Bacci vorlegen, der andere ist für uns selbst bestimmt. Der Bacci-Plan wird ein typischer Entwicklungsplan sein, mit klinischen Tests und Vermarktungsvorschlägen und allem, was dazugehört. Selbstverständlich wird sich der Zeitplan über mehrere Jahre erstrecken, wie das bei allen Projekten der Fall ist, in denen ein neues Medikament entwickelt wird, und natürlich wird es nie dazu kommen. Unser eigener geheimer Vorschlag für die Vermarktung des Mittels wird gewährleisten, dass seine Existenz geheim bleibt und dass es fest in unserer Hand bleibt.«

»Aber was machen wir damit?«, fragte Klaus Kappel. »Setzen wir eine Annonce in die Zeitung? ›Liebe zu verkaufen‹?«

Helmut Kappel lächelte. »Nicht ganz.« Er griff in einen Aktenkoffer, zog vier hellblaue Ordner heraus und verteilte sie. »Das ist eine Projektskizze.«

Max öffnete seine Kopie des Dossiers, das er zusammenzustellen geholfen hatte. Der Name des Projekts, der in fetter schwarzer Schrift auf dem Titelblatt stand, stammte von ihm, aber einige der späteren Teile waren ihm neu.

»Von jetzt an verwenden wir nur noch diesen Namen, wenn wir von dem Projekt sprechen«, erklärte Helmut Kappel.

»Ilium?« Das kam von seinem Bruder Klaus.

»Ja, das ist der ursprüngliche griechische Name für Troja«, sagte Max, »die zweite Heimat Helenas, der begehrtesten Frau der Antike. Als der Trojaner Paris sie ihrem Gatten raubte, zogen die Griechen gegen Troja in den Krieg, um sie zurückzuholen. Die Leidenschaft, die sie weckte, symbolisiert die potenzielle Macht dieses Mittels.«

Helmut Kappel fuhr fort: »Wir weihen keine Mitarbeiter des Bankhauses in die Details von Ilium ein. Die Einzelheiten kennen nur wir vier. Sonst darf niemand etwas von dem Mittel erfahren, vor allem nicht die Kunden, denen wir seine Wirkung verkaufen.«

Max hörte aufmerksam zu, als sein Vater den Plan erläuterte, den sie in der Nacht nach seiner Rückkehr aus Frankreich entworfen hatten. Die vier wichtigen Kunden, die gedroht hatten, die Bank zu verlassen – Corbasson, Lysenko, Hudsucker und Nadolny –, würden die ersten Versuchskaninchen. Sie bekämen ohne ihr Wissen das permanente NiL

72-Serum injiziert, das mit den fazialen Abdrücken vier nichts ahnender Frauen »geladen« wäre, und würden anschließend auf ein Wochenende in ein Luxushotel eingeladen, wo sie die Objekte ihrer unstillbaren Begierde kennen lernen würden. Den Frauen würde heimlich das temporäre NiL 69-Serum injiziert, ebenfalls mit den Gesichtern ihrer jeweiligen Verehrer, und zwei Tage lang könnten sie ihre Leidenschaft hemmungslos ausleben. Wenn schließlich am Abend der Abreise bei den Frauen das temporäre Serum zu wirken aufhörte, bekämen die permanent infizierten Kunden mitgeteilt, es werde eine Auktion abgehalten, bei der sie ein Gebot in einer bestimmten Höhe abgeben müssten, wenn sie sich der lebenslangen Liebe ihrer Partnerin versichern wollten. In Wirklichkeit hätte jedoch keiner einen Konkurrenten und würde nur gegen sich selbst bieten.

Max und sein Vater hatten sich darauf geeinigt, ein kleines, kontrolliertes Experiment durchzuführen. Doch als Helmut Kappel jetzt seinen Plan darlegte, merkte Max, dass er ihn noch erweitert hatte.

»Um unsere Problemkunden anzulocken, müssen wir eine Aufsehen erregende Veranstaltung abhalten, die dem ungeheuren Potenzial des Mittels gerecht wird«, erklärte Helmut Kappel. »Eine Veranstaltung, bei der gewissermaßen schon eine Vorauswahl der Frauen getroffen wird, die wir mit unseren treulosen Kunden zusammenführen wollen. Sie muss an einem Ort stattfinden, der ebenso luxuriös wie abgeschieden ist, damit zum einen jeder der Einladung nachkommt, damit wir zum anderen aber die Lage auch völlig unter Kontrolle haben.«

»Warum muss das Ganze so spektakulär sein?«, fragte Max. »Ich dachte, wir wollten möglichst kein Aufsehen erregen. Wir ziehen den ersten vier Kunden in aller Heimlichkeit das Geld aus der Tasche, lernen aus etwaigen Fehlern und visieren dann neue Kunden an.«

Klaus Kappel schien entsetzt. »Da kann ich Max nur Recht

geben. Auf jeden Fall müssen wir in aller Heimlichkeit vorgehen und dürfen auf keinen Fall zu viel Aufmerksamkeit erregen.«

Helmut Kappel hob die Hände. »Geheimhaltung beim Serum, das ja, aber nicht bei der Bühne, auf der wir es verkaufen. Unsere Problemkunden sind viel beschäftigte, von ihrer Wichtigkeit überzeugte Männer. Wir müssen sie zu der Auktion locken, und sobald sie einmal da sind, müssen wir sie davon überzeugen, dass *wir allein* in der Lage sind, ihnen zu der Liebe zu verhelfen, nach der sie sich verzehren. Und dazu müssen wir ihnen schon etwas bieten. Wie sollten sie uns sonst glauben? Oder uns bezahlen?«

»Aber es sollte doch erst mal nur ein Test sein?«

»Wo ist deine Risikobereitschaft geblieben, Max?«, sagte Joachim plötzlich.

Max wandte sich seinem verweichlichten Bruder zu. Er sah die bunte Fliege und das Leuchten in seinen Augen. Joachim hatte bereits mit ihrem Vater darüber gesprochen, dachte er, ihn vielleicht sogar zu den großspurigeren Abwandlungen ermuntert. »Mit Risikobereitschaft hat das nichts zu tun.«

»Nein, aber mit gesundem Menschenverstand«, pflichtete ihm Klaus bei.

»Jetzt reg dich nicht gleich so auf, Klaus«, sagte Helmut Kappel. »Manchmal muss man ein wenig riskieren, um viel zu gewinnen.«

»Was ist das für ein spektakulärer Event, der das Potenzial des Mittels zum Ausdruck bringen soll?«

Helmut Kappel lächelte. »Eine Hochzeit. Eine Kappel-Hochzeit.«

Jetzt war Max alles klar. Er erinnerte sich an den Vorschlag, den sein Vater gemacht hatte, als sie ihre weiteren Pläne mit dem NiL-Serum besprochen hatten.

Klaus war nicht sonderlich beeindruckt. »Heiratet Max jetzt endlich Delphine Chevalier? Was soll daran so spektakulär sein?«

Helmut Kappel stöhnte. »Nein, Klaus, Max heiratet nicht Delphine Chevalier.« Er nahm eine Ausgabe der *Vogue* aus seinem Aktenkoffer, schlug die mit einer gelben Haftnotiz markierte Seite auf und legte sie auf den Tisch.

Max beobachtete, wie Klaus die Zeitschrift studierte. Schließlich blickte er ungläubig auf. »Sie, Helmut?«

»Verstehst du jetzt?«

TEIL ZWEI

Ilium

23

1. Oktober

Isabella stand am Eingang der Kinderstation der Mailänder Universitätsklinik und verabschiedete sich von Sofia. Sie war froh, dass das Mädchen endlich nach Hause durfte und dass sie ihren Eltern geholfen hatte, mit ihrer Prosopagnosie zurechtzukommen, auch wenn sie gern mehr für sie getan hätte.

»Sofia, bedank dich schön bei Dr. Bacci.«

Schüchtern gab das kleine Mädchen Isabella eine gefaltete Karte. Auf die Vorderseite hatte sie eine Frau in einem weißen Arztkittel gemalt. Isabella klappte die Karte auf und las: »Ich werde Sie nie vergessen, Dr. Isabella. Vielen Dank. Ihre Sofia.«

Isabella umarmte ihre kleine Patientin. »Und ich werde dich nicht vergessen, Sofia.«

Sofias Vater schüttelte Isabella die Hand. »Vielen Dank für alles, Dr. Bacci.« Er zeigte auf das Amigo-Extrakt im Kühlschrank. »Wenn Sie für Ihre Versuche Freiwillige brauchen, rufen Sie mich bitte an. Ich will Ihnen helfen, ein Heilmittel zu finden, und ich würde Sofias Zustand gern besser verstehen lernen.«

»Danke. Wenn ich von der Ethikkommission grünes Licht erhalte, werde ich das bestimmt tun.«

Als sie durch die Sicherheitstüren gingen, blieb Sofias Vater noch einmal stehen und zeigte auf den DNS-Handflächenscanner. »Und vergessen Sie nicht, was ich Ihnen gesagt habe. Wenn die Klinik ihr Sicherheitssystem aufrüsten will, kann ich Ihnen ein gutes Angebot für das InterFace 3500 machen.«

»Ich werde daran denken.« Sie sah zu, wie sie Hand in Hand mit ihrer Tochter den langen Krankenhausflur hinunter in Richtung Außenwelt gingen. Als sie weg waren, stand sie noch eine Weile da und betrachtete Sofias Karte. Schließlich steckte sie sie in ihre Brusttasche und sah auf die Uhr.

Sie hatte einen Platz in der ersten Reihe, wenn Phoebe diesen Abend bei einer der großen Fashion Shows der Mailänder Herbstmodewoche auf dem Laufsteg zu sehen wäre. Hinterher würde sie mit ihr und einigen ihrer Freundinnen essen gehen, darunter Kathryn Walker und Gisele Steele, die bekannte Filmschauspielerin, mit der sich Phoebe bei einem Wohltätigkeitsprojekt angefreundet hatte, an dem sie beide mitgearbeitet hatten. Der Abend versprach ebenso spektakulär wie belanglos zu werden, das perfekte Kontrastprogramm zu ihrer täglichen Arbeit.

Als sie durch Unfallstation und Notaufnahme ging, lächelte ihr ein Onkologe zu, der ihr schöne Augen machte, seit sie in der Klinik arbeitete, aber nach den Erfahrungen mit Leo und Max wollte sie erst einmal nichts mehr von Männern wissen. Vorläufig würde sie sich ganz auf ihre Arbeit konzentrieren. Das Einzige, was sie nach Antibes sicher wusste, war, dass sie über Leo endgültig hinweg war. Vollkommen unbegreiflich war ihr dagegen, wie Max so leidenschaftlich hatte sein können und dann von einem Moment auf den nächsten so kühl und unnahbar. Dass es ihr genauso gegangen war, machte die Sache nicht leichter verständlich.

Sie ärgerte sich über sich selbst, weil sie an Max dachte. Phoebe hatte ihn letzte Woche in Odins Büro gesehen – anscheinend zählte der Modedesigner zu seinen Kunden. Bis Phoebe ihr von dieser Begegnung erzählt hatte, war es ihr fast gelungen, ihn sich aus dem Kopf zu schlagen.

Im Umkleideraum packte sie ihre Sachen zusammen. Sie hatte gerade noch genug Zeit, um nach Hause zu fahren und sich umzuziehen. Eine Krankenschwester steckte den Kopf zur Tür herein. »Dr. Bacci, da war ein Anruf für Sie. Er sagte, es wäre privat.« Sie reichte Isabella einen gefalteten Zettel.

Max?

Isabellas Herz begann zu klopfen, als sie die letzte Zeile der Nachricht las. »Bitte rufen Sie ihn auf dem Handy zurück.« Handy war zweimal unterstrichen. Dann öffnete sie den gefalteten Zettel. Sie ließ die Schultern sinken. »Leo hat angerufen.«

Sie zerknüllte den Zettel und warf ihn in den Abfallkorb.

24

Isabella entschied sich für ein einfaches mitternachtsblaues Nicole-Farhi-Kleid, das einzige echte Designerstück, das sie besaß, und traf kurz vor Beginn der Odin-Show am imposanten Eingangstor des Palazzo Farnese ein.

Die Show des norwegischen Designers war einer der Höhepunkte der Mailänder Modewoche. Die Presse erging sich darin, ihn als verrücktes, extravagantes Genie darzustellen, und nach dem, was seine Lieblingswalküre Phoebe Isabella über ihn erzählt hatte, lagen sie damit gar nicht so weit daneben. Seine jüngste Marotte war gewesen, in seinem Heimatland Norwegen nicht weit vom Polarkreis einen ganzen Fjord zu kaufen, komplett mit einer Insel, auf der er einen märchenhaften Glaspalast namens Walhalla gebaut hatte.

Durch das Eisentor konnte sie sehen, dass es im Vorhof bereits von Kanapees essenden und Champagner trinkenden Gästen wimmelte. Als sie in der Menge nach einem bekannten Gesicht Ausschau hielt, überkam sie ein Anflug von Panik. Viele der Anwesenden kamen ihr zwar bekannt vor, aber das lag nur daran, dass sie berühmt waren. Sie kam sich vor wie ein kleines Mädchen an seinem ersten Tag in einer neuen Schule.

Sie reichte ihre Einladung einer zaundürren, verhärmten PR-Frau, die sie von oben bis unten musterte. »Wer sind Sie? Von welcher Zeitschrift kommen Sie? Gehören Sie zu den Sponsoren?«

»Ich bin nur eine Freundin«, sagte Isabella.

»Eine Freundin?«, wiederholte die Frau langsam, als hätte sie Mühe, das dahinterstehende Konzept zu verstehen.

»An Ihrer Stelle würde ich Sie nicht reinlassen«, sagte eine sanfte amerikanische Stimme. »Im Gegensatz zu Ihnen und mir ist sie nur eine Ärztin, die Leben rettet.« Es war Kathryn, die sich in Begleitung Giseles befand. Die beiden Freundinnen fassten Isabella an den Händen und zogen sie zu sich heran. Isabella hatte ihre helle Freude an dem verlegenen, mittlerweile kriecherischen Gesichtsausdruck der PR-Frau.

Gisele Steele war mit einer Figur gesegnet, die auf der Leinwand üppig wirkte, aber im richtigen Leben so schlank wie die eines Models war. Sie hatte herrliche kaffeebraune Haut, große dunkle Augen und einen kurzen Pony. »Schön, dich endlich mal kennen zu lernen, Isabella. Ich bin Gisele. Schade, dass ich nicht nach Antibes kommen konnte – wie ich höre, habt ihr euch bestens amüsiert.« Isabella fand sowohl ihr Lächeln sympathisch als auch den Umstand, dass sie sich trotz ihrer Berühmtheit vorgestellt hatte.

Die Zeit reichte gerade für ein Glas Champagner, bevor sie in die große Halle des Palazzo getrieben wurden, wo die Show stattfinden sollte. Sie hatten Plätze in der ersten Reihe, und Isabella musste sich große Mühe geben, Madonna und Jennifer Lopez nicht ständig anzustarren.

»Schau mal!«, flüsterte ihr Kathryn ins Ohr und zeigte nach rechts.

Isabella blickte in die angegebene Richtung und sah am Ende der ersten Reihe zwei Männer Platz nehmen. Den größeren, jüngeren Mann erkannte sie sofort, und ihr Herz überschlug sich fast. Was machte Max Kappel hier? Unwillkürlich streifte sie ihr Haar zurück und strich ihr Kleid glatt. Er sah sogar noch besser aus, als sie ihn in Erinnerung hatte, und sie empfand sowohl Erleichterung als auch Enttäuschung, als sein Blick nicht auf sie fiel. Die Lichter wurden gedimmt, es ertönte Wagners Walkürenritt, und durch die Menge ging ein erwartungsvolles Raunen.

Als Phoebe erschien, musste Isabella den Impuls unterdrücken, ihr zu applaudieren. Ihre Freundin trug ein vergoldetes Band um die Stirn und ihr goldblondes Haar fiel lose auf ihre Schultern. Raffiniert bereiftes Mascara, Eyeliner und blutroter Lippenstift verwandelten ihr schönes Gesicht in das einer kriegerischen Königin. Um ihre Schultern war ein mit einer riesigen Goldspange befestigtes Pelzcape drapiert, unter dem sie ein enges Korsett aus Goldstoff trug, das einem Brustpanzer glich und jede Kurve betonte. Ein kurzer Rock aus Rentierfell brachte ihre langen Beine hervorragend zur Geltung, und die vergoldeten Sandalen an ihren Füßen, deren rankenartige Riemchen sich ihre Waden hinaufschlängelten, fügten ihrer beachtlichen Größe noch einmal knapp zehn Zentimeter hinzu.

Isabella hatte einmal gelesen, dass Phoebe nicht nur das schönste Model war, sondern auch das anmutigste und deshalb von den Designern so hoch geschätzt wurde. Als sie an Isabella vorbeischritt, hielt sie den Blick geradeaus nach vorn gerichtet. Am Ende des Laufstegs vollführte sie zwei vollständige Umdrehungen, bevor sie wieder zurückging.

Auf dem Rückweg bewegte Phoebe den Kopf langsam von Seite zu Seite. Sie wirkte gebieterisch und unnahbar. Doch als sie wieder an Isabella vorbeikam, brachte etwas oder jemand aus dem Publikum sie aus ihrer legendären Ruhe. Wie ein scheuender Vollblüter stolperte sie und fiel auf die Knie. Es kam zu einem kollektiven Atemanhalten, gefolgt von spontanem Applaus, als sie sich wieder aufrichtete und ihre Fassung wiedererlangte. Einen Augenblick sah Isabella jedoch einen schockierten Ausdruck im Gesicht ihrer Freundin. Als sie Phoebes Blick folgte, sah sie, dass er auf Max Kappel haften geblieben war. Doch als sie weiter den Laufsteg entlangging, merkte Isabella, dass ihre Freundin nicht Max ansah, sondern den älteren Mann neben ihm. Seinem Aussehen nach zu schließen, konnte er nur Max' Vater sein.

25

Zwei Stunden später

Was hatte das nur zu bedeuten? Diese Frage ging Isabella unablässig durch den Kopf, als sie zu ihrem Platz in dem kleinen, exklusiven Restaurant Aimo e Nadia in der Via Montecuccoli geführt wurde.

Nach der Show waren Isabella, Gisele und Kathryn hinter die Bühne gegangen, aber Phoebe war von Bewunderern umringt gewesen. Die Show war ein großer Erfolg gewesen, und nachdem er seine tapfere Muse mit Lob überhäuft hatte, dass sie die Show durchgezogen hatte, obwohl sie sich bei ihrem Sturz den Knöchel verstaucht hatte, hatte Odin seinen Kreis in sein Mailänder Lieblingsrestaurant eingeladen, um den Erfolg zu feiern.

Nachdem Odin alle um den Tisch versammelt hatte, setzte er Phoebe zwischen sich und Max Kappels Vater. Helmut Kappels reglose Augen waren von einem extrem hellen Blau, und seine Miene war so undurchdringlich wie Granit. Aus irgendeinem unerfindlichen Grund flirtete die nüchterne Phoebe, die die begehrtesten Junggesellen der Welt hatte abblitzen lassen, mit ihm – einem Mann, der alt genug war, um ihr Vater zu sein. Und als ob das noch nicht genug gewesen wäre, war Isabella von Gisele und Kathryn getrennt und am anderen Tischende Max Kappel gegenübergesetzt worden.

Sie nahm einen kräftigen Schluck Wein – sich zu betrinken, schien eine gute Idee zu sein. »Max, das nenne ich aber eine

Überraschung – ich hätte nie gedacht, dass das hier deine Szene wäre.«

Er lächelte. »Odin ist ein Kunde von uns.« Er warf einen Blick auf seinen Vater, der sich lachend mit Phoebe und Odin unterhielt. »Wir unterstützen ihn, seit er ein aufstrebender Niemand war. Deshalb ist es schön, an seinem Erfolg teilzuhaben.« In diesem Moment beugte sich Phoebe zu Helmut Kappel und flüsterte ihm etwas ins Ohr. Diese Geste war so intim wie ein Kuss, und Isabella musste wegsehen. Warum verhielt sich Phoebe so? Sie war sich ständig bewusst, im Mittelpunkt des Interesses zu stehen, und war bekanntermaßen sehr diskret mit ihren Freunden. Isabella fing Kathryns Blick auf. Auch ihr war Phoebes Verhalten aufgefallen.

»Wie alt ist dein Vater?«, fragte sie Max.

»Alt genug.«

»Sagtest du in Antibes nicht, er wäre verheiratet?«

Er nickte. »War er. Dreimal. Die Scheidung von seiner dritten Frau muss jeden Tag spruchreif sein.« Er schaute über Isabellas Schulter in die andere Ecke des Lokals. »Dort drüben ist ein Mann, der uns ständig beobachtet. Er geht dabei zwar sehr unauffällig vor, aber seine Begleiterin hat es trotzdem gemerkt, und jetzt schaut auch sie ständig her. Zuerst dachte ich, sie würden lediglich Prominente beobachten, aber inzwischen glaube ich, ihr Interesse gilt vor allem dir.«

»Mir?« Isabella schaute in die angegebene Richtung und sah Leo mit Giovanna. Fast hätte sie sich an ihrem Wein verschluckt. Konnte der Abend noch schlimmer werden? Sie stand auf und wischte den Wein von ihrem Kleid.

Max stand ebenfalls auf. »Alles okay? Soll ich dir was bringen?«

»Nein, danke.« Isabella versuchte, sich ihre Verlegenheit nicht anmerken zu lassen. »Entschuldige mich bitte kurz.«

Es kostete sie alle Selbstbeherrschung, nicht auf die Toilette zu laufen, wo sie ihr Kleid zunächst am Waschbecken mit kaltem Wasser betupfte und sich dann unter den Händetrockner stellte, bis der dunkle Fleck verschwand. Am liebsten wäre sie auf der Stelle nach Hause gegangen, aber das war Phoebes Abend. Sie nahm sich zusammen, öffnete die Tür und verließ die Toilette.

Leo stand direkt vor ihr. Sie hatte ihn früher immer für gut aussehend gehalten, aber heute Abend nicht. War ihr sein Gesicht einmal sensibel erschienen, fand sie es jetzt schwach. Seine Ausstrahlung schien gelitten zu haben. Sie konnte nicht umhin, seine Jungenhaftigkeit unvorteilhaft mit Max' düsterem Charisma zu vergleichen.

»Hast du meine Nachricht erhalten?«, fragte Leo und sah sich verstohlen über seine Schulter um. »Du hast mir sehr gefehlt – ich hätte dich niemals gehen lassen sollen.«

»Du hast mich nicht gehen lassen, Leo. Du hast mich rausgeworfen.«

»Ich habe einen Fehler gemacht.«

Noch vor wenigen Wochen hätte Isabella alles darum gegeben, Leo diese Worte sagen zu hören, doch jetzt ärgerte sie sich darüber. Sie sah Giovanna von ihrem Tisch aufstehen. »Weiß *sie*, dass sie ein Fehler ist?«

»Sie hat heute Geburtstag. Deshalb sind wir hier. Sie wollte in das beste Restaurant, das es in Mailand gibt. Ich kann es ihr noch nicht sagen. Ich will ihr nicht wehtun.«

»*Mir* wehzutun, hattest du aber keine Hemmungen, Leo. Aber ich war ja auch nur die Verlobte, die vom anderen Ende der Welt nach Mailand gekommen ist, um dich zu heiraten.«

Leo zeigte auf Odins Tisch und auf Max. »Ist er dein neuer …?«

Isabella lachte fast. »Ich bitte dich, Leo, lass mich in Ruhe.« Sie versuchte, an ihm vorbeizugehen, aber jetzt stand ihr Giovanna im Weg. Sie hatte schon einiges getrunken.

»Lass die Finger von ihm, du Miststück«, zischte Giovanna. »Wieso findest du dich nicht damit ab, dass Leo nichts mehr von dir will?«

Isabella stöhnte. »Lass das, Giovanna. Wenn du unbedingt

jemanden ankeifen willst, dann bitte ihn. Er ist derjenige, der andere belästigt.«

Giovanna sah Leo an, dann wieder Isabella, die fast Mitleid mit ihr verspürte. Dann hob Giovanna die Hand – doch eine größere packte sie am Handgelenk.

»Alles in Ordnung, Isabella?«, fragte Max.

»Ja, ja«, sagte sie mit zusammengebissenen Zähnen.

Max reichte Leo Giovannas Hand. »Ich glaube, Sie sollten die Dame lieber nach Hause bringen.«

Leo sah ihn böse an, aber etwas in Max' Ton veranlasste ihn, Giovanna widerspruchslos wegzuführen.

Als Isabella wieder auf ihrem Platz saß, beugte sich Kathryn über den Tisch zu ihr. »Wie viel von deinen Ex-Männern willst du heute Abend eigentlich noch treffen?«

Isabella verdrehte die Augen. »Zwei reichen mir.«

»Alles okay?«

Isabella hob ihr Glas. »Ich werde es überleben. Aber wenn Billy Bohannon aus der Highschool auftaucht, verschwinde ich hier.«

Als Max an den Tisch zurückgekehrt war, hatte der Wein ihre Zunge gelöst. Ihr Stolz gebot ihr, es nicht anzusprechen, aber ein anderer Teil von ihr wusste, dass sie diese Geschichte ständig verfolgen würde, wenn sie sie jetzt nicht aus der Welt schaffte. »Was ist eigentlich in Antibes mit uns passiert, Max?«

Max blinzelte. Dann setzte er sich vor, die Handflächen aneinander gelegt, die Finger ein Dreieck bildend: Er war in die Rolle des Bankers geschlüpft, der einem Kunden eröffnen wollte, warum er ihm keinen Kredit gewähren konnte. »Das weiß ich auch nicht so recht.« Er setzte ein beherrschtes Lächeln auf. »Ich weiß nur, dass es ein herrlicher Moment der Verrücktheit war.«

Es überraschte sie, wie sehr sie die nüchterne Art verletzte, mit dem er die Episode abtat. Jedes noch verbleibende Restchen Stolz in ihr schrie danach, das Thema zu wechseln. Aber das konnte sie nicht. Sie blickte kurz den Tisch hinunter, wo die anderen in ihre eigenen Gespräche vertieft waren. »Ich hatte früher schon Urlaubsflirts und verliebt gewesen bin ich auch schon mal, aber das war anders, Max. Intensiver und verzehrender als alles, was ich bis dahin empfunden hatte. Und ich dachte, dir wäre es genauso gegangen.« Sie senkte die Stimme. »Wir haben beide gesagt, wir würden uns lieben, Max. Ich weiß zwar nicht, wie das bei dir ist, aber ich habe das noch zu niemandem gesagt, ohne es auch zu meinen.«

»Ich habe es sogar noch *nie* zu jemandem gesagt«, sagte er. »Aber es war ein Fehler.«

»Ein *Fehler*?«

In seinen Augen leuchtete etwas auf. Aber es war sofort wieder verflogen. »Auf so etwas wie Liebe lasse ich mich nicht ein.«

»›Auf so etwas wie Liebe?‹« Sie spürte, wie ihr die Röte ins Gesicht stieg: Er betrachtete ihre zwei gemeinsamen Tage als etwas, das er eher über sich hatte ergehen lassen, als dass er es genossen hatte. »Das hört sich an, als dächtest du, man hätte in der Liebe eine Wahl – als wäre sie etwas Minderwertiges, eine Schwäche, wie das Rauchen.«

»Ist sie das denn nicht?« Dann wurde seine Stimme sanfter. »Darf ich dich etwas sehr Persönliches fragen, Isabella?«

Seine Förmlichkeit brachte sie fast zum Lachen. »Natürlich.«

»Du lässt dich in deinem Leben so stark von deinen Gefühlen leiten, du lebst so leidenschaftlich – so Hals über Kopf. Wie schaffst du es da, zu überleben und nicht unterzugehen? Wie schützt du dich?«

»Wovor? Vor der Liebe?«

Er zuckte mit den Achseln.

»Davor kann sich niemand schützen, Max. Nicht einmal du.« Sein Gesichtsausdruck veränderte sich, und plötzlich sah er aus wie ein kleiner Junge. »Die Liebe kann man nicht kontrollieren, Max.«

»Ich kann es zumindest versuchen.«

»Warum?«

Er runzelte die Stirn. »Weil sie uns schwach und verletzlich macht.«

Sie sah in seine blauen Augen, bis er den Blick senkte. Jetzt glaubte sie, alles zu verstehen. Jemand hatte ihm das Herz gebrochen. Doch wem war andrerseits nicht mindestens einmal in seinem Leben das Herz gebrochen worden? »Da bin ich anderer Meinung. Die Liebe macht einen nicht unbedingt schwach. Sie kann einen stark machen – sie kann den Wunsch in einem wecken, ein besserer Mensch zu werden.« Sie stand auf, um zu gehen. »Du wunderst dich, wie ich überleben kann, obwohl ich mich ›auf so etwas wie Liebe einlasse‹? Also, was das angeht, bin ich keineswegs so ungewöhnlich. Menschen lassen sich ständig ›auf so etwas wie Liebe‹ ein.«

Als Max beobachtete, wie Isabella zu ihren Freundinnen ging, um sich von ihnen zu verabschieden, empfand er eine beunruhigende Mischung aus Frustration und Bewunderung. Wie konnte jemand, der so klug, leidenschaftlich und couragiert war, zugleich so naiv sein, zu glauben, die Liebe mache einen stärker?

Trotzdem bewunderte er sie. Sie mochte eine Idealistin sein, aber sie hatte auch Substanz. Sie scheute sich nicht, nach ihren Überzeugungen zu leben, so anfechtbar sie auch sein mochten. Er fragte sich, wie Leo ihr die reiche, nichtssagende Giovanna hatte vorziehen können, und stellte fest, dass er auf dem besten Weg war, das Gleiche zu tun. Seine sichere Wahl war Delphine Chevalier: Sie käme den Interessen der Kappels zugute und bedrohte seinen emotionalen Status quo nicht. Doch anscheinend bereute Leo seine Entscheidung inzwischen und wollte wieder zu Isabella zurück – wie es schien, war es auch mit Risiken verbunden, auf Nummer Sicher zu gehen.

Max spürte, wie es ihm einen ungewohnten Stich versetzte bei dem Gedanken, dass sich Isabella trotz all ihrer Intelligenz der Illusion hingab, man könne die Liebe nicht steuern. Mit diesem Mythos hatte das Mittel ihres Vaters gründlich aufgeräumt. Er blickte zu Phoebe hinüber und seufzte fast. Die Liebe zu steuern, war deprimierend einfach.

Es war ein Kinderspiel gewesen, Phoebe heimlich die permanente Version des NiL-Serums zu injizieren. Odin war ein treuer Kunde, der nie vergessen hatte, wie ihm das Bankhaus Kappel mit seinen Krediten und seinen Ratschlägen geholfen hatte, in der Halsabschneiderwelt der Modebranche hochzukommen. Max' regelmäßige Finanzbesprechung mit dem Designer war schon seit Monaten wieder einmal fällig gewesen, und als er Interesse an einem Treffen mit Phoebe angedeutet hatte, hatte sich Odin sofort bereit erklärt, den Anprobetermin seines Starmodels direkt hinter ihre Besprechung zu legen. Er hatte ihr die Hand geschüttelt und sie einen Bruchteil länger gehalten als üblich – und das hatte ihm genügt, ihr das Serum zu injizieren. Noch einfacher war es gewesen, bei der Fashion Show die Begegnung zwischen Phoebe und seinem Vater zu arrangieren. Was die Frage anging, ob einen die Liebe stärker machte, brauchte er sich jetzt nur Phoebes hingebungsvolle Blicke anzusehen, um zu wissen, dass das nicht stimmte. Selbst er war überrascht gewesen über die dramatische Art und Weise, mit der sie sich auf den ersten Blick verliebt hatte. Phoebe Davenport hatte die Liebe versklavt, aber in den Augen seines Vaters hatte er nur Triumph und Begierde gesehen. Im weiteren Verlauf von Projekt Ilium würde Isabella am eigenen Leib erfahren, wie gnadenlos die Liebe gesteuert werden konnte.

Er hatte einmal jemanden sagen gehört, je mehr Liebe man gab, umso mehr bekam man zurück. Aber das stimmte nicht. Seine Mutter hatte mehr als irgendjemand sonst gegeben und wenig dafür bekommen. Liebe war eine Tyrannei, die dem Geliebten zugute kam, nie dem Liebenden.

Er beobachtete, wie Isabella sich von Kathryn Walker und Gisele Steele verabschiedete und sich dann Phoebe zuwandte. Irgendetwas am Verhalten ihrer Freundin musste zu Phoebe durchgedrungen sein und den Bann des Serums gebrochen haben, denn sie riss den Blick von seinem Vater los und folgte Isabella in die Nacht hinaus.

Er beobachtete, wie sein Vater die Stirn runzelte, und lächelte.

26

Eine Stunde später

»Was ist nur mit mir los? Kaum bin ich über Leo hinweggekommen und will ihn nicht mehr sehen, kommt er wieder angekrochen. Und dann sagt mir der Mann, den ich anscheinend wirklich will, dass er mich nicht will, weil er sich ›auf so etwas wie Liebe nicht einlässt‹.«

Phoebe schenkte Isabella ein weiteres Glas Amaretto ein. »In der Liebe gibt es keine Logik.«

Isabella nahm einen Schluck von dem Likör, als handele es sich um ein Beruhigungsmittel. In Phoebes Küche zu sein tat ihr gut. Wie der Rest des großzügigen Penthouse war sie gemütlich und einladend: naturbelassenes Holz und italienische Fliesen, und dazu Wände in einem hellen Terrakotta-Ton. Hinter der Küche und dem geräumigen Wohnbereich öffnete sich ein großes Fenster auf eine Dachterrasse mit einem spektakulären Blick auf den hell angestrahlten Mailänder Dom. Für jemanden mit einem so glamourösen und nomadischen Lebensstil wie Phoebe war die Wohnung erstaunlich heimelig. Sie sammelte kleine Pinguinfiguren, wobei es ihr egal zu sein schien, ob sie aus einem Überraschungsei kamen oder aus hochwertigem Kristall gefertigt waren und ein Vermögen kosteten. Es gab jedoch wenig Fotos von ihr – nur im Bad zierten gerahmte *Vogue*-Titel die Wände, getreu Phoebes Motto: »Wenn man auf dem Klo sitzt, ist es schwer, sich allzu ernst zu nehmen.«

Inzwischen wieder etwas gefasster, sagte Isabella: »Danke, dass du mitgekommen bist. Das wäre eigentlich nicht nötig gewesen.«

»Du bist meine Freundin.«

»Ich weiß, aber es tut mir Leid, dass ich dir den Abend verdorben habe.«

»Ach, red doch keinen Unsinn. Ich habe mich blendend amüsiert.«

Isabella lächelte. »Das ist mir nicht entgangen. Was genau lief da eigentlich mit dem alten Kappel?«

»So alt ist er gar nicht.«

Isabella konnte es nicht glauben: Phoebe Davenport, das coolste, begehrteste Model der Welt, geriet wegen der Begegnung mit einem alten Knacker völlig aus dem Häuschen. »Jetzt hör aber mal, Phoebe, das kann doch nicht dein Ernst sein. Das ist vollkommen bescheuert. Er ist Max' Vater, Herrgott noch mal.«

Aber Phoebe lachte nicht. »Na, und wenn schon? Ich weiß, es ist bescheuert, und ich kann es nicht erklären, aber ich habe so etwas noch nie erlebt. Als ich sein Gesicht sah, war es, als hätte ich ihn schon immer gekannt. Es war total elektrisierend. Ein überwältigendes Gefühl – dieser unwiderstehliche Wunsch, mit ihm zusammen zu sein.«

»Und was ist aus deinem Vorsatz geworden, niemanden an dich ranzulassen, bis du dafür bereit wärst? Erinnerst du dich noch an diesen italienischen Grafen? Er war umwerfend, hat dir monatelang den Hof gemacht und hätte dir die Sterne vom Himmel geholt, aber du meintest, du wärst noch nicht so weit, dich für immer zu binden. Und jetzt erobert an einem einzigen Abend ein alter Kerl dein Herz, der qualmt wie ein Schlot, redet, als hätte er Schmirgelpapier auf den Stimmbändern, und schon halb so viele Frauen hatte wie Heinrich der Achte. Was ist nur mit dir los, Phoebe?«

Phoebe zuckte mit den Achseln. »Ich weiß nur, dass ich es sogar jetzt kaum erwarten kann, ihn wiederzusehen. Vielleicht erinnert er mich an meinen Vater – vielleicht suche ich eine Vaterfigur.«

Isabella stieß mit ihrer Freundin an. »Na, dann mal viel Glück, Mädchen.« Das Ganze war mehr als verrückt, aber die Liebe gehorchte nicht den Gesetzen der Logik, und wer war sie schon, dass sie ihrer Freundin vorschreiben könnte, wie oder wen sie lieben sollte? »Dann lass uns nur mal hoffen, dass bei Max der Apfel weit vom Stamm gefallen ist und deine Beziehung zu einem Kappel besser läuft als meine.« Sie würde nie dieses Gefühl vergessen, als sie Max am Strand gesehen hatte. Es war, als wäre sie vom Blitz getroffen worden. Und sogar noch stärker war es gewesen, als sie den Tod vor Augen gehabt hatte und er plötzlich aus dem Dunkeln aufgetaucht und ihr zu Hilfe gekommen war. Sie staunte immer noch über den Kontrast zwischen der Kaltblütigkeit, die er ihren Angreifern gegenüber gezeigt hatte, und seiner Zärtlichkeit ihr gegenüber. Deshalb war es so schwer, ihn zu vergessen oder zu hassen: Sie hatte sich in seine Taten genauso verliebt wie in sein Aussehen.

Vielleicht war darauf auch die Anziehung zwischen Max' Vater und Phoebe zurückzuführen. Denn in das Gesicht des alten Mannes konnte sich die schöne Phoebe kaum verliebt haben.

27

Drei Tage später

Helmut Kappel stieg aus seinem von einem Chauffeur gefahrenen Mercedes und ging über den Parkplatz zu Carlo Baccis Labor. Er konnte sich nicht erinnern, sich jemals so lebendig gefühlt zu haben. Er rief sich Phoebe Davenports Gesichtsausdruck vor Augen, als ihr Blick zum ersten Mal auf ihn gefallen war. Ihn hatte eine ungeheure sexuelle Kraft durchflutet, und er hatte sich gefühlt wie ein junger Hengst, der Neid eines jeden Mannes. Aber das war nicht der Grund, weshalb er so aufgeregt war. Phoebe war lediglich ein erfreulicher Aspekt von Projekt Ilium, das wiederum nur die Vorstufe zur Erfüllung seiner höheren Bestimmung war. Er war wegen Joachims Anruf so aufgeregt.

Gleich zu Beginn von Ilium hatte er nämlich Joachim in aller Heimlichkeit über ein zweites, allerdings damit zusammenhängendes Projekt in Kenntnis gesetzt, weshalb Joachim im vergangenen Monat nicht nur mit Bacci daran gearbeitet hatte, dessen NiL-Technologie zu perfektionieren, sondern auch die Unterlagen und Proben des Professors nach dem durchforstet hatte, was sein Vater suchte. Und nun hatte er ihm zwei Tage zuvor am Telefon mitgeteilt, dass er ihm heute etwas zeigen könnte. Helmut Kappel war so gespannt, dass er etwas früher zu dem Termin mit Bacci und Max erschienen war.

Sein jüngerer Sohn erwartete ihn am Eingang des Labors, das Haar ordentlich gekämmt, die randlose Brille korrekt auf seiner Nase sitzend, die bunte Fliege über einem weißen Laborkittel sichtbar. »Professor Bacci ist beim Mittagessen, Vater. Er wird erst zu unserem Termin um zwei zurückkommen. Wir haben also mindestens eine Stunde Zeit.« Eine Pause. »Möchtest du auf Max warten?«

»Nein. Das bleibt vorerst unter uns.«

»Wie du meinst.«

Es war das erste Mal, dass Kappel in Baccis Labor war, aber die blitzenden Apparaturen interessierten ihn nicht im Geringsten, als er Joachim zu der roten Tür folgte.

»Das ist der Raum mit den Proben. Eine wahre Fundgrube.« Joachim öffnete die Tür, und seinem Vater schlug kühlere Luft entgegen. An den Wänden des Lagerraums standen mit gläsernen Türen versehene Kühlschränke, die mit Ampullen gefüllt waren. Jede trug ein Etikett mit der Aufschrift »NiL« und einer Nummer. Darunter befand sich ein kleiner Strichcode. »In diesem Raum werden sämtliche Iterationen des NiL-Serums aufbewahrt.«

Helmut Kappel strich mit einem Finger über die Glasfronten der Kühlschränke und las die Etiketten. Er versuchte sich zu erinnern, welche Nummer Bacci ihm genannt hatte. Dann blieb sein Finger über NiL Nr. 042 ruhen, und er wandte sich Joachim zu. »Ist es das?«

Joachim nahm einen Palmtop und einen elektronischen Stift von einem Sims neben der Tür, dann holte er eine Ampulle aus dem Schrank. Der Palmtop piepte, als er mit dem Stift über den Strichcode auf dem Etikett fuhr, und der Bildschirm veränderte sich. Joachim überflog den Text darauf und gab seinem Vater das Gerät.

Helmut Kappel scrollte den Bildschirm nach unten. Da er mit dem ganzen Fachjargon nichts anfangen konnte, las er nur die Zusammenfassung. Die Wirkung war genau so, wie Bacci sie beschrieben hatte, und es lief ihm kalt den Rücken hinunter. »Es funktioniert tatsächlich? Das ist das Serum, das Bacci an sich selbst ausprobiert hat?«

Joachim nickte und zeigte auf die Ampullen in den Schränken.

»Er hat die meisten davon ausprobiert.« Er hob NiL Nr. 042 hoch. »Bei diesem hier hat er wortwörtlich gesagt: ›Es wirkt *zu* gut.‹ Generell ist es stärker und weniger diskriminierend als NiL 69 oder NiL 72. Es ruft die gleichen Aspekte einer unsterblichen Liebe hervor, aber ohne die sexuelle Chemie. NiL 42 ist geschlechtsunabhängig.« Joachim lächelte seinen Vater an, dann griff er in die Tasche seines Kittels und zog eine PowerDermic-Impfpistole heraus. »Das hier habe ich auf deinen Wunsch hin bei Comvec hergestellt. Es ist NiL 42 mit deinem genetischen Gesichtscode.«

Helmut Kappel nahm die geladene Impfpistole und wog sie in seiner Handfläche. Sie fühlte sich warm an auf seiner kalten Haut.

»Ich habe, wie du das wolltest, den gleichen Standardvektor verwendet, den Bacci für das permanente NiL 72 benutzt. Er wird die Gene in die Stammzellen der betreffenden Person einschleusen, und dort werden sie dann ihr ganzes Leben lang bleiben.«

»Aber du könntest dafür auch einen anderen Vektor verwenden? Einen, den du bei Comvec entwickelt hast?«

Joachim kniff die Augen zusammen. »Wenn du mir etwas Zeit lässt, kann ich jeden beliebigen Vektor dazu benutzen, die Gene einzuschleusen. Aber weshalb …«

Bevor er weitersprechen konnte, umarmte Helmut Kappel seinen Sohn, legte seine rechte Hand in seinen Nacken und zog seinen Kopf ganz dicht an seinen eigenen heran. »Das hast du gut gemacht, Joachim, sehr gut«, flüsterte er. »Das werde ich dir nie vergessen.«

Zuerst machte Joachim ein bestürztes Gesicht. Doch dann errötete er vor Stolz. Helmut Kappel konnte sich nicht erinnern, wann er, wenn überhaupt, einen seiner Söhne umarmt hatte. Als er zurücktrat, behielt er seine linke Hand auf Joachims Schulter. Mit der anderen steckte er die inzwischen leere Impfpistole in seine Jackentasche. Wenn er seinen Traum in die Tat umsetzen wollte, brauchte er Joachims bedingungslose Loyalität. Und bis zum nächsten Morgen hätte er sie. »Erzähl niemandem etwas von all dem.«

»Nicht einmal Max?«

Kappel drückte die Schultern seines Sohnes. »Nicht einmal Max. Das ist *unser* Geheimnis.«

Joachim strahlte, und Kappel konnte fast sehen, wie seinem Sohn die Brust schwoll. »Handelt es sich hier um ein neues Projekt, Vater? Parallel zu Ilium?«

Kappel zögerte. »Ich sehe es mehr als ein Unterprojekt.« Bei dem Gedanken an die damit verbundenen Möglichkeiten durchlief ihn ein wohliger Schauder. Er würde es Dieter Kappels Leistungen für die Kappel-Dynastie nicht nur gleichtun, er würde ihn weit in den Schatten stellen.

»Wie nennen wir es?«

Kappel zuckte mit den Achseln. »Am besten ganz einfach. Benennen wir es nach der Göttin der Liebe, Venus.«

Joachim grinste. »Worum geht es dabei? Bei wem willst du das Mittel einsetzen?«

»Das sage ich dir alles morgen, einschließlich der Verbesserungen, die du für mich vornehmen sollst. Und vergiss nicht – das bleibt alles strikt unter uns.«

Sein jüngerer Sohn rieb sich gedankenverloren den Nacken, als er nickte. Dann ging der Hauptzugang zum Labor auf, und er schob seinen Vater aus dem Raum mit den Proben.

Als Max das Labor betrat und die Hand seines Vaters beiläufig auf der Schulter seines Halbbruders ruhen sah, spürte er, dass zwischen ihnen etwas Bedeutsames abgelaufen sein musste, von dem er ausgeschlossen war. Das charakteristische Halstuch, mit dem sein Vater die Operationsnarbe an seinem Hals verbarg, war aus farbenfroherer Seide als üblich, und sein Muster ähnelte dem von Joachims Fliege. Und sein neuer, jugendlicher Haarschnitt verlieh ihm eine geradezu unheimliche Ähnlichkeit mit seinem jüngeren Sohn. Es war, als trügen die beiden eine Uniform, und dieser Umstand verstärkte Max' irrationales, aber zunehmendes Gefühl des Ausgeschlossenseins.

Seit dem Abend der Odin-Show hatten er und sein Vater weder über Phoebe noch über das gesprochen, was passiert war. Nicht einmal seinen Part bei ihrer Zusammenführung hatte sein Vater gewürdigt – und jetzt schien er plötzlich auch noch Joachim zu begünstigen, als leitete sein Halbbruder das Projekt.

»Habe ich was verpasst?«, fragte Max.

Sein Vater schüttelte den Kopf. »Nein, du kommst genau zum richtigen Zeitpunkt.«

Max verzog keine Miene. »Ist Bacci hier?«

»Er ist mit seiner Verlobten Mittagessen«, sagte Joachim. »Er meinte, er hätte wegen der Hochzeit noch Verschiedenes mit ihr zu besprechen.« Er grinste seinen Vater an. »Mit einem Mal scheinen alle heiraten zu wollen.«

Max hörte, wie hinter ihm die Tür aufging, und Professor Bacci hereinkam. Er trug denselben schlecht sitzenden Anzug, den er bei seinem ersten Besuch im Bankhaus Kappel angehabt hatte. Er bedachte Max mit einem strahlenden Lächeln, und als Max dem Professor die Hand schüttelte, verspürte er plötzlich unerwartete Sympathie für ihn. Etwas am Lächeln des Mannes erinnerte ihn an den Schwimmlehrer seiner Schule – er war einer der wenigen Menschen gewesen, die ihm nach dem Tod seiner Mutter geholfen hatten, denn er hatte ihm beigebracht, seinen Schmerz in den Griff zu bekommen und durch hartes Training und strenge Disziplin gegen seine Schuldgefühle anzukämpfen.

»Ich habe mich beeilt«, sagte Bacci. »Sind Sie schon lange hier?«

»Ich bin gerade angekommen«, sagte Max.

»Ich ebenfalls«, sagte Helmut Kappel.

Bacci wandte sich Joachim zu. »Alles klar?«

Joachim nahm am Computer Platz. »Selbstverständlich.«

Helmut Kappel zog einen Umschlag aus der Innentasche seines Jacketts und reichte ihn Bacci. »Vielleicht kann sich Joachim wieder an die Arbeit machen, während wir uns in Ihrem Büro über das Geschäftliche unterhalten.«

In seinem Büro setzte sich Bacci an seinen Schreibtisch und öffnete den Umschlag. Er bekam große Augen. »Ein Scheck über drei Millionen Euro!«

»Betrachten Sie das Geld als Anzahlung, als Zeichen unseres Vertrauens in Sie und als Beweis unserer guten Absichten«, sagte Kappel.

Max öffnete seinen Aktenkoffer, nahm ein gebundenes Dokument heraus und legte es zusammen mit drei Ausfertigungen eines Vertrags auf den Schreibtisch. Er tippte auf das gebundene Dokument. »Das ist unser Geschäftsvorschlag für die Vermarktung Ihrer Erfindung. Es ist im Wesentlichen die schriftliche Ausfertigung dessen, was ich Ihnen bereits vorgeschlagen habe, mit einer detaillierten Auflistung aller Zeitpläne und Budgetaufgliederungen. Sehen Sie sich alles in Ruhe an und sagen Sie mir, ob Sie irgendwelche Fragen dazu haben.« Er tippte auf die Verträge. »Das sind unsere Vertragsbedingungen, die Sie unterzeichnen müssen.«

Bacci nahm die oberste Ausfertigung und überflog den Vertragstext.

»Wir glauben an Ihr Vorhaben und sind bereit, das ganze Risiko zu tragen«, sagte Max. »Bis Sie das Produkt auf den Markt bringen, übernehmen wir die vollständige Finanzierung sowie die Beratung in wirtschaftlichen Fragen, außerdem erhalten Sie von Joachim und Comvec jede nur erdenkliche Unterstützung, die Sie in technischen Fragen und in Hinblick auf die behördliche Zulassung benötigen. Im Endeffekt kaufen wir also einen Mehrheitsanteil an dem Unternehmen ohne die entsprechende Kontrollbefugnis. Es ist Ihre Vision, und die Entscheidung, welche Richtung das Projekt nehmen soll, bleibt weiterhin allein Ihnen überlassen. Sobald das Mittel auf den Markt kommt, werden wir Sie ermutigen, uns mit Ihrem Anteil an den Gewinnen zum jeweiligen Marktwert auszukaufen.« Max lächelte. »Das Bankhaus Kappel ist eine Bank, und unsere Tochter Comvec wurde gegründet, um aussichtsreiche Ideen wie die Ihre erfolgreich zu vermarkten. Wir sind *kein* Pharmaunternehmen. Wir wollen Ihnen nur Starthilfe leisten und uns dann mit einem guten Ertrag aus unserer Investition zurückziehen. Mit einem *sehr* guten Ertrag.

Damit wir uns aber nicht falsch verstehen: Es handelt sich hier um ein ebenso umfangreiches wie langfristiges Engagement unsererseits, da es, wie ich in unserem Vorschlag ausgeführt habe, einige Zeit dauern könnte, bis das Mittel wirklich marktreif ist. Ihre Erfindung birgt einiges kontroverse Potenzial, weshalb wir unbedingt alle ethischen Bedenken ausräumen müssen, bevor wir bei den entsprechenden europäischen und amerikanischen Aufsichtsbehörden einen Antrag auf Zulassung stellen. Sowohl Unbedenklichkeits- wie Wirksamkeitsnachweise müssen mit allergrößter Sorgfalt durchgeführt werden, und dieser Prozess wird von uns wie von Ihnen einige Geduld erfordern. Als Gegenleistung für dieses langfristige Engagement unsererseits brauchen wir von Ihnen eine Zusicherung, dass, falls Ihnen etwas zustößt, Ihre gesamte Hardware sowie die Laboreinrichtung und die Forschungsunterlagen an uns gehen. So könnten wir wenigstens einen Teil unserer Investitionen wieder hereinbekommen. Hört sich das für Sie annehmbar an?«

Bacci nickte. »Ich denke schon.«

»Gut. Die Verträge müssen spätestens zum Wochenende unterschrieben an uns zurückgehen.«

Es klopfte, und Joachim steckte den Kopf zur Tür herein. »Carlo, ich bin gerade dabei, mir im Computer Ihre künftigen klinischen Versuche anzusehen, und da sind zwei Ordner, aus denen ich nicht recht schlau werde. Einer heißt zum Beispiel ›Prosopagnosie‹.«

»Das betrifft meine Tochter. Es hat nichts mit NiL zu tun. Teilweise überschneidet sich meine Arbeit mit ihren Forschungen, und ich speichere schon seit Beginn des NiL-Projekts relevante Entdeckungen, um sie ihr zukommen zu lassen, sobald wir an die Öffentlichkeit gegangen sind. Was ist der andere Ordner?«

»Es ist ein leerer Unterordner im Ordner ›NiL-Nebenwirkungen und Sicherheitsvorkehrungen‹. Sie haben ihn ›Null-Substitutionseffekt‹ genannt.«

»Ach, das ist nur eine frühe Absicherung. Sie können ihn löschen.«

Bevor Joachim mehr sagen konnte, klingelte das Telefon auf Baccis Schreibtisch. Max beobachtete, wie er auf das Display blickte und den Hörer abnahm, sobald er die Nummer des Anrufers erkannte. »Maria.« Er legte eine Hand auf die Sprechmuschel. »Meine Verlobte. Entschuldigen Sie bitte.«

Max, Joachim und Helmut Kappel standen auf, um das Zimmer zu verlassen, aber Bacci gab ihnen durch eine Handbewegung zu verstehen, sie sollten sich wieder hinsetzen. Je länger er zuhörte, desto mehr verdüsterte sich seine Miene, und alle Farbe wich aus seinem Gesicht. Als er auflegte, war er totenbleich, und seine Hände zitterten. Er stand auf, ging zu dem Fernsehgerät in der Ecke und schaltete es ein.

Auf dem Bildschirm erschien ein Journalist in einer Gebirgslandschaft. Hinter ihm umringte ein Polizeikordon eine zeltartige weiße Konstruktion, mit der ein Teil des Waldes abgeschirmt war. Der Journalist sprach mit ruhiger, deutlicher Stimme: »Die in diesem abgelegenen Waldstück gefundenen Leichen sind stark verwest, aber man nimmt an, dass es sich dabei um Marco Trapani und drei seiner Mitarbeiter handelt. Die näheren Todesumstände deuten laut Aussagen der Polizei auf eine Beteiligung eines rivalisierenden korsischen Syndikats hin.«

Sie verfolgten die Berichterstattung schweigend. Dann machte Bacci den Fernseher aus und kehrte an den Schreibtisch zurück. »Einfach nicht zu fassen«, sagte er. »Die Familie meines Cousins hatte nichts mit der Mafia zu tun. Jedenfalls nicht mehr.«

»Es tut mir Leid«, sagte Max. Er hatte keinen Gedanken mehr an den Sizilianer verschwendet, seit er in St. Martin den korsischen Rivalen des Mannes beseitigt und umfassende Recherchen über Professor Baccis Person angestellt hatte.

»Das ist für uns alle ein großer Schock«, sagte Helmut Kappel. »Es gibt keinerlei Beweise für irgendwelche Verbindungen zum organisierten Verbrechen, und wir hatten nicht den geringsten Anlass, an der Rechtmäßigkeit seiner Geschäfte zu zweifeln. Möglicherweise war er nur zur falschen Zeit am falschen Ort.«

»Ich kann das einfach nicht glauben«, sagte Bacci. »Er war so ein guter Cousin. Er hat mich mit Ihnen bekannt gemacht.« Er zeigte auf den Scheck und die Verträge. »Dies alles hat er möglich gemacht.«

Max sah, wie sein Vater mit dem Anflug eines Lächelns den Blick von Bacci abwandte. Es verriet Max alles, was er wissen musste. »Ich glaube, wir sollten jetzt lieber Schluss machen«, sagte er. »Wir werden uns bei einer anderen Gelegenheit wieder treffen, um alles Weitere zu besprechen.«

Max wartete, bis sie draußen auf dem Parkplatz waren, bevor er seinen Vater zur Rede stellte. »Warum hast du mir nicht erzählt, dass du Trapani umgebracht hast?«

Helmut Kappel zündete sich eine seiner schwarzen Zigaretten an und nahm einen tiefen Zug. Einen Augenblick lang dachte Max, er würde es leugnen. »Max, Bacci hat Trapani von dem Serum erzählt, nicht viel, aber genug, um ihn neugierig zu machen. Er hat uns unter Druck gesetzt. Wir mussten ihm das Handwerk legen.«

»Darum geht es nicht. Warum hast du es mir nicht erzählt?«

Sein Vater blieb stehen. »Max, ich leite diese Familie. Ich entscheide, wer was erfährt. Und ich habe entschieden, dass du es nicht zu erfahren brauchst.«

»Was hast du mir sonst noch nicht erzählt?«

Helmut Kappel sah seinen Sohn streng an, dann klopfte er ihm auf den Rücken. »Jetzt stell dich nicht so an, Max, das ist doch alles halb so wild.«

»Was hast du mir sonst noch nicht erzählt?«

»Über Ilium? Nichts. Jetzt weißt du alles. Zufrieden?« Sein Vater wartete nicht auf eine Antwort, sondern ging zu seiner Limousine.

28

25. Oktober

Als das große Tor von Schloss Kappel aufging, ließ Isabella das Fenster der Limousine herunter und zeigte dem elegant gekleideten Mann mit der Augenklappe am Pförtnerhäuschen ihre Einladung. Er winkte den Wagen durch, und sie blickte wieder auf die goldumrandete Einladungskarte. Darauf wurde ihr in gotischen Lettern handschriftlich mitgeteilt, dass sich Helmut Kappel sehr über ihr Erscheinen bei einer Überraschungsparty in Schloss Kappel freuen würde. Ihre Anreise sei bereits arrangiert und bezahlt, einschließlich des Flugs nach Zürich und der Limousine, die sie am Flughafen abholen werde. Sonst enthielt die Einladung keine weiteren Angaben zum Anlass der Feier, außer dass das Datum, der 25. Oktober, auf Phoebe Davenports Geburtstag fiel.

Seit ihrem Gespräch am Abend nach der Odin-Show hatte Isabella Phoebe kaum mehr gesehen. Sie hatte sich ganz in ihre Arbeit gestürzt, und Phoebe war selten in die Wohnung gekommen: Sie verbrachte immer mehr Zeit mit Helmut Kappel – sie hatte sogar eine Reihe attraktiver Angebote abgesagt, um mit ihm zusammen sein zu können. Und jetzt sah es so aus, als veranstaltete er eine Geburtstagsparty für sie. Sicher wäre auch Max unter den Gästen, aber wenn Phoebe mit seinem Vater zusammenblieb, müsste sich Isabella ohnehin daran gewöhnen, ihm ständig über den Weg zu laufen.

Als das unheimliche graue Schloss in der Dämmerung vor ihr auftauchte, fragte sich Isabella, was für eine Art Party es wohl werden würde. Als sie mit Kathryn und Gisele telefoniert hatte, hatten sie ihr zwar bestätigt, dass sie ebenfalls kommen würden, aber sie hatten ihr auch nicht mehr sagen können, als sie bereits wusste. In wenigen der Fenster brannte Licht, und die runden Ecktürme und die wuchtige Fassade ließen einen an eine finstere und sehr zweckbestimmte Einrichtung denken, eine psychiatrische Klinik zum Beispiel oder ein Waisenheim. Isabella schauderte, als sie sich vorstellte, wie ihre lebenslustige junge Freundin mit ihrem alten Geliebten durch diese dunklen Flure ging.

Es standen keine anderen Autos vor dem Haupthaus, als ihre Limousine vor dem Eingang anhielt, aber sobald sie ausstieg, ging die Eingangstür auf, und ein kleiner befrackter Mann kam nach draußen und nahm ihr den Koffer ab. »Guten Abend, Frau Dr. Bacci.«

»Guten Abend.«

Die Eingangshalle enthielt einige herrliche Möbelstücke, aber das dunkle Holz, die alten Teppiche und die Ölgemälde der grimmig dreinblickenden weißhaarigen Kappel-Ahnherren verliehen dem Raum etwas Düsteres und wenig Einladendes. Isabella hatte das Gefühl, eine andere Welt betreten zu haben.

»Herr Kappel und Fräulein Davenport sind im Augenblick noch in Zürich. Sie müssen jedoch jeden Moment zurückkommen. Ich soll Ihnen Ihr Zimmer zeigen, damit Sie sich dort schon einrichten können.«

»Sind schon einige der anderen Gäste eingetroffen?«

»Sie sind die Erste, Dr. Bacci.«

»Wie viele werden zu der Party erwartet?«

»Einige«, sagte der Mann vage, als er sie die breite Treppe hinaufführte. Hirschköpfe mit mächtigen Geweihen zierten die mit dunklem Holz vertäfelten Wände. »Sie sind im Ostflügel untergebracht.« Schließlich blieb er vor einer Tür stehen und drückte die schwere Messingklinke nieder. »Das ist Ihr Zimmer.« Es war ein geräumiges Gemach mit hoher Decke, hohen Fenstern, schweren, dunklen Vorhängen und einem riesigen Bett. Eine Tür führte in das dazugehörige Bad. Nur mit Mühe konnte Isabella ein nervöses Lachen unterdrücken. Sie fühlte sich in den bizarren Szenenaufbau eines Addams-Family-Films versetzt. Selbst der Butler, oder was der Kerl sonst war, sah aus wie eine klassische Filmfigur. Sie konnte sich nicht vorstellen, in so einem Haus zu leben.

»Ich hoffe, Sie finden hier alles zu Ihrer Zufriedenheit vor«, sagte der Mann. »Neben dem Bett ist ein Telefon. Wählen Sie einfach die Null, wenn Sie etwas brauchen. Sie werden gebeten, um halb acht in die Bibliothek zu kommen. Dort werden die Drinks gereicht.«

Nachdem sie ausgepackt hatte, legte sich Isabella aufs Bett, aber sie fand keine Ruhe. Deshalb stand sie wieder auf, verließ das Zimmer und machte sich daran, das alte Schloss zu erkunden.

Am anderen Ende des Flurs lenkte ein Licht ihre Aufmerksamkeit auf sich, und als sie darauf zuging, fiel ihr auf, wie still es war. Abgesehen von den Essensgerüchen, die aus der Küche hochstiegen, und den vereinzelten Geräuschen, die die Hausangestellten bei ihren Vorbereitungen für den Abend machten, wirkte das Schloss verlassen. Ein Stück den Gang hinunter befand sich eine Nische, die eine kleine Sammlung von Kuriositäten enthielt. Jeder Gegenstand war einzeln beleuchtet, und als sie die dazugehörigen Schildchen las, stellte sie fest, dass es lauter Mordwerkzeuge waren.

Auf der Karte neben einem Dolch mit nadeldünner Klinge stand zu lesen, dass diese in die inneren Organe eines Opfers gestoßen und wieder herausgezogen werden konnte, ohne eine sichtbare Spur zu hinterlassen. Bei drei wunderschönen Stoffstreifen in einem Glasbehälter handelte es sich um Seidengarrotten, die bei den erdrosselten Opfern kaum erkennbare Spuren hinterließen. Ein gekühlter Behälter enthielt nadelspitze Eispfeile aus gefrorenem Gift, die in den warmen Körper eines Opfers eindrangen und sich darin auflösten. Am abgenutzten Griff des Dolchs und am fleckigen Stoff der Garrotten konnte Isabella erkennen, dass sie mehr als einmal benutzt worden waren. Die makabren Ausstellungsstücke passten zu dem düsteren Schloss, und sie fragte sich, welches Mitglied des Kappel-Clans sie gesammelt hatte. Sie kam nicht auf die Idee, dass sie einmal das Handwerkszeug des früheren Familiengewerbes gewesen waren und dass alle von ehemaligen Familienmitgliedern entworfen worden waren.

Als sie ihren Weg fortsetzte, sah sie in der Abenddämmerung durch die längs unterteilten Fenster einen See und auf einem Plateau mehrere kleine Kuppelbauten. Schließlich erreichte sie eine offene Tür, die zu einer Wendeltreppe führte. Offensichtlich befand sie sich hier im Ostturm.

»Hallo?«, rief sie. Als sie keine Antwort bekam, trat sie durch die offene Tür. Dahinter herrschte eine völlig andere Atmosphäre. Die Treppe war aus hellem Eichenholz, mit blitzenden Messingteppichstangen und einem Teppich in leuchtendem Aquamarinblau. An den Wänden hingen farbenfrohe zeitgenössische Drucke. Das hob ihre Stimmung. Als sie die Wendeltreppe hinuntersah, stellte sie fest, dass sie zu einem Seiteneingang führte. Sie begann, weiter nach oben zu steigen.

Oben angelangt, trat sie durch einen offenen Durchgang in einen großen runden Raum, dessen Holzboden mit Orientteppichen ausgelegt war. An den hellen Wänden hingen Fotografien von Küstenlandschaften und Unterwasserszenen. Die Bilder waren schön, aber seltsam verlassen und menschenleer. In einem Teil des Raumes standen neben einer Sitzgruppe mit einem Fernseher ein Schreibtisch und ein Esstisch. Daran angrenzend, führte eine Treppe zu einer Galerie hinauf, auf der sie durch das Geländer ein großes Bett erkennen konnte.

Dann fiel ihr Blick auf ein Foto in einem Treibholzrahmen, das auf einem Sideboard unter einem der runden Fenster stand. Im Gegensatz zu den Fotos an den Wänden waren auf diesem Menschen zu sehen: Ein Junge mit tiefbrauner Haut, weißblondem Haar und unglaublich blauen Augen stand mit einer großen, schönen Frau, die ihn eng an sich drückte, auf einem tropischen Strand.

»Kann ich dir irgendwie helfen?«

Erschrocken fuhr sie herum. Er stand in einem Durchgang links von ihr und band sich gerade eine schwarze Fliege. Hinter ihm waren eine Ankleide und ein Bademantel zu sehen.

»Entschuldigung, ich wollte hier nicht einfach so hereinplatzen. Ich habe mich nur ein bisschen umgesehen, und die Tür war offen. Ich habe hallo gerufen, um zu sehen, ob jemand hier ist«, sagte sie lahm.

Max trug einen tadellosen schwarzen Smoking, der seine breiten Schultern und seine leicht gebräunte Haut noch besser zur Geltung brachte. Er band die Fliege zu Ende, überprüfte ihren Sitz und lächelte. »Ist doch nicht weiter schlimm«, sagte er. »Hier wohne ich nur, wenn ich geschäftlich in Zürich zu tun habe. Mein richtiges Zuhause ist in Südfrankreich, nicht weit von dem Ort, wo wir uns kennen gelernt haben.«

»Es ist sehr schön hier. Ganz anders als im Rest des Schlosses.« Sie zuckte zusammen. »Nicht, dass der Rest des Schlosses …«

»Düster ist?« Er lachte. »Wenn du es hier jetzt schon unheimlich findest, dann stell dir erst mal vor, deine Kindheit hier zu verbringen. Aber es ist praktisch.«

Isabella zeigte auf das Foto des Jungen und der schönen Frau. »Deine Mutter?« Sie erinnerte sich, dass Max ihr in Antibes erzählt hatte, dass er noch sehr klein gewesen war, als sie starb.

Er sah es kurz an. »Ja.«

Es klopfte an der offenen Tür hinter ihr. Es erschien ein weiterer Mann in einem schwarzen Smoking, mit einer knallbunten Fliege und dazu passender Weste. Er sah Max ähnlich, war aber schmaler gebaut und blasser, eine jüngere Ausgabe von Max' Vater. Wässrige blaue Augen sahen sie durch eine randlose Brille an. Er überschritt die Schwelle nicht.

»Isabella, das ist Joachim, mein Halbbruder.«

Joachim starrte sie an. »Welche Ehre, Isabella.« Sein Blick wanderte zu Max, und er verzog seine Lippen zu einem Lächeln ohne jeden Humor. »Max lässt nie jemanden in seinen Adlerhorst, weder seine Familie noch Delphine, seine Verlobte.«

Das versetzte Isabella einen Stich. Max war verlobt? Er hatte doch gesagt, dass er von »so etwas wie Liebe« nichts hielt. Es überraschte sie, wie sehr diese Neuigkeit sie bestürzte.

»Ich komme gleich nach unten, Joachim.«

Nachdem Joachim gegangen war, wandte sich Isabella wieder Max zu. »Du bist verlobt?«

»Noch nicht. Mein Vater sähe es zwar gern, aber ich bin es noch nicht.«

»Aber du hast eine Freundin?«

Er zuckte mit den Achseln. »So könnte man es vermutlich nennen.«

Sie ging in Richtung Tür. »Entschuldige bitte noch mal, dass ich hier so reingeplatzt bin.«

»Bist du doch gar nicht«, sagte Max sanft. »Wir sehen uns um halb acht.«

In der Tür drehte sie sich noch einmal zu ihm um. Sie musste ihn einfach fragen. »Wie lange bist du schon mit ihr befreundet?«

Er sah sie direkt an, und seine blauen Augen waren klar und kühl. »Schon vor Antibes.«

29

Zumindest verstand sie es jetzt oder glaubte zumindest, es zu verstehen. Für Max war sie nicht mehr als eine leidenschaftliche Urlaubsaffäre gewesen, eine kleine Abwechslung, ein kurzes Ausbrechen aus der Beziehung zu seiner Freundin, ein Moment der Verrücktheit. Als Isabella duschte, war es, als wasche sie die letzten Spuren von Gefühlen für ihn ab, und bis sie ihr Abendkleid angezogen und das Zimmer verlassen hatte, war sie an einem Punkt angelangt, an dem sie Delphine viel Glück wünschte, und das in der festen Überzeugung, dass sie es brauchen würde. Als sie auf der Treppe mit Kathryn und Gisele zusammentraf, konzentrierte sie ihre Gedanken auf Phoebe.

Kathryn küsste sie zur Begrüßung auf die Wange. »Hast du eigentlich eine Ahnung, worum es heute Abend geht, Izzy?«

Isabella hielt das Päckchen mit dem Swarovski-Kristallpinguin hoch, das sie in der Hand hielt. »Ich schätze, es wird eine Geburtstagsparty.«

»Das denke ich auch«, sagte Gisele, als sie in der Eingangshalle ankamen.

Kathryn runzelte die Stirn. »Aber sie wird ja nicht gerade einundzwanzig.« Sie zeigte auf die zwei Frauen vor ihnen. »Warum ist ihre Mutter extra aus den Staaten rübergekommen? Sie fliegt doch äußerst ungern.«

Phoebes Mutter stand zusammen mit ihrer jüngeren Tochter Claire, die ihnen zuwinkte, vor der Bibliothek. Phoebes Schwester hatte Isabella zum letzten Mal in Antibes gesehen, aber ihrer Mutter war sie nicht mehr begegnet, seit sie über ein Jahr zuvor aus den USA nach Italien gekommen war. Deshalb teilte sie Kathryns Verwunderung, dass sie zu Phoebes Geburtstag in die Schweiz gekommen war. Mrs. Davenport war blass und wirkte abwesend, als sie Isabella und die anderen küsste, bevor sie mit ihnen in die Bibliothek ging.

Die Bibliothek war ein großer Raum mit Kristalllüstern und einem Kamin. Bedienstete in weißen Jacken trugen Silbertabletts mit Kanapees und Champagner. Die vier Kappel-Männer hatten sich mit ihren Partnerinnen in einer Reihe aufgestellt, um ihre Gäste zu begrüßen. Der Gesamteindruck war verblüffend. Nicht nur die vier Männer sahen sich sehr ähnlich, sondern auch ihre Partnerinnen. Alle Frauen waren verschiedene Schattierungen von Blond. Phoebe war mit Abstand die schönste, aber die anderen waren vom Typ her ähnlich. Delphine war hellhäutig und gertenschlank, und selbst die ältere Frau an der Seite des bärtigen Kappels war attraktiv. Isabella schauderte bei dem Gedanken, ihre Freundin könnte eine von ihnen werden.

»Wo sind die ganzen anderen Gäste?«, zischte Gisele leise.

»Ich glaube, das sind wir«, flüsterte Kathryn.

Isabella nahm ein Glas Champagner und lächelte höflich, als Max sie mit Delphine bekannt machte. Sie hatte kein gutes Gefühl bei der Art, wie Delphine sie taxierte und Max besitzergreifend am Arm packte. Sie ging weiter zu Joachim und dem bärtigen Mann, der sich mit Klaus Kappel vorstellte, und dann zu ihren Frauen. Dieses förmliche Zeremoniell hatte schon etwas Befremdendes an sich, war aber nicht annähernd so befremdend wie der Anblick Phoebes, die neben Helmut Kappel am Kamin stand. Er sah anders aus, als sie ihn in Erinnerung hatte, jünger und flotter. Sein weißes Haar war kürzer geschnitten, in einem modischen, hoch stehenden Stil, und er trug ein rotes Halstuch und einen Kummerbund von der gleichen Farbe. Phoebe rieb sich die Handgelenke, und Isabella konnte leichte Abschürfungen auf ihrer Haut sehen. Als das Paar Kathryn und Gisele begrüßte, warf Phoebe immer wieder besorgte Blicke auf Helmut Kappel, als wolle sie sich vergewissern, dass er noch da war. Sie schien angesichts der Gäste zwar aufgeregt, aber nicht überrascht, bis auf den Moment, als ihr Isabella ihr Geburtstagsgeschenk überreichte.

»Ach, auch daran hast du gedacht, Izzy. Danke.«

»Natürlich habe ich daran gedacht. Es ist doch deine Geburtstagsparty.« Sie hielt kurz inne. »Oder nicht?«

Phoebe lächelte wissend, und plötzlich wurde Isabella klar, dass es die Gäste waren, denen eine Überraschung bevorstand.

»Was soll das geben, Phoebe?«, flüsterte Isabella.

Phoebe drückte ihr die Hand. »Du wirst schon sehen, Izzy. Du wirst schon sehen.«

Am liebsten hätte Isabella sie so lang geschüttelt, bis sie ihr erzählte, was der Anlass der Feier war, doch bevor sie ihrem Impuls nachgeben konnte, wurden sie in einen riesigen Speisesaal gerufen, wo sie an einem langen mit Kristallgläsern, Silberbesteck und Goldrandporzellan gedecktem Tisch einen Platz zwischen Max und Klaus Kappel zugewiesen bekam. Klaus war höflich, aber kühl. Er sprach oder trank kaum und blickte sich ständig um, als überwachte er das Geschehen am Tisch.

Als der erste Gang, Jakobsmuscheln, aufgetragen wurde, erhob sich Helmut Kappel von seinem Platz am Kopfende des Tisches. »Zunächst möchte ich Ihnen allen für Ihr Kommen danken. Es tut mir Leid, dass ich Sie im Dunkeln gelassen habe, was den Anlass der Party betrifft, aber wegen der Medien sahen wir uns zur Diskretion gezwungen.« Er blickte auf Phoebe hinab, die rechts neben ihm saß. Sie schaute bewundernd zu ihm hoch. Dann wandte er sich Phoebes Mutter links von ihm zu, die blass und betreten auf ihren Teller starrte. »Ich muss Ihnen eine Mitteilung machen. Für einige von Ihnen mag sie schockierend sein, aber angesichts meines Alters muss ich rasch handeln. Ich habe Phoebe gefragt, ob sie mich heiraten will, und ich bin geehrt und hocherfreut, Ihnen mitteilen zu können, dass sie eingewilligt hat.«

Ein Raunen ging um den Tisch. Isabella konnte nicht glauben, dass ihr Phoebe nichts von ihrem Vorhaben erzählt hatte. Sie kannte Helmut Kappel höchstens einen Monat. Und Isabella konnte sich auch nicht erklären, weshalb Phoebe plötzlich so still war. Es war nicht ihre Art, sich so gänzlich einem anderen Menschen zu unterwerfen. Kathryn hatte fast ihren Wein verschüttet, und Gisele wirkte ähnlich perplex. Phoebes Schwester machte ein ungläubiges Gesicht. Die Einzigen, die ihre ausdruckslose Miene beibehielten, waren die Kappels und Phoebes Mutter. Kein Wunder, dass sie so verkrampft gewirkt hatte: Sie musste es schon gewusst haben.

Scheinbar ohne sich der Reaktion seiner Gäste bewusst zu sein, fuhr Helmut Kappel fort: »Wir haben vor, an Neujahr zu heiraten, und würden uns freuen, Sie alle bei unserer Hochzeit als Gäste begrüßen zu dürfen. Ehrengast wird selbstverständlich Phoebes Mutter sein. Mein Trauzeuge wird mein ältester Sohn Max sein.« Isabella wandte sich Max zu, aber er blickte unverwandt vor sich hin. Wie lang wusste er schon Bescheid? Dann sah Helmut Kappel der Reihe nach Gisele, Kathryn, Claire und Isabella an. »Sie vier sind Phoebes engste Freundinnen, und sie würde sich freuen, wenn Sie ihre Brautjungfern wären.«

Isabella vergewisserte sich erst, wie die anderen reagierten, bevor sie sich zutraute, Phoebe anzusehen. Sie wusste, sie dachten dasselbe wie sie. Einerseits wollte sie Phoebe anschreien, endlich zur Besinnung zu kommen – warum wollte sie ausgerechnet Helmut Kappel heiraten, wenn sie doch jeden Mann der Welt haben konnte? Andererseits wollte sie ihre Freundin unbedingt unterstützen. Auf gar keinen Fall wollte sie Phoebe verletzen. Als sie merkte, wie Phoebe sie mit leuchtenden Augen flehentlich ansah, lächelte sie und nickte.

Sie sah, wie Gisele und Kathryn ihrem Beispiel folgten. Phoebes Schwester saß noch mit gerunzelter Stirn da, doch schließlich setzte auch sie ein tapferes Lächeln auf. Es trat Schweigen ein, das ein paar Sekunden anhielt, dann stand Isabella auf und tat das Einzige, was ihr unter diesen Umständen einfiel. Sie hob ihr Glas, nahm die Ehre dankbar an und trank auf das glückliche Paar.

Später am Abend, nachdem sich die anderen auf ihre Zimmer zurückgezogen hatten, machten es sich Isabella, Kathryn und Gisele um das Feuer im Salon gemütlich und versuchten vergeblich, sich zu erklären, warum Phoebe Helmut Kappel heiraten wollte. Schließlich einigten sie sich darauf, dass sie, obwohl sie die Motive ihrer Freundin nicht ergründen konnten, aufhören würden, ihre Gründe in Frage zu stellen, und ihr stattdessen ihre uneingeschränkte und vorbehaltlose Unterstützung zukommen lassen sollten.

Dennoch konnte Isabella nicht umhin, sich weiter um ihre Freundin Sorgen zu machen. Nachdem Kathryn und Gisele sich auf ihre Zimmer zurückgezogen hatten, ging auch sie nach oben. In Gedanken bei Phoebe, ertappte sie sich dabei, wie sie aus Angst, jemanden zu stören, auf Zehenspitzen den langen Flur zu ihrem Zimmer entlangging. Plötzlich veranlasste sie ein Geräusch hinter ihr, stehen zu bleiben.

Ein schmerzliches Aufstöhnen.

Es hörte sich nach Phoebe an.

Isabella bekam eine Gänsehaut. Als sie sich umdrehte, fiel ihr Blick an der Treppe vorbei auf eine offen stehende Tür, durch die ein Dreieck aus Licht auf den verblichenen rotschwarzen Läufer des Flurs fiel. Sie erstarrte. Dann hörte sie den Laut wieder: ein tiefes, krächzendes Flüstern, gefolgt von einem atemlosen, flehentlichen »Nein, nein«.

Isabellas Mund wurde trocken. Es *war* Phoebe. Sie blickte sich um, versuchte das lautlose Dunkel zu durchdringen. Von unten drang das Ticken einer Uhr herauf. *Das geht dich nichts an,* sagte eine Stimme in ihrem Kopf. *Geh ins Bett. Kümmere dich nicht darum.*

Dann hörte sie das Wimmern wieder, und unwillkürlich begann sie auf das Dreieck aus Licht zuzugehen. Als sie näher kam, erkannte sie das krächzende Flüstern Helmut Kappels. »Mach doch«, drängte er. »Schrei doch, wenn du willst.«

»Nein.« Die andere Stimme war gedämpft, aber es war eindeutig die von Phoebe.

Isabellas Herz klopfte heftig, und sie bekam feuchte Handflächen. Als sie die Tür erreichte, war durch den Spalt ein großer Spiegel zu erkennen. Offensichtlich handelte es sich bei dem Raum um ein Schlafzimmer, aber zuerst konnte Isabella kaum fassen, was sie in dem Spiegel reflektiert sah. Dann klappte ihr Unterkiefer herunter.

Mit Handschellen an das Kopfteil gekettet, das Abendkleid über ihre Hüften hochgezogen, kniete Phoebe vornüber gebeugt auf dem Bett, und Helmut Kappel, immer noch im Smoking, war von hinten in sie eingedrungen. Er hatte sie an den Haaren gepackt und drückte ihren Kopf mit jedem Stoß fester in die Kissen. Sein sonst so blasses Gesicht war rot vor Anstrengung und Erregung, und er blickte mit dem glasigen, stieren Blick eines Besitzers, der sich an einem schönen Gegenstand erfreut, auf Phoebe hinab.

Dann schaute er auf, und sein Blick traf sich mit dem Isabellas. Ihr blieb fast das Herz stehen, aber er zuckte weder zusammen noch geriet er aus dem Takt. Stattdessen lächelte er sie an und stieß, ohne den Blickkontakt zu beenden, immer fester zu. Isabella würde sein Gesicht nie vergessen – nicht nur den Ausdruck der Lust und des Machtgefühls, der seine Züge verzerrte, sondern auch das schamlose herausfordernde Leuchten in seinen Augen. Es war, als hätte er es darauf angelegt, dass sie ihn mit Phoebe sähe. Halb erwartete sie, dass er eine Hand hob und sie zu sich winkte. Dann stöhnte Phoebe wieder und bewegte den Kopf. Der Gedanke, ihre Freundin könnte sehen, dass sie Zeugin dieser erniedrigenden Szene geworden war, brach den Bann. Isabella lief auf ihr Zimmer.

Kurz zuvor waren Joachim und Stein an den Esstisch zurückgekehrt, um die leeren Gläser der Brautjungfern einzusammeln. Sie passten genau auf, welches Glas zu welchem Gedeck gehörte. Joachim fuhr mit einem Wattestäbchen über den lippenstiftverschmierten Rand jedes Glases und legte es dann in ein mit einem Namen beschriftetes Glasröhrchen. Nachdem er das vierte Röhrchen verschlossen hatte, blieb er an einem fünften Gedeck stehen. »Sie wollten doch nur die Gläser der vier Brautjungfern«, sagte Stein. »Hier hat Delphine Chevalier gesessen.«

Nach kurzem Zögern nahm Joachim auch dieses Glas und machte einen Abstrich davon. »Es kann jedenfalls nicht schaden.«

»Während des Essens waren zwei meiner Männer in ihren Zimmern und haben von ihren Haarbürsten DNS-Proben genommen. Möchten Sie die auch?«, fragte Stein.

Joachim steckte die fünf Glasröhrchen in einen Umschlag. »Geben Sie mir alles«, sagte er. »Mein Vater will nichts dem Zufall überlassen.«

30

1. November

Die Besprechung fand bei Comvec im Süden Zürichs statt. Eine Glaswand mit dem Comvec-Logo – ein von der DNS-Spirale der Doppelhelix umwundener Pfeil – trennte das schalldichte Besprechungszimmer vom Hauptlabor. Es war zwanzig Uhr, und bis auf die vier Kappels war niemand anwesend.

Max legte die erste Zeitung auf den Besprechungstisch und schlug sie so auf, dass ein wenig schmeichelhaftes Farbfoto seines Vaters zu sehen war. Als Helmut Kappel sich vorbeugte, um es zu betrachten, erhoben sich Joachim und Klaus von ihren Plätzen, um einen besseren Blick zu haben.

Max breitete die anderen Zeitungen und Magazine vor seinem Vater aus. Sie alle enthielten Variationen derselben Geschichte: »Phoebe Davenport, 28, das schönste Supermodel der Welt, will den öffentlichkeitsscheuen Schweizer Bankier Helmut Kappel, 65, heiraten.«

Die Medien hatten sich förmlich auf die Nachricht gestürzt, seit sein Vater sie von der geplanten Heirat in Kenntnis gesetzt hatte. Sogar die seriösen Tageszeitungen berichteten ausführlich über die ungewöhnliche Paarung. Mit einem unterschiedlichen Maß an Feingefühl hatte jedes Organ das am wenigsten schmeichelhafte Bild von Helmut Kappel veröffentlicht, das es hatte auftreiben können, und die Berichterstattung konzentrierte sich vor allem auf die

Frage: Wie hatte ein kranker, alter Mann das Herz einer der begehrenswertesten jungen Frauen der Welt gewinnen können? Von mehr als einem Boulevardblatt prangte die Schlagzeile: »Die Schöne und das Biest.«

Zu Max' Überraschung schien sein Vater in keiner Weise verärgert über diese Fotos, sondern im Gegenteil sogar regelrecht begeistert von ihnen zu sein. Jedenfalls zuckten seine Schultern wie in stummer Erheiterung über einen Witz, den nur er verstand. »Großartig«, murmelte er. »Großartig.«

Joachim grinste mit seinem Vater, während Klaus Kappel skeptisch die Stirn runzelte. »Hältst du es für klug, so viel Aufmerksamkeit auf uns zu lenken? Wir könnten immer noch auf Max' ursprünglichen Plan zurückgreifen. Ein abgeschiedenes Ferienhotel mit ...«

»Nein«, sagte Helmut Kappel. »Die Publicity ist für das Gelingen von Projekt Ilium nötig. Wenn wir in den nächsten Tagen die Einladungen verschicken, wird keiner unserer Kunden, die wir als Zielpersonen ausgewählt haben, widerstehen können. Abgesehen davon sind wir doch nur langweilige Banker, und dies hier ist die Schweiz, dem Mekka der Geheimhaltung. Die Medien werden nichts Nachteiliges über uns herausfinden.«

Klaus Kappel schien nicht überzeugt – und Max gab ihm Recht, aber wenn ein Entschluss seines Vaters einmal feststand, hatte es keinen Sinn, ihm zu widersprechen.

»Apropos Geheimhaltung, Klaus«, sagte Helmut Kappel. »Wie steht es mit den Hochzeitsvorbereitungen?«

»Verläuft alles wunschgemäß. Odin ist begeistert von der Idee, die Hochzeitsfeier in Walhalla abzuhalten, besonders weil er vorhat, es nächstes Jahr als exklusives Luxushotel zu eröffnen. Da kommt ihm die Publicity sehr gelegen. Walhalla ist spektakulär, exklusiv und abgelegen genug, um unsere Problemkunden dort fest- und die Medien fern halten zu können. Es ist geradezu ideal für deine Zwecke.«

Helmut Kappel lachte. »Für *unsere* Zwecke, Klaus. Jetzt entspann dich doch mal! Das Ganze wird ein durchschlagender Erfolg!«

Klaus Kappel seufzte, dann lächelte er widerstrebend. »Vielleicht hast du Recht. Jedenfalls ist der Bau der Eiskapelle auf dem See fast abgeschlossen. In Norwegen ist der Winter dieses Jahr ungewöhnlich mild. Deshalb mussten wir warten, bis der See so weit zugefroren war, dass er das Gewicht der Baufahrzeuge trug. Aber inzwischen läuft alles nach Plan.« Er drückte auf die Fernbedienung, die neben ihm lag, und der Plasmabildschirm an der gegenüberliegenden Wand leuchtete auf. »Diese Aufnahme wurde vor zwei Tagen gemacht.«

Max stieß einen leisen Pfiff aus. Walhallas gläserner Turm, der aus dem von schneebedeckten Berggipfeln umgebenen See aufragte, war wie aus einem Märchen.

»Wie romantisch«, bemerkte Helmut Kappel trocken. Er wandte sich seinem jüngeren Sohn zu. »Und die Proben?«

Joachim verließ das Besprechungszimmer und ging ins Hauptlabor. Durch die gläserne Trennwand beobachtete Max, wie er einen gekühlten Edelstahlsafe aufschloss und ein Perspex-Tablett herausnahm. Er kam damit zurück und stellte es auf den Tisch. Es enthielt vier schlichte Chromringe, die in kleinen Vertiefungen lagen. An jedem Ring war mit einem dünnen Draht ein Etikett befestigt. Joachim nahm einen Ring heraus und hielt ihn hoch. Er sah massiv aus, doch als Joachim ihn drehte, sah Max, dass sich auf der Innenseite ein gläsernes Sichtfenster befand, durch das man ein weißes Pulver sehen konnte. »Jeder Ring wurde mit zwei Kammern ausgestattet. Eine enthält das NiL-Pulver und eine kleine PowerDermic-Spritze.« Er zeigte auf einen kaum zu erkennenden Höcker auf der Unterseite des Rings. »Die andere, kleinere Kammer ist mit einer einziehbaren mikrofeinen Nadel verbunden.« Er zeigte auf die Seite des Rings. »Man übt Druck aus, indem man fünf Sekunden lang die Finger zusammendrückt, schüttelt der Zielperson die Hand und, *voilà,* injiziert ihr das Serum, während man gleichzeitig eine Blutprobe von ihr nimmt.«

»Joachim, warst du bei der Herstellung des Pulvers auf Professor Baccis Hilfe angewiesen?«, fragte Helmut Kappel.

Joachim schüttelte energisch den Kopf. »Wir brauchen Bacci nicht mehr. Außerdem ist er im Moment vor allem mit seiner Hochzeit beschäftigt. Wir können ihn aus dem Weg schaffen, wann immer wir wollen.«

»Aber was ist, wenn im weiteren Verlauf Probleme auftreten?«, hörte sich Max sagen. »Möglicherweise sind wir später auf sein Know-how angewiesen. Noch stellt er keine Bedrohung dar, und wenn wir ihn jetzt eliminieren, lenken wir möglicherweise nur unerwünschte Aufmerksamkeit auf das Projekt.«

»Wir nehmen das Ganze doch nicht etwa zu persönlich, was, Max?«

»Ganz im Gegenteil, Joachim. Ich möchte nur nicht, dass du das Projekt gefährdest.« Max konnte spüren, wie sich die Augen seines Vaters in ihn bohrten.

»Ganz, wie du meinst.« Joachim langte über den Tisch, um seinem Onkel die Fernbedienung aus der Hand zu nehmen. »Dieser Ring enthält NiL-Zweiundsiebzig mit Gisele Steeles Gesichtsabdruck.« Er drückte auf die Fernbedienung, und im linken oberen Viertel des Plasmabildschirms erschien Giseles Gesicht. Er legte den Ring zurück, nahm zwei andere vom Tablett und sah auf ihre Etiketten. »Diese hier enthalten Claire Davenports und Kathryn Walkers Gesichtsabdrücke.« Ein weiteres Klicken der Fernbedienung, und die Gesichter von Phoebes Schwester und Kathryn erschienen neben dem von Gisele. Joachim sah auf das Etikett des vierten Rings, dann wandte er sich Max zu und lächelte böse. »Dieser ist von Isabella Bacci.«

Max richtete seinen Blick auf das letzte Viertel des Bildschirms. Als Isabellas Gesicht darauf erschien, schienen ihn ihre außergewöhnlichen Augen durchdringend anzusehen. Er spürte eine ungewohnte Gespanntheit in der Brust, sein Mund wurde trocken, und als er seine Hände ineinander verschlang, waren die Handflächen feucht. Diese Reaktion verunsicherte ihn.

Sein Vater wandte sich Klaus zu. »Und jetzt spielen wir Amor.«

Wenige Sekunden später erschienen auf dem Bildschirm die Gesichter von vier Männern.

Der Erste war Giscard Corbasson, ein französischer Medienmagnat, der den europäischen und amerikanischen Pornomarkt beherrschte. Seines Imperium umfasste die Produktion und den Verleih von Filmen und das Internet. In seinem Bemühen um breitere Anerkennung und Seriosität hatte er sich vor kurzem, allerdings ohne Erfolg, in ein großes amerikanisches Filmstudio einzukaufen versucht.

Der Zweite war Feliks Lysenko, ein russischer Waffenhändler, der sich hauptsächlich in Europa und den Vereinigten Staaten aufhielt. Von der New Yorker und Londoner Gesellschaft gemieden, hatte er in dem Bemühen, sich gesellschaftliche Anerkennung zu kaufen, enorme Summen für wohltätige Zwecke gespendet.

Der Dritte war Christophe Nadolny, ein Schweizer Industrieller, dessen italienischer Partner unabhängig von ihm eine revolutionäre Lebensmittel-Frischhalteverpackung erfunden hatte, die sowohl billig als auch umweltfreundlich war. Als der Italiener aus der Partnerschaft hatte aussteigen wollen, kam er wenig später bei einem Betriebsunfall auf mysteriöse Weise ums Leben; das Patent und das daraus erwachsende Vermögen war an Nadolny gegangen.

Der Vierte war Warren Hudsucker, ein amerikanischer Baulöwe, der sein Vermögen in den 1980er Jahren mithilfe von Mafiageldern gemacht hatte, die ihm das Bankhaus Kappel zur Verfügung stellte. Er war vor kurzem in den Senat gewählt worden und machte sich inzwischen sogar Hoffnungen auf ein noch höheres Amt, weshalb ihm viel daran lag, sich von seiner Vergangenheit zu distanzieren.

Alle vier Männer hatten sich gewaltig abstrampeln müssen, bevor die Kappels sie unter ihre Fittiche genommen hatten. Und jeder hatte bereitwillig jedes Gesetz gebrochen, um es ganz nach oben zu schaffen. Bis auf den immer noch gut aussehenden Hudsucker, der einem weißhaarigen Gregory Peck ähnelte, sahen sie alt und aufgedunsen aus. Keiner war unter fünfzig, und keiner hatte weniger als eine Milliarde US-Dollar.

»Meiner Kunden-Datenbank zufolge«, sagte Klaus Kappel, »sind alle geschieden, ledig oder nur noch zum Schein verheiratet. Alle sind heterosexuell und keine Kostverächter, wenn ihr versteht, was ich meine.« Er sah seinen Bruder an, und um seine Lippen spielte ein verschmitztes Grinsen. »Und natürlich hat jeder von ihnen vor kurzem angedroht, seine Konten bei uns aufzulösen, obwohl keiner von ihnen ohne uns jetzt da wäre, wo er jetzt ist.«

Helmut Kappel starrte finster auf die Gesichter der vier Männer auf dem Bildschirm. »Ungeachtet all dessen, was wir für sie getan haben, würden sie uns also leichten Herzens ruinieren. Ich sage, quetschen wir sie aus wie eine Zitrone. Aber dazu müssen wir direkt an sie herankommen, um ihnen das Mittel verabreichen und eine Blutprobe entnehmen zu können.«

Max sah auf den Laptop vor ihm. »Mit zwei von ihnen haben wir bereits in den nächsten vierzehn Tagen einen Besprechungstermin, und sicher lässt sich das auch mit den beiden anderen arrangieren.«

Helmut Kappel nickte. »Wie bringen wir sie zusammen?«

Joachim lachte. »Das spielt eigentlich keine Rolle, weil wir dafür sorgen können, dass sich jeder beliebige Kunde in jede beliebige Frau verliebt und umgekehrt. Mir gefiele allerdings die schöne Symmetrie, wenn sich Corbasson, der französische Porno-Produzent, unsterblich in die Hollywood-Schauspielerin Gisele Steele verlieben würde.«

Helmut Kappel lächelte. »Wunderbar. Und Lysenko, den Waffenhändler-Paria, verkuppeln wir mit Kathryn Walker, die der New Yorker Schickeria angehört.«

»Die jüngste, Phoebes Schwester, geben wir dem ältesten, Nadolny.« Langsam fand Klaus Kappel Gefallen an dem Spiel.

Aller Augen wandten sich Max zu, der immer noch auf den Bildschirm starrte. Nur Isabella Bacci und Senator Hudsucker waren noch übrig. Offiziell war der Senator glücklich verheiratet, und in seinem Wahlkampf hatte die Wahrung christlicher Familienwerte eine zentrale Rolle gespielt. Aber die Kappels wussten, dass es sich um eine Vernunftehe handelte. Auf seinen zahlreichen Geschäftsreisen nach Europa machte sich Hudsucker seine relative Anonymität zunutze, um regelmäßig seinen Gelüsten zu frönen. »Dann wäre so weit ja alles klar«, sagte Max schließlich.

»Na, Max«, sagte sein Bruder, »bist du glücklich damit, für deine hübsche Freundin und den gut aussehenden Hudsucker den Amor zu spielen?«

Max sah, dass sein Vater sehr genau auf seine Reaktion achtete. Mit einem gelangweilten Seufzen stand er auf und ging langsam um den Tisch. Joachim wartete aufgeregt, bis Max neben ihm stehen blieb. »Du kannst mir keine Angst machen, Max.«

Max blickte stumm und mit ausdrucksloser Miene auf ihn hinab.

»Worauf willst du hinaus? Was hast du vor?«

Max legte eine Hand auf Joachims rechte Schulter. Seine Berührung war ganz schwach, aber sie brachte seinen Halbbruder aus der Fassung. Joachim wand sich aus seinem Stuhl und entfernte sich wie eine verbrühte Katze.

Max hob das Tablett mit den Ringen hoch. »Bleib du mal schön in deinem schnuckeligen kleinen Labor, Joachim, und mach deine kleinen Geschosse. Aber überlass es mir, mich in die reale Welt hinauszubegeben und sie abzufeuern.«

Ihr Vater lachte, und Joachims blasses Gesicht wurde puterrot. Aber Max, der mit dem Tablett in den Händen dastand, konnte immer noch nicht verstehen, warum seine Handflächen feucht waren.

31

22. November

Isabella Bacci spielte auf der alten Gitarre ihrer Mutter und lächelte ihrem Vater zu, der mit seiner Braut tanzte. Ihre Gedanken schweiften jedoch immer wieder zu einer anderen Hochzeit ab, an der sie auch als Brautjungfer teilnehmen würde. Zum Teil war ihre Sorge um Phoebe egoistisch: Sie fehlte ihr, und seit der Verlobungsfeier im Schloss Kappel hatte sie ihre Freundin nur wenige Male gesehen. Aber es war mehr als das: Sie konnte einfach nicht vergessen, wie kalt Helmut Kappel sie angesehen hatte, als er ihre Freundin missbrauchte. So sehr sie sich auch einzureden versuchte, dass es sie nichts anginge, was Phoebe und ihr Verlobter in ihrem Schlafzimmer trieben, hatte ihr seine offenkundige Brutalität doch zu denken gegeben. Auch vom Altersunterschied einmal abgesehen, fiel es ihr schwer zu akzeptieren, dass ihre Freundin glücklich mit ihm war. Der Ort ihrer Hochzeit wurde noch geheim gehalten, und Isabella konnte einfach nicht glauben, dass es bis zu Phoebes großem Tag nur noch wenige Wochen waren.

Aber jetzt war die Hochzeit ihres Vaters, und als Isabella mit der Band spielte, wusste sie, dass er seit dem Tod ihrer Mutter nicht mehr so glücklich gewesen war. Der normalerweise etwas zerzauste Professor sah richtig gut aus in seinem neuen Anzug, und Maria trug ein schönes, extravagantes Kleid und noch mehr Schmuck als sonst.

Die Hochzeit fand im Familienkreis statt, und den größten

Teil der kleinen Kirche hatte Marias Verwandtschaft gefüllt; von der Bacci-Seite waren ein paar von Isabellas Tanten aus den Staaten angereist, und aus Sizilien waren mehrere Familienangehörige des verstorbenen Marco Trapani nach Turin gekommen, um ihrem erst vor kurzem wieder nach Italien zurückgekehrten Verwandten alles Gute zu wünschen.

Nach der Trauung trafen sich die zirka hundert Gäste in einem Restaurant, das einem von Marias Brüdern gehörte. Die Hochzeitsfeier fand in einem Saal im Obergeschoss statt, in dessen hinterem Teil sich die Tanzfläche mit der Band befand. Da einer von Marias Verwandten ein Blumengeschäft hatte, war der ganze Saal mit weißen Blumen geschmückt; auf den Tischen waren Gestecke mit weißen Orchideen, und überall standen herrliche Rosensträuße und Kranzschlingen.

Als ihr die neue Frau ihres Vaters von der Tanzfläche zuwinkte, legte Isabella die Gitarre beiseite und ging zu ihr. Völlig außer Atem stieß Maria hervor: »Bitte tanz du mal mit deinem Vater, Isabella. Ich kann nicht mehr. Wenn ich diese Ehe überleben will, muss ich etwas kürzer treten.« Als Bacci seine Tochter in die Arme nahm, tippte ihr Maria auf die Schulter. »Bevor ich es vergesse, Isabella: Willst du die Blumen für die Kinder im Krankenhaus haben?«

»O ja, gern. Sie würden sich bestimmt sehr freuen.«

»Wir nehmen die meisten heute Abend nach Hause mit. Allerdings fahren wir morgen früh nach Locarno. Komm also am besten vor zehn bei uns vorbei und hol sie ab.«

Bacci tanzte eng umschlungen mit Isabella, die seine Wärme und seinen vertrauten Geruch tröstlich fand.

»Und was denkst du so, Bella?«

»Es war ein wunderschönes Fest, Papa. Ich freue mich so für dich und Maria. Und ich weiß, Mama fände es auch gut.«

Er lächelte. »Du wirkst so still.«

»Das bildest du dir nur ein. Ich habe nichts, Papa.«

Er drückte sie fester an sich und führte sie beim Tanzen. »Dann erzähl schon.«

»Weißt du, dass ich schon in wenigen Wochen wieder Brautjungfer sein werde?«

»Nein.«

»Phoebe heiratet.«

Er zog die Augenbrauen hoch. »Tatsächlich?«

»Die Zeitungen sind voll davon.«

Er lachte leise. »Du weißt doch, ich lese nicht viel Zeitung und sehe wenig fern, und die letzten paar Wochen musste ich mich auch noch um die Hochzeitsvorbereitungen kümmern. Wen heiratet sie?«

»Helmut Kappel, einen Schweizer Bankier, der so alt ist, dass er ihr Vater sein könnte.«

Bacci hörte auf zu tanzen. »Komm mit nach draußen. Das musst du mir genauer erzählen.«

Im Freien, im Garten hinter dem Restaurant, hörte Carlo Bacci bedrückt zu.

»Nach dem frühen Tod ihres Vaters könnte ich ja verstehen, dass sich Phoebe zu netten älteren Männern hingezogen fühlt. Aber Helmut Kappel ist nicht diese Sorte Mann. Es ist auch nicht so, dass sie ihn kennen und nach und nach lieben gelernt hat. Du hättest sehen sollen, wie sie ihm zum ersten Mal begegnet ist – total eigenartig. Sie war vom ersten Blick an richtig verschossen in ihn –, als ob er ein junger, gut aussehender Typ wäre. Wenn sie zusammen sind, kann sie den Blick nicht von ihm losreißen. Ich habe mit ihr darüber zu sprechen versucht, aber sie hat immer nur gelächelt und gesagt, ich sollte mich für sie freuen. Aber sie *wirkt* nicht glücklich. Es ist, als hätte Kappel sie verhext oder etwas in der Art. Ich mache mir Sorgen, dass er sie nur benutzt.«

Sie wartete, dass ihr Vater etwas erwiderte, und als er das nicht tat, lachte sie verlegen. »Wahrscheinlich höre ich mich richtig kleinkariert und eifersüchtig an, aber jetzt, wo es endlich raus ist, ist mir wesentlich wohler.« Sie sah ihren Vater an und schnitt ein Gesicht, als erwartete sie, dass er sie auslachte oder ihr sagte, sie solle sich um ihren eigenen Kram kümmern.

Er tat keines von beidem. Er stand nur da, die Stirn nachdenklich in tiefe Falten gelegt. Er konnte an nichts anderes denken als an das Serum, das er für Helmut Kappel und seine Frau hergestellt hatte. Was hatte Max zu ihm gesagt? »Die Sache ist ein wenig heikel. Mein Vater und seine Frau sind nicht glücklich. Sie denken an Scheidung und haben sich deshalb gefragt, ob Sie ihnen vielleicht helfen könnten.« Bacci hatte zwar noch das von Kappel und seiner Frau unterzeichnete Schreiben, aber woher wusste er, dass es tatsächlich ihre Unterschriften waren? Er hatte sie beim 200-jährigen Jubiläum des Bankhauses Kappel nur flüchtig kennen gelernt. Dennoch hätte Helmut Kappel wohl kaum Missbrauch mit dem Mittel getrieben. Dafür stand zu viel auf dem Spiel.

In seinem Bauch machte sich ein Gefühl drückender Besorgnis breit – das sich offensichtlich in seiner Miene widerspiegelte, denn jetzt zog auch Isabella besorgt die Stirn in Falten. »Tut mir Leid, Papa. Ich wollte dir mit meinen Problemen nicht den Hochzeitstag verderben. Ich bin nur egoistisch und neidisch – ich habe einfach Angst, meine beste Freundin zu verlieren.«

Er wollte ihr von seinen Befürchtungen erzählen, aber das durfte er nicht – wenn er einmal damit anfing, musste er ihr alles erzählen, und dazu gehörte auch, dass er sie in Antibes mit Max als Versuchskaninchen benutzt hatte. Er hatte sich ganz allein da hineingeritten, und er würde auch aus eigener Kraft wieder herauskommen. »So Leid es mir tut, Bella, aber ich weiß nicht, was ich sagen soll.«

Sie begleitete ihn zurück in den Festsaal. »Sag mir einfach, dass ich mir keine Sorgen machen soll – und dass alles gut werden wird, wenn ihr Hochzeitstag so schön wird wie deiner.«

Er lächelte. »Sicher, Bella. Mach dir deswegen keine Sorgen. Es wird alles gut.« Dann wandte er sich ab, und das Stirnrunzeln kehrte zurück.

32

Am selben Abend

Der Wind, der aus Nordafrika kam und über Monte Carlo hinwegfuhr, war für die Jahreszeit ungewöhnlich mild, aber Helmut Kappel war froh, dass er sich für den Schurwollanzug mit der Seidenweste entschieden hatte, als er auf Warren Hudsuckers 15-Meter-Jacht angekommen war. Der Amerikaner hatte das Boot in Monaco liegen, wo es ihm bei seinen Europaaufenthalten als privater Unterschlupf diente.

Helmut und Max saßen seit etwa einer Stunde mit Hudsucker an Deck, wo sie die Privatkonten des Senators durchgegangen waren und ihm verschiedene Investitionen und Steuereinsparungsmöglichkeiten vorgeschlagen hatten. Aber als der geborene Politiker, der er war, hatte Hudsucker es vermieden, irgendwelche Verpflichtungen einzugehen, und dazu gehörte auch die Beibehaltung seines Kontos beim Bankhaus Kappel. »Nehmen Sie das bitte nicht persönlich«, sagte er und strich sich dabei über sein dichtes, silbergraues Haar. »Ich fühle mich sogar außerordentlich geschmeichelt, dass Sie beide extra hierher gekommen sind. Aber Sie müssen auch meine Situation verstehen. Ich muss das Volumen meiner Investitionen außerhalb der Vereinigten Staaten reduzieren und gleichzeitig den Anschein von Transparenz erwecken. Und da passt einfach ein geheimes Konto bei einer Schweizer Bank nicht ins Bild.«

»Bisher hatten Sie dabei aber keine Bedenken, Warren«,

sagte Helmut Kappel freundlich. »Früher waren Sie immer sehr dankbar für unsere Hilfe, ob sie nun finanzieller Natur war oder in Form unserer Mafiakontakte oder im Rahmen der Beseitigung von Rivalen erfolgte.«

Hudsucker setzte sein bestes Gregory-Peck-Lächeln auf. »Aber inzwischen sitze ich im Senat. Und …«

»Und Sie vertrauen nicht mehr auf unsere Diskretion, was die Verwaltung Ihres Privatvermögens angeht?«

»Nein, nein. So ist es keineswegs. Natürlich genießen Sie mein vollstes Vertrauen.«

»Ohne uns wären Sie nicht im Senat«, sagte Max. Sein Vater beobachtete, wie er den ungewohnten Silberring an seinem rechten Zeigefinger drehte. Gleichzeitig fragte er sich, warum er so nervös war.

In diesem Moment erschien Hudsuckers Privatsekretärin mit einer Flasche Champagner und drei hohen Gläsern. »Ah«, sagte Hudsucker mit nicht geringer Erleichterung. Die junge Frau war attraktiv, mit dunklem Haar und langen Beinen, und als sie das Tablett auf den Tisch stellte, legte ihr Hudsucker die Hand auf den Hintern. »Danke, Ellie.«

Helmut Kappel verzog keine Miene, während er zusah, wie die Frau sich zurückzog. Hudsucker war ein Heuchler. Er war wegen seines Eintretens für christliche Familienwerte in den Senat gewählt worden, vögelte aber seine Privatsekretärin, wenn seine Frau mit den Kindern in den Staaten war.

»Genug vom Geschäft geredet«, sagte Hudsucker. »Wissen Sie was? Ich verspreche Ihnen, vor Ihrer Hochzeit nichts zu unternehmen, einverstanden?«

Es lag auf der Hand, dass der Entschluss des Senators, sein Konto aufzulösen, längst feststand, aber Kappel tröstete sich mit der Aussicht auf das, was dem Mann blühte. Er erinnerte sich, wie Trapani ihn zu erpressen versucht hatte und welches Vergnügen es ihm bereitet hatte, dem Sizilianer die Kehle durchzuschneiden. Hudsucker würde sein Schicksal langsamer ereilen, aber mit nicht minder verheerenden Folgen. Er erwiderte das ungezwungene Lächeln des Senators. Die Rache wäre süß.

Hudsucker streckte sich nach der Zeitungsablage an der Wand neben ihm und nahm eine Ausgabe der *International Herald Tribune* herunter. Er schlug sie auf dem Tisch auf, sodass zwei Fotos zu sehen waren: eines von Helmut Kappel und Phoebe und eines von den vier Brautjungfern. »Trinken wir auf Sie, Helmut.« Hudsucker hob sein Glas. »Ich weiß nicht, wie Sie das geschafft haben. Phoebe Davenport, nicht übel.« Er beugte sich vor und legte seine Hand in einer übermäßig vertraulichen Geste auf Kappels Weste. Kappel widerstand dem Impuls, zurückzuweichen. »Schicke Weste, die Sie da anhaben. Also wirklich, mit Ihrer neuen Frisur und dieser flotten Aufmachung werden Sie ja noch ein richtiger Frauenheld.« Hudsucker warf Max einen anzüglichen Blick zu. »Wie hat er das angestellt? Ich bin zwar auch kein Kostverächter, aber Phoebe Davenport ist eine Klasse für sich. Sie ist nicht nur jung und schön, sondern auch reich und berühmt.« Er wandte sich wieder Helmut Kappel zu. »Was haben Sie ihr bloß geboten, dass sie in eine *Heirat* eingewilligt hat? Egal, was Ihr Geheimnis ist, ich würde es gern wissen.«

Kappel stieß mit seinem Glas gegen das von Hudsucker. »Wenn Sie zu meiner Hochzeit kommen, Warren, verkaufe ich es Ihnen vielleicht.«

Hudsucker lachte leise. »Wissen Sie was? Ich bin imstande und kaufe es Ihnen ab.«

Kappel versuchte, Max' Blick aufzufangen, als er trank, aber sein Sohn sah den Senator an. Max hatte während der ganzen Besprechung ein wenig abwesend gewirkt, und kurz fragte sich sein Vater, ob Joachim Recht hatte mit seiner Befürchtung, dass aus einer gewissen Zuneigung zu Isabella Bacci Probleme erwachsen könnten. Aber Max gehörte zur Familie, hielt sich Kappel vor Augen, er war sein ältester Sohn. Er mochte das Blut seiner Mutter in den Adern haben, aber er hatte ihn zu einem echten Kappel erzogen. Sobald

Ilium vergessen war und Max Delphine Chevalier geheiratet hatte, wäre alles in bester Ordnung. Bis dahin wäre Projekt Venus angelaufen, und dann spielte es ohnehin keine Rolle mehr. Dann spielte nichts mehr eine Rolle.

Max war sich der forschenden Blicke seines Vaters sehr wohl bewusst, als er stumm dem Gespräch der beiden Männer folgte, aber er vermied es, ihn anzusehen. Er war so angespannt, dass es ihn seine ganze Beherrschung kostete, nicht an dem hohlen Ring an seinem Zeigefinger herumzuspielen, um nicht frühzeitig die winzige Nadel zur Blutentnahme zu aktivieren oder das Serum abzufeuern.

Was war nur mit ihm los? Er war doch sonst nie nervös. Er hatte nie irgendetwas empfunden, außer beim Tauchen. Doch so sehr er sich jetzt auch anstrengte, seine Gefühle in den Griff zu bekommen, brachen sie einfach aus ihm hervor. Im Lauf der letzten Wochen hatte sich Max mit den ersten drei ausgewählten Kunden – Lysenko, Corbasson und Nadolny – allein getroffen und ihnen mithilfe des Rings das Serum injiziert und etwas Blut entnommen. Aber bei Hudsucker – dem Kunden, der mit Isabella verkuppelt werden sollte – hatte sein Vater darauf bestanden mitzukommen. Max vermutete, dass er sich überzeugen wollte, ob an Joachims Behauptungen etwas Wahres war.

Am meisten ärgerte ihn, dass Joachim möglicherweise Recht hatte. Er brauchte sich nur Hudsucker mit Isabella vorzustellen, und ihm stieg die Galle hoch. Er musste sich zusammennehmen. Als das Handy in seiner Tasche zu vibrieren begann, war er froh über die Ablenkung. Er sah auf das Display, auf dem Baccis Nummer zu sehen war. Wieso rief ihn der Professor in seiner Hochzeitsnacht an? »Entschuldigen Sie mich bitte einen Moment.« Er stand auf und begab sich außer Hörweite. »Carlo, herzlichen Glückwunsch. Wie war die Hochzeit?«

»Was haben Sie da getan, Max?«, zischte Baccis Stimme aus dem Hörer. Er hörte sich nicht an wie ein Mann, der gerade geheiratet hatte: Er hörte sich an wie jemand, der aufs Übelste hintergangen worden war. Im Hintergrund konnte Max Musik hören.

»Wie soll ich das verstehen?«

»Isabella hat mir erzählt, dass Ihr Vater und Phoebe heiraten wollen und wie sie sich kennen gelernt haben. Er hat das Mittel genommen, habe ich Recht?«

Fieberhaft spielte Max die verschiedenen Erklärungsmöglichkeiten durch. »Was ist los mit Ihnen, Carlo? Sie sprechen immer mehr in Rätseln.«

»Max, ich habe Ihnen für Ihren Vater und seine Frau zwei naturidentische Liebesseren gegeben. Aber er hat sie nicht dazu benutzt, seine Ehe zu retten, habe ich Recht? Er hat das Serum mit seinem Gesichtsabdruck dazu benutzt, Phoebe in sich verliebt zu machen. Das ist nicht die Konstellation, für die ich das Mittel erfunden habe – dass es alte Männer dazu benutzen, schöne junge Frauen zu missbrauchen. Aus unserem Geschäft wird nichts. Ich steige aus.«

»Carlo, beruhigen Sie sich. Lassen Sie uns in Ruhe darüber reden. Ich komme bei Ihnen vorbei. Wenn sich mein Vater irgendetwas hat zuschulden kommen lassen, wäre ich nicht weniger schockiert als Sie. Wo sind Sie gerade?«

»Auf meiner Hochzeitsfeier. Aber wir fahren jetzt nach Hause.«

Max sah auf die Uhr. »Ich kann in zwei Stunden bei Ihnen in Turin sein. Unternehmen Sie nichts, bis wir miteinander geredet haben. Wenn Sie nach unserem Gespräch immer noch denken, mein Vater hätte mit Ihrem Mittel Missbrauch getrieben, werde ich genauso wie Sie darauf dringen, dass dem Einhalt geboten wird.«

Es kam zu einem Moment des Schweigens, und Max konnte Baccis Unschlüssigkeit fast hören. »In zwei Stunden«, sagte Bacci und legte auf.

Max sah noch einmal auf seine Uhr und kehrte an den Tisch zurück, wo sich Hudsucker und sein Vater weiter unterhielten. Seine Unentschlossenheit war verflogen. Sein Verstand war klar und kalt und spulte bereits die Argumente ab, mit denen er Bacci bei der Stange halten würde. »Entschuldigen Sie mich, Senator, aber ich muss weg. Ein anderer Kunde braucht mich dringend.« Er streckte die Hand aus, drückte den Ring zwischen seinen Fingern und schüttelte dann Hudsucker so fest die Hand, dass dieser nicht spürte, wie die 30 Milligramm des NiL-Serums mit Isabellas Gesichtsabdruck durch seine Haut geschossen wurden und gleichzeitig eine winzige Blutprobe entnommen wurde.

Helmut Kappel runzelte die Stirn. »Wer ist es, Max?«

»Professor Bacci. Das kriege ich schon geregelt.«

33

Zwei Stunden später

Als Max in Turin eintraf, regnete es. Er traf Bacci im Wohnzimmer seines Hauses an, wo er, ein zerknülltes Blatt Papier und eine halb leere Flasche Grappa vor sich, am Couchtisch saß. Das Zimmer war voll mit Blumen.

»Wo ist Maria?«

»Ich habe sie ins Bett geschickt.« Seine Augen waren blutunterlaufen, und er hatte den Kopf in die Hände gestützt. »So habe ich mir meine Hochzeitsnacht nicht vorgestellt. Ich will aus meinem Vertrag mit dem Bankhaus Kappel aussteigen, Max.«

Max steckte die Hände in die Taschen seines nassen Regenmantels. »Carlo, Sie wissen doch gar nicht, ob mein Vater wirklich etwas Unrechtes getan hat.«

»Ich will trotzdem aussteigen.«

»So einfach ist das nicht, Carlo. Sie haben einen Vertrag unterzeichnet.«

Bacci griff nach dem zerknüllten Blatt Papier. »Erzählen Sie mir doch nichts von unterzeichneten Verträgen. Sie haben gesagt, Ihr Vater und seine Frau hätten diesen Antrag auf Behandlung unterschrieben – aber sie weiß nichts davon, oder? Ich lasse nicht zu, dass Sie mit meiner Entdeckung Missbrauch treiben. Wenn Sie mich nicht aus dem Vertrag entlassen, mache ich den Vorfall publik.«

»Jetzt überlegen Sie mal, was Sie da sagen, Carlo. Selbst wenn mein Vater mit dem Serum Missbrauch getrieben haben sollte, sollten Sie sich unbedingt erst einmal vor Augen halten, wem Sie am meisten schaden, wenn Sie die Sache publik machen. Zuallererst Ihrer Tochter. Vergessen Sie nicht, dass Sie es an ihr ausprobiert haben.«

»Nur, um Ihnen zu beweisen, dass es wirkt.«

»Wir haben Sie zu nichts gezwungen. Sie hätten einfach gehen können. Und was ist mit Ihrer Frau? Sie haben Maria das Serum injiziert, damit sie Sie liebt.«

»Auch das war etwas anderes. Ich habe das Mittel als Erster genommen. Wir haben uns *beide* ineinander verliebt. Und als ich es an Isabella testete, haben Sie es auch genommen. Es basierte auf Gegenseitigkeit. Es war fair.«

»Haben Sie Ihrer Frau erzählt, was Sie getan haben? Hat Sie das Mittel willentlich genommen? Und was wird wohl Isabella davon halten, wenn sie erfährt, dass Sie sie ohne ihr Wissen als Versuchskaninchen benutzt haben? Sie haben Ihre Tochter einem Fremden gegeben.«

»Das war etwas anderes. Meine Absichten waren gut. Ich habe es für die Liebe getan. Ihr Vater hat mit dem Mittel *Missbrauch* getrieben, Max. Er hat es benutzt, um sich Macht über einen anderen Menschen zu verschaffen. Er hat gegen alles verstoßen, woran ich glaube.«

»Dafür haben Sie keinen Beweis. Und selbst wenn er das getan hätte, was sollte daran anders sein als das, was Sie mit Maria getan haben? Phoebe mag vielleicht jünger sein als mein Vater, aber sie glaubt dennoch, sie ist in ihn verliebt. Was soll daran schlecht sein?«

Bacci machte ein verwirrtes Gesicht. Dann schüttelte er den Kopf. »Das ist etwas anderes. Ich hatte nie die Absicht, Maria in irgendeiner Weise zu benutzen, ich wollte sie nur lieben. Ich habe das Mittel als Erster genommen. Ich möchte aus dem Vertrag aussteigen.«

»Sie können jetzt nicht aussteigen.« Max sah Bacci in die Augen, als wolle er ihn mit bloßer Willenskraft dazu bringen, das zu verstehen. »Dafür ist es zu spät.«

»Dann gehe ich damit an die Öffentlichkeit. Und zwar ohne Rücksicht auf die Konsequenzen.«

»Sie hören mir nicht zu, Carlo. Sie *können* nicht damit an die Öffentlichkeit gehen. Um Ihrer eigenen Sicherheit willen dürfen Sie niemandem etwas erzählen, vor allem nicht meinem Vater. Lassen Sie mich erst mit ihm reden und die Sache klären.«

»Sie können mir nicht drohen.«

»Ich drohe Ihnen nicht. Vertrauen Sie mir. Ich warne Sie. Wissen Sie noch, was mit Trapani passiert ist? Sie haben ihm von dem Mittel erzählt, oder nicht?«

Bacci erblasste. »Die Korsen haben ihn umgebracht.« Eine Pause. »Oder nicht?«

Max verzog keine Miene. Schließlich verstand der Professor. »Gehen Sie zu Ihrer Frau. Machen Sie morgen Ihre Hochzeitsreise. Bis Sie zurück sind, habe ich mir etwas einfallen lassen. Aber sagen Sie niemandem etwas. Wenn Sie es doch tun, kann niemand mehr für Ihre Sicherheit garantieren, weder ich noch die Polizei. Wenn mein Vater Verdacht schöpfen sollte, dass Sie die Sache publik machen wollen, wird er …«

»Wird er was tun?«

Max wirbelte herum und sah seinen Vater in der Tür stehen. Hinter ihm standen Stein und zwei seiner ehemaligen Stasi-Männer. Mit seiner linken Hand hielt er Maria am Ellbogen gepackt. Sie trug noch ihr Hochzeitskleid und den Schmuck. Ihre Wimperntusche war von Tränen verschmiert, ihre Augen riesengroß vor Angst. »Sehen Sie mal, wen wir an der Tür beim Lauschen ertappt haben – und ich glaube nicht, dass ihr gefallen hat, was sie gehört hat, Professor Bacci.«

Bacci machte einen Satz auf sie zu und zog sie an sich. Er sah Stein und die zwei finster dreinblickenden Männer in seiner Begleitung böse an. »Wer sind diese Männer? Was machen Sie hier?«, schrie er Helmut Kappel an.

»Was machen *Sie* hier, Herr Professor?«, konterte Helmut Kappel. Er wandte sich Max zu und kniff die Augen zusammen. »Ich dachte, ich komme besser selbst her, um herauszufinden, ob etwas Wichtiges passiert ist. Und? Ist das der Fall, Max?«

Max stand reglos da, die Hände in den Hosentaschen. »Ich habe alles im Griff«, sagte er. »Ich kriege das schon geregelt.«

»Ich weiß«, sagte sein Vater. Er wandte sich wieder Bacci zu. »Wo liegt also das Problem, Professor Bacci? Denken Sie, ich habe Ihr Mittel dazu benutzt, eine Frau in mich verliebt zu machen? Und wenn es so wäre? Sie haben auch nichts anderes getan.«

»Da ist sehr wohl ein Unterschied.« Bacci umarmte Maria. »Ich liebe dich, Maria«, sagte er. »Die Liebe, die wir füreinander empfinden, ist echt.«

»Ihre Liebe ist nicht mehr oder weniger echt als die Liebe, die Phoebe für mich empfindet«, sagte Kappel. »Glauben Sie allen Ernstes, Ihre naturidentische Liebe sollte als emotionales Viagra für unglückliche Paare eingesetzt werden? So naiv können Sie doch nicht sein. Begreifen Sie denn nicht, was Sie da geschaffen haben? Das Einzige, was man sich außer dem ewigen Leben mit Geld nicht kaufen kann, ist wahre Liebe. Aber das haben Sie geändert. Sie haben die Welt auf den Kopf gestellt.

Ihr Mittel setzt alle Moral außer Kraft. Wer kann guten Gewissens behaupten, dass er es nicht benutzen würde, wenn er die Gelegenheit bekäme, die Frau seiner Träume zu besitzen? Ein Heiliger würde in Versuchung geführt. Welcher Politiker oder Staatsmann würde sich nicht die Anbetung und Bewunderung seines Volkes kaufen wollen? Wenn ich Joachim richtig verstanden habe, befinden sich in Ihrem Lager unzählige Varianten von NiL. Varianten, die praktisch alles bewirken können. Alles, was dafür nötig ist, sind der Mut und die Fantasie, es zu tun. Wie können Sie so dumm sein, Professor Bacci? Sie haben uns das emotionale Äquivalent einer Atombombe vorgestellt und gedacht, wir würden uns das nicht zunutze machen?«

Max hob die Hände. »Darüber können wir immer noch reden, aber vorher sollten wir uns alle erst einmal beruhigen.«

Sein Vater griff in seinen Mantel und zog eine Glock mit einem Schalldämpfer heraus. Er richtete sie auf Bacci. »Ich bin vollkommen ruhig.«

Carlo Baccis Traum war ein Albtraum geworden. Er hatte ganz bewusst einen weiten Bogen um Großbanken und Pharmaunternehmen gemacht, weil deren profitorientierte Unternehmenspolitik seine Vision von NiL korrumpiert hätte. Doch nun entpuppten sich die Kappels als noch wesentlich schlimmer als das unpersönlichste Unternehmen. Ohne es zu wissen, war er einen Pakt mit dem Teufel eingegangen. Und angesichts der Tatsache, dass er seine Tochter und Maria in die Sache hineingezogen hatte, wäre er vor Scham am liebsten im Boden versunken.

»Was soll die Pistole?«, fragte er. »Was wollen Sie damit machen?«

Helmut Kappel ließ sie sinken. »Ich? Nichts.« Sein raues Flüstern war noch leiser als sonst. Er wandte sich Max zu. »Du weißt, was zu tun ist. Nimm deinen Schalldämpfer.« Bacci sah Max ungläubig an, doch als er die Kälte in seinen Augen sah, ließ er resigniert die Schultern sinken. »Sie wissen es zwar noch nicht«, sagte er, »aber Sie sind nicht wie Ihr Vater, Max. So sehr Sie es auch vor sich selbst zu verbergen versuchen, sind Sie doch ein guter Mensch. Isabella hat mir erzählt, wie Sie sie gerettet haben und wie zärtlich Sie zu ihr waren. Ich kann die Leidenschaft unter der Oberfläche brodeln sehen – das Gute in Ihnen, das herauszukommen versucht.«

»Bring es zu Ende, Max«, zischte Kappel mit seinem kalten, metallischen Flüstern. »Jetzt.«

Max trat seinem Vater in die Schusslinie. »Lass mich das auf meine Art regeln.«

In den hellen Augen seines Vaters blitzte Wut auf. »Du hast keine Wahl, Max.«

»Es muss eine andere Möglichkeit geben«, sagte Max leise. »Es liegt nicht in Professor Baccis Interesse, das Ganze publik zu machen, und er könnte uns weiterhin nützlich sein. Lass mir bis zum Morgen Zeit, um mir etwas einfallen zu lassen.«

»Ich werde es mir überlegen.«

Max nickte, dann blickte er zu Bacci zurück. In der Hoffnung, Max hätte einen Aufschub für sie herausgeholt, nahm Bacci Maria in die Arme und küsste ihr tränenüberströmtes Gesicht. »Es wird alles gut«, flüsterte er.

Doch im selben Moment, in dem Max sich abwandte, machte sein Vater einen Schritt zur Seite, hob die Pistole und drückte zweimal ab. Die erste Kugel traf Marias Stirn, und noch ehe Bacci begriff, was geschah, durchschlug die zweite seine Schläfe. Die Frischvermählten waren tot, bevor sie auf dem Boden aufschlugen.

»So«, sagte Kappel mit leuchtenden Augen, sich an Max' Entsetzen weidend. »Ich habe es mir überlegt.«

In diesem Moment wallte in Max eine lang vergessene Wut auf, so heftig, dass er am ganzen Körper zu zittern begann. Es kostete ihn alle Selbstbeherrschung, sich nicht auf seinen Vater zu stürzen. Auch Stein und einer der Stasi-Agenten hatten ihre Pistolen gezogen und auf Max gerichtet. Sie ließen sie erst sinken, als er sich wieder im Griff hatte.

Der zweite Stasi-Mann ging zu den zwei Toten, riss Maria den Schmuck von Hals und Ohren und zog beiden die Ringe von den Fingern.

»Max«, sagte Kappel heiser. »Hilf Stein und seinen Leuten, dass es nach einem Einbruch aussieht.«

Inzwischen hatte von Max eine eisige Ruhe Besitz ergriffen. Er sah seinem Vater in die Augen. »Diese Sauerei hast du angerichtet. Räum sie also gefälligst selbst weg.« Damit ging er in die dunkle, nasse Nacht hinaus.

34

Am nächsten Morgen:
23. November

Als Isabella vor dem Haus ihres Vaters eintraf, um die Blumen abzuholen und nach Mailand mitzunehmen, hatte es wieder aufgeklart, und der Morgenhimmel war strahlend blau. Sie stieg aus und ging auf die Villa ihres Vaters zu.

Sie konnte die Blumen schon riechen, bevor sie das Haus betrat, aber es war nicht der frische Duft, den sie vom Vorabend in Erinnerung hatte. Inzwischen hatte er fast etwas Erstickendes, ähnlich dem Geruch in der Leichenhalle, als ihre Mutter gestorben war. Plötzlich verdüsterte eine irrationale Angst ihre Stimmung. Sie begann rascher zu gehen. Der Geruch kam aus einem zerbrochenen Fenster neben dem Eingang.

Das Schloss war aufgebrochen worden. Als sie gegen die Tür drückte, ging sie ohne Widerstand auf. Der Geruch der Blumen überwältigte sie fast, als sie die Eingangshalle betrat. »Papa? Maria?« Ihre Stimme hörte sich seltsam an in der Stille. Das Einzige, was sie hören konnte, war das Summen von Fliegen.

Als sie ins Wohnzimmer ging und die vielen Blumen sah, war ihr erster Gedanke, dass sie nicht in ihr kleines Auto passen würden. Dann merkte sie, dass die meisten über den Boden verstreut waren. Das Haus war geplündert worden. Ihr Mund wurde trocken.

Dann sah sie die Leichen. Und das Blut.

Zum Teil von weißen Orchideen und Kranzschlingen bedeckt, lagen ihr Vater und Maria unter dem langen Tisch am anderen Ende des Raums. Immer noch in ihren Hochzeitskleidern, hielten sie sich in einer letzten Umarmung umschlungen. Sein Körper lag auf ihrem, so, als versuchte er sie zu schützen. Marias Schmuck und der Ehering ihres Vaters waren weg.

Isabella war außerstande zu verarbeiten, was sie sah. Fassungslos ging sie weiter in das Zimmer und sah die sauberen Einschusslöcher in ihren Köpfen. Sie versuchte, alles mit professioneller Objektivität zu betrachten, aber der Anblick der Leichen und der Geruch der Blumen waren zu viel für sie. Sie sank auf die Knie und erbrach sich auf dem blütenübersäten Boden.

Verzweifelt um Fassung ringend, beugte sie sich über ihren Vater und fühlte ihm den Puls, aber seine kalte Haut sagte alles. Sie wollte ihn an sich drücken, aber Maria hatte bereits die Arme um ihn geschlungen. Niedergeschmettert ließ sie sich gegen das Tischbein sinken. Wer könnte das getan haben?

Schließlich richtete sie sich wieder auf und rief bei den Carabinieri an. Während sie auf ihr Eintreffen wartete, wurde ihr schmerzlich bewusst, dass sie sich, inzwischen ohne irgendeinen Angehörigen, in einem fremden Land befand. Deshalb rief sie den einzigen Menschen an, an den sie sich in dieser Situation wenden zu können glaubte.

35

Als Phoebe schließlich aus Schloss Kappel in Turin eintraf, wurde Isabella von Polizei und Presse mit Fragen bombardiert. Phoebes Eintreffen sorgte noch einmal für mehr Aufruhr, aber sie hatte Isabella in wenigen Minuten überredet, mit ihr nach Mailand zu kommen.

Die nächsten zwei Tage nahm Isabella alles nur wie durch einen dichten Schleier wahr. Nachts konnte sie nicht schlafen, tagsüber fühlte sie sich nicht richtig wach. Sobald sich die schreckliche Geschichte herumgesprochen hatte, versuchte jeder, sie zu erreichen: Arbeitskollegen, alte Freunde, Bekannte ihres Vaters, ehemalige Kollegen aus den Staaten. Die Anrufe gingen auf ihrem Handy oder in Phoebes Wohnung ein, und sie waren unbarmherzig und kräftezehrend. Viele wollten ihre Bestürzung und ihr Mitgefühl zum Ausdruck bringen. Einige fischten nach Detailinformationen. Andere riefen an, um ihren eigenen Kummer abzuladen, ohne sich um ihren zu kümmern.

Schließlich untersagte ihr Phoebe, weitere Anrufe auf ihrem Handy entgegenzunehmen. »Und was ist mit meinen Patienten?«, hielt ihr Isabella entgegen.

»Im Moment bist du *meine* Patientin und tust, was ich sage.«

Er kam am Nachmittag des zweiten Tages, um nach Isabella zu sehen. Sie saß im Wohnzimmer und starrte abwesend auf die Stadt hinaus. Da sie kaum die Türglocke hörte, ging Phoebe zur Sprechanlage und ließ den Besucher herein.

Dass Max gekommen war, bekam Isabella erst mit, als er neben ihr stand.

»Es tut mir schrecklich Leid«, sagte er.

Sie sah ihn überrascht an. Er war der letzte Mensch, den sie zu sehen erwartet hatte. »Vielen Dank für deine Hilfe, Max. Ich habe ja nicht viel von allem mitbekommen, aber Phoebe sagt, du hast dich bei den Behörden um alles gekümmert.« Sie machte sich auf ein paar leere Floskeln über ihren tragischen Verlust gefasst, aber er sagte nichts weiter, sondern lächelte nur und setzte sich neben sie.

»Kann ich dir etwas zu trinken bringen, Max?«, fragte Phoebe.

»Nein, danke.« Max stellte seinen Aktenkoffer ab. »Isabella, ich bin hier, um dir meine Dienste anzubieten.«

»Danke, Max, aber warum?«

»Das ist mein Job.« Er hob die Hand. »Aber lass mich dir erst einmal alles erklären. Das Bankhaus Kappel war die Bank deines Vaters. Wir haben uns um seine geschäftlichen Belange gekümmert. Bisher habe ich für ihn gearbeitet. Jetzt arbeite ich für dich.«

Trotz ihres benebelten Zustands fiel Isabella wieder ein, dass Marco Trapani ihrem Vater erst vor kurzem eine Bank empfohlen hatte. »Ihr seid die Bank, an die sich mein Vater gewandt hat, damit sie ihm bei der Finanzierung seines Projekts behilflich ist?«

»Ja, und unsere Tochtergesellschaft Comvec hat ihn bei seinen Forschungsprojekten in technischen Fragen beraten. Und nun möchten wir dir nach dem tragischen Tod deines Vaters so viel wie möglich von der ganzen Last abnehmen. Lass dir von uns helfen. Wir werden sogar das Begräbnis organisieren. Sag mir, was du willst – wen du einladen möchtest, wie du die Trauerfeier haben möchtest –, und ich werde alles Nötige veranlassen. Genauso stehe ich dir zur Verfügung, wenn du mit dem Testament oder der Polizei Hilfe benötigst. Du solltest dir vielleicht bewusst sein, dass der

Nachlass deines Vaters einige interessante geschäftliche Belange umfasst, aber darüber können wir uns auch später unterhalten. Wenn du irgendetwas brauchst – egal was –, dann sag mir einfach Bescheid.«

Isabella sah ihn forschend an und entdeckte nur Mitgefühl in seiner Miene. »Danke, Max. Ich weiß das sehr zu schätzen. Warum hast du mir nicht erzählt, dass du für meinen Vater arbeitest?«

»Wir verraten nie, wer unsere Kunden sind, und dein Vater war sehr auf Diskretion bedacht.«

»Was sind das für interessante geschäftliche Belange, deren ich mir bewusst sein sollte?«

»Wie bereits gesagt, das kann warten.«

»Ich würde es aber lieber gleich hinter mich bringen.«

Er griff in seinen Aktenkoffer und nahm einen Ordner heraus. »Hier drinnen wirst du einen Vertrag finden, den dein Vater unterzeichnet hat. Er arbeitete an einem Projekt, und wir haben uns bereit erklärt, es zu finanzieren und ihm in beratender Funktion zur Seite zu stehen – sowohl in kommerzieller wie in technischer Hinsicht. Letztlich lief es darauf hinaus, dass wir ihm das erforderliche Kapital vorschossen, wofür er uns als Sicherheiten nur seine Laboreinrichtung und die geistigen Eigentumsrechte an seinen Erfindungen bieten konnte. Außerdem hat er sich in diesem Vertrag ausbedungen, dass für dich gesorgt würde, falls ihm etwas zustoßen sollte. Du erhältst daher sein Haus und sein Privatvermögen. Das Bankhaus Kappel dagegen erhält seine Laboreinrichtung und alle Forschungsunterlagen. Es ist alles sehr transparent formuliert, aber du solltest es trotzdem einem Anwalt zeigen.«

Sie warf einen Blick auf das Dokument. Es schien ihr jetzt so bedeutungslos. »Ich vertraue dir«, sagte sie.

»Vertraue mir nicht. Zeig es einem Anwalt.«

»Woran hat mein Vater gearbeitet? Er hat es mir nie erzählt.«

Er schnitt ein Gesicht. »Tut mir Leid, aber das darf ich dir nicht sagen. Noch nicht jedenfalls. Um unsere Verluste auch nur halbwegs in Grenzen zu halten, müssen wir einen anderen Geschäftspartner finden, und der wird auf strengste Geheimhaltung dringen.«

»Ich verstehe.« Die Arbeit ihres Vaters schien nicht mehr wichtig. Jetzt, wo er nicht mehr war, schien nichts mehr wichtig.

36

5. Dezember

Als Max im Santa Croce-Friedhof von Turin neben Isabella stand und zusah, wie Erde in die Gräber geschaufelt wurde, gingen ihm die Worte, die sie am Grab ihres Vaters gesprochen hatte, durch den Kopf.

»Mein Vater war mein Ein und Alles. Die letzten sechzehn Jahre war er meine ganze Familie. Als meine Mutter starb, sagte er zu mir: Die Liebe ist das Einzige, was zählt, und es ist unsere Fähigkeit zu lieben, die uns menschlich macht. Er erklärte mir, der Kummer sei nicht nur der Preis der Liebe, sondern auch ihr Maß. Ich war jung, als meine Mutter starb, aber seine Worte verliehen mir das Gefühl, dass meine Trauer gut war, weil sie bewies, wie sehr ich sie liebte. Und wenn ich nun, ähnlich erschüttert, hier an seinem Grab stehe, trösten mich seine Worte. Ich muss auch ihn sehr geliebt haben.«

In Isabellas Worten hallte etwas von dem nach, was Max' Mutter ihm vor ihrem Tod gesagt hatte. Tapfere Worte über Liebe und Verlust, die er als töricht und gefährlich abgetan hatte, weil sein Vater ihm beigebracht hatte, Liebe mache einen schwach. Doch als er jetzt Isabella ansah, blass, aber nicht gebrochen, fiel es ihm schwer, diese gefühlvolle, leidenschaftliche Frau als schwach zu betrachten.

Max fragte sich, was er empfände, wenn sein Vater stürbe. Wahrscheinlich nichts. Sein Vater hatte ihn zu gut ausgebildet. Und wenn Trauer das Maß der Liebe war, wie sehr würde dann jemand über seinen Tod trauern? Er ließ den Blick über die blassen Trauergäste gleiten, von denen viele erst vor kurzem der Hochzeit des inzwischen verstorbenen Paares beigewohnt und sie, gegen jede Vernunft, um ihr Glück beneidet hatten – und ließ ihn schließlich auf Isabella ruhen. Ein Verlust war schwer zu ertragen, aber war es schlimmer, als nichts zu verlieren zu haben?

Nachdem Max die nötigen Schritte eingeleitet hatte, um das Labor und die Rechte an der Erfindung von Isabellas Vater auf die Bank überschreiben zu können, hatte ihm sein Vater befohlen, sich von Isabella zu distanzieren. Aber Max brachte es nicht über sich, sie allein ihrem Leid zu überlassen. Er fühlte sich für die Ermordung ihres Vaters verantwortlich. Mochte auch sein Vater derjenige gewesen sein, der abgedrückt hatte, hatte er es versäumt, ihn daran zu hindern. Als er die Trauerfeier organisiert hatte, hatte er zu seiner Überraschung festgestellt, dass ihm sehr viel daran lag, alles richtig abzuwickeln. Das hatte nicht nur an seinem schlechten Gewissen gelegen, wie ihm inzwischen bewusst geworden war. Als er mit der Kirche, dem Bestattungsunternehmen und der Friedhofsverwaltung verhandelt hatte, damit Isabellas Vater ein Grab neben seiner geliebten Maria bekäme, hatte er das Gefühl gehabt, als bringe er in seinem eigenen Leben etwas zum Abschluss und als organisiere er nicht nur die Beerdigung von Isabellas Vater, sondern auch die seiner Mutter, die er ebenfalls nicht vor seinem Vater hatte retten können. Wenn er an die Leidenschaftlichkeit und den Mut seiner Mutter dachte, wurde er wieder an Isabella erinnert.

Als er Isabella in den letzten paar Tagen mit der Polizei und den Anwälten geholfen hatte, hatte er sie kein einziges Mal zusammenbrechen sehen. Und obwohl sie seine Hilfe angenommen hatte, war sie dennoch nicht von ihm abhängig gewesen. Als die Polizei sie noch einmal vernommen hatte, um herauszufinden, wer in das Haus ihres Vaters eingebrochen sein könnte, war sie ruhig und entgegenkommend gewesen.

Als einer der Polizisten ihr ein Taschentuch anbot, sagte sie: »Bitte seien Sie nicht nett zu mir. Das ist das Einzige, was ich nicht ertragen kann.«

Das hatte sich Max zu Herzen genommen. Er wurde ihr Schatten, aber ohne sich aufzudrängen. Er beantwortete ihre Fragen und machte ihr Vorschläge, spielte sich aber nicht als Tröster auf. Was wusste außerdem gerade er über den Umgang mit Emotionen? Er konnte sie lediglich unterdrücken, aber nicht mit ihnen leben, wie sie das tat.

Als der Geistliche am Ende des Begräbnisses eine Schaufel Erde auf den Sarg warf und ihn mit Weihwasser besprenkelte, spürte Max, wie ein Ruck durch Isabellas Körper ging, und als Phoebe auf sie zukam und sie umarmte, sah er ihre Augen feucht werden. Darauf wurde Phoebe von seinem Vater zu seinem Wagen zurückbegleitet, und die restlichen Trauergäste defilierten an Isabella vorbei – Verwandte Marias, die Trapanis, andere Verwandte und Freunde. Alle umarmten und küssten Isabella. Aus der Art, wie sie sich stumm auf die Unterlippe biss, ging für Max hervor, dass das ein schwerer Moment für sie war.

Als die letzten Trauergäste zu ihren Autos gegangen waren und nur noch sie beide am Grab zurückblieben, sah ihn Isabella mit zitternder Unterlippe an. Sie wirkte schrecklich verloren und schloss die Augen, als wollte sie ihren Schmerz in ihrem Innern verschließen. Eine einzige Träne trat zwischen ihren Lidern hervor. Max kam näher und legte ihr instinktiv eine Hand auf die Schulter. Sie sank gegen seine Brust und klammerte sich an ihn. Er legte die Arme um sie und spürte, wie ihr Körper bebte.

Als er zu den Autos schaute, sah er, wie ihn sein Vater stirnrunzelnd beobachtete. Er wusste nicht, wie lang sie sich, die Geweihe ineinander verhakt, gegenseitig anstarrten, aber es war sein Vater, der als Erster blinzelte.

37

18. Dezember

Schloss Kappel und der Park lagen unter einer dicken Schneedecke. Das Kristallmausoleum stach in den Himmel wie ein eisiger Dorn. Helmut Kappel schritt unter dem gläsernen Kegel auf und ab und zeigte auf den Sockel in der Mitte. »Dort, auf diesem Drehsockel, wird mein Leichnam aufgestellt werden, damit er auf den Park hinausblicken kann.«

Professor Gerhard Heyne nahm seinen Hut ab, kratzte sich an seinem kahlen Kopf und blickte zu den Glasscheiben hinauf, die die kristallene Hülle des Mausoleums bildeten. »Aber es ist lichtempfindliches Spiegelglas, Herr Kappel. Sie können nicht nach draußen schauen.«

Helmut Kappel ging darauf zu und grinste sein Spiegelbild an. »Wenn ich tot bin, brauche ich ja auch nichts zu sehen. Ich muss nur gesehen *werden.* Das Glas wurde nach Ihren Maßgaben hergestellt, damit es meine plastinierte Leiche vor UV-Strahlen und extremen Temperaturen schützt, aber es wird die Leute nicht daran hindern, *in* das Mausoleum zu sehen, und das ist das Einzige, was mich interessiert. Im Mausoleum werden sie um den Sockel herumgehen können. Und wenn sie mich noch besser sehen wollen, können sie auf dem Wandelgang um mich herumgehen.« Er zeigte auf die Metalltreppe, die sich an den Wänden des gläsernen Kegels wie eine Spirale fünf Meter Höhe nach oben wand und dann wieder nach unten. Er stellte sich eine nie abreißende Schlange von Bewunderern und Verehrern vor, die darauf warteten, einen Blick auf ihn werfen zu dürfen. »Deshalb muss ich so gut wie möglich aussehen.«

Heyne griff in die große Gladstone-Tasche, die neben ihm auf dem Boden stand, und nahm einen abgetrennten menschlichen Kopf heraus. »Wenn ich Ihre Körperflüssigkeiten durch meine Harzlösung ersetze, werden Sie so erhalten, wie Sie im Moment des Todes aussehen, aber ich kann gewisse Retuschen vornehmen, Spuren von Alter und Krankheit entfernen und Sie insgesamt jünger erscheinen lassen. Wie alt möchten Sie aussehen?« Der Anatom hob den Kopf hoch und zeigte ihn Kappel. Er stammte von einem jungen Mann. Er lächelte und seine Augen strahlten. »Dieser Mann war über fünfundvierzig, als er starb, aber ich habe seine Haut gestrafft und die Folgen der Schwerkraft rückgängig gemacht, sodass er aussieht wie Ende zwanzig. Jetzt ist sein Gesicht in diesem Alter festgeschrieben. Für immer.«

»Darf ich es anfassen?«

»Selbstverständlich.«

»Ich dachte, es würde sich wächsern anfühlen.«

»Es ist kein Wachs.«

Kappel sah Heyne in die Augen. »Egal, wie und wann ich sterbe, möchte ich auf jeden Fall genau so aussehen, wie ich *jetzt* aussehe. Das ist sehr wichtig. Meinetwegen lassen Sie sich bei anderen Teilen meines Körpers von Ihrer künstlerischen Freiheit leiten, aber mein Gesicht muss *genau* so aussehen, wie es jetzt aussieht. Keine Retuschen. Nichts.«

»Ich verstehe. Mein Laserscanner kann ihre Gesichtskonturen auf einen Millionstel Millimeter genau messen. Welche Haltung soll Ihr Körper einnehmen?« Er griff wieder in seine Tasche und holte eine Digitalkamera, einen Laptop und einen kleinen Laserstift auf einem Stativ heraus. Er fuhr den Laptop hoch, öffnete eine Datei und drehte den Bildschirm Kappel zu. Es war eine Auswahl von Posen darauf zu sehen:

Eine Gestalt stand aufrecht, mit ausgestrecktem Arm, ein Finger, wie in die Zukunft, in die Ferne deutend.

»Diese da«, sagte Kappel.

»Eine ausgezeichnete Wahl.« Heyne reichte Kappel einen Stoß Papiere und einen Stift. »Bevor ich Ihr Gesicht vermesse, muss ich Sie bitten, dieses Schriftstück zu unterzeichnen. Es ermächtigt mich zu den erforderlichen Maßnahmen und legt das verabredete Honorar fest.«

Kappel sah auf den Vertrag, vergewisserte sich, dass der Text so war, wie ihn seine Anwälte abgesegnet hatten, unterschrieb die drei Ausfertigungen und gab sie Heyne zurück.

Der Anatom stellte seinen Laptop und den Laserstift auf den Sockel, schloss Letzteren über die Firewire-Schnittstelle an den Laptop an und bat Kappel, ganz still zu halten. »Es wird nicht lange dauern.«

Während der Laserstift einen harmlosen blauen Strahl aussandte, der die Konturen von Kappels Gesicht nachfuhr und aufzeichnete, machte Heyne von allen Seiten Fotos von Kappels Kopf. Das Ganze dauerte weniger als zehn Minuten. Als Heyne seine Ausrüstung wieder zusammenpackte, ging die Tür des Mausoleums auf. Der Anatom konnte seine Verblüffung nicht verbergen, als er Joachim in einem dicken Wintermantel mit schneeverkrusteten Schuhen hereinkommen sah.

»Mein zweiter Sohn Joachim«, sagte Kappel.

»Was für eine verblüffende Ähnlichkeit. Geradezu unheimlich.«

»Joachim ist ja auch ein echter Kappel.«

Joachim strahlte vor Stolz, als Heyne seinem Vater die Hand schüttelte und ging.

»Und, Joachim, alles bereit für die Hochzeit?«

Joachim tätschelte den kleinen Aluminiumbehälter in seiner rechten Hand. »Ich habe mit den Blutproben der vier Kunden, die Max mir beschafft hat, die naturidentischen Liebesseren für die Brautjungfern hergestellt, für jede ein temporäres und ein permanentes.«

Kappel kniff die Augen zusammen. »Und du hast die permanente Version so modifiziert, wie wir das besprochen haben?«

»Ja, Vater.«

»Sehr gut.« Kappel zog sein goldenes Zigarettenetui heraus, ließ es aufschnappen und bot Joachim eine seiner Sobranies an. Zufrieden stellte er fest, dass die Finger seines Sohnes zitterten, als er eine Zigarette herausnahm; er betrachtete sie als die rare Belohnung, als die sie ihm sein Vater anbot. Als Kappel seinem Sohn Feuer gab, leuchteten Joachims Augen vor fanatischer Bewunderung. Sein jüngerer Sohn war immer schon sehr willfährig und auf Anerkennung erpicht gewesen, aber seit Helmut Kappel ihm das Mittel injiziert hatte, war er ihm bedingungslos ergeben und tat mit frageloser Loyalität und Diskretion alles, was er von ihm verlangte. »Und Venus?«, erkundigte sich Kappel. »Wirst du bis zur Hochzeit damit fertig?« Joachim griff in seinen Alukoffer und holte eine Ampulle mit einer klaren Flüssigkeit heraus. »Das ist ja gar kein Pulver«, sagte sein Vater.

»Nein, wegen des Vektors, den du für Venus haben wolltest, muss es eine Flüssigkeit sein.« Er schüttelte die Ampulle. »Diese Version ist zwar noch nicht ganz zu meiner Zufriedenheit, aber bis zu unserer Abreise werde ich das auf jeden Fall noch hinkriegen.«

»Und es wird auch genauso wirken, wie wir es besprochen haben?«

Joachim nickte. »Ich werde dafür lediglich zwei bereits erfolgreich getestete Komponenten kombinieren – einen Vektor, den ich bei Comvec entwickelt habe, und Baccis NiL Zweiundvierzig. Deshalb weiß ich, dass Venus funktionieren wird. Es wird zwar noch etwas Zeit in Anspruch nehmen, die letzten Störfaktoren zu beseitigen, aber mach dir deswegen keine Sorgen, das Mittel wird genau so wirken, wie du es haben wolltest.«

»Wie wir *beide* es haben wollen, Joachim.« Kappel legte seinem Sohn die Hand an die Wange und drehte seinen Kopf so, dass sich ihre Gesichter im Glas der Kuppel spiegelten. Da die Feinheiten des Altersunterschieds in dem dunklen Glas mehr oder weniger untergingen, sahen sie fast gleich aus, wie Zwillinge. »Du musst in die Zukunft blicken, Joachim. Wenn du das hier hinbekommst, könntest durchaus du mein Erbe werden. Auch wenn Max der Ältere ist, heißt das nicht per se, dass er die Führung übernehmen wird. Und denk nur, was das langfristig bedeutet. Die ganze Welt könnte dir zu Füßen liegen. Denk also immer daran, du schaffst Venus für *uns*, nicht nur für mich.«

Nach einem Moment des Schweigens fragte Joachim: »Warum hast du mir NiL Zweiundvierzig injiziert, Vater?«

Kappel hatte sich schon die ganze Zeit gefragt, wann es sein Sohn merken würde. Er überlegte, ob er es leugnen sollte, doch dann entgegnete er achselzuckend: »Venus ist zu wichtig. Ich bin dabei auf deine Hilfe angewiesen, Joachim, und wollte mich deshalb hundertprozentig auf dich verlassen können.«

Joachim brach die Stimme, als könnte er seine Gefühle nicht im Zaum halten. »Aber das wäre doch gar nicht nötig gewesen. Du hättest mir das Mittel nicht injizieren müssen. Ich bin dein Sohn. Ich würde auch so alles für dich tun.«

»Ich weiß.« Er klopfte Joachim auf den Rücken. »Es tut mir Leid. Ich hätte dir vertrauen sollen. Schließlich warst du immer schon mein Lieblingssohn.«

»Wirklich?«

»Ja, natürlich. Es tut mir Leid. Sind wir uns in diesem Punkt also einig?«

Joachim nickte. »Was ich für die Hochzeit vorbereite, steht in Einklang mit unseren Zielen.«

»Sehr gut.« Kappel legte seinem Sohn eine Hand auf die Schulter. »Niemand darf etwas von Venus erfahren. Erwähne es nicht einmal Max oder Klaus gegenüber. Möglicherweise verstehen sie nicht, was wir damit bezwecken. Das ist *unser*

Projekt.« Er hielt inne. Nicht nur, dass Max' Verhältnis zu ihm seit Baccis Tod distanzierter geworden war, er hatte sich auch seiner Anweisung widersetzt, sich von Baccis Tochter fern zu halten. Er erinnerte sich, dass Isabella ihn beim Sex mit Phoebe gesehen hatte. Ihr schockierter Gesichtsausdruck hatte ihn in einem Maß erregt, wie er es seit seiner Jugendzeit nicht mehr gekannt hatte. »Apropos Max: Ich bin sicher, dein Bruder weiß, wem seine Verpflichtungen gelten. Das Kappel-Ethos ist ihm unauslöschlich eingebrannt. Allerdings scheint er deutlich mehr Zeit mit Isabella Bacci zu verbringen als mit Delphine Chevalier.«

»Da kann ich dir nur Recht geben.«

»Ich werde mit ihm reden, aber wir sollten trotzdem auf Nummer Sicher gehen. Zu seinem eigenen Besten. Verstehst du, was ich meine?«

Die Haut über Joachims Oberlippe glänzte von Schweiß. »Du möchtest, dass ich Max helfe, die Dinge wieder im richtigen Verhältnis zu sehen?«

»Ja. Wir müssen ihm ein für alle Mal vor Augen führen, wie unzuverlässig und wertlos die Liebe ist.« Kappel zog seinen Sohn näher an sich heran. »Ich stelle mir das folgendermaßen vor.«

38

Heiligabend

Dr. Roberto Zuccatto, Chef der neurologischen Abteilung der Mailänder Universitätsklinik, war ein hochgewachsener Römer in den Fünfzigern mit einer langen Nase, einem Kneifer und melancholischen Augen. Er sprach Isabella auf dem Flur vor ihrem Büro an. »Ich habe gute Nachrichten. Die Ethikkommission hat die Verwendung des Amigo-Extrakts bei Ihren Prosopagnosie-Versuchen genehmigt. Solange Ihre Freiwilligen in vollem Umfang über die Wirkung des Mittels in Kenntnis gesetzt sind, können Sie im neuen Jahr mit der Rekrutierung beginnen. Die schriftliche Genehmigung der Kommission sollte in den nächsten Tagen bei Ihnen eingehen.« Er nahm seine Brille ab und lächelte sie an. »Aber jetzt, fahren Sie doch ruhig schon nach Hause. Es ist Weihnachten, und nach allem, was Sie durchgemacht haben, wird Ihnen etwas Ruhe bestimmt gut tun.«

»Ich will nur noch ein paar Dinge erledigen, und dann werde ich fahren.«

»Versprochen?«

»Versprochen.«

»Sehr gut. Frohe Weihnachten.«

Nach dem Tod ihres Vaters hatte man Isabella seitens der Klinik angeboten, so lange Urlaub zu nehmen, bis sie sich wieder in der Lage fühlte zu arbeiten. Doch sie hatte dringend Ablenkung gebraucht und war deshalb sofort wieder in die Klinik zurückgekehrt und hatte sich in die Arbeit gestürzt. Die Beschäftigung mit ihrem Forschungsprojekt und den Problemen ihrer Patienten lenkte sie von ihren eigenen ab. Sie war froh über die Entscheidung der Ethikkommission. Sie hatte bereits neue Tablettenvorräte des Amigo-Extrakts erhalten und begonnen, für die im neuen Jahr geplanten Versuche Freiwillige anzuwerben, darunter auch den Vater der kleinen Sofia.

Allerdings konnte sie sich nicht endlos hinter hektischer Aktivität verstecken. Es war Heiligabend, und irgendwann müsste sie nach Hause fahren und wäre mit ihren Gedanken allein. Ihr graute vor Weihnachten: Es war das Fest, an dem alle Familien zusammenkamen und jeder glücklich sein sollte. Kathryn und verschiedene andere hatten sie zwar eingeladen, die Feiertage mit ihnen zu verbringen, aber sie konnte sich nicht vorstellen, Weihnachten im Kreis einer anderen Familie zu feiern. Sie würde nie das erste Weihnachten allein mit ihrem Vater vergessen, nachdem ihre Mutter gestorben war. Wenigstens müsste sie dieses Weihnachten nur mit ihrem eigenen Kummer fertig werden. Phoebe hatte sie dazu zu bewegen versucht, zu ihr und Helmut Kappel zu kommen, aber das düstere Schloss Kappel wirkte nicht sehr einladend auf sie, und außerdem war Phoebe so mit ihrer Hochzeit beschäftigt, die in etwas mehr als einer Woche stattfinden sollte, dass Isabella nicht stören wollte. Zu guter Letzt hatte sie eine Einladung von Marias Bruder und seiner Familie angenommen, am ersten Weihnachtsfeiertag mit ihnen zu Mittag zu essen. Zumindest wäre sie dann mit Leuten zusammen, die wussten, was in ihr vorging.

Auf ihrem letzten Rundgang warf sie noch einmal einen Blick in die einzelnen Kinderstationen, die mit Luftballons und Christbaumkugeln geschmückt waren. Als sie das Licht ausmachte und den aufgeregten Kindern eine gute Nacht wünschte, sagte sie sich, es wäre gut, Phoebes Wohnung für sich ganz allein zu haben. Sie wollte eine Weile allein sein.

Sie musste entscheiden, was sie mit dem Haus ihres Vaters tun wollte.

Schließlich schlüpfte sie in ihren Mantel und ging. Die Ärzte und Schwestern, die ihr auf dem Weg nach draußen begegneten, wünschten ihr frohe Weihnachten, und einige umarmten sie. Die Nacht sah kalt aus durch die gläserne Eingangstür, aber in Phoebes Wohnung wäre es warm, und der Kühlschrank war gut gefüllt. Isabella zog den Mantel fester um sich und trat ins Freie.

Sie war voller Zuversicht, bis sie ihr Auto sah: Der kleine Fiat war umgeben von leeren Parkplätzen. Ihr traten Tränen in die Augen, und sie merkte, wie allein sie war. Sie holte tief Luft und sagte sich, dass auch das vorübergehen würde.

Plötzlich hielt ein schnittiger Aston Martin vor ihr an. Sie wollte um ihn herumgehen, aber die Fahrertür ging auf, und Max Kappel sprang heraus. »Lass dein Auto stehen«, sagte er. »Ich bringe dich nach Hause.«

»Aber ich …«

Er öffnete die Beifahrertür. Auf dem Sitz standen eine Kühltasche und ein Korb. »Es ist Heiligabend, Isabella. Steig schon ein.«

»Danke, Max, aber das ist nicht nötig. Du warst seit dem Tod meines Vaters sehr nett, und ich bin dir für deine Hilfe sehr dankbar, aber ich komme schon klar. Außerdem hast du doch sicher schon etwas vor für heute Abend – mit Delphine?«

»Ich habe mich von ihr getrennt, und ich habe vor, mit dir in deiner Wohnung zu Abend zu essen. Versteh mich nicht falsch, Isabella, das heißt nicht, dass ich bloß nett zu sein versuche. Dahinter stecken rein egoistische Motive.«

»Ich habe also in diesem Punkt gar nichts zu sagen?«

»Endlich kapiert die gute Frau Doktor, wie der Hase läuft.« Er grinste. »Und jetzt steig endlich ein.«

Als sie in Phoebes Wohnung ankamen, packte er den Korb aus und deckte den Küchentisch. Sie begannen mit Kaviar und eisgekühltem Stolichnaya-Wodka, fuhren mit gedämpftem Hummer und Spargelspitzen mit einem gut gekühlten weißen Meursault fort und hörten mit der köstlichsten Schokoladentorte auf, die Isabella je probiert hatte. Während Max die einzelnen Gänge anrichtete und servierte, machte er sich derart über seine Schwächen lustig, dass Isabella zum ersten Mal seit Wochen wieder unwillkürlich lachen musste.

Kurz vor Mitternacht packten sie sich warm ein und gingen auf die Dachterrasse hinaus, um den ersten Weihnachtstag zu begrüßen. Sie setzten sich, er schenkte ihnen Wodka ein, und gemeinsam betrachteten sie die Sterne. Sie war leicht beschwipst, und das tat ihr gut. Wahrscheinlich müsste sie am nächsten Tag, wenn sie zu Marias Bruder fuhr, dafür büßen, aber im Augenblick war der Schmerz der vergangenen Wochen in weite Ferne gerückt.

»Was ist mit Delphine passiert? Wolltet ihr euch nicht verloben?«

»Meine Familie will vielleicht, dass ich sie heirate, aber *ich* habe nie in irgendetwas eingewilligt.«

Sie lächelte und nippte an ihrem Wodka. »Natürlich. Fast hätte ich's vergessen: Von so etwas wie Liebe hältst du ja nichts. Das verstößt gegen deine Religion.«

»Genau. Du verstehst mich, Isabella, und deshalb mag ich dich.«

»Ich mag dich auch, Max.«

Wie sie jetzt, in ihren Mantel gekuschelt, neben ihm saß, fühlte sie sich zufrieden und geborgen. Seit dem Tod ihres Vaters hatte sie kaum mehr geschlafen, doch jetzt spürte sie, wie der Schlaf zurückkehrte wie ein alter Freund. Zuerst versuchte sie, dagegen anzukämpfen, aber irgendwann übermannte er sie einfach. Ihre letzte bewusste Handlung, bevor sie einnickte, bestand darin zu murmeln: »Danke, Max.«

Sie hörte seine Antwort nicht mehr und bekam auch nicht

mit, wie er sie nach drinnen trug und ins Bett packte. Sie sah nicht, wie er an dem Korkbrett mit den Dankesschreiben ihrer Patienten, das über ihrem Kopfkissen hing, eine Weihnachtskarte befestigte und sich zum Gehen wandte, um es sich dann doch noch einmal anders zu überlegen. Aber als er sich neben sie legte, spürte sie seine Wärme, lächelte im Schlaf und legte ihren Kopf auf seine Brust.

39

»*Vous êtes fou, Monsieur.* Sie sind verrückt«, rief der Mann auf dem Boot. »*C'est trop dangereux.*«

Max wusste, dass der Mann Recht hatte. Im Winter sollte er das nicht tun. Aber er ließ sich nicht von seinem Vorhaben abbringen. Auf seine Balance achtend, hob er die rechte Hand und streckte einen Finger in die Luft. »*Encore une fois*«, rief er. Noch einmal.

Der Mann auf dem Boot wechselte einen Blick mit seinen Begleitern. Sie und die Taucher, die zu seiner Sicherung unter Wasser warteten, waren gut bezahlt worden, aber es war richtig, dass sie ihn zurückzuhalten versuchten. Er balancierte in seinem schwarzen Neopren-Anzug auf einem vierzig Kilogramm schweren keilförmigen Kübel, einem so genannten Tauchschlitten, der an einem über dem Wasser gespannten Seil befestigt war. Es herrschten ruhige Bedingungen, aber es war unvernünftig, im Winter, wenn das Wasser kalt war, mit Ballast zu tauchen. Doch angesichts des heftigen Zwiespalts, der in seinem Kopf herrschte, wusste Max keine andere Möglichkeit, wenigstens eine Weile Frieden zu finden.

Für Max war Tauchen eine persönliche Kommunion mit der Tiefe, aber mit einem Schlitten konnte er nicht allein tauchen, und manchmal, wie jetzt, reichte normales Tauchen nicht aus, um seine inneren Konflikte zu lösen. Er atmete rasch aus, trieb das Kohlendioxid aus seinem Blutkreislauf und holte ein letztes Mal Luft. Er packte das Seil über dem

Tauchschlitten, blickte zum Boot hoch und gab den Männern das Zeichen, den Sicherungssplint herauszuziehen.

Der schwere Schlitten fiel mit einer Geschwindigkeit von vier Metern pro Sekunde durch das Wasser wie ein Aufzug, dessen Seil gerissen ist. Die Kälte stürmte auf ihn ein, aber er ignorierte sie und konzentrierte sich beim Abtauchen ganz auf den Druckausgleich an seinen Trommelfellen. Die Sicherungstaucher mit den Pressluftflaschen sah er kaum, als er an ihnen vorbeifiel. Nach einer Minute und dreizehn Sekunden war er über 120 Meter unter der Wasseroberfläche. Der Druck, der auf seinem Körper lastete, war dreizehn Mal so hoch wie an der Oberfläche, aber im Kopf war ihm leichter zumute als seit Tagen. Der heftige Widerstreit seiner Gefühle ließ nach, und als er den Tauchschlitten losließ und an die Oberfläche zurückschwamm, versuchte er, die Anspannung mit bloßer Willenskraft von sich abfallen zu lassen.

Dort oben, an der Oberfläche, war er der Sohn seines Vaters. Aber hier unten nahm ein paar flüchtige Augenblicke lang seine Mutter seine Seele wieder in Besitz. In die Tiefe hinabzutauchen war fast eine spirituelle Erfahrung, doch diesmal wollte der Frieden, nach dem er sich so sehr sehnte, nicht kommen. Als sich der Sauerstoffmangel bemerkbar machte und seine Mutter erschien, tröstete sie ihn nicht. Diesmal badete sie ihn nicht in Liebe, als er zur Oberfläche emporstieg, und sie vergab ihm auch nicht, dass er sich mit seinem Vater arrangierte. Stattdessen war sie wie ein Racheengel, wild und unnachsichtig. Sie verstand, was er hatte tun müssen, um nicht den Verstand zu verlieren, und sie verurteilte ihn nicht wegen der Männer, die er ohne Mitleid oder Reue getötet hatte. Doch jetzt, schien sie zu sagen, wurde es Zeit, sich zwischen der Welt seines Vaters und ihrer zu entscheiden.

In seinem durch den Sauerstoffmangel hervorgerufenen Epiphanie-Erlebnis sah Max Isabella als die Gesandte seiner Mutter, die in seine Welt geschickt worden war, um ihn dazu zu bringen, die blinde Ergebenheit seinem Vater gegenüber in Frage zu stellen. Seine Gefühle für sie hatten es ihm unmöglich gemacht, ihren Vater zu töten, und als sein eigener Vater Bacci erschossen hatte, hatte ihn die gleiche hilflose Wut überkommen, die er als kleiner Junge beim Tod seiner Mutter verspürt hatte. Eine panische Stimme in seinem Kopf beschwor ihn, sich Isabella aus dem Kopf zu schlagen. Doch selbst als das wässrige Sonnenlicht über ihm seine Rückkehr an die Luft ankündigte, wusste er, dass er nie wieder in den Zustand gefühlloser Taubheit zurückfallen würde, der ihn all die Jahre geschützt hatte. Er konnte seine Gefühle für Isabella, die das Eis in seinem Herz zum Schmelzen gebracht hatten, nicht mehr länger verleugnen.

Als er durch die Oberfläche brach, schnappte er nach Luft und schlug die Augen auf ...

Zuerst wusste er nicht, wo er war. Seine Handflächen waren feucht, als er die Hände auf sein Gesicht legte. Er war vollständig bekleidet und lag schweißüberströmt auf Isabellas Bett. Er setzte sich auf und sah auf die Uhr. Es war kurz vor Tagesanbruch. Er müsste bald aufbrechen, um es rechtzeitig zum weihnachtlichen Mittagessen zurück nach Schloss Kappel zu schaffen. Er sah auf die schlafende Isabella hinab und dachte einen Augenblick, das Gesicht sei nicht das Isabellas, sondern das seiner Mutter. Er rieb sich die Augen und starrte in das Dunkel. Er würde warten, bis sie wach wurde, doch dann musste er zurück nach Schloss Kappel.

Weihnachten

»Ich mache mir Sorgen, dass du so viel Zeit mit Isabella Bacci verbringst«, sagte Helmut Kappel. »Ich weiß, wie es ist, wenn man den Sirenengesang der Liebe vernimmt, Max, aber du darfst ihm kein Gehör schenken.«

Max blickte zurück auf das verschneite Schloss Kappel, in dem die anderen Kappels ihren Mittagsschlaf machten. Dann wandte er sich wieder dem zugefrorenen See zu und steckte die Hände tief in seine Manteltaschen. »Ich bin nicht verliebt«, sagte er gleichmütig.

»Ich habe einmal geglaubt, deine Mutter zu lieben. Als sie weglief und drohte, die Kappels bloßzustellen, wenn ich dich zurückzuholen versuchte, hätte ich sie fast gewähren lassen. Aber *mein* Vater erklärte mir damals, dass sich nichts der Bestimmung der Familie in den Weg stellen darf, nicht einmal die Liebe. Ich musste meine Pflicht tun.« Er tippte Max am Arm an. »Du warst und bist die Zukunft der Kappels, Max. Ich habe dich aus Pflichtbewusstsein zurückgeholt. Und es waren Pflichtgefühl und Loyalität der Familie gegenüber, die mich deine Mutter zum Schweigen bringen ließen – obwohl auch ich dachte, sie zu lieben. Es war schwer, doch sobald ich meine Verantwortung akzeptierte, wurde alles klarer. Baccis Serum muss dir gezeigt haben, wie einen die Liebe verkrüppeln kann. Es gibt in einer modernen zivilisierten Welt keinen Platz für sie. Sie macht alles nur unnötig kompliziert. Pflichtbewusstsein und Loyalität dagegen sind rein. Sie machen alles einfacher.« Er wandte sein hartes Gesicht Max zu.

»Schlag dir alles aus dem Kopf, was du für Isabella Bacci empfindest oder zu empfinden glaubst, und tu deine Pflicht. Senator Hudsucker hat bereits das NiL-Serum mit ihrem Gesichtscode verabreicht bekommen. *Du* hast es ihm injiziert. Und Joachim hat bereits aus der Blutprobe Hudsuckers, die du beschafft hast, das entsprechende Serum für Isabella hergestellt. Du hast dafür gesorgt, dass jeder unserer Problemkunden zusammen mit seiner Einladung zur Hochzeit ein Foto der Brautjungfern erhält. Während wir uns hier unterhalten, ist Hudsucker wahrscheinlich schon total vernarrt in Isabellas Foto. Sie wurden füreinander bestimmt. Es ist alles vorbereitet. Sie ist dazu ausersehen, bei Ilium ihre Rolle zu spielen. Schlag sie dir aus dem Kopf. Heirate Delphine Chevalier.«

Max starrte auf den See hinaus und stellte sich vor, er könnte in seine eisigen Tiefen hinabtauchen und nie mehr zurückkehren. Er überlegte, ob er seinen Vater wegen der Morde an seiner Mutter und an Professor Bacci und wegen all der anderen Verbrechen, die die Kappels im Namen von Pflicht und Loyalität begangen hatten, zur Rede stellen sollte, aber er wusste, dass es keinen Sinn hätte. Er hätte auf seinem Standpunkt beharren können, nachdem seine Mutter gestorben war, aber inzwischen war er auch selbst viel zu verdorben und in die Machenschaften der Kappels verstrickt. »Ich werde Delphine Chevalier nicht heiraten«, sagte er ruhig.

»Wie bitte?«

»Wir sind nicht mehr auf die Fusion mit der Banque Chevalier angewiesen. Mit dem NiL-Serum und Projekt Ilium wird das Bankhaus Kappel alles Kapital bekommen, das es benötigt. Wir werden die totale Kontrolle über unsere wichtigsten Kunden haben.«

Sein Vater runzelte die Stirn.

»Und noch etwas«, fuhr Max fort. »Ich möchte nicht, dass Isabella für Ilium benutzt wird. Wir brauchen auch sie nicht. Die Bank wird mit den anderen Brautjungfern immer noch drei Milliarden einfahren. Ich werde dich bei Ilium unterstützen, wie ich dich immer unterstützt habe – ich werde dich sogar bei diesem lächerlichen Zirkus von einer Hochzeit unterstützen –, aber du musst Isabella aus allem heraushalten.«

»Das kann doch nicht dein Ernst sein.«

»Ist es aber.«

»Aber wir können nicht mehr zurück. Hudsucker hat das Serum bereits injiziert bekommen.«

»Na schön, dann soll eben ein gebrochenes Herz seine Strafe dafür sein, dass er unsere Hilfe nicht zu schätzen weiß und seine Konten bei uns aufzulösen droht. Nachdem wir inzwischen die uneingeschränkte Verfügungsgewalt über das NiL-Serum haben, können wir ein anderes Ziel für seine Liebe finden und ihm sein Geld später abknöpfen.« Er wandte sich seinem Vater zu und hielt seinem Blick stand. »Damit wir uns nicht falsch verstehen, Vater. Um das alles bitte ich dich nicht. Ich sage es dir.«

Helmut Kappel sah ihn lange prüfend an. »Max«, sagte er schließlich, »ich habe dich zu meinem Trauzeugen bestimmt, weil du mein ältester Sohn und Erbe bist. Du bist meine Zukunft. Ich kann doch auf dich zählen, Max?«

Max wandte sich wieder dem See zu. Als er zu sprechen begann, war seine Stimme bar jeder Emotion. »Habe ich mich dir jemals widersetzt, habe ich dich jemals enttäuscht oder verraten, seit du meine Mutter vor meinen Augen ermordet hast?«

Kappel zögerte, bevor er antwortete: »Nein, Max. Hast du nicht.«

»Dann stell auch jetzt meine Loyalität nicht in Frage.«

40

28. Dezember

Die Luke zum Dachboden war in einem unbenutzten Schlafzimmer im hinteren Teil der Villa ihres Vaters versteckt. Sie war so gestrichen, dass sie sich nicht von der Decke unterscheiden ließ, und Isabella hätte sie nicht bemerkt, wenn sie die Carabinieri nicht darauf aufmerksam gemacht hätten, als sie das Haus nach Spuren absuchten.

Sie fürchtete sich davor, in die Villa ihres Vaters zurückzukehren, aber nachdem sie Weihnachten überstanden hatte, fühlte sie sich mutiger. Sie wollte alle persönlichen Gegenstände abholen, bevor die Villa verkauft wurde. Sie hatte überlegt, ob sie Phoebe bitten sollte, sie zu begleiten, doch ihre Hochzeit stand kurz bevor. In zwei Tagen würden alle an den geheimen Ort fliegen, an dem sie stattfinden sollte. Sie hatte auch mit dem Gedanken gespielt, Max Kappel zu fragen, ob er zu ihrer moralischen Unterstützung mitkommen wolle, doch die Sachen ihres Vaters durchzusehen war etwas zu Persönliches.

Inzwischen war das Absperrband der Polizei wieder von den Türen abgezogen worden, und sie schloss mit dem Schlüssel ihres Vaters auf. Obwohl die Blumen aus dem Wohnzimmer entfernt worden waren, bildete sie sich ein, sie immer noch riechen zu können. Zu ihrer Erleichterung war nicht mehr zu erkennen, wo die Leichen gelegen hatten. Die Blumen hatten die Teppiche und den Holzfußboden vom

Blut abgeschirmt. Nach Aussagen der Carabinieri waren ihr Vater und Maria so genannte »weiche Ziele« gewesen. Wahrscheinlich hatten ihre Mörder gewusst, dass sie heirateten und bei ihrer Rückkehr nach Hause Schmuck und Geschenke bei sich hätten. Die Carabinieri glaubten zu wissen, wie sich der Einbruch und die Morde abgespielt hatten. Weniger zuversichtlich waren sie bezüglich der Ergreifung der Täter.

Als Isabella sich im Haus umsah, stellte sie überrascht fest, wie wenig unter den Sachen ihres Vaters an ihre Mutter erinnerte. Er neigte zwar dazu, nichts wegzuwerfen, aber es gab im ganzen Haus kaum ein Foto von ihr. Er hatte leere Keksdosen, Weinflaschen und Stapel von wissenschaftlichen Fachzeitschriften gesammelt, aber keine Erinnerungsstücke an seine über alles geliebte erste Frau. Das war der Grund, weshalb sie schließlich die wacklige Klappleiter ihres Vaters hervorholte und zu der Luke in der Decke hochstieg.

Der Speicher erstreckte sich über die ganze Länge des Hauses. Der Boden war mit Dielen verkleidet, und in der Mitte, wo das Dach am höchsten war, konnte Isabella aufrecht stehen. Bis auf einen kleinen Bereich im hinteren Ende, wo ein alter Lehnsessel stand, war alles mit Schachteln voll gestellt. Sie streckte die Hand nach dem Lichtschalter aus, bevor sie merkte, dass die späte Nachmittagssonne durch zwei kleine runde Dachfenster fiel, zwischen denen der Lehnsessel stand. Auf dem Tisch daneben standen eine Messinglampe mit einem grünen Schirm und eine Flasche Rotwein mit einem Glas. Als Isabella sich setzte und sich vorstellte, wie ihr Vater hier heraufgekommen war, um zu lesen, fühlte sie sich ihm sehr nahe.

Rechts von sich sah sie eine Kiste, auf deren Deckel mit einer Schablone der Name ihres Vaters geschrieben war. Sie konnte sich aus ihrer Kindheit noch gut an sie erinnern. Sie hatte in den Staaten, voll gepackt mit Büchern, in seinem Arbeitszimmer gestanden. Sie war verschlossen. Isabella zog die Schlüssel ihres Vaters heraus, wählte einen aus, der aussah, als könne er passen, und steckte ihn in das Vorhängeschloss. Er ließ sich mühelos drehen. Als das Schloss aufsprang und sie die Kiste öffnete, war der muffige Geruch schmerzhaft vertraut. Doch die Kiste war nicht mehr voller Bücher.

Auf einer Seite stapelten sich Fotoalben und von einem verblichenen blauen Band zusammengehaltene Briefe. Beim Durchsehen der Fotos ihrer Mutter und ihres Vaters, als sie noch eine vollständige Familie gewesen waren, wurde sie von ihren Gefühlen überwältigt. Sie trug nur zu offensichtlich Züge ihrer beider Elternteile.

Die Briefe stammten von ihrer Mutter. Die meisten hatte sie geschrieben, als ihr Vater auf Vortragsreisen war, doch die ältesten stammten aus der Zeit, als sie sich gerade kennen gelernt hatten. Alle waren Liebesbriefe. Es freute Isabella sehr zu sehen, dass sich ihre Eltern in solcher Liebe zugetan gewesen waren – und dass sie aus dieser Liebe hervorgegangen war. Damit einher ging aber auch tiefe Traurigkeit, dass beide nicht mehr da waren.

In der anderen Hälfte der Kiste lag ein alter schwarzer Ordner, der von einem elastischen Band zusammengehalten wurde. Er fühlte sich dick und schwer an, als sie sich ihn in den Schoß legte. Er enthielt handschriftliche Notizen ihres Vaters. Jedes der Blätter war datiert, und manche reichten viele Jahre zurück. Jeder Eintrag begann mit »Meine liebste Lauren«. Es waren Briefe an Isabellas Mutter – geschrieben nach ihrem Tod. Es hatte etwas Anrührendes, dass ihr Vater mit einem Glas Wein hier heraufgekommen war, um seiner verstorbenen Frau zu schreiben, als sei sie lediglich in einem anderen Land.

Es waren freimütige Briefe, in denen ihr Vater seinen Gedanken freien Lauf gelassen hatte. Als Isabella darin auf ihren Namen stieß, las sie von den Sorgen ihres Vaters, als »dieser Dummkopf Leo Isabella das Herz gebrochen hat« – »Ich versuche, sie zu trösten, aber das ist etwas, worin ich noch nie gut war. Wirklich schade, dass du nicht hier bist, Lauren, um ihr beizustehen, wie du mir immer beigestanden hast.«

Fasziniert von diesem einzigartigen Einblick in die Gedankenwelt ihres Vaters, nahm Isabella wahllos einzelne Seiten heraus, die sie hinterher jedoch gewissenhaft wieder an der entsprechenden Stelle einordnete. Einige stimmten sie traurig, weil ihr Vater darin seiner Unzufriedenheit mit seiner Arbeit und seiner Verbitterung über die Pharmaindustrie Ausdruck verlieh, lange Tiraden, in denen er sich beklagte, dass seine Arbeit nicht genug geschätzt und honoriert wurde. Isabella hatte immer gewusst, dass ihr Vater nach Anerkennung hungerte, neu war ihr dagegen sein verzweifelter Wunsch, der Welt seinen Stempel aufzudrücken, bevor seine Zeit um war. Doch dann stieß sie auf einen Eintrag, dessen Ton anders war, triumphierend. Er fiel ihr auf, weil er dick unterstrichen war. »Ich habe es getan. Ich habe das NiL-Serum genommen und werde morgen wissen, ob es wirkt.« In einem späteren Eintrag hieß es: »Heute Abend habe ich Maria NiL Nr. 072 injiziert. Ich bin sicher, richtig gehandelt zu haben. Was kann an der Liebe Schlechtes sein?«

Isabella begann, nach Hinweisen auf NiL zu suchen, und ging dabei bis zu den frühesten Einträgen zurück, in denen ihr Vater seine Entdeckung mittels Diagrammen und Formelfragmenten zusammengefasst hatte. Ungläubig und mit wachsendem Unbehagen las sie eine voll geschriebene Seite nach der anderen. Ihr Vater war ein hervorragender Wissenschaftler, und beim Lesen seiner detaillierten Aufzeichnungen sagte ihr ihr Wissen über Neurologie und Genetik, dass sein Projekt »Naturidentische Liebe« alles andere als das Hirngespinst eines Verrückten war. Aber es war eindeutig zu bizarr, um wahr zu sein.

Sie blätterte ganz an den Anfang und rekonstruierte die Geschichte seines Projekts, von der Ausgangsidee, die er bereits in den Staaten in den Forschungslabors des MIT gefasst hatte, bis zu ihrer praktischen Umsetzung in seinem eigenen

Labor in Turin. Nach einem Versuch mit der 42. Version, der fast in einer Katastrophe geendet und um ein Haar zum Abbruch des Projekts geführt hätte, hatte er zwei stabile Versionen entwickelt, die temporäre Version 69 und die permanente Version 72. Nachdem er die temporäre Version an sich selbst getestet und sich unsterblich in mehrere Frauen verliebt hatte, hatte er sich Version 72 injiziert, um sich für immer in Maria zu verlieben. Danach hatte er das Serum – ohne ihr Wissen – Maria injiziert, damit sie ihn auch liebte.

Isabella legte die Briefe nieder. Das war unglaublich. Ihr Vater war davon überzeugt, sowohl seine Liebe zu Maria als auch ihre zu ihm auf chemischem Weg hervorgerufen zu haben. Er war so fest davon überzeugt gewesen, ein Mittel geschaffen zu haben, das die Welt verändern würde, dass er an die Kappels herangetreten war, damit sie ihm die finanziellen Mittel für die Verwirklichung seiner Vision zur Verfügung stellten.

Als Isabella sich wieder den Briefen zuwandte, entdeckte sie etwas, was ihr die Sprache verschlug. In einem fünf Monate zuvor datierten Brief stand: »Lauren, ich muss davon ausgehen, dass Max Kappel ein ehrenwerter Mann ist. Andernfalls ist nicht zu rechtfertigen, was ich getan habe. Sollte Isabella je etwas davon erfahren, kann ich nur beten, dass sie begreift, dass ich es mit den besten Absichten getan habe. Ich hoffe sehr, dass der Antibes-Versuch mit NiL 069 nicht nur den Kappels den Beweis erbringt, dass mein Mittel wirkt, sondern auch Isabella helfen wird, wieder lieben zu können. Nachdem sie dich verloren hat und dann von Leo betrogen wurde, verdient sie, glücklich zu werden. So glücklich, wie ich es mit Maria bin.«

Isabella musste diese Zeilen dreimal lesen, um ihren Inhalt zu verdauen. Ungeachtet der Argumente, die ihr Vater zu seiner Rechtfertigung anführte, konnte sie nicht glauben, dass er sie ohne ihr Wissen dazu benutzt haben sollte, die Wirksamkeit seines Serums zu beweisen und sich das nötige Kapital für seine Vermarktung zu beschaffen. Schwerer fand sie es allerdings, die Tatsache zu leugnen, dass NiL wirkte. Sie hatte sich in Antibes tatsächlich in Max verliebt. In ihrem Bauch breitete sich eine hässliche Kälte aus. Jetzt konnte sie sich ihrer Gefühle für Max – oder seiner für sie – nicht mehr sicher sein. Und das beeinträchtigte sogar die Liebe zu ihrem Vater.

Ihr Vater, den sie so sehr geliebt hatte, hatte seine folgenschwere Entdeckung nicht nur vor ihr geheim gehalten, sondern das Mittel auch dazu benutzt, ihre Liebe zu missbrauchen. Sogar Max hatte von dem Experiment in Antibes gewusst. Auch er könnte benutzt worden sein, aber zumindest war er im Bild gewesen, worum es ging. Wem konnte sie jetzt noch trauen? *Welchem Gefühl* konnte sie jetzt noch trauen? Ihr wurde schwindlig und übel.

Doch sie riss sich zusammen und wandte sich wieder den Briefen zu, um alle Hinweise auf naturidentische Liebe herauszusuchen. Sie verlor jedes Gefühl dafür, wie lange sie schon über den Briefen ihres Vaters gesessen hatte, und knipste die Lampe an, als das Licht schwächer wurde. Die Aufzeichnungen waren zu allgemein gehalten, um die wissenschaftlichen Einzelheiten aus ihnen erschließen zu können, aber sie stieß auf einen erfreulichen Aspekt des Mittels, den ihr Vater als den »Null-Substitutionseffekt« bezeichnete. Aber selbst diese Entdeckung warf mindestens genauso viele Fragen auf, wie sie beantwortete.

Als sie nicht mehr lesen konnte, sank sie in den Sessel zurück und blickte durch die runden Dachfenster zu den Sternen hinauf. Sie fühlte sich emotional ausgelaugt, und als sie auf die Uhr sah, stellte sie fest, dass es schon fast Morgen war. Die einzige Möglichkeit, der Sache auf den Grund zu gehen, war, in den Computeraufzeichnungen ihres Vaters nachzusehen, doch das Labor und seine Forschungsunterlagen gehörten inzwischen den Kappels, sodass sie keinen Zugang dazu hatte. Sie warf noch einmal einen Blick auf einen der letzten Einträge, die sie gelesen hatte. Auf dem unteren

Rand standen sechs Ziffern und daneben eine Folge von alphanumerischen Zeichen. Unter die sechs Ziffern hatte ihr Vater »Labor« geschrieben und unter die alphanumerischen Zeichen »Passwort«.

Sie hatte die Kombination und das Passwort. Es war dunkel. Wer würde etwas merken, wenn sie sich heimlich Zugang zum Labor ihres Vaters verschaffte?

41

29. Dezember

Isabella saß im Dämmerlicht des Labors am Computer ihres Vaters und gab das Passwort ein. Als seine Dateien auf dem Bildschirm erschienen, sah sie auf die Uhr. Es war kurz vor Tagesanbruch. Sie war mit seinem Mountainbike durch den Wald hinter dem Industriepark gefahren, war über den Zaun geklettert und über den Rasen zum Labor geschlichen. Ihr war fast das Herz stehen geblieben, als einer der Wachmänner einen Meter an der Stelle vorbeiging, wo sie über den Zaun geklettert war. Als er verschwunden war, war sie mit der Kombination ihres Vaters mühelos in das Labor gelangt.

Ohne das Licht anzumachen, nahm sie die teuren Geräte in Augenschein. Da sie im Zuge ihrer Forschungstätigkeit mit ähnlichen Geräten gearbeitet hatte, sah sie sofort, dass ihr Vater nicht übertrieben hatte, als er ihr von ihnen erzählte. Sie hätte sich gern das ganze Labor genauer angesehen, aber dafür reichte die Zeit nicht. Sie beschloss, sich auf den Computer zu beschränken.

Die Datenbank war Standard, wie die, die sie in der Klinik benutzte, und als sie in das Suchfenster NiL eintippte, erschien eine Liste von Dateien. Anstatt sie an Ort und Stelle zu lesen, legte sie eine unbeschriebene CD ein, zog die Dateien darauf und klickte am oberen Bildschirmrand auf BRENNEN. Während sie wartete, bis die Dateien kopiert waren, gab sie ihren eigenen Namen in das Suchfenster ein.

Es erschien eine einzige Datei: »NiL-Testproben-Zeitplan.«

Sie öffnete den Zeitplan, in dem alle Proben, die ihr Vater gemacht hatte, sowie alle Versuche, die er durchgeführt hatte, mit Datum aufgelistet waren. Es gab Aufzeichnungen zu früheren Versionen des Serums, die noch in den Staaten getestet worden waren, doch die ersten registrierten Proben von NiL 069 und 072 waren die, die er an sich und Maria getestet hatte. Abgesehen von den frühen Experimenten waren die Proben für die Versuche mit Paaren meistens auch paarweise aufgeführt.

Sie und Max waren das erste Paar gewesen, an dem das Serum nach ihrem Vater und Maria getestet worden war. In seinen Dateien hatte ihr Vater ihre Proben mit »Romeo« und »Julia« bezeichnet. Die Daten stimmten mit denen ihres Urlaubs in Antibes überein, bei dem sie Max kennen gelernt hatte. Sie hatte nur zwei Tage unter dem Einfluss des Mittels gestanden, doch jetzt untergrub es ihr Vertrauen in alle ihre emotionalen Empfindungen. Das Mittel ihres Vaters war entwickelt worden, um Liebe zu propagieren, aber bei ihr hatte es zur Folge gehabt, dass sie ihr misstraute.

Auf dem Bildschirm erschien ein kleines Fenster, in dem sie darauf hingewiesen wurde, dass der Kopiervorgang abgeschlossen war. Sie nahm die CD heraus und steckte sie ein. Sie wollte bereits mit einem Mausklick den Computer herunterfahren, als sie auf dem unteren Bildschirmrand etwas entdeckte. Ihr Finger erstarrte auf der Maus: Die nächste Paarung im NiL-Testprobenplan war für Helmut Kappel und seine letzte Frau hergestellt worden, und beide Proben waren permanente NiL 072-Seren. Eine Probe enthielt Kappels Gesichtsabdruck, die andere den seiner Frau. Das Datum wies darauf hin, dass ihr Vater sie vor Monaten hergestellt hatte, und aus einem Vermerk in der Kolumne für Kommentare ging hervor, dass sie Kappel fast unmittelbar nach ihrer Fertigstellung ausgehändigt worden waren. Doch in der Zwischenzeit hatte sich Helmut Kappel von seiner Frau scheiden lassen und mit Phoebe Davenport verlobt. Isabella lief ein kalter Schauder den Rücken hinunter. Bevor sie jedoch den Gedanken zu Ende denken konnte, hörte sie das Geräusch von Autoreifen auf Kies. Vor dem Labor hielten mehrere Autos an. Sie sah auf die Uhr. 7:18 Uhr. Es war noch dunkel. Beim Schlagen der ersten Autotür fuhr sie den Computer herunter und eilte zum Ausgang des Labors. Sie schloss die Tür hinter sich und huschte zum Haupteingang. Mit klopfendem Herzen rannte sie ins Freie und verschwand unter den Bäumen, bevor vom Parkplatz her drei Männer auftauchten. Helmut, Joachim und Klaus Kappel.

»Warum mussten wir uns so früh treffen?«, hörte sie Klaus Kappel in der kalten Morgenluft brummen.

»Es gibt einiges zu erledigen«, flüsterte Helmut Kappel heiser. »Ich werde euch gleich alles erklären.«

Erstaunt beobachtete Isabella, wie die drei Männer das Labor betraten und die Tür schlossen. Sie fühlte sich versucht, ihnen heimlich zu folgen, doch eine andere, lautere Stimme drängte sie, sich schnellstens aus dem Staub zu machen. Sie betastete kurz ihre Taschen, ob sie die CD einstecken hatte, dann drehte sie sich um und lief zu der Stelle im Wald, wo sie das Rad ihres Vaters versteckt hatte. Sie achtete nicht auf die Dornen, die ihre Knöchel zerkratzten, sondern konzentrierte sich ganz auf die bohrenden Gedanken in ihrem Kopf.

Ihr Vater hatte Helmut Kappel das naturidentische Liebesserum gegeben, damit er und seine Frau es nähmen. Vermutlich hatte Kappel ihn darum gebeten. Aber warum hatten er und seine Frau es nicht genommen? Warum hatten sie sich stattdessen scheiden lassen? Und warum hatte sich Kappel mit Phoebe Davenport verlobt?

Das war die falsche Fragestellung. Es lag auf der Hand, weshalb ein kranker alter Mann eine der schönsten und begehrenswertesten Frauen der Welt heiraten wollte.

Die eigentliche Frage war: Wie hatte Helmut Kappel Phoebe Davenport dazu gebracht, ihn zu heiraten?

42

Eine halbe Stunde später

Die Abschlussbesprechung vor dem Abflug zur Hochzeitsfeier war auf halb zehn Uhr morgens angesetzt, doch auf der *autoroute* entlang der Côte d'Azur hatte kaum Verkehr geherrscht, sodass Max über eine Stunde früher eingetroffen war. Er stellte seinen Wagen auf dem großen Parkplatz am Eingangstor ab und ging zu Fuß durch den Gewerbepark zu Baccis Labor. Dort sah er zu seiner Überraschung zwei Limousinen vor dem Eingang stehen. Dass Joachim früh ins Labor gekommen war, überraschte ihn nicht, aber dass auch sein Vater schon da war, gab ihm zu denken.

Er gab am Eingang den Sicherheitscode ein. Nachdem er die Tür bewusst leise geöffnet hatte, schlich er durch das Foyer und in Richtung Labor. Die Tür war offen, und er hörte Stimmen. Er erkannte die seines Vaters und Joachims. Dann hörte er auch die von Klaus. Die Besprechung sollte erst in etwas mehr als einer Stunde beginnen, aber alle drei waren bereits da und eindeutig in eine Diskussion verstrickt. Als er Joachim seinen Namen sagen hörte, blieb er vor der Tür stehen.

»Was ist mit Max? Bist du sicher, dass auf ihn Verlass ist?«

»Wie meinst du das?«, fragte Klaus.

Max trat einen Schritt näher heran und spähte durch den Türspalt. Er sah Joachim mit den Achseln zucken. »Können wir angesichts seiner Schwäche für Isabella Bacci sicher sein, wem seine Loyalität gilt?«

»Wie kannst du so etwas sagen, Joachim?«, hielt ihm sein Onkel vor. »Max ist erheblich größere Risiken eingegangen als du. Er hat allen vier Zielpersonen, darunter Hudsucker, das Mittel injiziert und die Blutproben beschafft, damit du die Seren für die Brautjungfern, darunter auch Baccis Tochter, herstellen konntest. Weshalb hätte Max das tun sollen, wenn er nicht voll hinter uns stünde?«

»Weil er möchte, dass wir sie aus Ilium heraushalten«, krächzte Helmut Kappel, »und das, obwohl er das wahre Schicksal der Brautjungfern noch gar nicht kennt.«

Sein Bruder sah ihn stirnrunzelnd an. »Was für ein wahres Schicksal?«

Helmut Kappel seufzte. »Dachtest du etwa, ich würde bloß das Geld unserer treulosen Kunden einstecken und sie danach ein Leben in ungetrübter Glückseligkeit leben lassen? Sie haben uns hintergangen, Klaus. Sie haben das Wohlergehen der Bank und der Familie bedroht. Und als deren Oberhaupt haben sie *mich* bedroht. Ich will ihnen nicht nur ihr Geld aus der Tasche ziehen. Ich will sie bestrafen. Und ich will, dass sie sehr, sehr lange leiden.«

Klaus Kappel zuckte mit den Achseln. »Wie?«

»Joachim hat eine Variante des permanenten NiL-Zweiundsiebzig-Serums hergestellt. Er hat es mit einem genetischen Giftvektor, den er bei Comvec entwickelt hat, verspleißt, um erbliche Schwächen in den Genomen der Brautjungfern zu verstärken und beschleunigt zum Ausbruch kommen zu lassen.« Helmut Kappel erhob sich von seinem Platz und begann, auf und ab zu schreiten. »Das ändert nichts an unserem Plan. Wenn Sie zur Hochzeitsfeier eintreffen, injizieren wir ihnen wie geplant die normale temporäre Version, damit sie sich in diejenigen unserer Kunden verlieben, die Ihnen zugeteilt sind und die natürlich bereits total in sie vernarrt sein werden. Gegen Ende des zweitägigen Testlaufs – am Vorabend meiner Hochzeit – werden wir den verliebten Kunden erklären, dass sie zahlen müssen, wenn sie sich der dauerhaften Liebe ihrer Angebeteten versichern wollen. Der einzige Unterschied besteht mittlerweile darin, dass wir den Brautjungfern nach Eingang der Zahlungen die *abgewandelte* Version der permanenten Liebesdroge injizieren werden. Das heißt, jeder Kunde wird zwar mit seiner Angebeteten abziehen, aber sie wird spätestens nach sechs Monaten an einer in ihrem Genom angelegten Schwäche sterben.«

Joachim sah auf den Computermonitor neben ihm. »Zwei, darunter Isabella Bacci, werden frühzeitig an Krebs sterben, die anderen beiden an Herzkrankheiten.«

»Jeder dieser hinterhältigen Dreckskerle wird also den Rest seines Lebens seiner großen Liebe nachtrauern«, bemerkte Klaus Kappel.

»Und bankrott werden sie auch sein«, fügte Helmut Kappel hinzu.

»Aber was wird aus Isabella? Du hast gesagt, Max möchte, dass sie verschont bleibt.«

»Daraus wird aber nichts«, sagte sein Bruder. »Isabella Baccis Gesicht ist unser Vermögen. Sie ist für uns nicht nur über eine Milliarde Dollar wert, sondern auch ein destabilisierender Einfluss auf Max und somit ein Problem, das aus der Welt geschafft werden muss. Sollte sie jemals etwas über das Mittel ihres Vaters oder über unsere Rolle bei seinem Tod herausfinden, könnte sie uns gefährlich werden. Indem wir sie bei Ilium verwenden, sorgen wir nicht nur dafür, dass Hudsucker zahlt, sondern räumen auch schon vorbeugend alle Probleme aus dem Weg, die uns durch sie entstehen könnten. Nur so hat die Sache Hand und Fuß.«

»Und Max?«, fragte Klaus.

Helmut Kappel sah Joachim an. »Darum kümmern wir uns.«

Max stand still und reglos da und kanalisierte seine ganze Energie darauf, seinen Herzschlag zu verlangsamen. Er musste ruhig bleiben und einen klaren Kopf behalten. Doch als er seinen Vater ansah, spürte er, wie jahrelang unterdrückte Wut in ihm hochstieg. Trotz ungeheurer Provokationen hatte er seinen Vater nie verraten und seine eigenen Bedürfnisse immer denen der Familie untergeordnet. Doch jetzt stellte sein Vater nicht nur seine Loyalität in Frage, sondern hinterging ihn sogar.

Als Max sich bei INSEAD auf sein Wirtschaftsdiplom vorbereitete, hatte ihm ein kanadischer Tutor eine psychologische Checkliste gezeigt, anhand deren sich Psychopathen erkennen ließen. Darin waren vierzig charakteristische Wesenszüge aufgeführt, darunter ein gewandtes Auftreten, das ständige Bedürfnis nach immer neuen Reizen sowie ein völliges Fehlen von Einfühlungsvermögen und Reue. Jede Person, die mindestens sechsundzwanzig dieser Eigenschaften aufwies, wurde aus klinischer Sicht als Psychopath eingestuft. Eine überraschend hohe Anzahl von Wirtschaftsgrößen und Politikern rangierte im Bereich der oberen Zwanzig und unteren Dreißig. Für Max stand inzwischen völlig außer Zweifel, dass sein Vater zu den seltenen Exemplaren gehörte, die alle vierzig Bedingungen erfüllten: ein perfekter Psychopath, der nichts empfand, nicht einmal Loyalität seinen eigenen Nachkommen gegenüber.

Max wollte von ihm verlangen, Isabella zu verschonen, aber er merkte, damit würde er seinen Vater nur in der Überzeugung bestärken, dass er unter ihrem Bann stand und dass kein Verlass mehr auf ihn war. In diesem Moment wurde Max klar, dass er seiner Familie gegenüber zu nichts mehr verpflichtet war. Der Einzige, dem er noch verpflichtet war, war er selbst.

Er zog sich lautlos zum Haupteingang des Labors zurück, machte geräuschvoll die Tür auf und zu, räusperte sich, ging zur Labortür und öffnete sie.

Alle drei schauten auf. »Du kommst aber früh, Max«, sagte sein Vater.

»Nicht so früh wie ihr. Habt ihr schon ohne mich angefangen?«

Sein Vater lachte. »Natürlich nicht. Komm rein – wir haben einiges zu besprechen.«

43

Am selben Abend

Je mehr der Dateien aus dem Computer ihres Vaters Isabella in Phoebes Mailänder Wohnung durchsah, desto stärker wuchs ihre Bestürzung über ihren Inhalt. Was ihr Vater da entdeckt hatte, war zweifellos genial. Und aus seinen Aufzeichnungen ging auch hervor, dass er geglaubt hatte, etwas zu schaffen, was die Welt zum Besseren verändern würde. Doch seinen Grundgedanken, naturidentische Liebe – ausgelöst durch die oberflächliche Fixierung auf ein menschliches Gesicht – sei dasselbe wie wahre Liebe, fand sie untragbar.

Rein wissenschaftlich betrachtet waren synthetisch hergestellte naturidentische Geschmacksrichtungen und Gerüche zwar nicht von natürlich vorkommenden zu unterscheiden, aber sie waren auf unnatürliche Weise entstanden. Naturidentische Stoffe waren chemische Klone, die im Labor hergestellt wurden und immer als minderwertiger galten als das Echte. Naturidentische Vanille kostete einen Bruchteil des Preises von echter Vanille.

Die Liebe, so, wie Isabella sie verstand, konnte nicht chemisch in ihre Bestandteile zerlegt und wieder zusammengesetzt werden. Wahre Liebe hing ebenso sehr vom Zufall ab wie von der Chemie. Es war das Zufällige und Unerwartete der ersten Begegnung, was sie so kostbar machte; das Wissen, dass man seinem Seelenverwandten nie begegnet wäre, wenn man einen anderen Weg eingeschlagen hätte. In der

Liebe ging es aber auch darum, Risiken einzugehen und etwas von sich in einen Seelenverwandten zu investieren.

Noch wichtiger aber war, dass das NiL-Serum dem Anwender totale Macht verlieh, und wie einmal jemand ganz richtig gesagt hatte: Totale Macht verdarb total. Sie glaubte, dass sie das Mittel, wenn sie es hätte, nicht benutzen würde, um die Person, die sie liebte, für sich zu gewinnen – auch wenn sie sicherlich versucht wäre. Je besser sie verstand, wie das NiL-Serum ihres Vaters wirkte, desto deutlicher wurden ihr die Möglichkeiten des Missbrauchs bewusst. Es machte die Liebe nicht zu etwas Großzügigem und Selbstlosem, sondern zu etwas Oberflächlichem und Unterdrückendem. Je mehr sich Isabella mit den Formeln und Symptomen des Serums beschäftigte, desto mehr gelangte sie zu der Überzeugung, dass Phoebe unter seinem bösartigen Einfluss stand.

Die Bestürzung, mit der ihr Vater auf die Nachricht von Phoebe und Helmut Kappels Verlobung reagiert hatte, war für Isabella Beweis genug, dass er nichts damit zu tun gehabt hatte. Und das hieß, dass Helmut Kappel das Serum, das ihm ihr Vater gegeben hatte, um seine Ehe zu retten, in Wirklichkeit Phoebe injiziert hatte. Allerdings fehlten ihr dafür die Beweise.

Aus dem Inhalt der CD-Rom ging hervor, dass ihr Vater ein geniales, aber gefährliches Mittel entwickelt hatte, mit dem man sich unter dem Deckmäntelchen der Liebe andere gefügig machen konnte, und dass er dieses Mittel an seiner zweiten Frau und Isabella getestet hatte. Dass allerdings die Kappels mit dem Serum Missbrauch getrieben hatten, ließ sich damit nicht beweisen. Wenn sie damit zur Polizei oder zur Presse ginge, zerstörte sie lediglich den Ruf ihres Vaters.

Außerdem bestand immer noch die Möglichkeit, dass Phoebes Liebe echt war und Helmut Kappel sich nichts hatte zuschulden kommen lassen. Wenn sie allerdings daran dachte, wie er Phoebe am Abend der Verlobungsfeier missbraucht hatte, erschien ihr das sehr unwahrscheinlich.

Sie ging die einzelnen Ordner durch, bis sie auf einen mit dem Titel »Prosopagnosie« stieß. Ihr kamen fast die Tränen, als sie ihn öffnete und seinen Inhalt sah. Inmitten dieses ganzen Irrsinns hatte ihr Vater immer auch an sie gedacht. Er hatte alle Erkenntnisse in Zusammenhang mit seinem Projekt gesammelt, die sie bei ihren Forschungen zum Thema Gesichtsblindheit weiterbringen könnten. Dennoch rechtfertigte das nicht, was er getan hatte.

Sie stand auf und schritt in Phoebes Wohnung auf und ab. Wo sie auch hinblickte, sah sie Fotos und Erinnerungsstücke ihrer Freundschaft, die sie in ihrem Entschluss bestärkten, die Wahrheit an den Tag zu bringen. Doch was konnte sie konkret tun?

Wenn sie Phoebe von ihrem Verdacht erzählte, würde ihre Freundin sie nur auslachen. Oder Schlimmeres. Phoebe stand kurz davor, den Mann zu heiraten, den sie liebte, und würde es Isabella kaum danken, wenn sie ihr ihren großen Tag durch die Unterstellung verdarb, ihre Liebe sei *vielleicht* durch ein Medikament ausgelöst worden.

Sie konnte Helmut Kappel zur Rede stellen, aber was würde sie damit erreichen? Er würde kaum zugeben, etwas Unrechtes getan zu haben.

Mit Ausnahme des Null-Substitutionseffekts, von dem sie in den Aufzeichnungen ihres Vaters gelesen hatte, gab es keine Möglichkeit, sich gegen NiL zu schützen, und erst recht kein Gegenmittel. Aufgrund der Tatsache, dass die Wirkung der meisten Versionen nur zwei Tage anhielt, hatte ihr Vater offensichtlich keine Notwendigkeit gesehen, ein Mittel zu entwickeln, um die DNS-Veränderungen in den Zielzellen der betroffenen Personen rückgängig zu machen. Das hatte er auch nach der Entwicklung der permanenten Version nicht für nötig gehalten. Wer brauchte schließlich schon ein Gegengift gegen die Liebe?

Sie ging auf die Terrasse hinaus und atmete die kalte Abendluft ein. Über ihr, in der Dämmerung, blinkten die Positionslichter eines Flugzeugs. Sie würde am nächsten Tag zur Hochzeit fliegen. Bisher wusste sie nur, dass sie sich bis sechs Uhr morgens am Flughafen einfinden sollte und vier Tage später wieder zurückkäme. Sie ging auf der Terrasse auf und ab. Ihr blieb keine andere Wahl. Sie musste zur Hochzeit fliegen und dann vor Ort nach einem Beweis suchen, dass Helmut Kappel das Mittel benutzt hatte.

Und wenn das der Fall war? Wenn er die permanente Version verwendet hatte? Wie könnte sie Phoebe ohne ein Gegengift retten?

Sie zog sich in die Wohnung zurück. Sie hatte Kopfschmerzen und ging ins Schlafzimmer, um ein Aspirin zu nehmen. Als sie die Schachtel mit den Schmerzmitteln aus dem Schrank nahm, streifte ihr Blick über die Korkpinnwand über dem Bett und blieb auf einer Karte mit einer Kinderzeichnung von einer Frau in einem weißen Kittel haften.

»Aber natürlich«, stieß sie aufgeregt hervor und ließ die ungeöffnete Medikamentenschachtel fallen. Sie lief zum Laptop zurück, rief die Formel für das Serum ihres Vaters auf und scrollte dann durch seine Dateien, bis sie die gesuchte fand. »Danke, Papa«, murmelte sie. Einen Versuch war die Sache auf jeden Fall wert. Sie sah auf die Wanduhr, schnappte sich Mantel und Schlüssel und eilte aus der Wohnung.

44

Wenige Augenblicke zuvor

Max Kappel ging auf dem dunkler werdenden Bürgersteig auf und ab und blickte zu den Lichtern der Penthousewohnung hinauf. Das Licht über dem Eingang lockte, aber die Straße zwischen ihm und ihrer Wohnung stellte den Rubicon dar, den Fluss, der sein gegenwärtiges Leben von einer davon losgelösten, unvorhersehbaren Zukunft trennte. Sobald er sie überquerte und das Haus betrat, konnte er nicht wieder zurück.

Als er zu der Penthousewohnung hochspähte, stellte er sich vor, wie Isabella in der Wohnung herumging, Kaffee machte, den Fernseher einschaltete, ihr Leben weiterlebte. Je mehr er an sie dachte, desto mehr bewunderte er sie. Sie hatte niemanden mehr auf der Welt, und doch hatte sie die Ermordung ihres Vaters verkraftet, ohne ihre Gefühle zu unterdrücken.

Er selbst hatte seine Gefühle seit der Ermordung seiner Mutter unter einer Eisschicht verschlossen. Und im Lauf der Jahre hatte er, von seinem Vater dazu ermutigt, diesem betäubenden Schutzschild gestattet, sein Herz erstarren zu lassen. Doch als er Isabella in Antibes zum ersten Mal gesehen hatte, hatte dieses Eis Risse bekommen. Inzwischen war ihm klar, dass sie ihn schon angerührt hatte, *bevor* er das Mittel nahm.

Bisher hatte er das Eis immer als Schutz betrachtet, doch wenn er jetzt beobachtete, wie Isabella mit ihrem Verlust umging, wurde ihm immer deutlicher klar, dass das Eis ein Gefängnis geworden war. Er begriff langsam, dass jeder Tauchgang, den er unternommen hatte, ein Schrei nach Freiheit gewesen war, ein verzweifelter Versuch, das Ich seiner Kindheit wiederauferstehen zu lassen.

Während er sich dieses Auftauen eingestand, wurde ihm klar, dass dieser Vorgang mit Schmerzen verbunden war. Wenn er zuließ, dass er wieder der Sohn seiner Mutter wurde, musste er auch die Dinge an sich heranlassen, die er im Namen seines Vaters getan hatte. Er musste sich erneut den Peinigern stellen, die er für immer verbannt zu haben glaubte: Schuld, Trauer und Selbstekel.

Außerdem musste er sich auf die Rache seiner Familie gefasst machen, wenn sie herausfanden, dass er sie verraten hatte. Er wusste besser als jeder andere, wie gnadenlos sein Vater sein konnte. Er blickte zum Penthouse hoch und holte tief Luft. »Also dann«, flüsterte er in die kühle Luft. Er schuldete den Kappels nichts. Er hatte sich sein ganzes Leben lang an den Kodex seines Vaters gehalten, und doch traute dieser ihm immer noch nicht und hinterging ihn. Und jetzt hatte er auch noch die Ermordung des einzigen Menschen angeordnet, an dem Max je etwas gelegen war.

Er dachte an seinen letzten Abend mit Isabella in Antibes, als sie sich *Der Himmel über Berlin* angesehen hatten. Er erinnerte sich an die Szene, in der der Engel auf die Erde fiel und seine fühllose Unverwundbarkeit für die Erfahrung aufgab, die ganze Palette von Empfindungen, schmerzhaft und lustvoll, zu durchleben, die mit dem Menschsein einhergingen. Er selbst war vielleicht eher ein Dämon als ein Engel, aber er konnte trotzdem seine emotionale Unverwundbarkeit aufgeben, um wieder den Schmerz und die Freude des Menschseins zu fühlen. Er hatte eine zweite Chance erhalten. Er hatte zwar seine Mutter nicht vor seinem Vater retten können, aber er konnte Isabella warnen und retten.

Eine schwere Last fiel von seinen Schultern, und die neue

Entschlossenheit, die ihn plötzlich durchströmte, verlieh ihm etwas, was er seit Jahren nicht mehr gespürt hatte. Hoffnung.

Er straffte die Schultern und trat auf die Straße hinaus. Wenn jemand Isabella vor seinem Vater schützen konnte, dann er. Sein Vater hatte ihn gut ausgebildet. Als Max seine Mutter hatte sterben lassen, war er ein Junge gewesen. Jetzt war er ein Mann. Diesmal würde er nicht versagen. Selbst wenn ihn sein eigener Vater wegen seines Vorhabens zu töten versuchte.

Die heranschießende Stretchlimousine verfehlte ihn nur um wenige Zentimeter und blieb direkt vor ihm stehen. Ehe er reagieren konnte, waren zwei Männer herausgesprungen. Einer drückte ihm eine Pistole in die Rippen, während ihn der andere auf den Rücksitz stieß. Die dunkel getönten Fenster waren geschlossen, und das mit schwarzem Leder verkleidete Innere roch nach den Zigaretten seines Vaters. Die Limousine fuhr hinter dem Apartmenthaus in eine Parklücke.

»Du musst meine drastische Vorgehensweise entschuldigen, Max, aber es ist zu deinem Besten. Eine Vorsichtsmaßnahme, um dich davon abzuhalten, eine Dummheit zu begehen.«

Ihm gegenüber saßen sein Vater und Stein. Flankiert wurde er von zwei ehemaligen Stasi-Agenten. Einer drückte ihm eine Pistole in die Rippen. Sein Vater hatte eine enttäuschte Miene aufgesetzt. »Was wolltest du gerade tun, Max? Sie warnen?«

»Warum sollte ich das tun? Nach unserem letzten Gespräch bin ich davon ausgegangen, du würdest Isabella von Ilium ausnehmen.« Er wollte zuschlagen, aber er wusste, der Stasi-Mann würde bei der leisesten Bewegung abdrücken.

»Du hast uns heute Morgen belauscht, nicht wahr, Max? Du hast gehört, was ich für deine Freundin geplant habe.« Er klang nicht wütend. »Wenn du ihr auch nur ein Wort sagst, muss ich sie auf jeden Fall umbringen. Ich weiß, es ist hart, aber wir sind hier, um dir zu helfen.« Sein Vater beugte sich vor und umarmte ihn. Max konnte sich nicht erinnern, jemals so fest von ihm gedrückt worden zu sein. Er zeigte keine Reaktion.

»Ich verzeihe dir, dass du mich hintergangen hast, Max«, flüsterte ihm sein Vater mit der Intimität eines Liebhabers ins Ohr. »Du bist nach wie vor mein ältester Sohn, mein Trauzeuge. Das hier wird es dir leichter machen, deiner Pflicht nachzukommen.«

Max spürte einen Lufthauch unter seinem linken Ohr, hörte ein leises Zischen. Er zuckte zurück, aber es war zu spät. Als sich sein Vater wieder in seinen Sitz zurücklehnte, sah Max die Impfpistole in seiner offenen Hand. Die Ampulle war leer. Er geriet in Panik. Auf physische Schmerzen, selbst auf den Tod war er gefasst, aber nicht auf so etwas. »Was hast du da gerade getan?«

Sein Vater nickte Stein zu, worauf ihm dieser eine Spritze in den Arm stieß.

»Ich habe nichts weiter getan«, sagte sein Vater, »als dir eine permanente Version des NiL-Serums mit Delphine Chevaliers Gesichtsabdruck zu injizieren. Und danach hat dir Stein ein Beruhigungsmittel gespritzt. Wenn du wieder zu dir kommst, wird Schluss sein mit deiner Verwirrung und du wirst wieder klare Prioritäten haben. Du wirst dich verzehren vor Liebe nach Delphine Chevalier, und Isabella Bacci wird dir nichts mehr bedeuten. So wird es dir leichter fallen, die richtigen Entscheidungen zu treffen. Es ist zu deinem eigenen Besten, Max.«

»Nein, das ist es nicht«, sagte er. »Es ist zu *deinem* Besten. Wie es mit allem immer schon war.« Max versuchte sich loszureißen, aber seine Arme waren zu schwer. Er musste bei Bewusstsein bleiben.

»Nicht doch, Max«, sagte sein Vater. »Wenn du aufwachst, wird es dir wesentlich besser gehen.«

»Da.« Stein zeigte auf den Eingang von Isabellas Apartmenthaus.

Gegen eine lähmende Starre ankämpfend, drehte Max den Kopf. Isabella kam ins Freie und ging rasch zu ihrem Fiat, der drei Autos weiter stand. Max wollte gegen das Fenster schlagen und schreien, aber er wusste, dass sein Vater sie auf der Stelle töten lassen würde. Sein Herz schlug so heftig, dass er glaubte, es würde zerspringen. Er konnte kaum atmen. Er starrte durch die getönte Scheibe, versuchte verzweifelt, ihr Gesicht zu sehen, sich jeden ihrer Züge einzuprägen, wohl wissend, dass ihn ihre schönen Augen nicht mehr berühren würden, wenn er wieder zu sich kam. In genau diesem Moment, als er sie in ihr Auto steigen und wegfahren sah, wurde ihm klar, dass er sie liebte.

Aber es war zu spät. So sehr er sich auch anstrengte, wach zu bleiben, entglitt ihm sein Bewusstsein. Er war wieder in den Gewässern vor Hawaii, und wieder ließ ihn sein Körper im Stich. Bald würde er einschlafen, und wenn er erwachte, hätte er seine Liebe zu Isabella vergessen und würde nur noch die Frau lieben, die sein Vater für ihn ausgewählt hatte. Dann konnte er seine Liebe zu Delphine dazu benutzen, ihn vollends nach seiner Pfeife tanzen zu lassen. Als er das Bewusstsein verlor, sagte sein Vater: »Schlaf, mein Sohn.«

Max versuchte zu schreien, aber kein Laut kam über seine Lippen. Er war unter Wasser und ertrank. Es gab keine Erlösung. Keine zweite Chance. Sein Vater hatte gewonnen.

TEIL DREI

Walhalla

45

30. Dezember

Als Isabella in Norwegen aus dem Flugzeug stieg und das Schild »Willkommen in Bergen – Tor zu den Fjorden« sah, wurde ihr klar, wo Phoebes Hochzeit stattfinden würde. Ein Mitarbeiter der Fluggesellschaft SAS lotste sie rasch durch Zoll und Passkontrolle und brachte sie in die VIP-Lounge, wo bereits die anderen Brautjungfern warteten.

Zunächst war das Zusammentreffen mit Gisele, Kathryn und Phoebes Schwester Claire von einer gewissen Verlegenheit geprägt. Die drei wollten ihre Bestürzung und ihr Mitgefühl über den Tod ihres Vaters zum Ausdruck bringen, was Isabella ihren Verlust zunächst noch schmerzlicher empfinden ließ. Doch schon nach wenigen Minuten begann sich ihre Unterhaltung um den geheimen Ort der Hochzeitsfeier zu drehen, und es wurde klar, dass sie zum selben Schluss gelangt waren wie Isabella. Trotz der Aufregungen der vergangenen Tage konnte sie es kaum erwarten, Odins abgeschiedenen Kristallpalast zu sehen zu bekommen.

»Irgendwie passt es, dass die Hochzeit in Walhalla stattfindet«, sagte Gisele und lehnte sich in den weichen Lederdiwan zurück. »Odin ist ein Kunde der Kappels, und Phoebe ist sein Lieblingsmodel. Außerdem ist das Ganze natürlich eine tolle – und dazu auch noch kostenlose – Werbung für ihn, sobald nach der Hochzeit die offiziellen Fotos an die Presse verkauft werden.«

Kathryn griff in ihre Louis Vuitton-Flugtasche und fischte einen Lippenstift heraus. »Glaubt ihr wirklich, Odin geht es dabei vor allem um die Publicity? Hat er denn Walhalla nicht an einem so entlegenen Ort gebaut, um dem ganzen Rummel zu entfliehen?«

Gisele strich ihr dunkles Haar zurück und lachte. »Da sieht man es wieder, Kathryn. Typisch alter Geldadel. Wenn du ein Niemand wie ich wärst, der die Medien braucht, um seine Filme zu verkaufen, wüsstest du, dass Odin Publicity braucht wie die Luft zum Atmen. Es gibt keine bessere Methode, scharenweise Pressevertreter anzulocken, als irgendwo am Ende der Welt einen ausgeflippten Palast hinzustellen und zu verkünden: ›Lasst mich in Ruhe.‹ Jede Wette, sobald die Hochzeit vorbei ist, macht er ein exklusives Hotel aus Walhalla. Wenn die offiziellen Hochzeitsfotos erscheinen, wird Odin noch berühmter sein, als er ohnehin schon ist, und das nur aus dem simplen Grund, dass er die spektakulärste und verrückteste Hochzeit der Welt ausgerichtet hat.«

»Die Hochzeit meiner Schwester ist also verrückt?«, sagte Claire Davenport ruhig.

»So habe ich das nicht gemeint«, sagte Gisele. Allerdings wussten alle ganz genau, was sie gemeint hatte, und kurz fühlte sich Isabella versucht, ihnen von ihrem Verdacht zu erzählen.

»Im Grunde genommen hast du ja völlig Recht«, lenkte Claire ein. »Es *ist* verrückt. Das findet sogar unsere Mutter. Deshalb kommt sie auch nicht zur Hochzeit. Sie schützt zwar ihre Flugangst vor, aber der eigentliche Grund ist, dass sie mit der Heirat nicht einverstanden ist.«

»Entschuldigen Sie bitte die Verspätung, meine Damen, aber ich musste noch nach dem Lear-Jet sehen. Er steht jetzt für uns bereit, damit wir den vorletzten Abschnitt unserer Reise hinter uns bringen können.«

Joachim Kappel wirkte aufgeregt und nervös bei seiner Begrüßung. Er wurde begleitet von einem stillen Mann mit einer Augenklappe und graumeliertem, zu einem Pferdeschwanz gebundenem Haar. Isabella kannte ihn von Phoebes Verlobungsfeier in Schloss Kappel. Es überraschte sie, dass Joachim und nicht Max sie begleitete. Max hatte ihr einmal erzählt, dass Joachim zwar hochintelligent sei, aber schwach und seinem Vater bedingungslos ergeben. Seine Fliege und sein schmales, blasses Gesicht mit der runden Designerbrille widersprachen Max' Einschätzung nicht. Er hatte sich einen Alukoffer unter den rechten Arm geklemmt, und als die Träger kamen, um das Gepäck zu dem Privat-Jet zu bringen, drückte er ihn schützend an seine Brust.

Sie flogen etwa neunzig Minuten nach Norden, bevor der Jet auf einer verlassenen Landebahn herunterging, die wie ein schwarzer Strich in der tief verschneiten Landschaft war.

»Befinden wir uns hier schon über dem Polarkreis?«, fragte Claire, als sie aus dem Flugzeug stiegen und über das Rollfeld auf das Flughafengebäude zueilten.

»Nein, wir sind noch etwas südlich davon«, sagte Joachim, der immer noch seinen Koffer an sich gedrückt hielt. »Wir befinden uns hier im obersten Drittel Norwegens, nicht weit von der Westküste, ein Stück oberhalb Trondheims. Norwegen ist erstaunlich lang und schmal. Wenn man in Oslo im Süden eine Nadel einsticht und das ganze Land daran um seine eigene Achse dreht, kommt seine Nordspitze auf Rom zu liegen.« Er zeigte auf die Berge in der Ferne, die sich metallisch weiß gegen den strahlend blauen Himmel abhoben. »Der Polarkreis verläuft etwas über dreihundert Kilometer nördlich von hier, durch die Stadt Bodø.«

Joachim schob sie in die Wärme des kleinen Holzgebäudes. Dort brannte auf einem mächtigen Rost ein Feuer, und auf mehreren auf Böcken stehenden Tischen waren Stapel mit Pelzen ausgelegt. »In diesem Teil Norwegens hat man im Dezember und Januar nur fünf bis sechs Stunden Tageslicht. Noch weiter nördlich, in Hammerfest, ist es um diese Zeit durchgehend dunkel, und hell wird es dort erst in ein, zwei

Monaten wieder.« Er zeigte auf die Pelze. »Ziehen Sie sich die schon mal an, während die Männer Ihr Gepäck auf die Schlitten laden. Da Sie sicher schon erraten haben, wohin wir fahren, kann ich Ihnen auch sagen, dass Odin sie entworfen hat. Sie sind aus Rentierfell, das meines Wissens der Pelz mit der besten Isolationswirkung ist.«

»Bringen uns die Schlitten nach Walhalla?«

Joachim lächelte. »Es sind zwar nur noch ein paar Kilometer, aber achten Sie bitte trotzdem darauf, dass Sie die Pelze richtig anlegen. Sie werden über eine Stunde lang in der Kälte da draußen sein, deshalb lassen Sie Stein überprüfen, ob sie auch wirklich ordentlich eingepackt sind.«

Wie aufgeregte Schulmädchen schlüpften Isabella und die anderen in die Pelze. Sie waren mit gesteppter Seide gefüttert, und als Isabella den Reißverschluss des Innenfutters zuzog und den Pelz zuknöpfte, kam sie sich vor wie in einem Schlafsack. Der untere Rand konnte nämlich ausgeklappt und über ihre Füße geknöpft werden. Zum Schluss zog sie sich die Kapuze über den Kopf und steckte die Hände in die in die Ärmel integrierten Handschuhe. Es war ein ungewohntes Gefühl, etwa so, als würde man von einem riesigen Teddybär umarmt.

»Ob uns Odin die wohl mit nach Hause nehmen lässt, wenn wir ihn ganz nett bitten?« Gisele strich über ihren Pelz. Als sie lächelte, hoben sich ihre Zähne fast unnatürlich weiß gegen ihre dunkle Haut ab. »Für Aspen wären sie genau das Richtige.«

Isabella ließ sich beim Anlegen der Pelze von der allgemeinen Aufregung anstecken und vergaß einen Moment lang den Verdacht, den sie gegen Helmut Kappel hegte. Dann bemerkte sie, wie sich Joachim über den Alukoffer beugte. Aus dem Augenwinkel beobachtete sie, wie er eine Zeichenfolge in das Kombinationsschloss eingab: drei, Vorwärtsschrägstrich, Rückwärtsschrägstrich, null, eins. Er öffnete den Koffer, drehte ihn Stein zu und schloss ihn dann wieder. Das alles ging so schnell, dass sie kaum sah, was in dem Koffer war, aber sie erhaschte einen Blick auf einen Laptop. Während Stein den Sitz ihres Pelzes überprüfte, prägte sie sich die Kombination ein. Er nestelte an ihrer Kapuze herum, und sie spürte, wie seine Hand unter den Pelz glitt und im Nacken ihre Haut berührte. Seine Bewegungen waren flink und zweckbestimmt. Schließlich sagte er mit einem gezwungenen Lächeln: »Alles in Ordnung«, und wandte sich Kathryn zu.

Als Joachim seinen Mantel anzog, studierte Isabella noch einmal seinen Koffer. Bei dem Laptop, auf den sie vorher schon einen flüchtigen Blick erhascht hatte, schien es sich um einen der neuen Toshiba Tecras mit Gesichtserkennungssicherung zu handeln. Es war ein leistungsfähiges Modell, das ihre Klinik für die Ärzte anzuschaffen erwog. Enthielt der Computer in Joachims Koffer Beweise für Helmut Kappels Missbrauch des Serums?

Da ihre ganze Aufmerksamkeit auf den Koffer und seinen Inhalt gerichtet war, bekam sie nicht mit, wie Stein an Kathryns Nacken fasste, um den Sitz ihrer Kapuze zu überprüfen, dann eine leere PowerDermic-Impfpistole in seiner Tasche verschwinden ließ und zu Claire weiterging.

Als Isabella den anderen nach draußen folgte und überlegte, wie sie sich Zugang zu Joachims Laptop verschaffen könnte, ahnte sie nicht, dass sie und ihre Freundinnen gerade NiL 069 injiziert bekommen hatten.

Ein paar Stunden früher

Max Kappel wurde von seinem Onkel Klaus und zwei Stasi-Männern geweckt. Es war vier Uhr früh, und er hatte einen gewaltigen Brummschädel. Nach einer Dusche fühlte er sich etwas besser, hatte aber immer noch keinen richtig klaren Kopf. Auf der Autofahrt von Schloss Kappel zum Züricher Flughafen erklärte ihm Klaus, sein Vater und Phoebe seien bereits abgereist und Max werde mit ihm und seiner Frau die 6-Uhr-Maschine nach Norwegen nehmen.

Auch als er am Erste-Klasse-Schalter der Swissair stand, hatte Max immer noch Mühe, einen klaren Gedanken zu fassen. Mit ihm war irgendetwas Schlimmes passiert, so viel war ihm klar, aber was genau?

Klaus stieß ihn am Ellbogen an und zeigte auf drei Personen, die das Flughafengebäude betraten. »Dein Vater dachte, du würdest dich vielleicht über die Begleitung freuen.«

Als das Dreiergespann näher kam, versuchte er, seinen Verstand neu zu konfigurieren und die drei Personen einzuordnen. Als sie schließlich nah genug gekommen waren, um sie erkennen zu können, hatte er ein Gefühl, als würde ihm ein Eimer eiskaltes Wasser ins Gesicht geklatscht, und er wusste plötzlich wieder, was sein Vater mit ihm gemacht hatte. Er überlegte, ob er die Augen schließen sollte, aber es hatte keinen Sinn: Er konnte nicht dagegen an.

Der Mann erreichte ihn als Erster und schüttelte ihm die Hand. »Guten Morgen, Max. Ist der Trauzeuge bereit zur Hochzeit?«

Max lächelte, aber in seinem Bauch rumorte es. »Das will ich doch meinen.«

Dann trat die Frau des Mannes auf ihn zu und küsste ihn auf beide Wangen.

Doch es war ihre Tochter, deretwegen er den Blick abwenden wollte. »Max! Ist es nicht toll, dass wir mit derselben Maschine fliegen?«

»Ja«, sagte Max schweren Herzens, als er in ihr schönes Gesicht blickte und sich in das Unvermeidliche fügte. »Ja, das ist es, Delphine.«

46

Fast eine Stunde lang glitten die drei Schlitten, begleitet nur von Hundekläffen und dem Knirschen der Kufen auf frischem Schnee, durch die Lautlosigkeit der majestätischen Landschaft mit ihren Berggipfeln, Gletschern und tief verschneiten Wäldern. Von einer sanft abfallenden Anhöhe blickten sie schließlich auf das Ziel ihrer Reise hinab.

Der Anblick war atemberaubend. Rechts von ihnen glitzerte in der Ferne der Atlantik, auf der linken Seite erhoben sich hohe Berge. In der Mitte mündete ein Fluss in ein großes rundes Becken, umringt von schneebedeckten Bergen, deren steile Flanken sich fast senkrecht aus dem Wasser hoben.

Nur dass es kein Wasser mehr war. Der See war zugefroren, und in seiner Mitte befand sich eine kleine Insel, auf der der Kristallpalast stand. Walhalla war aus Isolierglas, mattierten Kunstharzblöcken und Hartholz erbaut, aber aus der Ferne und in dem schräg einfallenden Sonnenlicht sah es aus, als verschmölze es mit der Insel, die wiederum übergangslos in den zugefrorenen See überging, sodass sich der funkelnde Palast wie ein riesiger Eiszapfen aus der weiten Eisfläche erhob, sein zentraler Turm ein in den Himmel ragender Stalagmit aus Glas.

Als die Schlitten zum Ufer des Sees und auf das Eis hinausfuhren, zeigte Joachim auf einen kleineren Kuppelbau hinter der Insel, der im Sonnenlicht funkelte wie ein diamantener Tautropfen. »Das ist die Hochzeitskapelle. Sie ist ganz aus Eis.«

Jetzt, wo sie auf dem See waren, wurde Isabella plötzlich voller Staunen bewusst, wie groß er war. Sie blickte auf die Schlittenspuren zurück und hörte das Wasser unter der Eisoberfläche hindurchrauschen. Sie schauderte. »Joachim, das Wasser unter uns hört sich ja richtig reißend an.«

»Ist es auch.« Er zeigte nach Osten, wo der Fluss in den See mündete, dann nach Westen, wo ein Fjord den Zugang zum Meer bildete. »Die Strömung ist deshalb so stark, weil in diesem Becken Fluss und Meer aufeinander treffen.«

»Trägt denn das Eis?«

»Es war ein ungewöhnlich milder Winter, weshalb die Baufirma erst mit dem Bau der Kapelle beginnen konnte, als das Eis dicker wurde. Inzwischen ist es dick genug. An der Küste friert das Meer wegen des warmen Golfstroms nie zu, aber hier in dieser Bucht bildet sich im Winter immer Eis.« Er zeigte auf den engen Fjord. »Dort drüben ist es ziemlich dünn, aber hier und in der Mitte ist es völlig ausreichend.«

Als sich die Schlitten der Insel näherten, konnte Isabella sehen, dass Kathryn Recht hatte. Walhalla ähnelte tatsächlich eher einem Hotel als einem Wohnhaus, und mit seinem stufenförmigen Aufbau erinnerte es ein wenig an eine Hochzeitstorte. Die unterste Etage, die einem riesigen, auf dem Kopf stehenden Wikingerboot nachempfunden war, hatte Bogenfenster. Die von kristallenen Strebebögen gestützten oberen Etagen, die von dem durchsichtigen gotischen Turm gekrönt wurden, waren eckig und hatten Spitzbogenfenster. Die schimmernden Mauern erschienen durchsichtig, aber in Wirklichkeit reflektierten sie das Licht wie Spiegel und gaben nichts preis.

Ein lautes Knattern zerteilte die frostklirrende Stille. Am Himmel erschien ein Hubschrauber und landete neben der Kapelle auf dem Eis. Isabella sah sechs Personen aussteigen. Danach hob der Hubschrauber sofort wieder ab und flog in Richtung Süden davon. Sie fragte sich, ob Max schon in Walhalla war.

Die Hunde begannen zu kläffen, und die Schlitten hielten an. Als Isabella vorsichtig auf den eisigen Untergrund stieg, fing Gisele ihren Blick auf und flüsterte: »Eines muss man Helmut Kappel lassen. Er mag ja ein komischer alter Kauz sein, aber für seine Hochzeit hat er sich wirklich einen starken Platz ausgesucht.«

47

»Sie müssen jeden Augenblick kommen, Phoebe.«

»Ich weiß, Helmut. Ich finde es nur schade, dass wir nicht mehr *meiner* Freunde und Verwandten eingeladen haben.«

Helmut Kappel blickte vom Zwischengeschoss auf die Gäste hinab, die in die Eingangshalle von Walhalla kamen, wo sie von Odin persönlich begrüßt wurden. Dann nahm sich sein Personal, das von ihm entworfene Pelze und Wikinger-Brustpanzer trug, ihrer an. Die Empfangsdame fotografierte das Gesicht jedes Neuankömmlings mit einer Digitalkamera, die kabellos mit dem Zentralrechner verbunden war. Dann nahmen Träger den Gästen das Gepäck ab und führten sie auf ihre Zimmer. »Das habe ich dir doch schon mehrfach erklärt. Ich habe mich für Walhalla entschieden, um dir eine spektakuläre Hochzeit auszurichten, aber die Kapazität ist hier nun mal begrenzt. Deine Mutter wollte nicht kommen. Dann gibt es Gäste, die ich einladen musste, und außerdem hast du dich einverstanden erklärt, dass ich mich um alles kümmere.«

»Ja, aber du bist entweder bei deiner Familie oder bei deinen Kunden. Ich bekomme kaum etwas von dir zu sehen, Schatz.«

»Ich kann nicht die ganze Zeit bei dir sein. Ich muss mich auch noch um andere Dinge kümmern.« Er senkte die Stimme und sah ihr in die Augen, wie ein Vater, der mit einem Kind spricht. »Wenn dir das nicht passt, Phoebe, können wir die Hochzeit immer noch abblasen. Niemand zwingt dich, mich zu heiraten. Wir *müssen* nicht zusammen sein.«

»Und ob wir das müssen«, sagte sie hastig. Er weidete sich an der Panik, die sich über ihr Gesicht legte. Der Reiz würde bald nachlassen, aber im Moment bereitete es ihm noch ungeheures Vergnügen, dieses exquisite Geschöpf so völlig unter Kontrolle zu haben. Er blickte in die Eingangshalle hinab und sah, wie Odin einen ihrer vier Problemkunden begrüßte: Warren Hudsucker. Der Senator war allein. Sehr gut. Helmut Kappel lächelte. »Du darfst das alles nicht so schwer nehmen, Phoebe. Die Hochzeit wird bestimmt wunderschön, und wenn alles vorbei ist, werden wir wesentlich mehr Zeit füreinander haben.«

»Versprichst du mir das auch, Liebling? Ich liebe dich so sehr.«

»Ich weiß. Aber geh doch jetzt auf dein Zimmer und warte dort auf deine Freundinnen. Ich werde inzwischen ein paar meiner Gäste begrüßen. Ich verspreche dir, dass ich zu dir komme, sobald die Brautjungfern eintreffen.«

»Aber lass mich nicht zu lange warten.«

»Nein, natürlich nicht«, sagte er und ging die ausladende Glastreppe zur Eingangshalle hinunter. Als er an einem durchsichtigen Pfeiler vorbeikam, betrachtete er in seiner Kunstharzoberfläche prüfend sein Spiegelbild. Bei dem Gedanken an die hochexklusive Gästeliste lief ihm ein wohliger Schauder den Rücken hinab. Es waren zwar nicht einmal hundert Gäste geladen, aber sie kamen aus Tokio, Los Angeles, New York, London, Paris, Moskau, New Delhi, Kapstadt, Buenos Aires und Sydney. Kein Winkel der Erde war übersehen worden.

Einer der drei Berufsfotografen, die engagiert worden waren, um das Ereignis im Bild festzuhalten, machte einen Schnappschuss von ihm. Ein japanischer Kunde mit Yakuza-Kontakten blieb stehen, um ihm zu gratulieren und sich in den höchsten Tönen über die Wahl des Ortes zu äußern.

»Das habe ich alles Odins Großzügigkeit zu verdanken«,

erwiderte Kappel, als er neben Hudsucker und dem norwegischen Designer stehen blieb.

Odin warf sein rotblonde Mähne zurück und lächelte bescheiden. »Aber nicht doch, es war mir ein Vergnügen.« In Wirklichkeit hatte das Bankhaus Kappel Odin eine stattliche Summe für die Benutzung von Walhalla gezahlt. Auch der Erlös aus dem Verkauf der Fotos würde mit dem Designer geteilt, der darüber hinaus von der Publicity profitieren würde, wenn Walhalla demnächst als Hotel eröffnet wurde.

Kappel wandte sich Hudsucker zu und schüttelte dem Senator die Hand. »Warren, es ist mir eine ganz besondere Freude, dass Sie kommen konnten. Hat die Empfangsdame schon ein Foto von Ihnen gemacht? Gut, dann möchte ich die Gelegenheit nutzen, Ihnen Ihr Zimmer zu zeigen. Ihr Gepäck wird gleich jemand nachbringen.«

Hudsucker folgte ihm. Diesmal war von seinem sonstigen Selbstvertrauen nichts zu spüren. Sein Gesicht wirkte blass unter der Bräune. Er machte einen müden und gereizten Eindruck. Kappel brachte ihn in ein Zimmer in der ersten Etage. »Sie haben Zimmer Nummer acht. Von hier ist der Blick ganz besonders schön.« Er zeigte auf die Sensorplatte und den Monitor neben der Tür. Unter der Platte stand die Typenbezeichnung: InterFace 3000. »Odin ist ein richtiger Sicherheitsfanatiker. Legen Sie Ihre Hand auf die Sensorplatte, dann wird der Computer das genetische Gesichtsprofil in Ihrer DNS mit dem Foto vergleichen, das die Empfangsdame bei ihrer Ankunft gemacht hat.« Hudsucker kam der Aufforderung nach, und auf dem Monitor erschien sein Gesicht. Gleichzeitig ging mit einem leisen Klicken die Tür auf. »Nur Sie können das Zimmer betreten.«

Hudsucker ging nach drinnen und schaute durch das große Panoramafenster auf die im Dämmerlicht glühenden Berge hinaus. »Sie haben Recht. Der Blick ist wirklich fantastisch.«

»Wenn wir Glück haben, bekommen wir sogar Nordlicht

zu sehen. Wenn man es unter Garantie sehen will, muss man sich zwar nördlich des Polarkreises befinden, aber Odin sagt, gelegentlich lässt es sich um diese Jahreszeit auch hier beobachten.«

Hudsucker legte seine Jacke ab und warf sie aufs Bett. Dabei rutschten seine Brieftasche und ein gefaltetes Foto aus der Innentasche. Als er beides zurücksteckte, erhaschte Kappel einen kurzen Blick auf das Bild. Es wies deutliche Abnutzungsspuren auf, als sei es unzählige Male entfaltet und betrachtet worden. Es war das Foto, das Hudsucker mit der Einladung zugeschickt bekommen hatte, ein Bild der Brautjungfern mit besonderer Hervorhebung von Isabella Baccis Gesicht.

»Hatten Sie einen angenehmen Flug?«

Hudsucker nickte.

»Haben Sie Ihre Frau nicht mitgenommen?«

»Sie wäre gern gekommen, aber es ließ sich schlecht machen. Die Kinder müssen bald wieder in die Schule.«

»Sicher, sicher. Außerdem habe ich *Sie* eingeladen, Warren. Ich wollte, dass Sie an meinem Glück teilhaben. Dieser Ort hat etwas Magisches.« Helmut Kappel blickte auf die schneebedeckte Terrasse hinaus und auf das beeindruckende Panorama dahinter. »Darf ich ganz offen mit Ihnen sprechen?«

Hudsucker setzte sich stirnrunzelnd aufs Bett. »Natürlich.«

»Ich habe das Gefühl, dass hier etwas Wichtiges mit Ihnen passieren wird. Das denke ich deshalb, weil auch mit mir etwas Wichtiges passiert ist. Ich weiß, kein Mensch kann verstehen, wie es mir gelungen ist, Phoebes Liebe zu gewinnen – alle denken, dahinter müsste irgendein dunkles Geheimnis stecken.« Er klopfte Hudsucker auf die Schulter. »Wenn dem so wäre, würde ich es gewiss nicht mit jedem teilen. Doch wenn zum Beispiel einer meiner Kunden plötzlich feststellen müsste, dass er – wie bei mir und Phoebe – völlig gefesselt ist von einer Frau, von einer Frau, an die er unablässig denken muss, von einer Frau, deren Gesicht ihm nicht mehr aus dem Kopf geht und ihn von der Arbeit abhält und ihm den Schlaf raubt, wenn dem so sein sollte, dann würde ich ihm gern helfen.«

Hudsucker sah ihn mit zusammengekniffenen Augen aufmerksam an. Offensichtlich war er nicht sicher, wohin das führen würde. »Wie?«

»Auf jede mir mögliche Weise«, antwortete Kappel ernst. »Nehmen wir zum Beispiel mal an, *Ihnen* hätte es eine der Brautjungfern bei meiner Hochzeit angetan. Ich würde Ihren Ambitionen nicht im Weg stehen. Im Gegenteil, ich würde Ihnen helfen, sie in die Tat umzusetzen.«

Aus Hudsuckers Gesicht wich alle Farbe. »Aber ich bin verheiratet und habe keine der Brautjungfern je in meinem Leben gesehen.«

»Kommen Sie, Warren, ich spiele hier doch nur ›Was wäre, wenn‹. Und schon gar nicht möchte ich hier in irgendeiner Weise über Sie urteilen. Ich will nur das Geheimnis meines Glücks mit Ihnen teilen. Spielen Sie ein Spiel mit mir, Warren. Wie viel würden Sie dafür geben, das Objekt Ihrer Liebe zu treffen? Sagen wir mal …« Er sah Hudsucker in die Augen. »… es wäre Isabella Bacci.« Ihr Name blieb zwischen ihnen im Raum stehen. »Wie viel würden Sie dafür geben, wenn Sie sie kennen lernen könnten und sie die Liebe erwiderte, die Sie seit einigen Wochen quält?«

Hudsucker sah ihn mit offenem Mund an, sagte aber nichts.

Kappel fuhr fort: »Wenn ich Ihnen sagte, Sie könnten Isabella Bacci heute Abend kennen lernen, zwei Tage ungetrübten Glücks mit ihr genießen, dann mit ihr abreisen und bis an Ihr Ende glücklich mit ihr sein, wie viel wäre Ihnen dieses lebenslange Glück wert? Eine Million Dollar? Eine Milliarde? Alles, was Sie besitzen? Mehr?«

Hudsucker saß da, so reglos wie eine Statue, fassungslos.

»Entschuldigen Sie bitte, Warren, Sie sind sicher müde. Ruhen Sie sich erst einmal aus.« Er musste auch die anderen drei

Problemkunden noch vor der Cocktailparty anspitzen. »Vergeben Sie mir, dass ich Unsinn rede. Ich bin wegen meiner Heirat mit Phoebe etwas überdreht. Ich kann immer noch nicht glauben, dass eine Frau wie sie, die jeden Mann auf der Welt haben könnte, ausgerechnet mich ausgewählt hat. Bis heute Abend.«

48

»Ich bin ja so froh, dass ihr endlich da seid«, sagte Phoebe. Sie wartete, bis Joachim sich entfernt hatte, bevor sie Isabella und die anderen in ein kleines Zimmer entführte, das von der Eingangshalle abging. »Ist das hier nicht unglaublich?«

Gisele blickte durch die gläserne Wand auf die anderen Gäste hinaus. »Wie im Märchen, Phoebe.«

»Das hat alles Helmut arrangiert.«

»Wirklich atemberaubend«, sagte Claire.

Phoebe umarmte ihre Schwester. »Nur schade, dass Mami nicht kommt.«

Isabella sah, wie Claire den Blick senkte. »Ich weiß, aber es ist doch ein sehr weiter Flug, und du weißt ja, wie ungern sie fliegt.«

Isabella umarmte ihre Freundin. »Großartig siehst du aus, Phoebe.«

»Genau wie ihr in euren Pelzen.«

Als die anderen Phoebe umarmten, hob Isabella den Blick an die Decke: Die Holzbalken hatten die Form von Speeren mit Kristallspitzen. An der Wand rechts von ihr hing eine Tafel, auf der stand, dass Walhalla nach der großen Halle Odins benannt war, des obersten Gottes der nordischen Mythologie. Die Walküren, Odins blonde Heldenjungfrauen, flogen über die Schlachtfelder, um dort die Tapfersten unter den gefallenen Kriegern auszusuchen und sie nach Walhalla zu bringen. Dort speisten und tranken sie dann an Odins Tafel, während sie auf Ragnarok warteten, die große Entscheidungsschlacht zwischen Gut und Böse. Isabella fragte sich, ob Odin sein richtiger Name war. Sie konnte sich nicht vorstellen, dass Eltern so von ihrem Kind eingenommen sein könnten, es nach dem Oberhaupt der Götter zu benennen.

Isabella wandte sich wieder Phoebe zu. »Wie geht es dir? Freust du dich schon auf die Hochzeit?«

»Natürlich. Aber ein bisschen nervös bin ich auch.«

Isabella hielt bei ihrer Freundin nach einem Anzeichen Ausschau, dass sie das Mittel injiziert bekommen hatte, aber sie konnte nichts entdecken. Der einzige Anhaltspunkt war, dass Phoebe vollkommen unter Helmut Kappels Bann zu stehen schien und ihre glühend verfochtene Selbstständigkeit aufgegeben hatte. Die Phoebe, die sie kannte, hätte ihren Mann nicht allein über jedes Detail ihrer Hochzeit entscheiden lassen, selbst wenn sie ihn noch so sehr geliebt hätte.

»Willkommen.« Die Tür ging auf, und Helmut Kappel kam mit einem Tablett mit vier Gläsern darauf herein. Phoebes Miene leuchtete auf. »Joachim hat mir bereits erzählt, dass Sie eine angenehme Reise hatten.«

»Ja, es war toll, danke«, sagte Gisele.

»Die Schlittenfahrt war fantastisch«, sagte Claire.

»Gut. Ich dachte mir schon, dass Ihnen das lieber wäre als ein Hubschrauber. Phoebe, gib das schon mal deinen Brautjungfern, aber Vorsicht – die Gläser sind aus Eis.«

Gehorsam reichte Phoebe die Getränke herum.

»Das ist eins von Odins Spezialrezepten«, erklärte Kappel. »Ein Cocktail aus heimischem Aquavit und Met – eine Art Wodka mit Honiglikör.« Er sah Isabella kurz in die Augen, bevor er ein kühles, wissendes Lächeln aufsetzte. »Odin hat ihn zu unseren Ehren Perfect Marriage getauft. Ich habe mir sagen lassen, es ist am besten, wenn man ihn in einem Zug hinunterstürzt.«

Während Isabella den süßen, aber feurigen Cocktail trank, beobachtete sie das Treiben in der Eingangshalle. Sie erkannte Klaus Kappel, der zusammen mit einer Reihe weiterer Gäste eintraf. Dann kam Max Arm in Arm mit Delphine herein, gefolgt von einem distinguierten älteren Ehepaar, bei dem es sich um Delphines Eltern handeln musste. Isabella verspürte einen Stich irrationaler Eifersucht. Nach allem, was sie über das Mittel ihres Vaters und das Antibes-Experiment herausgefunden hatte, traute sie Max inzwischen nicht mehr. Möglicherweise hatte er auch seinem Vater dabei geholfen, sich Phoebe gefügig zu machen. Aber so sehr sie ihn einerseits hassen wollte, sehnte sie sich zugleich nach seiner Stärke.

Während sie Max ansah, merkte sie, dass sein Vater sie mit einem grausamen Lächeln beobachtete. »Phoebe«, sagte er, »zeig doch den Damen schon mal ihre Zimmer. Ich werde inzwischen die Neuankömmlinge begrüßen.«

Sie wusste nicht, ob es an Helmut Kappels Begrüßungstrunk lag oder an der langen Reise, jedenfalls überkam Isabella plötzlich heftige Müdigkeit, als ihr Phoebe den Zimmerplan neben der Treppe zeigte. Einige der Namen kannte Isabella: Angehörige von Königshäusern, Politiker, Industriemagnaten. Sie schätzte, dass etwa einhundert Gäste in den sechzig Zimmern untergebracht wären, die hauptsächlich an den Außenseiten der drei oberen Etagen lagen. Die zwei schönsten Zimmer, hoch oben im Turm, waren für Helmut Kappel und Phoebe reserviert. In einem abgetrennten Bereich, der als »Privat« deklariert war, befand sich vermutlich Odins Quartier.

Isabellas Zimmer war in der zweiten Etage. Beim Studium des Belegungsplans stellte sie fest, dass Joachim vier Türen weiter untergebracht war. Gut. Sie hatte seinen Alukoffer noch keineswegs vergessen.

Als sie mithilfe des DNS-Gesichtserkennungssensors ihr Zimmer betrat, stellte sie fest, dass es sich dabei um das gleiche System handelt wie in der Mailänder Universitätsklinik – das InterFace 3000. In ihrem Zimmer fand sie auf dem Tisch neben dem Bett einen gedruckten Veranstaltungsplan, und an der Tür hing eine goldene Halbmaske, an deren Seiten wie blonde Haare vergoldete Federn hingen. Der obere Teil der Maske glich einem Wikingerhelm mit zwei Perlmutthörnern. Einem kleinen Anhängeschild zufolge handelte es sich dabei um ein stilisiertes Abbild Friggas, der Gemahlin Odins, des Oberhaupts der Götter.

Gegen den Schlaf ankämpfend, ließ sich Isabella aufs Bett plumpsen und las den achtsprachigen Veranstaltungsplan, demzufolge der Abend mit einem Champagnerempfang begann. Für den Tag darauf standen Schlittenfahrten und Hubschrauberflüge zum Polarkreis auf dem Programm, gefolgt von einem Silvesterball im großen Saal. Die Hochzeit sollte am Neujahrstag in der Eiskapelle stattfinden. Sie stellte ihre Uhr auf Ortszeit um, kurz nach fünfzehn Uhr.

Plötzlich musste sie an ihren Vater denken. Sein Verrat hatte zur Folge, dass er ihr mehr fehlte, nicht weniger. Nach seinem Tod war ihr einziger Trost gewesen, dass zwischen ihnen alles geklärt war. Sie hatten sich geliebt, und das war alles, was zählte. Doch jetzt, wo er dafür gesorgt hatte, dass sie an seiner Liebe zweifeln musste, hielt sie ihr Zorn auf ihn davon ab, richtig zu trauern. Wenn er über sein Projekt mit ihr gesprochen hätte, hätte sie ihm vielleicht ein paar nützliche Tipps geben können.

Sie stellte den Wecker auf Viertel nach sechs und sah nach ihrem Gepäck, das neben der Badezimmertür stand. Sie öffnete den Koffer, griff nach ihrem Necessaire und sah hinein. Dort waren die Schlaftabletten, die sie seit dem Tod ihres Vaters gelegentlich genommen hatte, und das Fläschchen, das sie aus der Klinik mitgenommen hatte. Sie schraubte den Verschluss ab und sah hinein. Sein Inhalt war ihre letzte Rettung, obwohl nicht sicher war, dass das Mittel wirken würde. Aber falls sich ihre schlimmsten Befürchtungen bewahrheiteten, war es alles, was sie hatte.

Sie legte sich aufs Bett und ergab sich dem Schlaf.

Auch die anderen Brautjungfern schliefen in ihren Zimmern in Odins Kristallpalast und träumten von fremden Männern. Die Protagonisten ihrer Träume hockten in ihren Zimmern über den Fotos der Frauen, von denen *sie* seit kurzem träumten. In wenigen Stunden würden sie die Objekte ihrer Begierde kennen lernen.

49

Vier Stunden später

Der große Saal von Walhalla war einem kieloben liegenden Wikingerschiff nachempfunden, doch als Helmut Kappel zu den mächtigen Rippen des weiten Gewölbes hinaufblickte, auf denen die gekrümmten Glasscheiben des Dachs ruhten, hatte er das Gefühl, im Bauch eines riesigen gläsernen Wales zu stehen. An den Wänden standen mit Essen und Getränken beladene Tische, und die Gäste wurden von Personal in voller Wikingermontur bedient.

Als sich ein korpulenter Mann durch die Menge auf ihn zu schob, breitete Kappel zu seiner Begrüßung die Arme aus. »Feliks, schön, dass Sie gekommen sind.« Er umarmte den Russen, dann lotste er den Mann in eine abgeschiedene Ecke des Saales. »Da ist jemand, den ich Ihnen vorstellen möchte.«

Der maßgeschneiderte Abendanzug des 58-jährigen Lysenko konnte seine Leibesfülle nicht verbergen. Er hatte dichte Augenbrauen und einen dünnen Schnurrbart, und sein kahler gebräunter Schädel glänzte unter den Kristalllüstern. Sein gehetzter Blick huschte durch den Saal und blieb schließlich auf Kathryn Walkers Gesicht haften. Sofort legte sich ein hingerissenes Lächeln über seine Züge.

Kappel lächelte still in sich hinein. Das Gift der Liebe schwächte sogar den unbarmherzigsten Verstand. Bald würde er aller Welt demonstrieren, wie gefährlich es sein konnte.

»Darf ich Ihnen eine von Phoebes Brautjungfern vorstellen? Kathryn ist ein Mitglied der Familie Walker aus New York.«

»Ich weiß.« Lysenko konnte kaum mehr an sich halten.

»Kathryn, darf ich Ihnen einen Freund von mir vorstellen? Feliks Lysenko.«

Kappel beobachtete, wie sich Kathryn Walker von Isabella und Phoebe entfernte, um den Russen zu begrüßen. Es war kein Wunder, dass Lysenko entzückt war, ihr zu begegnen: Selbst wenn er nicht unter dem Einfluss des Mittels gestanden hätte, wäre der gesellschaftliche Paria Lysenko begeistert gewesen, mit einer schönen jungen Angehörigen der feinen New Yorker Gesellschaft wie Kathryn Walker bekannt gemacht zu werden. Doch es war ihre Reaktion, die Helmut Kappel heimlich schmunzeln ließ. Normalerweise hätte sie den Waffenhändler mit Sicherheit höflich gegrüßt, um sofort wieder zu Leuten ihres Alters und ihrer Klasse zurückzukehren. Doch jetzt sah sie den kleinen, dicken, glatzköpfigen Russen mit der Art von erschrockenem Staunen an, das Phoebe an den Tag gelegt hatte, als sie ihn bei Odins Fashion Show in Mailand zum ersten Mal gesehen hatte.

Kappel trat zurück und beobachtete, wie einer der offiziellen Fotografen eine Aufnahme von den beiden mit ihm selbst im Hintergrund machte. Er hatte allen Fotografen eingeschärft, dafür zu sorgen, dass sein Gesicht auf mindestens der Hälfte der Fotos zu sehen war. Er drehte sich zur Seite und sah Giscard Corbasson, den französischen Pornokönig, durch die Menge auf Gisele Steele zusteuern, die bei Isabella und Phoebe stand. Corbassons entzücktem Blick und Giseles bestürztem Gesichtsausdruck nach zu schließen, erübrigte es sich, die beiden miteinander bekannt zu machen.

Helmut Kappel zündete sich eine Zigarette an und nahm einen tiefen Zug. Nach dem Gespräch mit Hudsucker hatte er auch noch mit den anderen Problemkunden gesprochen. Jetzt marschierte jeder von ihnen geradewegs in seinen

Traum hinein, ohne zu ahnen, zu welchem Albtraum er sich in Kürze entwickeln würde. Nadolny war in ein Gespräch mit Claire vertieft, und sobald Kappel Hudsucker an Isabellas Seite gelotst hätte, konnte Projekt Ilium in die letzte Phase eintreten.

Er war sicher, dass sie jeden Preis zahlen würden, wenn es so weit war. Die Angst, das größte Glück zu verlieren, das sie je erfahren hatten, wäre unüberwindlich. Er schaute zu Max hinüber, der sich angeregt mit Delphine unterhielt. Es war ein beruhigendes Gefühl, zu wissen, dass sein verlorener Sohn in den Schoß der Familie zurückgekehrt war. Inzwischen hatte er wieder alles fest im Griff. Alle Fäden liefen in seinen Händen zusammen, stellte er triumphierend fest.

Zwei weitere Gäste näherten sich ihm und gratulierten ihm zur Hochzeit. Er lächelte huldvoll, obwohl er wusste, dass sie nur gekommen waren, um Phoebe zu sehen. Aber das würde anders werden. Nach der Hochzeit würde alles anders werden. Joachim und seine Frau Anna unterhielten sich mit den Chevaliers. Er winkte seinen Sohn zu sich. »Venus?«

»Es ist alles vorbereitet, aber wir müssen noch ein paar kleine Details klären.«

»Gut. Darüber können wir morgen reden.« Er sah Warren Hudsucker näher kommen. »Danke, Joachim. Du kannst jetzt gehen. Da ist jemand, dem ich Isabella Bacci vorstellen möchte.«

Als er Joachim weggehen sah, schlug Kappels Herz vor gespannter Erwartung schneller. Ilium hatte ihn zu Amor gemacht, aber Venus würde ihm die ganze Welt zu Füßen legen.

50

Irgendetwas stimmte ganz und gar nicht. Isabella fühlte sich seltsam durcheinander, als sei sie in einem verstörenden Traum. Die Atmosphäre im Ballsaal hatte etwas Märchenhaftes: Alle Männer trugen elegante Abendgarderobe, die Frauen extravagante Abendkleider und Schmuck, angesichts dessen selbst die von der funkelnden Kristalldecke hängenden Lüster zu verblassen drohten. Und in ihrem eng anliegenden, knöchellangen cremefarbenen Kleid, der goldenen Halskette und den goldenen Schuhen überstrahlte Phoebe alle Anwesenden. Isabella beobachtete, dass Phoebe sich, wenn sie sich mit jemandem unterhielt, ständig umblickte, ob Helmut in ihrer Nähe war.

Es war jedoch nicht Phoebes Verhalten, weswegen sich Isabella die Nackenhaare aufstellten. Es war die Art, wie Kathryn den kleinen, dicken Russen anhimmelte, der sie gleich ersticken würde, wenn er ihr noch näher auf den Leib rückte. Es erinnerte Isabella an Phoebes erste Begegnung mit Helmut Kappel. Und Gisele schien ähnlich hingerissen von einem lüsternen Franzosen, der ihren Arm mit der Vertraulichkeit eines Geliebten streichelte. Sogar Claire kicherte wie ein Schulmädchen, und das neben einem Mann, der alt genug war, um ihr Großvater sein zu können.

Isabellas Befürchtungen wuchsen, als sie merkte, wie sich Klaus Kappel von seiner Frau abwandte und sie mit zusammengekniffenen Augen kalt anstarrte. Hatte er Verdacht geschöpft, dass sie etwas herausgefunden hatte?

Dann erschien Max mit Delphine am Arm. »Kannst du dich an Delphine erinnern?«, fragte er.

»Aber sicher.« Isabella reichte ihr die Hand. Sie bildete sich ein, ein triumphierendes Lächeln über Delphines Lippen huschen zu sehen.

»Wie war Ihr Flug, Isabella?«, fragte Delphine.

»Bestens. Und Ihrer?«

Delphine blickte lächelnd zu Max auf. »Wir sind zusammen gekommen.« Ihre unübersehbare Intimität verstärkte Isabellas Gefühl der Isolation. Plötzlich wurde ihr kalt. Max musste an dem Missbrauch, den sein Vater mit der Liebesdroge getrieben hatte, beteiligt gewesen sein. Der Grund für die Aufmerksamkeit, die er ihr in letzter Zeit geschenkt hatte, war vermutlich, dass er sie hatte im Auge behalten müssen, damit sie bei der Überschreibung der Erfindung ihres Vaters an das Bankhaus Kappel keinen Ärger machte. Alles, einschließlich des von ihm behaupteten Bruchs mit Delphine, war eine Lüge gewesen.

Während sie das zu verarbeiten versuchte, erschien Helmut Kappel mit einem Mann Mitte fünfzig, der ihr vage bekannt vorkam. Er hatte das gute Aussehen eines Filmstars und dichtes silbergraues Haar, das fast so weiß wie das seines Gastgebers war, und er lächelte sie an, als wäre sie der einzige Mensch auf Erden.

Helmut Kappel wandte sich seinem Sohn zu. »Max, vielleicht machst du ja die Herrschaften miteinander bekannt.«

»Gern«, sagte Max. »Isabella, darf ich dir Warren Hudsucker vorstellen. Er ist Senator für Nevada.« Isabella fiel auf, dass Helmut Kappel Max mit einem zufriedenen Lächeln beobachtete.

Sie lächelte Hudsucker an. »Deshalb kam mir Ihr Gesicht irgendwie bekannt vor. Freut mich, Sie kennen zu lernen.«

»*Ihr* Gesicht kam mir eindeutig bekannt vor.« Er ergriff ihre Hand und küsste sie. Er hatte einen kleinen Leberfleck in der Form Australiens auf dem Handrücken.

Helmut Kappel tippte Phoebe am Unterarm an. »Komm, Phoebe«, forderte er sie auf. »Ich will dich einigen unserer anderen Gäste präsentieren.«

Hudsucker war charmant und aufmerksam, doch Isabella wurde das unangenehme Gefühl nicht los, beobachtet zu werden, während sie mit ihm sprach. Als sie kurz den Blick von ihm abwandte, sah sie, dass Max in ihre Richtung blickte. Dann ertappte sie Klaus, Joachim und Helmut Kappel, wie sie zu ihr herüberstarrten. Als sich ihr Blick mit dem von Helmut Kappel traf, kam sie sich plötzlich ganz allein vor in dem vollen Saal, ein verletzliches Reh im Fadenkreuz von vier Jagdgewehren. Wenige Augenblicke später wanderte Helmut Kappels Aufmerksamkeit zu Kathryn, Gisele, Claire und schließlich zu Phoebe weiter. Und als sie dabei seinem Blick folgte und sah, was er sah, hätte sie fast ihr Glas fallen lassen. Ihr wurde klar, dass sie das Mittel nicht nur Phoebe injiziert hatten. Sie hatten es auch ihren Brautjungfern injiziert. Sie hatten es ihr selbst injiziert.

Als sie Hudsucker in die Augen schaute und die Gier in ihnen sah, zog sich alles in ihr zusammen.

»Was haben Sie denn?«, fragte er.

»Ach, nichts. Ich brauche nur etwas zu essen.« Sie ging auf Joachim Kappel und seine Frau zu. Max' Halbbruder stellte sein Glas auf einen Tisch voller silberner Platten mit Essen, küsste sie auf beide Wangen und schüttelte Hudsucker die Hand.

Isabella vergewisserte sich, dass kein Lippenstift an ihrem Glas war, stellte es dann neben seines und begrüßte Joachims Frau.

»Und, wie finden Sie Walhalla?«, fragte Joachim.

»Fantastisch«, sagte Hudsucker.

»So etwas habe ich noch nie gesehen«, sagte Isabella und nahm Joachims Glas. »Wie haben Sie Odin dazu gebracht, es Ihnen zur Verfügung zu stellen?«

»Ganz einfach, er ist ein zufriedener und treuer Kunde«, sagte Joachim mit einem vielsagenden Blick auf Hudsucker.

Isabella wartete ein paar Minuten, bevor sie sich entschuldigte. »Nein, nein«, protestierte sie, als Hudsucker sie begleiten wollte. »Ich muss auf die Toilette, und außerdem habe ich etwas auf meinem Zimmer vergessen. Ich bin gleich wieder zurück.«

Sie konnte bei dem, was sie vorhatte, keine Zeugen brauchen.

51

Mit Joachims Glas in der Hand zog sich Isabella rasch aus dem großen Saal zurück. Im Zwischengeschoss über der Eingangshalle kam sie an Stein und einem seiner finster dreinblickenden Begleiter vorbei, aber im Übrigen waren die Flure verlassen. Durch die Fenster sah sie, dass es zu schneien begonnen hatte. Schneeflocken tanzten durch das Licht der Scheinwerfer, die rings um die Insel angebracht waren, und ein paar Meter vom Ufer des zugefrorenen Sees entfernt leuchteten die Fenster eines kleineren Gebäudes durch die Nacht. Auf seinem Dach hatte sich nur wenig Schnee angehäuft, und wegen der davor gestapelten Ölfässer vermutete sie, dass sich dort die Heizanlage von Walhalla befand. Dahinter, auf dem zugefrorenen See, schimmerte die Eiskapelle in einem unheimlichen Blau.

Als Isabella die geschwungene Treppe hinaufstieg, holte sie ein Wattestäbchen aus ihrer Handtasche. Auf ihrem Stockwerk ging sie an ihrem Zimmer vorbei und blieb erst vier Türen weiter stehen.

Mit zitternden Fingern fuhr sie mit dem Wattestäbchen über den Innenrand von Joachims Glas, blickte den Gang hinauf und hinunter und rieb dann damit über den Sensor neben der Tür. Sie erinnerte sich, dass ihr Sofias Vater erzählt hatte, das Gesichtserkennungssystem hätte eine Schwachstelle: Wenn das Gesichtsprofil in der gescannten DNS mit dem in der Computer-Datenbank gespeicherten digitalen Gesichtsbild übereinstimmte, gab es den Zugang frei – und zwar unabhängig davon, ob die DNS von der Person stammte, die sich Zugang verschaffen wollte, oder nicht. Das neue InterFace 3500 war dagegen bereits mit einer Digitalkamera ausgestattet, die das Gesicht der betreffenden Person fotografierte, aber das ältere System hatte noch keine. In wenigen Sekunden hatte der Computer die einzigartige Kombination von 597 Genen isoliert, die Joachim Kappels Gesicht bestimmten, und sein Bild erschien auf dem Monitor. Die Tür ging auf.

Als Isabella das Zimmer betrat, gingen automatisch die Lichter an. Im Gegensatz zu ihrem Zimmer, wo Kleider auf dem Bett lagen, Schränke offen standen und der Koffer erst halb ausgepackt war, war das von Joachim und Anna Kappel so sauber und ordentlich, als wäre es unbewohnt. Sie schloss die Tür und sah sich in der Schlafnische, in der Sitzecke und im angrenzenden Bad um. Von Joachims Alukoffer fehlte jede Spur.

Sie öffnete den Kleiderschrank. Anzüge und Kleider hingen da wie mit dem Lineal ausgerichtet. Darunter standen ordentlich aufgereiht die Schuhe. Joachims Kleider nahmen eine Hälfte des Schranks ein, die von Anna den Rest.

Sie sah auf das oberste Bord, aber bis auf ein zusätzliches Kissen und mehrere Decken war dort nichts. Dann entdeckte sie den Koffer in der hintersten Ecke des Schranks, unter seinen Anzügen. Sie nahm ihn heraus und legte ihn auf den leeren Schminktisch, vor den großen Spiegel. Auf dem ansonsten schwarzen LCD-Display zwischen den Verschlüssen blinkte eine kleine rote Diode. Die Aufregung schnürte ihr fast den Atem ab, aber nachdem sie einmal so weit gegangen war, wollte sie nicht in letzter Sekunde einen Rückzieher machen. Sie griff in ihre Handtasche und holte den Zettel heraus, auf dem sie sich die Kombination notiert hatte, als sie Joachim beim Öffnen des Koffers beobachtet hatte. Sie legte ihn auf den Tisch und gab auf der kleinen Tastatur neben dem Display die Zeichen ein: drei, Rückwärtsschrägstrich, null, eins.

Nichts geschah.

Panik schoss in ihr hoch. Sie musste sich die Zeichen falsch gemerkt oder eines übersehen haben. Frustriert griff sie nach dem Zettel, um ihn in ihre Tasche zurückzustecken, als sie die Kombination seitenverkehrt im Spiegel sah. Ihr rasender Puls begann noch schneller zu gehen. Spiegelverkehrt las sich die Kombination IO\E: Wenn sie zwischen dem Rückwärtsschrägstrich und der Drei einen Vorwärtsschrägstrich einsetzte, ergäbe es LOVE.

Sie drückte auf die entsprechenden Tasten, einschließlich des Vorwärtsschrägstrichs. Sobald sie das letzte Zeichen eingegeben hatte, leuchtete auf dem Display ZUGANG GENEHMIGT auf. Das Schloss klickte. Sie öffnete den Koffer. Er enthielt einen schwarzen Laptop. Daneben waren drei Vertiefungen in der Schaumstoffverkleidung, die für die Aufnahme kleiner Arzneimittelfläschchen gedacht waren. Sie waren leer.

Mit zitternden Händen klappte sie den Laptop auf. Sie hatte sich nicht getäuscht: Es war einer der neuen Toshiba Tecras mit Gesichtserkennung, die so programmiert waren, dass sie nur von ihrem Besitzer benutzt werden konnten. Sie drückte die Eingabetaste, und der Bildschirm wurde hell. Sie wurde aufgefordert, ihren Finger auf die münzgroße weiße Platte neben der Tastatur zu legen und dann die Kombination einzugeben. Sie nahm das Wattestäbchen und legte es auf den Sensor.

Darauf erschien Joachims Gesicht mit dem Text: »Willkommen Herr Dr. Joachim Kappel.« Dann wurde der Computer hochgefahren. Sie sah auf die Uhr. Sie hatte das Gefühl, sich schon mehrere Stunden von der Feier entfernt zu haben, aber es waren erst fünf Minuten vergangen.

Sie ging die Dateien durch, bis sie auf einen Ordner mit dem Titel »NiL: Projekt Ilium/Venus« stieß. Nach einem Doppelklick erschienen zwei weitere Ordner: »Ilium« und »Venus«. Sie öffnete Ilium, und eine Liste mit Dateien erschien. Sie klickte die erste an. Sie war auf Deutsch verfasst, und ihre Schulkenntnisse reichten nicht aus, um etwas von ihrem Inhalt zu verstehen. Doch als sie durch den Text scrollte, kam sie zu einer Tabelle. In der linken Spalte standen vier Frauennamen, in der mittleren vier Männernamen und in der rechten Geldbeträge in US-Dollar. Es waren enorme Summen, aber das war nicht der Grund, weshalb sie einen trockenen Mund bekam und ihre Hände zu zittern begannen. Der Grund war der Name, der in der linken Spalte ganz unten stand: Isabella Bacci. Es waren alle vier Brautjungfern aufgeführt, und jede war dem Mann zugeteilt, dem sie auf der Feier vorgestellt worden war. Neben Isabellas Namen stand der von Warren Hudsucker.

Bestürzt setzte sie sich auf das Bett. Plötzlich spielte die Zeit keine Rolle mehr. Abwesend strich sie sich mit den Fingern durchs Haar. Sie konnte zwar nicht gut genug Deutsch, um zu verstehen, was in dem Dokument stand, doch sie hatte genug gesehen, um den Plan der Kappels erahnen zu können. Sie holte eine tragbare Festplatte aus ihrer Tasche und steckte sie in die Firewire-Schnittstelle auf der Rückseite des Laptops. Dann kopierte sie den vollständigen Ilium/Venus-Ordner.

Während sie wartete, bis die Daten von der Hard Disk des Laptops auf ihre tragbare Festplatte überspielt waren, dachte sie über das nach, was sie gerade gesehen hatte. Sie war in das Zimmer eingedrungen, um nach Beweisen zu suchen, dass Helmut Kappel das Mittel ihres Vaters dazu verwendet hatte, die Liebe ihrer Freundin Phoebe zu gewinnen. Inzwischen war jedoch klar, dass der Plan der Kappels weit darüber hinausging.

Ein kurzes Piepen zeigte ihr an, dass der Kopiervorgang abgeschlossen war. Als sie nach ihrer Festplatte griff, fiel ihr Blick auf die drei leeren Vertiefungen in Joachims Koffer. Wo waren die Arzneimittelfläschchen jetzt? War ihr Inhalt bereits verwendet worden? Und wenn dem so war, warum empfand sie dann keine –

»Isabella? Isabella!«

Die ersten beiden gedämpften Rufe, die vom Gang hereinkamen, drangen nicht zu ihr durch.

»Isabella!«

Der dritte schon. Sie sprang auf, steckte die Festplatte aus, klappte den Laptop zu und schloss den Koffer. Sie stellte ihn an seinen Platz im Kleiderschrank zurück und lauschte an der Tür. Stille.

Sie holte tief Luft, um ihren rasenden Puls zu beruhigen, dann öffnete sie vorsichtig die Tür, trat auf den Flur hinaus und ging zu ihrem Zimmer. Als sie es erreichte, hörte sie Schritte auf dem Teppich und sah, wie sich der größer werdende Schatten eines Mannes um die Ecke des Flurs krümmte.

Sie legte ihre Hand auf den DNS-Sensor der Tür, aber sie zitterte so stark, dass nichts geschah.

»Isabella! Da sind Sie ja!«

Sie fuhr herum – und atmete erleichtert auf. Es war Hudsucker.

»Ich begann mir schon Sorgen zu machen«, sagte er mit einem breiten Grinsen. »Ich dachte, Sie hätten die Flucht vor mir ergriffen.« Er hakte sich bei ihr unter. »Zu meinem Glück ist das hier unmöglich.« Er zeigte auf den Schnee hinaus, der glänzte wie Quecksilber. »Wie wollten Sie von hier auch wegkommen? Nicht einmal Hilfe könnten Sie anfordern. Die Berge halten alle Mobilfunksignale ab, und außer Odins Satellitentelefon gibt es keine Leitungen nach draußen. Er behauptet zwar, er fände diese Abgeschiedenheit reizvoll, aber ich hasse es, so von aller Welt abgeschnitten zu sein. Normalerweise.« Er drückte ihren Arm. »In diesem Fall mache ich eine Ausnahme.« Aus dem Festsaal drang Musik herauf. »Darf ich Sie um diesen Tanz bitten?«

Isabella versuchte krampfhaft, das Zittern ihrer Hände zu stoppen. Außerdem konnte sie es kaum erwarten, sich in ihr Zimmer zurückzuziehen und sich den Inhalt der Festplatte anzusehen, aber sie durfte keinen Verdacht erregen. »O ja, sehr gern«, sagte sie und ließ sich von Hudsucker zurück nach unten bringen.

52

Zwei Stunden später

Isabella hatte es noch nie verstanden, ihre Gefühle unter Kontrolle zu halten, und der Rest des Champagnerempfangs verging in einem quälenden Wirbel aus aufgesetztem Lächeln, Smalltalk und höflichem Gelächter. Sie war sich bewusst, dass die Kappels sie dauernd beobachteten. Sie versuchte, mit Phoebe und den anderen Brautjungfern zu sprechen, aber sie waren alle völlig von ihren grotesken neuen Partnern in Anspruch genommen, und Hudsucker wich keine Sekunde von ihrer Seite.

Sobald der Abend seinen Höhepunkt überschritten hatte, zog sie sich auf ihr Zimmer zurück, allerdings nicht ohne Hudsucker vorher zu versprechen, am nächsten Tag eine Schlittenfahrt mit ihm zu machen. Auf ihrem Zimmer packte sie sofort ihren Laptop aus, steckte die externe Festplatte ein und öffnete den Ilium-Ordner, den sie von Joachims Laptop herunterkopiert hatte. Es war eindeutig eine Projektübersicht, aber da sie auf Deutsch abgefasst war, verstand sie so gut wie kein Wort. Als sie jedoch ans Ende der Datei scrollte, stieß sie auf eine weitere Tabelle. Wie bei der ersten waren in der linken Spalte die vier Brautjungfern aufgelistet, aber in der mittleren standen Wörter und in der rechten Zeitangaben. Neben Claires und Kathryns Namen war *»Herzinfarkt«* zu lesen, neben Giseles und ihrem eigenen *»Krebs«*. Isabella schluckte schwer, denn die Bedeutung dieser deutschen Wörter verstand sie, weil sie in medizinischen Fachzeitschriften und in der pharmazeutischen Literatur schon des Öfteren auf sie gestoßen war. Die Datumsangaben in der rechten Spalte mit der Überschrift *»Todestag«* lagen sechs Monate in der Zukunft. Sie schluckte erneut. Sie wusste, was »Tod« und »Tag« bedeutete. Sie hatte das Datum vor sich, an dem sie und ihre Freundinnen sterben würden.

Sie versuchte sich einzureden, sie müsste sich täuschen, sie hätte irrige Schlüsse gezogen – wieso sollten die Kappels sie alle umbringen wollen? Sie klickte den anderen Ordner, »Venus«, an, doch als sie den deutschen Text durchscrollte, konnte sie an nichts anderes denken als an das Datum, an dem sie sterben sollte. Ihr war zwar bewusst, dass sie jetzt nicht den Kopf verlieren durfte. Zuerst musste sie eine Möglichkeit finden, den deutschen Text zu übersetzen, und dann zu einer Entscheidung kommen, was zu tun sei. Aber dazu war jetzt keine Zeit, und außerdem war Geduld noch nie ihre Stärke gewesen. Sie musste sofort etwas unternehmen, und es gab nur eins, was sie im Moment tun konnte.

Sie ging an ihr Neccessaire und nahm ein Fläschchen heraus. Sie sah auf das hastig bekritzelte Etikett, als könne es ihr sagen, was sie zu tun hatte. Dann schraubte sie den Verschluss ab und kippte eine Pille in ihre Handfläche. Sie war kleiner als ein Aspirin, und auf einer Seite stand »Nr. 135«. Isabella steckte sie in ihre Handtasche, legte das Fläschchen in das Necessaire zurück und ging nach unten, in die Bar neben dem Festsaal. Der Barmann schien bereits Schluss machen zu wollen, doch als sie ihn um eine Flasche Amaretto und zwei Gläser bat, gab er ihr beides kommentarlos.

Als sie wieder nach oben ging, begegnete sie nur einem einzigen Paar. Alle anderen Gäste hatten sich offensichtlich bereits auf ihre Zimmer zurückgezogen. Von einem Bogenfenster am Ende der Treppe hatte man einen herrlichen Blick auf den See in seiner funkelnden Pracht. Es hatte zu schneien aufgehört, und der Mond hing voll und rund über den Bergen, die sich bis zum Meer am Fjord entlangzogen.

Auf beiden Seiten des Treppenabsatzes war eine Tür. Zimmer Nummer eins war Helmut Kappels Suite, Zimmer Nummer zwei die von Phoebe. In der Hoffnung, Phoebe wäre allein, klopfte Isabella. Wenige Augenblicke später kam ihre Freundin an die Tür. Sie trug einen Morgenmantel, und ihr Haar fiel offen auf ihre Schultern. Sie zeigte auf die Flasche Amaretto und lachte. »Soll das ein Witz sein, Izzy? Bist du nicht todmüde?«

»Ach, komm schon, nur ein Gläschen. Um der alten Zeiten willen. Morgen haben wir ein volles Programm, und am Abend ist der Ball. Und übermorgen heiratest du. Ein letztes Glas als unverheiratete Freundinnen.«

Phoebe seufzte. »Na schön, wenn du unbedingt meinst. Komm rein.«

»Nein, lass uns rausgehen. Es hat zu schneien aufgehört, und der Mond ist aufgegangen. Zieh deinen Pelz an – komm, es ist eine herrliche Nacht. Du hast noch dein ganzes Leben lang Zeit, die vernünftige Frau Kappel zu sein.«

Isabella ging mit Phoebe nach unten und ins Freie, am Heizungshaus vorbei und auf das Eis des Sees hinaus. Die Kapelle war wie ein überdachtes Amphitheater aus Eis angelegt. Um einem Podium mit einem Altar stieg ein fächerförmiger Halbkreis aus Sitzreihen auf. Die Sitze waren aus dem Eis herausgehauen und mit Fellen bedeckt. Auf dem Gang, der in ihrer Mitte verlief, würde der Hochzeitszug von der einzigen Tür auf der Rückseite nach vorne zum Altar schreiten. »Ist das nicht wunderschön, Izzy?«

»Ja, absolut umwerfend.« Isabella machte den Amaretto auf und schaute zu der Eiskuppel hinauf. Das Mondlicht färbte das Eis blau und verstärkte die Atmosphäre von gläserner Kühle. Nur die dicken roten Läufer auf den Bodenfliesen und die Felle auf den Sitzen weckten die Illusion von Wärme. Isabella war kalt, aber sie hatte Phoebe möglichst weit von den Kappels und jeder Störung weglocken wollen. »Wunderschön, aber kalt.«

Phoebe schlang die Arme um ihren Oberkörper und lächelte. »Fast so kalt wie damals auf Mickey Torks Party. Weißt du noch?«

»Wie könnte ich das je vergessen? Es war zehn Grad unter Null, aber wir wollten richtig elegant aussehen und rückten deshalb in unseren dünnsten Kleidchen an.«

Phoebe lachte. »Nur wussten wir nicht, dass es im Haus keine Heizung gab und alle anderen in Skianzügen kamen.« Sie ging zum Podium. »Es ist, als wäre das schon eine Ewigkeit her. Und jetzt heirate ich.«

Phoebe hatte Isabella den Rücken zugekehrt, weshalb sie die Gelegenheit nutzte, um die Pille in das Glas ihrer Freundin zu geben und Amaretto darauf zu gießen. Sie löste sich sofort auf. Sie hatte ein schlechtes Gewissen dabei, dem Likör ihrer Freundin ein Medikament beizumischen, aber sie wusste nicht, wie sie den Bann, in den Helmut Kappel sie geschlagen hatte, sonst brechen konnte.

»Egal, was meine Mutter sagt«, brach es plötzlich aus Phoebe hervor. »Ich freue mich, dass ich heirate.« Sie begann in der Kapelle auf und ab zu gehen. Isabella folgte ihr mit dem Glas, aber Phoebe redete sich richtig in Fahrt und ließ ordentlich Dampf ab. »Und was die Presse angeht – es interessiert mich nicht die Bohne, wie alt Helmut ist. In meinen Augen ist er vollkommen. Ich habe noch nie solche Liebe beim Anblick eines Menschen empfunden.« Sie wirbelte herum, um Isabella anzusehen. »Nur du hast das verstanden, Izzy.« Als Phoebe sich umdrehte, schlug sie Isabella mit dem Arm das Glas aus der Hand, sodass es auf dem Boden landete und zerbrach.

Isabella sah seinen Inhalt in den roten Läufer sickern. Sie musste eine neue Tablette aus ihrem Zimmer holen. »Ich hole ein neues Glas.«

»Ach, lass doch.« Phoebe griff nach der Flasche und nahm

einen Schluck daraus. »Wie du ganz richtig gesagt hast: Ich habe noch genügend Zeit, um die vernünftige Frau Kappel zu sein.«

Isabella hatte mit einer Panik zu kämpfen.

»Jedenfalls vielen Dank, dass du immer zu mir gehalten hast, Izzy – wenigstens du kannst doch verstehen, warum ich Helmut heirate, oder?«

Als Isabella nicht sofort antwortete, erstarb Phoebes Lächeln. »Du billigst meine Wahl doch, oder nicht?«

Isabella musste sich zwischen zwei Möglichkeiten entscheiden. Entweder log sie und flößte Phoebe das Mittel später ein – auf die Gefahr hin, dass es nicht mehr rechtzeitig wirkte, um Phoebe zur Besinnung zu bringen –, oder sie redete jetzt mit ihr und hoffte, mit ihren Argumenten zu ihr durchzudringen. »Wir sind doch Freundinnen, Phoebe, oder?«

»Aber sicher. Du bist meine beste Freundin. Das warst du immer schon und wirst du auch immer sein.«

»Da ist etwas, was ich dir erzählen muss, etwas, was du wahrscheinlich nicht gern hören wirst. Und es hat nichts mit irgendwelchen Gefühlen meinerseits zu tun. Es ist eine Tatsache.«

Plötzlich wurden Phoebes schöne blaue Augen so hart und kalt wie Glas. »Geht es dabei um meine Hochzeit?«

»Um Helmut.«

Phoebe stand vollkommen reglos da und sagte kein Wort.

»Deine Liebe zu Helmut ist nicht echt, Phoebe. Er hat dir ein Serum gespritzt, das zur Folge hat, dass du glaubst, ihn zu lieben. Das weiß ich deshalb, weil mein Vater dieses Mittel entwickelt hat. Aber das ist noch nicht alles …«

»O doch, das ist es.« Phoebes Stimme zitterte vor mühsam beherrschtem Zorn. »Jedenfalls ist es alles, was ich mir von dir noch anhören werde.«

»Phoebe, es ist aber sehr wichtig. Ich versuche, dir zu helfen – und nicht nur dir, uns allen!«

Doch Phoebe stürmte bereits den Mittelgang hinauf zum Ausgang und ließ Isabella allein in der kalten Kapelle zurück, wo ihr warmer Atem in der eisigen Luft beschlug.

Helmut Kappel stand auf dem Treppenabsatz zwischen seinem und Phoebes Zimmer und betrachtete im Fenster sein Spiegelbild. Der Abend war ein voller Erfolg gewesen, und alles war vorbereitet. Mochte im Moment auch noch Phoebes Gesicht die Aufmerksamkeit aller hier Anwesenden auf sich ziehen, so würde bald die ganze Welt hilfesuchend zu ihm aufblicken.

Er schaute auf den See hinaus und sah im Licht der Scheinwerfer eine einsame Gestalt von der Eiskapelle auf Walhalla zulaufen. Als Phoebe kurz darauf die Treppe heraufkam, schien es, als hätte sie geweint.

»Ist irgendwas, Liebling?«

»Nein, nein, alles in Ordnung.« Sie legte die Hand auf den Scanner und öffnete die Tür.

Helmut Kappel folgte Phoebe in ihr Zimmer. Als er dort aus dem Fenster schaute, sah er Isabella aus der Eiskapelle kommen. Er nahm Phoebe in die Arme. »Was hast du denn?«

»Langsam kriege ich echt zu viel. Erst meine Mutter und jetzt auch noch Izzy. Dabei dachte ich, sie würde sich wirklich für uns freuen.«

Kappel drückte sie fest an sich. »Geht es darum, dass du wesentlich jünger bist als ich und jede Menge Männer haben könntest, die wesentlich besser zu dir passen als ich? Was übrigens beides zutrifft.«

»Aber ich will *dich*.«

»Ich weiß. Aber ich bin sicher, Isabella meint es nur gut mit dir.«

»Nein, es ist nicht nur das. Sie sagt, du hättest mir ein Mittel eingeflößt, damit ich dich liebe.«

Kappel zögerte nur den Bruchteil einer Sekunde, bevor er lachend entgegnete: »Vielleicht habe ich das ja auch.«

»Nein, ich meine das vollkommen ernst! Sie sagte, ihr Vater hätte so ein Mittel entwickelt. Und das will meine beste Freundin sein!«

»Nimm ihr das nicht übel, Liebling. Man darf sie im Moment einfach nicht für voll nehmen. Immerhin hat sie gerade ihren Vater verloren, und jetzt steht sie auch noch kurz davor, ihre beste Freundin zu verlieren.«

Es klopfte.

In der offenen Tür stand Joachim. Er hatte seinen Alukoffer bei sich. »Entschuldige bitte, Vater, aber wir müssen reden.«

53

»Es waren meine Schuhe, Vater.«

Helmut Kappel ging zu dem Tisch im hinteren Teil seiner Suite. Er war in Gedanken noch bei Phoebes Gespräch mit Isabella Bacci. »Was sagst du da, Joachim?«

»Nach der Party gingen Anna und ich auf unser Zimmer, und sie legte sich schlafen. Als ich meinen Anzug aufhängte, merkte ich, dass jemand meine Halbschuhe verrückt hatte. Der linke stand nicht mehr parallel zum rechten. Seine Spitze zeigte leicht nach innen.« Joachim hob den Alukoffer in seiner rechten Hand hoch. »Und der Koffer stand hinter den Schuhen an der Rückwand des Schranks.«

Helmut Kappel kniff die Augen zusammen. »Und?«

Joachim stellte den Koffer auf den Tisch und öffnete ihn. »Jemand hat den Koffer geöffnet und sich Zugang zu meinem Laptop verschafft.«

»Woher weißt du das?«

Joachim griff in den Koffer und hob ein schimmerndes schwarzes Haar hoch. »Als ich hineinsah, fand ich das hier. Und das ist noch nicht alles.« Er nahm ein Fläschchen aus seiner Tasche, ließ etwas von seinem Inhalt auf die Haarwurzel tropfen und legte sie dann auf den münzgroßen DNS-Scanner neben der Laptop-Tastatur. Wenige Augenblicke später erschien Isabellas Gesicht auf dem Bildschirm, gefolgt von der Nachricht: »Zugang verweigert.«

Kappel nahm eine Zigarre aus der Kiste auf dem Tisch, zog den Assassinendolch aus der Scheide an seiner Wade und schnitt die Spitze ab. Er zündete sie an und dachte angestrengt nach. »Du bist mit Isabella Bacci von Bergen hierher gekommen. Eins ihrer Haare könnte an dir haften geblieben und dann in den Koffer gefallen sein.«

»An diese Möglichkeit habe ich auch schon gedacht. Doch ich habe nachgeprüft, wann der Laptop zum letzten Mal benutzt wurde, und das war heute Abend um zwanzig Uhr sechsundfünfzig. Zu diesem Zeitpunkt war ich nicht einmal in meinem Zimmer, geschweige denn an meinem Laptop. Und nur ich habe Zugang dazu – oder jemand, der mein DNS-Profil und mein Passwort benutzt. Glaub mir, Vater, irgendwie ist Isabella Bacci in meinen Computer reingekommen. Ich weiß nicht, welche Dateien sie geöffnet hat, aber wir müssen davon ausgehen, dass sie von Ilium und Venus Wind bekommen hat.«

Kappel dachte an das, was Isabella Phoebe über das Mittel erzählt hatte. »Weshalb sollte sie in deinen Sachen herumschnüffeln?«

»Vielleicht hat sie Verdacht geschöpft, dass wir etwas mit dem Tod ihres Vaters zu tun gehabt haben könnten. Vielleicht hat Max ihr etwas erzählt.«

»Wenn es so wäre, hätte er uns das gesagt. Vor allem, nachdem du ihm das Mittel gespritzt hast.«

»Alles, was ich damit sagen will, ist, dass wir ihretwegen etwas unternehmen müssen.«

Kappel seufzte. Damit wollte er lieber bis nach der Hochzeit warten. Da war zum einen die Hudsucker-Geschichte – der Senator würde kaum für die Liebe einer Leiche zahlen –, und zum anderen würde Phoebe der Tod ihrer besten Freundin sehr nahe gehen. Er griff nach dem Telefon, doch bevor er zu wählen begann, wandte er sich Joachim zu. »Was ist mit den Seren?«

»Die Fläschchen sind im Safe, die Verschlüsse intakt.«

»Gut.« Kappel führte auf dem Hausanschluss zwei Telefonate.

Es dauerte nur wenige Minuten, bis Klaus und Max eintrafen. Ersterer war in Schlafanzug und Bademantel und sah aus, als sei er gerade wach geworden. Max war eindeutig noch nicht im Bett gewesen. Er war noch angezogen, aber seine Fliege hing lose von seinem Kragen.

»Bist du sicher, es war Isabella Bacci?«, fragte Klaus Kappel.

»Ja.«

»Und sie hat deine Dateien gesehen?«

»Davon müssen wir ausgehen.«

Helmut Kappel erzählte ihnen von Phoebes Gespräch mit Isabella.

»Wie hat Phoebe darauf reagiert?«

»Sie denkt, Isabella hat aus Eifersucht und aus Angst, sie zu verlieren, alles nur erfunden. Das können wir uns zunutze machen.«

»Demnach weiß sie über Ilium Bescheid«, sagte Klaus. »Was könnte sie vor der Hochzeit noch dagegen unternehmen?«

»Sie kann die anderen warnen«, sagte Joachim.

»Phoebe hat ihr nicht geglaubt. Warum sollten das die anderen tun? Außerdem, vielleicht bringt Hudsucker sie auf andere Gedanken. Sie aus dem Weg zu räumen könnte mehr Probleme aufwerfen, als es löst. Ich würde sagen, wir behalten sie scharf im Auge, knöpfen Hudsucker das Geld ab und entledigen uns ihrer, wenn nötig, später. Sobald wir ihr das modifizierte permanente NiL Zweiundsiebzig gespritzt haben, wird sie ohnehin in wenigen Monaten sterben.«

»Klaus, wir dürfen uns nicht darauf verlassen, dass Hudsucker sie auf andere Gedanken bringt«, gab Joachim zu bedenken. »Das Mittel hat sie nicht davon abgehalten, sich Zugang zu meinem Computer zu verschaffen oder Phoebe zu warnen. Vielleicht weiß sie sogar von unserem Plan, ihr und den anderen die *tödliche* permanente Version zu geben. Sie könnte alles zunichte machen. Wir *müssen* sie beseitigen. Phoebe können wir ja erzählen, sie hätte sich verletzt und nach Hause fliegen müssen.«

»Oder wir sagen, Isabella wäre so sehr gegen die Hochzeit, dass sie nicht daran teilnehmen wollte«, schlug Helmut vor.

»Genau«, sagte Joachim. »Wenn wir auch Hudsucker verlieren, haben wir immer noch die anderen drei – wir können für Hudsucker eine andere Frau finden und ihn später ausnehmen.«

Klaus kratzte seinen Bart. »Ich habe Isabella Bacci allerdings nicht mit den anderen Brautjungfern sprechen sehen, nachdem sie sich, wie du sagst, Zugang zu deinem Laptop verschafft hat. Sie hatte mit Hudsucker alle Hände voll zu tun, und die anderen drei waren voll und ganz mit ihren Partnern beschäftigt.«

Helmut nickte langsam. »Nach dem fehlgeschlagenen Versuch, Phoebe zu warnen, ist nicht anzunehmen, dass Isabella heute Nacht noch jemandem etwas erzählen wird, aber ich werde Stein und seinen Männern sagen, sie sollen ihr Zimmer im Auge behalten. Die Frage ist allerdings, was machen wir morgen?« Er sah seinen älteren Sohn an, der still in der Ecke stand. »Du bist schon die ganze Zeit so still, Max«, sagte Helmut. »Was sollten wir deiner Meinung nach wegen deiner Freundin unternehmen?«

Joachim runzelte die Stirn. »Warum fragst du ihn das überhaupt noch? Wir wissen doch, was er sagen wird.«

Helmut Kappel hob die Hand, um ihn zum Schweigen zu bringen. »Max, was schlägst du vor? Was sollen wir tun?«

Max blickte langsam auf. »Wir haben keine Wahl. Ausnahmsweise bin ich mal einer Meinung mit Joachim. Wir müssen sie zum Schweigen bringen.«

»Wirklich?« Sein Vater konnte seine Überraschung kaum verbergen.

Max zögerte nicht. »Ich mache es morgen bei der Schlittenfahrt. Gib mir einen Mann mit.«

Sein Vater lächelte. Eine Frau hatte sein Sohn bisher noch nie getötet. »Nimm Stein mit.«

»Woher sollen wir wissen, dass du es auch wirklich tust, Max?«, sagte Joachim.

»Jetzt reicht's, Joachim.« Helmut Kappel genoss die Macht, die er über Max hatte, als er sich ihm wieder zuwandte. »Wir können uns doch auf dich verlassen, Max, oder?«

Max' Gesicht war eine ausdruckslose Maske. »Ja.« Er sah Joachim an, dann Klaus. Schließlich wandte er sich wieder seinem Vater zu. »Ich werde es dir beweisen.«

54

Am nächsten Morgen:
31. Dezember

Wenn Isabella als Kind Albträume gehabt hatte, hatte ihr Vater an ihrem Bett gesessen und ihr so lange die Wange gestreichelt, bis sie sich wieder beruhigte. Am nächsten Morgen hatte sie dann die Angst, die sie im Dunkeln zitternd hatte wach liegen lassen, nie verstehen können. Doch an diesem Morgen verflüchtigte sich der Albtraum nicht, und auch ihr Vater war nicht mehr da, um sie zu trösten.

Nach dem unerfreulichen Treffen mit Phoebe hatte sie erwogen, die anderen Brautjungfern aufzusuchen, doch auch sie standen unter dem Bann des Serums, und sie brachte einfach nicht mehr die Kraft auf, um mit ihnen zu reden. Stattdessen versuchte sie deshalb, sich auszuruhen. Doch als sie endlich einnickte, war ihr Schlaf kurz und unruhig. Sie wachte schweißgebadet auf. Im Traum hatte sie gesehen, wie die Kappels ihren Vater ermordet hatten, weil er zu viel wusste. Max, der Mann, den sie zu lieben geglaubt hatte, hatte seine Pistole gehoben und ihn erschossen.

Als Isabella zum Frühstück in den Speisesaal ging, nahm sie die tragbare Festplatte mit. Sie setzte sich zu den anderen Gästen und hörte zu, wie sie über die geplanten Ausflüge sprachen. Das Wetter versprach, sonnig und klar zu bleiben, und die meisten wollten mit Hubschraubern zum Polarkreis fliegen, um mit ein bisschen Glück das Nordlicht zu sehen.

Andere hatten vor, am Ostufer des Sees eine Schlittenfahrt zu machen.

Nach dem Frühstück schlüpfte Isabella in ihren Pelzmantel und ging ins Freie. Ihre Freundinnen alberten mit ihren Partnern vom vergangenen Abend herum. Sie grüßten sie zwar, waren aber sonst ganz mit sich selbst beschäftigt. Phoebe war nirgendwo zu sehen.

Isabella ging auf einen der Schlitten zu, um eine Ausfahrt zu machen. Die kalte Luft würde ihr helfen, einen klaren Kopf zu bekommen. Mithilfe eines Deutsch-Wörterbuchs würde sie herauszufinden versuchen, was genau die Kappels vorhatten. Sie hatte den Schlitten fast erreicht, als Hudsukker neben ihr auftauchte.

»Sie haben mir versprochen, mit mir zu fahren«, sagte er und half ihr auf den Schlitten. Doch bevor der Fahrer losfahren konnte, rief jemand vom Haupteingang her Hudsuckers Namen und winkte ihm zu. Hudsucker runzelte die Stirn, dann tätschelte er Isabellas Knie. »Bin gleich wieder da.«

Während sie ihm hinterhersah, kletterte plötzlich Max neben ihr auf den Schlitten. Der Fahrer stieg ab, und Stein übernahm seinen Platz. Bevor sie protestieren konnte, sah er sie kurz an, knallte mit der Peitsche, und die Hunde stürmten los.

Isabella bekam es plötzlich mit der Angst zu tun und versuchte, vom Schlitten zu springen.

Max nahm ihre Hand. »Bitte, Isabella, nur ganz kurz. Ich will schon die ganze Zeit, seit du hier bist, mit dir sprechen.« Er zeigte über seine Schulter zurück auf Hudsucker und Delphine, die wild gestikulierend versuchten, ihre Aufmerksamkeit auf sich zu lenken. »Aber jemand hat dich völlig mit Beschlag belegt.«

Isabellas Handflächen waren klamm, aber sie blieb ruhig. »Das Gleiche könnte man auch von dir behaupten, Max.« Sie blickte hinter sich. »Vielleicht will ja deine Verlobte mitkommen?«

Er lächelte. »Ich bin sicher, sie wird sich auch mit Hudsucker bestens die Zeit vertreiben. Ich möchte kurz mit dir allein sein.«

Isabella geriet in Panik. Doch dann hielt sie sich vor Augen, dass sie die Kappels lebend brauchten: Joachims Tabelle zufolge sollte sie erst in sechs Monaten sterben. Sie blickte sich nach Walhalla um, das im frühen Sonnenschein funkelte, und stellte fest, dass die anderen Schlitten in die entgegengesetzte Richtung fuhren, ins Landesinnere und zum Fluss. »Wohin fahren wir?« Sie blickte auf das Wasser hinab, das unter dem Eis hindurchströmte. »Sollten wir uns nicht an das andere Seeufer halten? Joachim hat gesagt, in der Nähe des Fjords wäre das Eis sehr dünn. Irgendetwas mit dem Fluss, der ins Meer fließt, und dem Golfstrom.«

»Wir kennen die unbedenklichen Bereiche – und außerdem will ich dir etwas zeigen.«

»Was?«

»Das wirst du gleich sehen.«

Während die Hunde den Schlitten weiter über das Eis zogen, merkte sie, dass die hohen Felswände entlang des großen Sees von langen, schmalen Einbuchtungen durchbrochen wurden, und wegen der gewaltigen Dimensionen ihrer Umgebung fühlte sie sich noch kleiner und verletzlicher.

Je mehr sie sich dem schmalen Fjord näherten, desto dünner und weicher wurde das Eis. Sie konnte sehen, wie die Eisdecke des Sees an dem ins Meer strömenden Fluss aufhörte.

»Max, das Eis sieht hier aber wirklich sehr dünn aus.«

»Keine Angst, dir kann nichts passieren.«

Der Schlitten bog in eine der schmalen Einbuchtungen.

Die Felswände ragten an beiden Seiten so dicht und hoch empor, dass in der kalten Luft jedes Geräusch so stark nachhallte, als befänden sie sich in einer Kathedrale. Bis auf das Hecheln der Hunde und das Geräusch der Schlittenkufen auf dem Eis herrschte vollkommene Stille. Hoch über ihnen sah sie einen einsamen Adler majestätisch seine Kreise ziehen, aber sonst schien kein Lebewesen diese Welt aus Schnee und Eis zu bewohnen.

Sie blickte hinter sich, konnte aber Walhalla oder selbst den See nicht mehr sehen. Die Schlucht war so tief und eng und gewunden, dass sich Isabella von allen Seiten von eisbedecktem Fels umgeben fühlte. Kein Sonnenstrahl fiel in die enge Schlucht, und es war kälter als auf dem See.

»Max, was willst du mir zeigen?«

Er tippte Stein auf die Schulter und zeigte auf einen verschneiten Felsstrand unter einem hohen Überhang. Die Hunde zogen den Schlitten vom Eis auf den Strand. Der Schlitten kam zum Stehen, und Isabella war froh, wieder festen Boden unter den Füßen zu haben.

Ihre Erleichterung verflog jedoch schlagartig, als Stein sich umdrehte und sie ansah. In seinen Augen war ein sadistisches Leuchten, und in der Hand hielt er einen Kukri-Krummdolch. »Ich mache es, Max.«

In Isabellas Bauch bildete sich ein harter, kalter Klumpen. »Max, was soll der Unsinn?«

»Ich mache es«, sagte Stein noch einmal. »Wie in den alten Zeiten. Erinnerst du dich noch an Hawaii, Max?« Er tippte grinsend gegen seine Augenklappe. »Du warst noch ein richtig kleiner Pimpf, als du mir das in der Nacht verpasst hast, in der ich deine Mutter ertränkt habe. Es wäre mir ein Vergnügen, wenn du nicht den Mumm dazu hast.«

»Steck das Messer weg«, sagte Max und zog eine Pistole unter seinem Mantel hervor. An ihrem Lauf war ein Schalldämpfer befestigt. Seine Augen waren so kalt und hart wie die Felsen ringsum.

»Eine Kugel ist zu schnell«, sagte Stein. »Lass es mich mit dem Messer machen.«

Max sah weiter Isabella an. »Ich weiß, dass du an Joachims Computer warst, Isabella.«

Isabellas linkes Knie zitterte so heftig wie an besagtem Abend in Antibes. Damals hatte Max sie gerettet, doch jetzt würde er sie töten. »Nicht du, Max.« Das Zittern in ihrer Stimme ärgerte sie. Sie erinnerte sich an den Traum von vergangener Nacht. »Sag mir nur eins. Hast du meinen Vater umgebracht?«

»Nein. Ich habe ihn sogar zu retten versucht – auch wenn es nichts genützt hat. Mein Vater hat ihn erschossen.« Max hob die Pistole. »Ich erwarte nicht, dass du mir glaubst, Isabella, aber es tut mir aufrichtig Leid. Aber eine andere Möglichkeit gibt es leider nicht.«

Sie wollte ihm in die Augen sehen, wenn er sie tötete, aber sie schaffte es nicht. Sie hielt den Atem an, schloss ganz fest die Augen und wartete auf den Knall. Der Schuss, als er fiel, war wenig mehr als ein dumpfes Zischen, das kaum die eisige Stille störte. Ihre Knie knickten ein, und als sie vornüber sackte, öffnete sie die Augen und sah Stein mit einem sauberen roten Loch in der Stirn zu Boden sinken. Die Kugel hatte das Band der Augenklappe durchtrennt, sodass die leere Augenhöhle zum Vorschein kam.

Verständnislos drehte sie sich nach Max um, der die Pistole wegsteckte. »Gib mir die Hand, Isabella«, sagte er. »Wir haben eine Menge zu erledigen.«

55

Als Max auf Isabella hinabsah, stellte er erstaunt fest, wie viel er für einen anderen Menschen empfinden konnte. Seine Brust war zusammengeschnürt, und sein Herz tat weh, fast als wäre es zerdrückt worden. Der Schmerz war so heftig, dass er sich halb wünschte, Joachims Mittel hätte gewirkt und er würde jetzt Delphine Chevalier lieben. Aber seine Liebe zu Isabella brannte nur noch stärker, falls das möglich war. Er konnte nicht verstehen, warum das Mittel bei ihm nicht gewirkt hatte.

Er steckte die Pistole weg und trat auf Isabella zu, doch sie wich vor seiner ausgestreckten Hand zurück. Er fand es unerträglich, das Misstrauen in ihren Augen zu sehen. Er hatte für sie getötet und wäre, ohne zu zögern, für sie gestorben, und dennoch verdiente er ihre Angst, selbst ihren Hass. Sein einziger Trost war, dass die dunkle Seite seines Wesens sie jetzt schützte.

Isabella starrte Steins Leiche an, um deren Kopf sich in dem vereisten Schnee ein roter Heiligenschein aus Blut bildete. »Jetzt verstehe ich überhaupt nichts mehr«, murmelte sie. »Was hat das alles zu bedeuten?«

»Bei mir bist du sicher, Isabella, und ich werde dir alles erklären, aber vorerst musst du mir einfach vertrauen.«

»*Dir vertrauen?* Nach allem, was du getan hast? Nach Antibes? Nach all den Lügen? *Nach meinem Vater?*« Sie stürzte auf ihn zu und hieb mit den Fäusten gegen seine Brust. Er stand vollkommen reglos da und wünschte sich, sie könnte die

Schuldgefühle und den Selbstekel aus ihm herausprügeln. Als sich ihr Gefühlsausbruch legte, schloss er sie in die Arme.

»Ich hasse dich, ich hasse dich«, zischte sie.

»Ich weiß – und ich kann es dir nicht zum Vorwurf machen. Aber ich liebe dich. Ich habe dich vom ersten Augenblick an geliebt. Schon bevor ich das Mittel genommen habe.« Er blickte auf ihr Gesicht hinab, und ihre Augen starrten böse zu ihm hoch. Er wusste, er hatte keine Chance, ihre Liebe zu gewinnen, aber wenigstens konnte er gutmachen, was er getan hatte. »Es spielt keine Rolle, was du für mich empfindest, Isabella. Jetzt kommt es nur noch darauf an, dass wir Projekt Ilium vereiteln und die anderen retten.«

»Warum sollte ich dir plötzlich glauben?«

»Weil ich dich nicht umgebracht habe. Und weil ich alles bin, was du hast.«

Sie zögerte. »Und was sollen wir jetzt tun?«

Er hob den Kukri-Dolch auf, der neben Stein im Schnee lag, und befühlte die gekrümmte Klinge. Die Schneide war rasiermesserscharf. »Zuallererst kremple kurz deinen Ärmel hoch.«

Die Angst kehrte in ihre Augen zurück. »Warum?«

»Weil du immer noch sterben musst.«

Eine Stunde später

Helmut Kappel hatte andere Dinge im Kopf als Isabella, als er mit seinem jüngeren Sohn allein in der Eiskapelle saß.

»Die Verabreichung des Venus-Serums stellt überhaupt kein Problem dar«, sagte Joachim, der in einer Hand eine Ampulle hielt und mit der anderen auf seinen Laptop tippte. »Bis morgen früh sind die Gäste geimpft.«

Sein Vater lehnte sich in den fellbedeckten Sitz zurück und beobachtete, wie sich der Rauch seiner Zigarre durch die regenbogenfarbigen Bänder gebrochenen Sonnenlichts kräuselte, das um das Prisma des Kuppeldachs tanzte. »Ich weiß, wie es verabreicht wird. Ich will nur sicher sein, dass es auch wirkt.«

Joachim drehte den Bildschirm so, dass sein Vater darauf sehen konnte. »Grob gesprochen, habe ich einfach zwei bereits erfolgreich getestete Elemente miteinander kombiniert. Wir wissen, dass Baccis NiL-Zweiundvierzig-Serum eine zwanghafte Ergebenheit gegenüber derjenigen Person bewirkt, deren Gesichtsabdruck darin kodiert ist, und gleichzeitig alle anderen Gefühle von Zuneigung ausschaltet. Und wie der Tag Vector die entsprechenden Wirkstoffe zu den richtigen Zellen befördert, weiß ich deshalb sehr genau, weil ich ihn selbst entwickelt habe. Es wird auf jeden Fall funktionieren. Das einzige Problem ist das richtige Timing.«

»Das richtige Timing?«

»Da mein Vektor auf einem über die Luft übertragenen virulenten Grippe-Retrovirus basiert, musste ich gewisse Sicherheitskomponenten einbauen, um von den europäischen und amerikanischen Behörden eine Zulassung dafür zu erhalten. Wie du dich vielleicht erinnerst, wurde der Tag Vector ursprünglich entwickelt, um Heilmittel – insbesondere gegen Aids – zu *verbreiten.* Das erfolgt in zwei Phasen. Zunächst nimmt der Patient das Mittel oral ein, und sobald es sich in seinem Blutkreislauf befindet, zielt es dort auf ganz bestimmte Zellen ab. Trifft es auf ein bestimmtes chemisches Signal – im Fall von Aids das Vorhandensein von HIV –, mutiert es, und nun wird seine über die Luft übertragene Grippe-Komponente aktiviert und löst eine leichte Reizung in den Atemwegen des Patienten aus. Der Tag Vector und das von ihm transportierte Mittel heilen den Patienten von Aids und verbreiten sich durch Husten auf den nächsten Patienten, bei dem der ganze Ablauf wieder von vorn beginnt. Wenn nun allerdings der Tag Vector binnen achtundvierzig Stunden nicht auf ein entsprechendes Reizsignal stößt, stirbt er und wird von seinem Wirt ausgeschieden. Diese Sicherung habe ich eingebaut, um zu gewährleisten, dass das Virus nur dann überlebt und sich verbreitet, wenn es etwas Gutes bewirken kann.«

»Was bedeutet das für Venus?«

»In diesem Fall transportiert der Tag Vector selbstverständlich die NiL-Zweiundvierzig-Gene und kein Mittel gegen Aids, aber das Prinzip bleibt das Gleiche. Nur ist in diesem Fall nicht HIV das auslösende Moment, sondern Gesichtserkennung. Vereinfacht ausgedrückt, nehmen die Gäste also Venus mit deinem genetischen Gesichtscode ein und sind, wenn sie am nächsten Morgen aufwachen, entsprechend programmiert. Wenn sie daraufhin binnen achtundvierzig Stunden dein Gesicht – oder ein Bild deines Gesichts – sehen, setzt die zweite Phase ein und der über die Luft übertragene Tag Vector wird aktiviert. Die Wirkung von Venus ist also nicht nur permanent, es verbreitet sich auch selbsttätig.«

»Und wenn sie mich innerhalb dieses Zeitraums nicht sehen?«

»Scheidet ihr Organismus das Mittel aus, und ihr Hirn korrigiert sich von selbst wieder. Aber dazu wird es nicht kommen. Du heiratest morgen. Du wirst im Mittelpunkt stehen. Jeder wird dein Gesicht sehen. Es kann also gar nichts schief gehen. Ich konnte alle deine Vorgaben für das Mittel erfüllen. Venus ist ein über die Luft übertragenes, naturidentisches Liebesvirus, gegen das man sich nicht schützen kann und für das es kein Heilmittel gibt.«

Trotz der Kälte, die in der Kapelle herrschte, wurde Helmut Kappel warm vor Begeisterung. »Das ist großartig, Joachim.«

Sein Sohn strahlte vor Stolz. »Aber das ist noch nicht alles, Vater. Das Beste daran ist …«

Vor dem Eingang der Kapelle wurden aufgeregte Stimmen laut. Die zwei Wachmänner, die dort postiert waren, hatten Anweisung, niemanden nach drinnen zu lassen. Nicht einmal Klaus oder Max. »Pack alles weg, Joachim.«

Joachim versteckte die Ampulle und klappte den Laptop zu, als die Tür aufging und Max mit einem Lederbeutel in die

Kapelle kam. Ein Wachmann folgte ihm schimpfend, aber Kappel hob die Hand.

»Max?«

Max wartete, bis der Wachmann gegangen war, bevor er den Beutel vor seinem Vater auf den Boden legte. Sein Gesicht war blass und ausdruckslos.

»Was gibt's, Max?«

Max griff nach Joachims Laptop und öffnete ihn. Joachim wollte ihn davon abhalten, aber Kappel schüttelte den Kopf. Max fuhr den Laptop hoch und wartete, bis das Zugangsfenster erschien. Dann öffnete er den Beutel. »Ihr hattet Angst, ich hätte mein Herz an Isabella verloren und euch verraten. Aber das ist unmöglich. Ich bin ein Kappel und habe kein Herz.« Max zog eine verschlossene Isoliertasche aus dem Beutel und öffnete sie, worauf eine Plastiktüte zum Vorschein kam, die einen Klumpen Fleisch enthielt. Beide Tüten waren blutig. »Isabella Bacci hatte allerdings schon ein Herz«, sagte Max und ließ einen Blutstropfen auf den DNS-Sensor des Laptops fallen. Wenige Sekunden später erschien Isabellas Gesicht auf dem Bildschirm, zusammen mit dem Hinweis: »Zugang verweigert.«

Max griff in die Plastiktüte und hielt seinem Vater einen blutigen Klumpen hin. »Ich sagte, ich würde dir meine Loyalität beweisen, Vater.« Helmut Kappel zuckte zurück, Joachim begann heftig zu würgen. »Isabella hatte ein großes Herz«, fuhr Max fort und stieß die Tüte seinem Vater ins Gesicht. »Da! Berühr es! Riech es! *Schmeck es!* Du hast mir einmal gesagt, ein echter Kappel kennt keine Gefühle, kein Gewissen und keinen Schmerz. Reicht dir das als Beweis, dass ich ein echter, loyaler Kappel bin?«

Einen Augenblick lang verschlug es Helmut Kappel die Sprache. Da hatte er vor Jahren gnadenlos die Frau getötet, die er zu lieben geglaubt hatte, weil sie eine Gefahr für die Familie dargestellt hatte, und jetzt hatte ihn sein Sohn an Brutalität noch übertroffen.

»Vertraust du mir jetzt endlich, Vater?«, stieß Max hervor. »Bist du stolz auf mich?«

Trotz seines Schocks erfüllte Kappel ein Gefühl tiefer Genugtuung. Er hatte in seinem Sohn auch die letzten Wesenszüge seiner ersten Frau ausgemerzt und ihn ganz nach seinem Bild geformt. »Ja«, flüsterte er. »Ich bin stolz auf dich.«

»Gut«, sagte Max. Er packte den blutigen Klumpen wieder in die Isoliertasche, steckte diese in den Lederbeutel zurück und verließ die Kapelle.

56

Max zitterte, als er die Kapelle verließ, aber nicht vor Kälte. Er ging schnurstracks auf das verlassene Heizungshaus zu. Dort gab es einen Raum, in dem Stahltrossen, Leuchtgeschosse, Ölfässer und Notausrüstung für den Winter gelagert waren. In einem zweiten, kleineren Raum befanden sich ein Notstromaggregat und zwei Heizkessel, von denen einer mit Öl, der andere mit Festbrennstoffen beheizt wurde. Beide waren in Betrieb. Er ging zu dem kleineren Ersatzkessel, öffnete die Klappe zur Brennkammer und warf den Lederbeutel hinein.

Als er darauf nach Walhalla zurückging, sah er zwei der fünf ehemaligen Stasi-Agenten, die sein Vater mitgebracht hatte. Bisher war ihre Anwesenheit etwas Selbstverständliches für ihn gewesen, doch inzwischen betrachtete er sie als Bedrohung. Sie grüßten ihn: »Herr Kappel, haben Sie Herrn Stein gesehen?«

Er hätte ihnen eine raffinierte Lügengeschichte auftischen können, aber die Erfahrung hatte ihn gelehrt, dass die Wahrheit immer am glaubwürdigsten war. »Nein. Jedenfalls nicht, seit ich zurück bin.«

Statt den Haupteingang zu nehmen, stapfte er durch den Schnee auf die Treppe zu, die zu der Terrasse in der zweiten Etage des Kristallpalasts hinaufführte. Abgesehen von zwei Paaren frischer Fußabdrücke – eines groß, das andere klein – waren die schneebedeckten Stufen unberührt. Als er die Terrasse erreichte, ging er auf die erste Schiebetür aus getöntem

Glas zu. Wegen des verspiegelten Glases war es ihm nicht möglich, nach drinnen zu schauen. Er zog seinen Handschuh aus, blies in seine Hand und legte die Handfläche auf den DNS-Sensor. Wegen der Kälte erschien sein Gesicht erst mit leichter Verzögerung auf dem Monitor, und die Tür ging auf.

Er blieb auf dem Fußabtreter stehen und sah sich in der Essecke seiner Suite um, während hinter ihm die Tür wieder zuging. Er zog seine schneeverkrusteten Stiefel aus, ging ins Schlafzimmer und öffnete die Tür zum Badezimmer, wo Isabella, die sich über dem Waschbecken die Schnittwunde an ihrem linken Arm verband, mit weit aufgerissenen Augen erschrocken herumfuhr. Als sie sah, dass er es war, legte sich ihre Angst wieder. Sie sah immer noch so blass aus wie in dem Moment, in dem er sich dazu durchgerungen hatte, Steins Herz herauszuschneiden. Sein Körper hatte sich mit jeder Faser gegen diese blutige Tat gesträubt, aber sie hatte ihren Zweck erfüllt: Jetzt konnte kein Kappel mehr an seiner Loyalität zweifeln – und was noch wichtiger war, er hatte für sich und Isabella etwas Zeit gewonnen.

»Vorerst hast du nichts zu befürchten«, sagte er so freundlich, wie er konnte. »Sie denken, du wärst tot.«

Er führte sie ins Wohnzimmer, schenkte zwei Gläser Malt Whisky ein und gab ihr eines davon. Sie trank es und musste husten. Er schenkte ihr nach. Diesmal hielt sie das Glas beim Trinken mit beiden Händen.

»Was weißt du über Ilium?«, fragte er sie.

Sie griff in ihre Jackentasche und zog eine tragbare Festplatte heraus. »Nicht viel. Die Aufzeichnungen sind alle auf Deutsch.«

»Wenn das so ist«, sagte er, »werde ich dir erst mal alles erzählen, was ich weiß.«

In der nächsten halben Stunde erzählte ihr Max alles über sich, ohne ihr etwas zu verschweigen. Er erzählte ihr, wie seine Mutter mit ihm aus Zürich geflohen war, als er noch ein kleiner Junge war, und ihm einen amerikanischen Pass und eine neue Identität verschafft hatte. Und wie sein Vater sie in Hawaii aufgespürt und seine Mutter umgebracht hatte. Er erzählte ihr in groben Zügen das Wichtigste über das Kappelsche Familienunternehmen, das er einmal erben sollte. Er erzählte ihr, wie er gemordet hatte, um Kunden der Bank und damit auch der Bank selbst zu helfen. Er erzählte ihr, wie Trapani ihrem Vater empfohlen hatte, sich an das Bankhaus Kappel und ihre Tochter Comvec zu wenden. Er schilderte ihr den Ablauf der Nacht, in der Isabellas Vater ermordet worden war. Und zum Schluss erzählte er ihr von Projekt Ilium und dass, vorausgesetzt, die Zielkunden hatten den gewünschten Betrag gezahlt, die vier Brautjungfern nach der Hochzeit eine permanente Version des NiL-Serums gespritzt bekommen sollten, das dahingehend abgewandelt war, dass sie nach sechs Monaten sterben müssten.

»Dann haben wir also bisher nur das harmlose temporäre NiL-Serum bekommen?«, fragte Isabella.

»Ja. Die anderen kriegen die permanente tödliche Version erst, wenn sie morgen abreisen.«

»Bist du wirklich sicher, dass wir *alle* die temporäre Version erhalten haben? Auch ich?«

»Joachim und Stein haben es bei der Anreise nach Walhalla jeder von euch injiziert.« Plötzlich dämmerte ihm, worauf sie hinauswollte. »Aber bei dir hat es nicht gewirkt, richtig? Du empfindest nichts für Hudsucker.«

»So ist es.«

»Auch bei mir hat die permanente Version keinerlei Wirkung gezeigt, obwohl in Antibes das Serum bei uns beiden gewirkt hat. Warum dann nicht dieses Mal?«

In ihren Augen leuchtete kurz etwas auf, doch sie schüttelte sofort den Kopf, als wolle sie den Gedanken abtun.

»Was ist?«, fragte er.

Sie nahm einen Schluck Whisky. »Ach, nichts.«

Sie wirkte so verloren und verletzlich, dass er ihr Mut machen wollte. »Ich werde nicht tatenlos mit ansehen, wie meine Familie dich umbringt. Ich habe dich in der Nacht, bevor du hierher geflogen bist, zu warnen versucht, aber mein Vater hat mir aufgelauert und mir das Serum und dann ein Betäubungsmittel injiziert. Ich sah dich noch aus deiner Wohnung kommen, bevor ich bewusstlos wurde.« Er durchlebte den Augenblick noch einmal. »So hilflos und verzweifelt habe ich mich bis dahin nur ein einziges Mal gefühlt. Ich war mir ganz sicher, wenn ich wieder zu mir käme, hätte ich vergessen, dass ich dich liebe. Aber dann war es doch nicht so.« Er wartete, ob sie vielleicht etwas sagte.

Nach kurzem Schweigen stand sie auf und hielt die tragbare Festplatte hoch. »Dein Laptop?«

Er zeigte auf den Schreibtisch in der Ecke. Sie ging darauf zu und steckte das Firewire-Kabel ein. »Bist du sicher, wir haben bis morgen Zeit, um Ilium zu vereiteln?«

Max sah auf die Uhr. »Ja. Mein Vater und Klaus müssten sich jeden Moment mit den vier Kunden treffen, um das Geld von ihnen einzufordern. Die tödliche permanente Dosis wird den Brautjungfern erst bei der Abreise injiziert. Aber so weit werde ich es nicht kommen lassen.«

Sie fuhr den Computer hoch und öffnete den Ordner. »Okay, worum es bei Ilium geht, ist mir inzwischen klar, aber Projekt Venus verstehe ich noch nicht.«

»Wie bitte?«

Sie zeigte auf ein Ordner-Icon mit der Aufschrift »Ilium/Venus«. »Davon hast du noch gar nichts gehört?«

»Nein.«

Nach einem Doppelklick auf den Ordner erschienen zwei Unterordner, von denen sie den mit der Aufschrift Venus anklickte. »Es befindet sich im selben Ordner wie Ilium, deshalb vermute ich, es ist eine Art Parallelprojekt. Vielleicht ist es das Gegenmittel.« Nach einem Doppelklick erschien eine Liste der in dem Ordner enthaltenen Dateien. Sie öffnete die erste.

Es war ein deutsches Textdokument, offensichtlich eine zusammenfassende Darstellung des Projekts. Schon beim

Überfliegen des ersten Absatzes verschlug es Max die Sprache. Er griff nach der Maus. Um ein Gegengift ging es bei diesem Projekt keineswegs – es sei denn, man hatte einen Hang zu extrem schwarzem Humor. Je länger er las, umso mehr packte ihn angesichts der ungeheuren Anmaßung seines Vaters das blanke Entsetzen. Und doch ergab alles auf seine eigene gespenstische Art einen Sinn. »Scheiße«, murmelte er.

»Was ist los?«, fragte Isabella. »Erzähl schon endlich.«

57

Zwei Stunden später

»Sie wollten mich sprechen.« Feliks Lysenko war der Dritte, der in das kleine Besprechungszimmer neben dem Lichthof gebeten worden war. Da Isabella tot war, müssten sie warten, bis sie Hudsucker erpressen konnten, aber dennoch war Helmut Kappel keineswegs unzufrieden. In den letzten paar Stunden hatten Giscard Corbasson und Christophe Nadolny die Bedingungen akzeptiert, und es bestand kein Grund zu der Annahme, dass es sich mit dem Russen anders verhalten könnte. Projekt Venus war noch gar nicht eingeleitet worden, und dennoch hatte sich Helmut Kappel nie mächtiger gefühlt.

Der Maskenball würde erst in ein paar Stunden beginnen, doch Lysenko war bereits in Abendgarderobe und hatte seine Maske aufgesetzt. Der Russe sah Klaus Kappel an, der in der Ecke über einem Laptop saß. »Wo haben Sie denn Ihre Masken?«, fragte er, so aufgeregt wie ein kleiner Junge an Halloween.

»Wir setzen sie erst auf, wenn der Ball beginnt«, sagte Kappel.

Lysenko wackelte mit dem Zeigefinger. »Soll das etwa eine Geschäftsbesprechung sein? Sie sollten sich was schämen! Es ist der Abend vor Ihrer Hochzeit. Sie sollten sich amüsieren.«

»Nehmen Sie Platz, Feliks. Haben Sie sich denn amüsiert?«

Lysenko setzte sich, und über seine Züge legte sich ein breites Grinsen. »Ich habe mich nie besser amüsiert. Bei so einer charmanten Begleiterin.«

Kappel lächelte. »Kathryn Walker ist in der Tat einzigartig – und in eine schöne junge Frau verliebt zu sein, die Ihre Gefühle erwidert! Glauben Sie mir, ich weiß, was das für ein Gefühl ist.«

Lysenko grinste, und Kappel musste sich abwenden, um seine Verachtung zu verbergen. Er staunte, wie rasch die Alchimie der Liebe den Russen in einen dummen kleinen Jungen verwandelt hatte.

»Aber gerade jemand wie Sie, Feliks, wird auch verstehen, dass alles seinen Preis hat. Seit ich Sie zu meiner Hochzeit eingeladen habe, konnten Sie nicht mehr aufhören, an Kathryn zu denken. Leugnen Sie es nicht, mein Bester – es war ohne Übertreibung die Hölle für Sie. Dann sind Sie hier angekommen, haben den Gegenstand Ihrer Träume kennen gelernt und schweben inzwischen im siebten Himmel. Habe ich Recht?«

Lysenko sagte nichts.

»Es wäre doch undenkbar, jetzt wieder in die Hölle zurückzukehren, Feliks, oder nicht? Ich für meine Person weiß jedenfalls, dass ich es unerträglich fände, wenn Phoebe plötzlich nichts mehr von mir wissen wollte.«

Lysenko runzelte die Stirn.

»Ich will ganz offen mit Ihnen sein, Feliks. Obwohl Sie beabsichtigen, Ihre Konten beim Bankhaus Kappel aufzulösen, tut das unserer Loyalität Ihnen gegenüber keinen Abbruch. Wir möchten Ihnen als einem unserer Kunden weiterhin zu Diensten sein. Wir wollen nichts weniger, als dass Sie mit Ihrer neuen Liebe von hier abreisen und bis an Ihr Ende glücklich mit ihr sind.« Er hielt inne. »Da wäre nur ein Problem.«

»Worauf wollen Sie hinaus?«

»Dass Kathryn Walkers Liebe zu Ihnen bis zum Ende des morgigen Tages erloschen sein wird. Wenn Sie abreisen, werden die zwei glücklichen Tage, die Sie hier mit ihr verbracht haben, nichts weiter als eine Erinnerung sein, die Sie Ihr Leben lang nicht mehr loslassen wird. Wenn Sie jedoch bestimmte Bedingungen erfüllen, können wir Ihnen garantieren, dass ihre Liebe zu Ihnen ihr ganzes Leben lang anhalten wird.«

Lysenkos anfängliche Reaktion fiel nicht anders aus als die des Franzosen und des Schweizers. Er war außer sich. »Für wen halten Sie sich eigentlich? Glauben Sie etwa, Sie könnten Einfluss auf mein Privatleben nehmen? Was bilden Sie sich eigentlich ein? Ich werde Sie ruinieren.« Er stürmte zur Tür.

»Seien Sie doch nicht albern, Feliks. Halten Sie sich einfach einmal die Fakten vor Augen. Ihre Leidenschaft für Kathryn setzte ein, nachdem wir Ihnen eine Einladung zu meiner Hochzeit geschickt hatten. Als ich sie Ihnen vorstellte, verliebte sie sich sofort unsterblich in Sie. Warum? Ihr Geld braucht sie sicherlich nicht. Auch was ihre gesellschaftliche Stellung angeht, hätte sie durch eine Beziehung mit Ihnen nichts zu gewinnen. Und ganz sicher hat sie es nicht wegen Ihres jugendlichen Aussehens auf Sie abgesehen.«

Lysenkos Kopf war wie eine rote Warnlampe. Aber er blieb an der Tür stehen.

Es versetzte Helmut Kappel erneut in Erstaunen, wie die Kraft der Liebe selbst den abgebrühtesten, unnachgiebigsten Mann zu einer willenlosen Marionette machen konnte. »Nichts für ungut, Feliks, aber sehen Sie sich doch mal Phoebe und mich an. Wie, glauben Sie wohl, habe ich sie für mich gewinnen können? Ich bin keinesfalls so naiv zu glauben, sie würde mich heiraten, ohne dass ich dabei ein wenig nachgeholfen hätte. Auch Sie müssen gewusst haben, dass das Ganze zu schön ist, um wahr zu sein. Eben waren Sie noch völlig verzweifelt, und plötzlich werden Ihre Träume wahr. Doch Träume kosten Geld. Zum Glück haben Sie davon sehr viel.«

Lysenko streckte die Hand nach dem Türgriff aus. Doch seine Füße blieben, wo sie waren. »Wie viel?«, sagte er schließlich.

»Nun, das ist das Problem. Es gibt andere interessierte Parteien. Kathryn Walker ist eine äußerst begehrte Frau. Aber wir möchten, dass *Sie* sie kriegen. Sie sind schon sehr lange bei uns Kunde, und ich hoffe, dass Sie das noch länger bleiben.«

»Wie viel wollen Sie?«, fragte Lysenko.

»Wie sehr wollen Sie sie?«

»Eine Million?«

Kappel wandte sich lachend seinem Bruder zu. »Wie viel kann sich unser guter Freund leisten?«

»Mindestens tausendmal so viel.«

»Das sind unsere Bedingungen, Feliks. Wenn Sie wollen, dass wir Ihnen Kathryn Walkers Liebe für den Rest ihres Lebens garantieren, überweisen Sie eine Milliarde Euro auf ein Treuhandkonto. Wir sorgen dafür, dass die Zahlungen gestaffelt erfolgen, damit das Ganze nicht so offensichtlich ist.«

»Eine Milliarde? Vollkommen lächerlich. Das würde meinen Bankrott bedeuten.«

»Sie haben eine Stunde Zeit, es sich zu überlegen. Danach steigt der Preis jede Stunde um hundert Millionen Euro. Sobald Sie morgen von hier abreisen, ziehen wir unser Angebot ganz zurück. Wenn Sie ohne sie leben können, ist das, was ich Ihnen vorschlage, allerdings lächerlich. Wenn Sie sie jedoch wirklich lieben, ist es das Geschäft Ihres Lebens. Warum die wahre Liebe *suchen*, wenn man sie *kaufen* kann? Ihr Lebensglück ist die beste Investition, die Sie je machen können.«

Helmut Kappel zündete sich eine Zigarette an und genoss den ersten Zug. »Sie haben eine Stunde«, wiederholte er. »Sobald Sie zu einer Entscheidung gelangt sind, setzen Sie sich bitte mit Klaus in Verbindung. Er wird sich dann um alles Weitere kümmern.« Damit stand er auf und streckte seine

Hand aus. »Viel Spaß bei der Feier, Feliks, und genießen Sie die Zeit mit Kathryn. Seien Sie uns bitte nicht böse. Wir zwingen Sie zu nichts. Wir bieten Ihnen lediglich die Chance, die wahre Liebe zu gewinnen, die Sie sich bisher mit Ihrem Geld nicht kaufen konnten.«

Nachdem Lysenko gegangen war, kam Joachim mit einem Tablett mit vier kleinen Schnapsgläsern herein. Sie waren aus Eis geformt und trugen die Gesichter von Phoebe und Helmut Kappel.

»Ah, vielen Dank, Joachim.«

»Sehr schön, die Gläser.« Klaus nahm eines.

Helmut Kappel grinste. »Ich habe sie für heute Abend anfertigen lassen, wenn alle auf das Brautpaar anstoßen werden. Ich dachte, wir probieren sie schon mal aus, um den erfolgreichen Abschluss von Projekt Ilium zu feiern.«

»Wo ist eigentlich Max?«, fragte Klaus.

Helmut Kappel lächelte. »Ich habe weder ihn noch Stein gesehen, seit er sich von seinem Ausflug mit Isabella Bacci zurückgemeldet hat. Lassen wir ihn ruhig. Vermutlich braucht er nach den Strapazen des heutigen Tages etwas Ruhe.«

»Ist sie kein Problem mehr?«, fragte Klaus.

Helmut Kappel wandte sich Joachim zu, der erbleichte. »Ich glaube, wir können ruhig sagen, dass sie nicht mehr zur Debatte steht.« Er hob sein Glas. »Auf die Macht der Liebe.«

»Auf die Liebe«, fielen die anderen Männer mit ein und tranken.

58

Isabella nippte immer wieder an ihrem Single Malt, während sie abwechselnd auf den Computermonitor und ihre handschriftlichen Notizen blickte. Sie hatte Whisky nie gemocht, aber als sie jetzt versuchte, Licht in den Wahnsinn von Projekt Venus zu bringen, beruhigte sein feuriger Geschmack ihre unter Hochspannung stehenden Nerven. Die letzten zwei Stunden hatten sie und Max am Computer gesessen und Joachims wissenschaftliche Aufzeichnungen übersetzt. Sie versuchte, die widersprüchlichen und intensiven Gefühle, die Max in ihr auslöste, zu ignorieren. Während der Schlittenfahrt auf dem See war sie fest davon überzeugt gewesen, dass er sie umbringen würde. Und als er dann seine Waffe gegen Stein gerichtet und ihr seine Liebe gestanden hatte, war der Schock beinahe zu viel für sie gewesen. Sie wusste immer noch nicht, ob er ihr Peiniger oder Retter war. Sie glaubte ihm zwar, dass er ihren Vater zu beschützen versucht hatte, aber sie wusste nicht, ob sie ihm jemals verzeihen konnte, dass er sich an dem schändlichen Missbrauch beteiligt hatte, der in Zusammenhang mit Projekt Ilium mit ihr und ihren Freundinnen getrieben worden war – und zwar unabhängig davon, was er jetzt unternahm, um alles wieder in Ordnung zu bringen.

Was noch zusätzlich zu ihrer Verwirrung beitrug, war der Umstand, dass das Mittel bei ihr und Max beim zweiten Mal nicht mehr gewirkt hatte. Vorausgesetzt, es war richtig verabreicht worden, gab es dafür nur eine vernünftige Erklärung: der Null-Substitutionseffekt, von dem sie in den Aufzeichnungen ihres Vaters gelesen hatte. Doch daran wollte sie im Moment nicht denken. Noch nicht jedenfalls.

Stattdessen konzentrierte sie sich auf das, was sie über Projekt Venus erfahren hatte und was sie tun konnte, um es zu vereiteln.

»Was haben wir bisher alles?«, fragte Max. Er sah so müde aus, wie sie sich fühlte.

Sie sah auf ihre Notizen. »Venus ist eine frühere Version des NiL-Serums, die in einen von Comvecs intelligenten Vektoren eingesetzt wurde. Dein Halbbruder hat einen der Prototypen meines Vaters mit seinem Tag Vector kombiniert.«

»Joachim hat es nie geschafft, seinen Tag Vector von den Behörden genehmigt zu kriegen.«

»Wahrscheinlich aus denselben Gründen, aus denen dein Vater ihn verwenden wollte. Es ist praktisch unmöglich, ihn zu kontrollieren.«

»Aber warum hat er einen der früheren NiL-Prototypen verwendet?«

»Weil NiL 42 geschlechtsunabhängig ist.«

»Und was hat das konkret zu bedeuten?«

»Die *sexuelle* Chemie spielt dabei keine Rolle. Angenommen, ich setze meinen genetischen Gesichtscode in Venus ein und injiziere es einer heterosexuellen Frau oder einem homosexuellen Mann. Sie würden dann zwar keinen Sex mit mir haben wollen, wären mir aber trotzdem total verfallen. Und was das Wichtigste ist, jede Liebe, die sie für andere Menschen empfinden – für ihre Kinder, Freunde, Verwandten –, würde durch ihre leidenschaftliche Bewunderung für mich aufgehoben. Dieses Serum ist wesentlich stärker als NiL 69 oder 72. Es war die Version, deretwegen mein Vater das Projekt beinahe abgebrochen hätte. Er bezeichnete es in seinen Aufzeichnungen als *Anti*-Liebesserum.«

Isabella musste daran denken, wie sie im Dachboden des Hauses ihres Vaters seine Briefe an ihre tote Mutter gelesen hatte. »Jeder, dem ich dieses Serum injiziere, wäre mir willenlos ergeben. So jemand könnte gar nicht anders, als mein Gesicht – oder ein Abbild davon – zu betrachten. Beraubte man ihn dieser Möglichkeit, befiele ihn eine fast unerträgliche Angst. Das Leben der betreffenden Person würde sich nur noch um mich drehen, ich würde eine Art Gott für sie.«

Sie seufzte. »Aber das ist noch nicht alles. Durch die Verwendung des Tag Vectors erhält das Ganze vollkommen neue Dimensionen. Nehmen wir mal an, der Patient, oder das Opfer, ist eine Frau. Wie bei NiL Neunundsechzig und Zweiundsiebzig wird ihr Hirn im Schlaf umprogrammiert, und wenn sie danach das Gesicht sieht, dessen genetischer Abdruck in das Serum eingesetzt wurde, entbrennt sie wie bei den beiden NiL-Versionen in unauslöschlicher Liebe zu diesem Gesicht. Aber ab diesem Punkt unterscheidet sich die Wirkung dieses Mittels von den beiden anderen Versionen.«

»Inwiefern?«

»Erstens ist es, wie bereits gesagt, geschlechtsunabhängig. Zweitens ist es kein Pulver, das injiziert wird, sondern eine Flüssigkeit, die oral eingenommen werden muss. Drittens wird, sobald die Liebe der betreffenden Person geweckt ist, die über die Luft übertragene Grippe-Komponente aktiviert, und die betreffende Person wird, ohne sich dessen bewusst zu sein, zu einem ansteckenden Träger des Virus, der seine Bewunderung für eine bestimmte Person durch ein bloßes Husten verbreitet und auf diese Weise eine unumkehrbare Kettenreaktion auslöst.«

Max konnte das alles noch kaum fassen. »Und das Serum trägt den genetischen Gesichtsabdruck meines Vaters.«

»Natürlich.«

Max wusste, dass sein Vater schon immer von der Idee besessen gewesen war, seiner Pflicht und Bestimmung nachzukommen, und hier ging nun sein kühnster Wunschtraum in

Erfüllung. Venus würde die Welt von jedem widersprüchlichen, verwirrenden und schwächenden Aspekt der Liebe heilen und an ihrer Stelle nur eine einzige, reine Spielart bestehen lassen: uneingeschränkte Ergebenheit ihm gegenüber. Wahrscheinlich hatte sich Helmut Kappel eingeredet, dass er der Welt einen großen Dienst erwiese, wenn er die Liebe aus ihr tilgte. Er würde ihr zu neuer Einheit und Zielgerichtetheit verhelfen. Er würde die zentrale Leitfigur, und die Menschheit würde seine ihm in treuem Gehorsam ergebene Familie.

Max stand auf und schritt im Zimmer auf und ab. »Und das erklärt natürlich auch, warum ihm dieser ganze Hochzeitszirkus so wichtig war. Er passt perfekt zu seinen Plänen. Solange die Gäste hier in dieser kontrollierbaren Umgebung sind, kann er sie beobachten und den richtigen Zeitpunkt abpassen. Es muss ihm ungeheures Vergnügen bereiten.«

»Joachims Aufzeichnungen zufolge haben sie vor, den Gästen das Serum irgendwann im Lauf des heutigen Tages zu verabreichen, sodass es morgen zu wirken beginnt.«

»Optimal«, stöhnte Max. »Das Mittel beginnt morgen bei den Gästen zu wirken, und in der Eiskapelle werden aller Augen auf dem glücklichen Paar ruhen. Sobald sie meinen Vater sehen, wird ihre vorbehaltlose Verehrung für ihn geweckt. Und wenn sie nach der Hochzeit nach Hause zurückkehren, werden sie jeden damit infizieren, mit dem sie in Berührung kommen. Und wegen des weltweiten Medienspektakels, das die Hochzeit nach sich zieht, wird sein Gesicht überall zu sehen sein.« Max konnte die Monstrosität dieses wahnsinnigen Plans kaum fassen.

»Er wird bedeutender werden als Jesus Christus«, sagte Isabella. »Dank Joachims Tag Vector werden sich die NiL 42 binnen weniger Tage auf der ganzen Welt verbreitet haben. Studien haben gezeigt, dass sich infolge des modernen Flugverkehrs grippeähnliche Viren in weniger als einer Woche um den ganzen Erdball ausbreiten können. Binnen weniger Tage wird der größte Teil der Menschheit deinem Vater total ergeben sein und für sonst niemanden mehr Liebe empfinden.«

Ursprünglich hatte Projekt Ilium nur dem Zweck gedient, die finanzielle Zukunft des Bankhauses Kappel zu sichern und ein paar abtrünnige Kunden zu bestrafen – doch das war nur von sekundärer Bedeutung, wurde Max jetzt klar, eine Begleiterscheinung, die vom eigentlichen Ziel des Vorhabens ablenkte. »Haben da auch Klaus und Joachim ihre Finger mit im Spiel?«, fragte er laut. »Joachim auf jeden Fall.«

»Nach der Hochzeit wird es keine Rolle mehr spielen, wer alles daran beteiligt war. Sobald du einmal infiziert bist, wirst auch du ihn anbeten. Aber warum, glaubst du, hat ihm dein Halbbruder dabei geholfen?«

Max konnte sich denken, was passiert war. Die Idee musste seit dem ersten Treffen mit Bacci, bei dem ihnen dieser von seinem verheerenden Experiment mit NiL 042 erzählt hatte, im Kopf seines Vaters herangereift sein. Es dürfte nicht lange gedauert haben, bis er auf die Idee kam, Baccis Serum und Joachims Tag Vector miteinander zu kombinieren. Wahrscheinlich hatte sich Joachim durch seine Bitte, eine permanente Version des NiL-042-Serums mit seinem Gesichtsabdruck herzustellen, geschmeichelt gefühlt und war seinem Wunsch bereitwillig nachgekommen, nicht ahnend, dass sein Vater es bei ihm einsetzen wollte. Sobald Joachim einmal unter dem Bann seines Vaters stand, trug ihm dieser vermutlich auf, das Serum mit dem Tag Vector zu kombinieren. Die Ironie dabei war, dass Joachim ihrem Vater immer schon bedingungslos ergeben gewesen war und wahrscheinlich auch so alles getan hätte, was dieser von ihm verlangte. Sein jüngerer Bruder hatte keine Chance gehabt.

»Da ist noch etwas, Max«, sagte Isabella. »Durch Joachims Tag Vector erfährt Venus noch eine letzte überraschende Wendung, die ganz im Sinne deines Vaters sein dürfte.«

»Und die wäre?«

»Dazu musst du zunächst wissen, dass der Hauptunterschied zwischen der temporären Neunundsechziger und der lebenslänglichen Zweiundsiebziger Version des regulären NiL-Serums im Zellen*typ* liegt, auf den sie abzielen. Die Neunundsechziger Version bedient sich eines Vektors, der auf die Körperzellen abzielt, die eine begrenzte Lebensdauer haben. Sobald diese Zellen absterben, stirbt auch das Mittel und seine Wirkung erlischt. Im Fall von NiL 69 tritt das nach etwa achtundvierzig Stunden ein.

Nun befällt der Zweiundsiebziger Vektor allerdings nicht nur die Körperzellen, sondern auch die Stammzellen, die das ganze Leben eines Menschen erhalten bleiben, weshalb die Wirkung der Zweiundsiebziger Version bis zum Tod der betreffenden Person anhält.« Sie nahm einen Schluck Whisky. »Und nun geht Projekt Venus noch einen entscheidenden Schritt weiter.«

Max stöhnte. Er wusste, was jetzt kommen würde. »Sprich ruhig weiter.«

»Venus bedient sich des Tag Vectors, der nicht nur Körper- und Stammzellen angreift, sondern auch die für die Fortpflanzung zuständigen Keimzellen. Der Tag Vector ist nämlich so konzipiert, dass er gentherapeutische Maßnahmen nicht nur von Patient zu Patient weitergibt, sondern auch von Generation zu Generation. Mit dem Eintritt in das zweite Stadium schleust der Tag Vector seine DNS entweder in die Hoden des Mannes oder in die Eierstöcke der Frau ein. Venus zielt also nicht nur auf eine lebenslange Wirkung ab – es pflanzt sich in alle Ewigkeit fort. Dein Vater will sich mithilfe von Joachims Tag Vector der *ewigen* Verehrung der Menschheit versichern. Selbst wenn er also schon lange tot ist, werden ihn die Menschen weiter anbeten, und ihre Nachkommen ebenfalls.«

Max dachte an das im Bau befindliche Mausoleum mit dem konservierten Leichnam, und er erbleichte angesichts der Ungeheuerlichkeit der dahinter steckenden Idee. »Ich muss ihn aufhalten«, sagte er. »Ich muss sie alle aufhalten.«

»Und wenn sie Venus schon in Umlauf gebracht haben? Sie könnten die Frühstücksmilch damit versetzt haben.« Sie griff nach der Flasche Mineralwasser auf dem Sideboard. »Das Personal stellt jeden Tag eine dieser Flaschen in die Zimmer. Es brauchen nur ein paar Gäste mit Venus angesteckt werden, um es zu verbreiten.«

»In diesem Fall muss ich herausfinden, ob sie es schon freigesetzt haben. Wenn nicht, werde ich alles tun, was nötig ist, um es zu verhindern. Wenn ja …« Sein Blick verdüsterte sich vor Besorgnis. »… darf niemand mehr diese Insel verlassen.«

Isabella empfand Sympathie für Max. Er schien die volle Verantwortung für das zu übernehmen, was sein Vater getan hatte, so, als ob dessen Sünden seine eigenen wären. In diesem Moment glaubte sie plötzlich, Max zu verstehen. Er sah in seiner Mutter all das, was gut in ihm war, und in seinem Vater alles, was schlecht war. Nach ihrem Tod, an dem er die Schuld bei sich selbst suchte, hatte er sein Leben ganz nach den Werten seines Vaters ausgerichtet. Doch inzwischen war er, aus welchem Grund auch immer, fest entschlossen, sich seiner Familie und allem, worüber er sich bisher definiert hatte, zu widersetzen – indem er sie, wenn nötig, zerstörte. Er war jetzt genau so ganz auf sich allein gestellt wie Isabella.

»Selbst wenn du deinen Vater umbringst, ändert das nichts. Die Welt wird weiterhin sein Bild verehren. Das Serum macht ihn unsterblich. Wir müssen etwas gegen das Serum tun.«

»Aber wie stellst du dir das vor? Gibt es ein Gegengift gegen Venus?«

»Nein.« Sie sah ihre Aufzeichnungen durch. Selbst der Null-Substitutionseffekt stellte sich nur bei den späteren Versionen des Mittels ein. Doch dann kam ihr eine Idee. »Es gibt vielleicht doch etwas, was funktionieren könnte«, sagte sie. »Den Unterlagen zufolge hat Joachims Tag Vector eine Achillesferse.« Sie erzählte Max von den Tabletten, die sie aus

Mailand mitgebracht und Phoebe zu geben versucht hatte. Als sie ihm ihren Plan erklärte, leuchtete neue Zuversicht in seinen Augen auf.

»Das Problem ist nur«, sagte sie, »wie wir es bewerkstelligen sollen, *jedem* heimlich eine Tablette zu verabreichen.«

»Das ist ganz einfach«, sagte er. »Wir werden es keineswegs heimlich machen, sondern ganz offen. Ich werde allen sagen, sie sollen trinken, was du ihnen gibst.«

»Wie stellst du dir das vor?«

»Ich bin der Trauzeuge. Wenn ich einen Toast auf Braut und Bräutigam ausbringe, muss jeder auf sie trinken.« Seine Augen blitzten herausfordernd. »Das Problem ist also: wie die Tabletten in die Gläser kriegen?«

Sie sah das Leuchten in seinen Augen, und seine Zuversicht sprang auf sie über. Wenigstens gab es jetzt etwas, was sie tun konnte. »Ich glaube, ich weiß eine Möglichkeit«, sagte sie. »Aber allein schaffe ich es nicht.«

»Isabella, wir stecken da beide mit drin«, sagte er. »Du bist also nicht allein. Nicht mehr.«

59

Am Abend desselben Tages

Nach altem Brauch sollen sich Braut und Bräutigam am Vorabend der Hochzeit nicht sehen, und obwohl Helmut Kappel während des Silvesterdiners neben Phoebe saß, verstießen sie nicht gegen diese Regel. Jeder trug eine Maske. Die Frauen versteckten sich hinter dem Gesicht Friggas, die Männer hinter dem des Gottes Odin. Niemand war zu erkennen. Sogar die Bedienungen in ihren Brustpanzern, Lederröcken, Stiefeln und Helmen trugen vergoldete Gesichtsmasken.

Als die hundert Gäste um die langen Tische im Festsaal Platz nahmen, empfand es Helmut Kappel als besondere Ironie, dass ihn, obwohl ihn an diesem Abend niemand erkannte, bald jeder kennen würde. Am nächsten Tag stünde er mit der schönsten Frau der Welt in der Eiskapelle, und jedes Augenpaar wäre auf *ihn* gerichtet. Und binnen weniger Tage würde die ganze Welt mit der Bitte um Rat und Führung zu ihm aufblicken.

Er hatte einmal gelesen, das am weitesten verbreitete Profil der Welt sei das der Königin von England. Ihr Bild war auf Briefmarken und Geldscheinen in Großbritannien und zahlreichen Commonwealth-Staaten rund um den Erdball zu sehen. Doch er würde alle Monarchen, Präsidenten und Filmstars in den Schatten stellen. Religiöse Messiasse und Propheten würden in der Versenkung verschwinden. Die Beatles hatten einmal im Scherz behauptet, sie seien größer als Jesus. Er würde tatsächlich größer als Jesus sein. Jeder, egal, wie hochgestellt oder mächtig, würde ihn um Rat fragen. Er würde einer schwachen und chaotischen Welt zu Ordnung und Stärke verhelfen.

Er setzte sich zurück und berauschte sich an den Versprechungen der Zukunft. Alles lief nach Plan. Ilium war ein voller Erfolg gewesen: Vor einer Stunde hatte es Lysenko den anderen gleichgetan und die Überweisung einer Milliarde Euro auf ein Treuhandkonto veranlasst. Doch Venus ginge noch weit darüber hinaus.

Phoebe stieß ihn am Arm. »Ich kann immer noch nicht glauben, dass Isabella abgereist ist. Was hat sie gesagt?«

»Zerbrich dir doch ihretwegen nicht den Kopf«, sagte er. »Du hast noch drei andere Brautjungfern.«

»Aber was hat sie gesagt?«

»Das habe ich dir doch schon erzählt. Sie hat sich so geschämt, dich gestern Abend belogen zu haben, dass sie dir nicht mehr unter die Augen zu treten wagte. Sie ist immer noch gegen unsere Heirat und wollte nicht mit ansehen, wie du den riesigen Fehler machst, mich zu heiraten.«

»Das hat sie gesagt?«

»Sie hat ein Recht auf ihre eigene Meinung, und ich respektiere ihre Offenheit. Ich bin sicher, ihr werdet wieder Freundinnen, wenn sie etwas Zeit hatte, sich an diesen Gedanken zu gewöhnen. Doch jetzt versuch lieber, den Abend zu genießen.«

Isabellas Verschwinden zu erklären war in Phoebes Fall einfacher gewesen als bei Hudsucker. Als Kappel ihm eröffnet hatte, Isabella sei nach Mailand zurückgekehrt, war der Senator untröstlich gewesen.

Speisen und Getränke wurden auf Silbertellern und in funkelnden Kristallgläsern serviert. Der Toast auf das Brautpaar sollte nach dem Hauptgang, der aus Wild bestand, ausgebracht werden, und Kappel beobachtete, wie Joachim in seine Jackentasche griff und einen kleinen Schlüssel herausholte, um die Gläser zu holen, die er dafür vorbereitet hatte. Er wollte gerade aufstehen, doch Max kam ihm zuvor.

»Wo willst du hin?«, fragte Joachim.

»Die Gläser für den Toast holen.«

»Aber das wollte ich doch gerade tun.«

»Lass mich nur machen.«

»Aber …«

»Ich bin der Trauzeuge. Das ist meine Aufgabe.«

Joachim sah zu seinem Vater, der zustimmend nickte. Max' gewandelte Einstellung und neue Loyalität sollten bestärkt werden. Stirnrunzelnd händigte Joachim seinem Halbbruder den Schlüssel aus. »Die Gläser sind aus Eis und stehen in der Kühlung neben der Küche. Sie sind bereits eingeschenkt und auf Tabletts verteilt. Du brauchst nur die Kühlung aufzuschließen und den Bedienungen sagen, sie sollen sie servieren.«

Helmut Kappel beobachtete, wie Max auf die Schwingtür zur Küche zuging. Fast im selben Moment sah er zwei von Steins Stasi-Männern aus der Eingangshalle auf ihn zukommen. Beide waren in vollständiger Polarkleidung mit dicken Stiefeln, und einer flüsterte ihm ins Ohr: »Herr Kappel, die Hunde haben etwas gefunden, das Sie sich ansehen sollten.«

Als Kappel sah, was der Mann in der Hand hielt, wich seine Euphorie heftigem Ärger. »Kommen Sie mit.«

Max schritt lässig durch den Saal und lächelte im Vorübergehen den Gästen zu. Am liebsten wäre er zwar, so schnell er konnte, losgerannt, denn die Zeit war knapp, aber er vermutete, dass ihn entweder Joachim oder sein Vater beobachtete. Er betrat die Küche und fragte nach der Kühlung. Er kam an zahlreichen Bedienungen vorbei, als er in die angegebene Richtung ging.

Plötzlich tippte ihm jemand von hinten auf die Schulter. »Kann ich Ihnen helfen, Sir?«

Er drehte sich um und zögerte nur einen Augenblick lang. »Ja. Es ist Zeit, die Drinks für den Toast zu servieren«, sagte er der Bedienung.

»Wo sind sie?«

»Kommen Sie mit.«

Max blieb vor der Kühlung stehen, schloss die Tür auf und ging nach drinnen. Es gab zwei Räume: im ersten, konnte Max am Thermometer ablesen, herrschten vier Grad plus, im zweiten, der dahinter lag, betrug die Temperatur minus 23 Grad. Im ersten Raum hingen Schweine- und Rinderhälften, und in Edelstahlbehältern lagen große Lachse. Max öffnete die Tür zum Tiefkühlraum, wo hauptsächlich Fleischstücke gelagert waren. Auf einem Edelstahltisch in der Mitte standen vier durchsichtige quadratische Tabletts mit jeweils 25 mit einer klaren Flüssigkeit gefüllten Gläsern, jedes mit den Gesichtern von Helmut Kappel und Phoebe.

»Sind das die Gläser für den Toast?«, fragte die Frau.

Max nickte und drehte sich um, um die Tür zu schließen.

Doch dort stand ein Mann. Noch bevor er seine Maske abnahm, wusste Max, es war sein Vater. »Komm bitte nach draußen, Max.«

Max runzelte unter seiner Maske die Stirn. »Wieso?« Hinter seinem Vater erschienen zwei der ehemaligen Stasi-Männer in voller Polarkleidung. »Komm einfach raus, Max.«

Max ging nach draußen und ließ die Bedienung mit den Drinks im Tiefkühlraum zurück. »Was ist los?«

»Diese Männer kommen gerade von der Suche nach Stein zurück. Ihre Hunde sind einer Spur gefolgt, die in eine Einbuchtung auf der Fjordseite des Sees führte.« Sein Vater streckte die Hand aus und öffnete sie. In seiner Handfläche lag Steins zerfetzte Augenklappe. »Ich vermute, seine Leiche liegt im See. Und ich schätze, Isabella Bacci ist noch am Leben.«

Max' spontaner Impuls war zu kämpfen, doch nach kurzem Überlegen entschied er sich dagegen. Sein Vater starrte ihn finster an. »Du enttäuschst mich, Max«, sagte er schließlich. »Wo ist Isabella?«

»Weg. Ich habe ihr bei der Flucht geholfen. Sie hat mir alles über Venus erzählt, und sie hat alle Beweise auf einer CD. Sie geht damit zur Polizei.«

Sein Vater biss die Zähne aufeinander. »Selbst wenn ihr die Flucht zurück in die Zivilisation gelingen sollte, spielt das morgen keine Rolle mehr – weil alle hier das da drinnen getrunken haben werden.« Er zeigte auf den Tiefkühlraum. Dann wurden seine Augen hart. »Was mir allerdings Sorgen macht, ist, dass du mich noch einmal hintergangen hast. Warum?«

»Weil du wahnsinnig bist und irgendjemand dich aufhalten muss.«

Sein Vater sah ihn böse an. Anscheinend konnte er nicht fassen, dass jemand, und schon gar nicht sein Erbe, so mit ihm zu sprechen wagte. »Du bist wie deine Mutter. Mit ihr ließ sich auch nicht reden. Als du mich in Mailand hintergangen hast, habe ich dir verziehen, Max. Ich dachte, du wärst irregeführt gewesen. Inzwischen sehe ich allerdings, dass ich derjenige war, der sich irreführen ließ.«

Ein weiterer Mann mit einer Maske erschien. »Ist mit den Gläsern für den Toast alles in Ordnung?«

»Sicher, Joachim. Er kann nicht gewusst haben, dass wir das Mittel in die Gläser für den Toast gegeben haben, aber sieh bitte trotzdem mal nach.«

Joachim nahm die Maske ab und lächelte seinen Bruder boshaft an. Er verschwand in den Tiefkühlraum. »Warten Sie draußen«, hörte Max ihn zu der Bedienung sagen.

Sie kam nach draußen und blieb in diskretem Abstand stehen.

»Dann willst du ihnen Venus also beim Toast verabreichen«, sagte Max. »Damit kommst du nicht durch.«

Sein Vater schenkte ihm keine Beachtung. Knapp eine Minute später kam Joachim aus dem Kühlraum und setzte die

Maske wieder auf. »Sie können die Drinks jetzt servieren«, sagte er zu der Bedienung. »Ich helfe Ihnen.«

Max' Vater wartete, bis die Frau und Joachim mit den ersten beiden Tabletts gegangen waren, dann wandte er sich den Stasi-Männern zu. »Ich muss jetzt zum Toast in den Saal zurück. Sie wissen, wo Sie ihn hinschaffen sollen – wo wir ungestört sind, wenn ich später mit ihm rede. Er hat Ihren Chef umgebracht, deshalb habe ich Verständnis dafür, wenn Sie ihn nicht mit Samthandschuhen anfassen.«

60

»Folgen Sie mir«, forderte Joachim die Bedienung auf. »Bringen Sie Ihr Tablett zu diesem Tisch und sorgen Sie dafür, dass jeder ein Glas bekommt. Wenn alle verteilt sind, holen Sie das nächste Tablett. Das letzte werde ich herumreichen.«

Isabella versuchte, das Zittern ihrer Hände zu unterdrücken, als sie Joachim in den Saal folgte. Es kostete sie alle ihre Beherrschung, sich nicht nach Max umzublicken und nicht daran zu denken, dass sie die einzige dunkelhaarige Bedienung unter Odins strohblonden Walküren war. Sie konnte nur hoffen, dass Maske und Helm sie hinreichend tarnten.

Ihr Plan war relativ einfach gewesen. Da Max ein Kappel war, war es ein Leichtes für ihn gewesen, die Maske und die Bedienungsuniform für Isabella zu besorgen. In ihrer Verkleidung musste sie sich dann so lange in der Küche aufhalten, bis auf das Brautpaar angestoßen wurde und Max zu ihr kam. Sobald er ihr gezeigt hatte, wo sich die Gläser befanden, sollte sie in jedes eine ihrer Tabletten geben und sich danach schleunigst auf sein Zimmer zurückziehen.

Selbst wenn alles glatt lief, standen die Chancen, Venus zu verhindern, bestenfalls fünfzig zu fünfzig. Inzwischen waren jedoch die Erfolgsaussichten noch einmal drastisch gesunken. Max' Gefangennahme war ein Schock gewesen, aber wenigstens hatte die Zeit, die sie allein im Tiefkühlraum gewesen war, gerade gereicht, um in jedes Glas eine Tablette fallen zu lassen. Doch als Max gesagt hatte: »Dann willst du ihnen Venus also beim Toast verabreichen«, hatte sie der Mut verlassen. Sie hatte nicht in Betracht gezogen, dass die Gäste beide Mittel gleichzeitig würden einnehmen müssen. Sie hatte keine Ahnung, wie das ihre Wirkung beeinflussen würde.

Aber dann wurde ihr Ärger stärker als ihre Angst. Eigentlich hätte sie oder Max sich denken müssen, dass Helmut Kappel den Gästen Venus verabreichen würde, wenn alle auf das Brautpaar tranken. Und nicht nur, dass jetzt das Gelingen ihres Plans auf dem Spiel stand - sie half auch noch dabei, den Gästen das Serum zu *servieren.* Doch sie hatte keine Wahl. Sie verteilte die Gläser des ersten Tabletts, ohne dass es zu einem Zwischenfall kam. Allerdings nahm ihre Nervosität noch zu, als sie den Leberfleck in der Form Australiens auf der Hand des maskierten Warren Hudsucker erkannte. Er nahm kaum Notiz von ihr. Bedienungen wurden bestenfalls ignoriert. Maskierte Bedienungen waren unsichtbar.

Nachdem sie das zweite Tablett geholt hatte, trug ihr Joachim auf, es am Kopfende der Tafel zu servieren. Sie gab sich große Mühe, jeden Blickkontakt zu vermeiden. Zuerst bediente sie Klaus Kappel und seine Frau. Als sie an Max' leerem Stuhl ein Glas auf den Tisch stellte, hörte sie Delphine Chevalier fragen, wo Max steckte.

Es hatte fast etwas Unwirkliches, als sie Gisele, Claire und Kathryn ihre Gläser reichte. Sie konnte sich nur mit Mühe davon abhalten, sie darauf aufmerksam zu machen, was gerade mit ihnen geschah, aber ihre Freundinnen waren so mit ihren Partnern beschäftigt, dass sie ihre Anwesenheit wahrscheinlich nicht einmal bemerkt hätten, wenn sie keine Maske getragen hätte.

Helmut Kappel saß kerzengerade da, und sie konnte die Wut, die in ihm brodelte, spüren, als sie das Glas aus Eis vor ihn hinstellte. Er schob es abwesend beiseite. Als sie vor Phoebe ein Glas auf den Tisch stellte, streifte sie die Schulter ihrer Freundin. Phoebe wandte sich ihr zu, und ihre Blicke trafen sich kurz. In diesem Moment überkam Isabella das unwiderstehliche Bedürfnis, sich die Maske herunterzureißen und Phoebe zu sagen, was ihr künftiger Ehemann vorhatte. Doch dann wandte sich Phoebe wieder ab, und der Moment war vorbei.

Isabella zwang sich, langsam an den Gästen vorbei zur Küche zu gehen. Gerade als sie mit einem erleichterten Seufzer die Schwingtür aufstoßen wollte, rief ihr Joachim hinterher: »Sie, die Sie die Gläser für den Toast serviert haben.«

Sie widerstand dem Impuls wegzulaufen und drehte sich nach ihm um.

Er würdigte sie kaum eines Blickes, als er ihr sein leeres Tablett hinhielt. »Nehmen Sie das mit in die Küche.«

Sie nahm das Tablett an sich und ging durch die Schwingtür in die Küche.

Als Helmut Kappel der Ansprache lauschte, die Joachim anstelle von Max hielt, musste er ständig an den Verrat seines älteren Sohnes denken. Max war ein Kappel. Er hatte so viel in seine Erziehung investiert. Nach Max' Fehltritt mit Isabella hatte er ihm eine zweite Chance gegeben und seine Entschlossenheit durch eine Injektion des NiL-Serums gefestigt. Eigentlich sollte Max längst ganz im Bann Delphine Chevaliers stehen – er hätte nicht einen Gedanken mehr an Isabella Bacci verschwenden dürfen. Aber er hatte sich ihm offen widersetzt und versucht, sich gegen sein Schicksal aufzulehnen.

Dennoch schmälerte es nicht das Gefühl seines Triumphs. Lysenko, Corbasson und Nadolny waren den Brautjungfern so hoffnungslos verfallen, dass sie allen seinen Forderungen nachgekommen waren. In sechs Monaten wären ihre Angebeteten tot. Und in zwei Tagen läge ihm die ganze Welt zu Füßen.

Doch sein eigen Fleisch und Blut unter seine Kontrolle zu bekommen, war ihm nicht gelungen. Wusste Max seine privilegierte Stellung als Angehöriger der Kappel-Dynastie nicht zu schätzen? Er würde ihn genauso bestrafen, wie er seine Mutter bestraft hatte. Das Ausscheren seines Sohnes war allein ihre Schuld. Ihre Gene hatten die Kappel-Anlagen verwässert. Er hatte alles in seiner Macht Stehende getan, um Max zu einem reinrassigen Vollblüter zu machen, aber in seinem tiefsten Innern war er immer ein Bastard gewesen.

»Was hast du denn, Liebling?«, flüsterte Phoebe. »Du wirkst so angespannt, obwohl du doch glücklich sein solltest.«

»Ich bin glücklich«, flüsterte Kappel heiser. Als er hörte, wie Joachim Odin dankte, dass er ihnen Walhalla zur Verfügung gestellt hatte, und einen Toast auf das »glückliche Paar« vorschlug, beruhigte er sich. Bald würde Max' Verrat keine Rolle mehr spielen. Bald wäre die ganze Welt seine Familie, seine Dynastie, und auch alle künftigen Generationen würden ihn als ihr Oberhaupt anerkennen.

Joachim hob sein Glas und wandte sich seinem Vater zu. »Auf die morgige Hochzeit und eine glanzvolle Zukunft. Auf das Schicksal.«

»Auf das Schicksal«, kam es aus dem Saal zurück. Als die Gäste ihre Eisgläser leerten, ging ein Raunen durch den Saal und alle blickten zum Kristalldach hinauf. Jemand hatte das Licht gelöscht, und der Nachthimmel erstrahlte in leuchtenden Farben. Spektralbänder und Kegel aus Rot und Grün durchzogen die Nacht.

In diesem Moment durchströmte Helmut Kappel ein unbeschreibliches Machtgefühl, das ihn seinen Ärger vergessen ließ. Er reichte Phoebe ihr Glas und sah zu, wie sie daraus trank. Als er zu den farbenprächtigen Bändern aus Licht hinaufblickte, wurde ihm bewusst, dass Max unwichtig war. Niemand war mehr wichtig, nicht einmal Dieter Kappel. Es war, als verkündeten die Götter Walhallas seine Erhebung in ihren erlauchten Kreis.

61

Isabella wurde fast übel vor Anspannung und Nervosität, als sie die Küche verließ und durch die verlassenen Flure eilte. Und dann hörte sie, wie der Trinkspruch aus dem Festsaal erscholl, und wusste, die Würfel waren gefallen. Sie sah aus dem Fenster und hielt den Atem an. Der Himmel war von einem gespenstischen Flackern durchzogen. Rote und grüne Schemen erhellten wabernd das Dunkel der Nacht. Sie hatte noch nie Nordlicht gesehen, und es war wesentlich eindrucksvoller, als sie erwartet hatte. Doch dass dieses Phänomen ausgerechnet am Vorabend des Starts von Helmut Kappels Projekt Venus auftrat, erschien ihr wie ein böses Omen, das die Dämmerung eines finsteren neuen Zeitalters anzukündigen schien.

Sie blickte zu der Eiskapelle hinab und sah im Scheinwerferlicht zwei Männer, die einen dritten, größeren Mann zum Heizungshaus führten. Sie erkannte in dem Gefangenen sofort Max. Am Heizungshaus wurden sie von zwei weiteren Wachmännern in Empfang genommen. Einer schlug Max mit dem Gewehr gegen den Kopf. Als er in den Schnee fiel, traktierten ihn die anderen mit Tritten und zogen ihn nach drinnen. Um Isabella zu schützen, hatte Max einen ihrer Kameraden umgebracht, und jetzt rächten sie sich an ihm. Wenn sie daran dachte, was Helmut Kappel Max' Mutter angetan hatte, konnte sie sich nicht vorstellen, dass Max diese Nacht überleben würde.

Doch ungeachtet all seiner Untaten hatte er ihr zweimal das Leben gerettet. Aber wie könnte sie ihm helfen? Sie war allein. Phoebe und ihre anderen Freundinnen standen unter dem Einfluss des NiL-Serums und hatten nur Augen für die alten Männer, die sich ihre Liebe gekauft hatten.

Dann kam ihr die rettende Idee. Sie wusste nicht, ob es klappen würde, aber eine andere Möglichkeit gab es nicht. Nach den Risiken, die Max eingegangen war, um sie zu retten und die Pläne seines Vaters zu vereiteln, war sie ihm etwas schuldig. Und wie er ganz richtig gesagt hatte: Er war alles, was sie hatte.

Sie eilte zu ihrem Zimmer und öffnete die Tür. Die meisten Dinge, die sie brauchte, hatte Max bereits von dort geholt, aber die Schlafmittel, die sie nach dem Tod ihres Vaters verschrieben bekommen hatte, waren noch in ihrem Koffer. Sie zog zunächst nur einen Streifen mit eingeschweißten Tabletten aus der Packung, nahm dann aber nach kurzem Überlegen alle drei. Jetzt war keine Zeit für halbe Sachen.

Sie überprüfte den Sitz ihrer Maske und kehrte in den Festsaal zurück. Inzwischen tanzten einige der Gäste, aber der Mann, auf den sie es abgesehen hatte, saß noch an seinem Platz. Sie ging zu ihm und flüsterte ihm ins Ohr, er werde in der Eingangshalle verlangt. Gehorsam wie ein Schuljunge stand er auf und folgte ihr aus dem Saal.

In der Eingangshalle blickte er sich zunächst suchend um, bevor er sich mit einem fragenden Blick Isabella zuwandte. »Wer will mich sprechen?«

Sie nahm die Maske ab. »Ich.«

Warren Hudsucker nahm ebenfalls seine Maske ab und sah sie an, als wäre sie ein Gespenst – oder ein Engel. Er strahlte übers ganze Gesicht. »Sie sind ja noch hier«, sagte er. »Dabei hat man mir gesagt, Sie wären abgereist. Aber warum sind Sie gekleidet wie eine Bedienung?«

»Um Ihnen das zu erklären, reicht die Zeit nicht, Warren. Würden Sie etwas für mich tun?«

»Alles, was Sie wollen.«

Zwei Stunden später

»Gutes Neues Jahr, Max.«

Max richtete sich vom Betonboden des Heizungshauses auf und stand seinem Vater gegenüber. Er sah auf die Uhr: 0 Uhr 35. Das neue Jahr hatte bereits begonnen.

»Gutes Neues Jahr, Vater.«

Helmut Kappel nahm eine Zigarre aus der Tasche, zog den Assassinen-Dolch aus seiner Scheide und schnitt die Spitze ab. Dann zündete er die Zigarre an, paffte ein paar Mal und seufzte zufrieden. »Das wird ein großartiges neues Jahr, Max.« Er wandte sich den Wachmännern zu. »Geben Sie mir eine Pistole, und dann lassen Sie uns allein.«

Max' Anzug war blutverschmiert, und seine Rippen schmerzten von den Tritten der Wachmänner, aber mit den Schmerzen – und sogar mit der Aussicht, sterben zu müssen – konnte er umgehen. Wenigstens war Isabella nicht entdeckt worden. Noch war nicht alles verloren, sagte er sich.

»Du kannst den Gang der Dinge nicht aufhalten, Max«, sagte sein Vater. »Die Gäste haben das Venus-Serum bereits verabreicht bekommen. Bisher fühlen sich alle nur ein wenig benommen, und in einer Stunde werden sie schlafen gehen. Wenn sie dann morgen früh aufwachen, wird nicht nur ein neues Jahr, sondern ein neues Zeitalter anbrechen.«

Er räusperte sich. »Die Welt ist ein heilloses Chaos, Max. Die Menschen können sich auf nichts mehr einigen. Jeder liebt etwas anderes – andere Menschen, andere Götter, andere Länder, sogar andere Fußballmannschaften. Und sie streiten sich wegen der Dinge, die sie lieben. Sie bringen sich wegen der Dinge, die sie lieben, gegenseitig um. Die Liebe eint die Welt nicht, ganz im Gegenteil, sie entzweit sie. Patriotismus ist nicht Liebe zu einem Land, es ist Hass auf andere Länder. Wenn du einen Gott liebst, musst du notwendigerweise jeden verdammen, der einen anderen liebt. Liebe grenzt aus, teilt und trennt. Doch das wird Venus ändern. Die

Welt wird nur noch einen einzigen Sinn, ein einziges Ziel, eine einzige Liebe kennen. Mich. Die Menschheit wird eine einzige große Familie werden, und ich werde ihr Vater sein.«

Er machte eine Pause. »Und an all dem hättest du teilhaben können, Max. Du hättest meine rechte Hand sein können. Doch du hast mein Vertrauen enttäuscht.« Er lachte bitter. »Du hast dir von Isabella den Kopf verdrehen lassen. Sie hat dir den Verstand getrübt, dich schwach gemacht. Und wofür?« Er befühlte das Blut an Max' Kragen. »Für nichts.«

Max schüttelte den Kopf. »Du täuschst dich. Mein Verstand war nie klarer. Ich sehe jetzt wesentlich deutlicher, wer ich bin – und wer du bist.«

»Wirklich? Dann sag mir doch, wer du glaubst, dass ich bin.«

»Ich *weiß*, wer du bist. Du bist ein Heuchler und ein Feigling. Du redest ständig von Loyalität und Familie, und dann gehst du her und ermordest deine Frau und missbrauchst deine Söhne. Du sprichst von einer Dynastie und von der Verpflichtung, deinem Nachfolger ein größeres Erbe als das von dir geerbte zu überlassen, und im selben Atemzug entwirfst du einen Plan, der dich unsterblich machen soll und alle künftigen Generationen zu deinen willenlosen Sklaven. Familie, Dynastie oder Pflicht interessieren dich einen Dreck. Du denkst nur an dich selbst. Du hast meine Liebe zu dir erstickt und die von Joachim missbraucht, indem du ihn gezwungen hast, ein Medikament zu entwickeln, das jeden *zwingt*, dich zu lieben.«

Er holte Luft. »Dein Leben basiert auf Selbsttäuschung und Heuchelei: Du machst dich lustig über die Liebe und fürchtest dich doch vor ihr. Sie macht dir Angst. Du hasst die Liebe, hast aber nicht den Mut, ungeliebt zu sterben. Isabella hat mich nicht schwach gemacht. Sie hat mir gezeigt, wie ich wieder stark werde. Du hast alles getan, mich vergessen zu machen, was meine Mutter mir beigebracht hat, aber Isabella hat mir geholfen, mich wieder daran zu erinnern. Du bist der

Schwache, Vater. Du bist der Feigling, der nicht den Mut hat, um Liebe zu kämpfen oder ohne sie zu leben und zu sterben.«

Mehrere Sekunden lang sah ihn sein Vater nur an. Nach außen hin wirkte er vollkommen ruhig, aber Max spürte seine Wut. »Als Sohn bist du eine große Enttäuschung.«

Max lachte. »Als Vater bist du eine größere.«

Kappel hob die Pistole. »Ich hätte dich ertränken sollen, als ich deine Mutter ertränkt habe.«

»Ich habe mir oft gewünscht, du hättest es getan.«

Ein grausames Lächeln umspielte die Züge von Max' Vater. »Du wirst noch lernen, Max. Ich werde dich noch nicht umbringen. Ich werde dir nicht einmal das Venus-Serum geben. Ich werde dich hier lassen, damit du in Ruhe über alles nachdenken kannst. Du wirst den Morgen noch erleben. Ich möchte, dass du siehst, was Venus bewirkt, und wenn du dich mit eigenen Augen überzeugt hast, wie meine Vision Wirklichkeit geworden ist, werde ich zusehen, wie du von dem Virus angesteckt wirst und mich ebenfalls liebst. Und dann werde ich dich bestrafen, Max. Während du mir in die Augen siehst – in die Augen des Vaters, den du anbeten wirst –, werde ich dir ein Messer ins Herz stoßen und zusehen, wie du stirbst.«

Er wandte sich zum Gehen, blieb aber noch einmal stehen.

»Deine Liebe zu Isabella ist bedeutungslos. Ob du es willst oder nicht, wirst du mich lieben, wenn du stirbst. Und *nur* mich.«

62

Isabella wartete, bis Helmut Kappel in seine Suite im Walhalla zurückgekehrt war, bevor sie an die Tür des Heizungshauses klopfte. Sie hörte Stimmen, und dann kam einer der Wachmänner, den sie von Schloss Kappel kannte, nach draußen und schloss die Tür hinter sich.

»Was wollen Sie?«, fragte er.

Sie hielt ein Tablett mit Drinks in den Händen. »Herr Kappel hat mich gebeten, Ihnen das zu bringen, zur Feier des Neuen Jahres und seiner morgigen Hochzeit.«

»Wir sind im Dienst«, sagte der Mann.

Trotz der Kälte glühte ihr Gesicht unter der Maske. »Er hat darauf bestanden«, sagte sie, weiter um einen leichten Ton bemüht. »Soll ich etwa zu Herrn Kappel zurückgehen und ihm sagen, Sie wollten nicht auf sein Glück trinken?«

Der Wachmann lächelte, aber seine Augen blieben hart. »Wenn Herr Kappel darauf besteht, wäre es unhöflich, sein Angebot auszuschlagen.«

»Wie viele sind Sie da drinnen?«

»Zwei.« Er öffnete die Tür, reichte eins der Gläser nach drinnen und nahm sich auch selbst eines. Er zeigte in Richtung See. »Die anderen zwei sind bei den Hubschraubern. Vielen Dank und ein frohes Neues Jahr.«

Eine halbe Stunde später

Max schlief nicht. Aber das lag nicht an seinem malträtierten Gesicht und seinem schmerzenden Körper: Er musste ständig daran denken, was der nächste Tag bringen würde. Er fand es unerträglich, so machtlos zu sein und nicht zu wissen, was passiert war.

Er hörte eine Tür auf und zu gehen, dann das Schaben von Riegeln, die an der Stahltür des Lagerraums zurückgezogen wurden. Er sah sich kurz um, griff nach einem Stahlseil mit einem Vorhängeschloss und hob es wie eine Keule über seinen Kopf. Wenn sich die Wachmänner noch einmal an ihm abreagieren wollten, sollten sie für dieses Vorrecht zahlen. Jeder Muskel zum Zerreißen gespannt, schlich er zur Tür und wartete, dass sie aufging.

»Isabella! Was machst du denn hier?« Er ließ seine Waffe sinken.

»Dich hier rausholen.«

»Wo sind die Wachen?«

Sie zeigte hinter sich. Er blickte über ihre Schulter und sah sie schlafend auf dem Boden liegen. »Ich habe ihnen genug Schlafmittel gegeben, um einen Elefanten umzuhauen. So schnell wachen die bestimmt nicht wieder auf. Auch die zwei bei den Hubschraubern schlafen wie Babys.«

Er wollte sie in die Arme schließen, tat es aber nicht. Stattdessen fragte er sie, was nach seiner Gefangennahme passiert war. Als sie ihm alles erzählt hatte, zeigte er auf die Sachen im Lagerraum. »Los. Solange wir nicht wissen, was morgen passiert, müssen wir dafür sorgen, dass niemand die Insel frühzeitig verlässt.«

Sie brauchten fast eine Stunde, um die Kufen beider Hubschrauber mit Stahltrossen zu verankern und mit den restlichen Trossen die Schlitten festzubinden. »Ich glaube zwar nicht, dass jemand schon vor der Hochzeit abreisen will, aber falls doch, dürfte das die Abreise ein wenig verzögern.«

Er sah auf die Uhr. Es war fast drei Uhr. Er war plötzlich sehr müde. »Im Moment können wir nichts mehr tun, als zu warten.«

»Dann ruhen wir uns doch ein wenig aus.«

»Gute Idee. Aber wo?«

Sie lächelte und zog ihn in Richtung Walhalla. »Komm mit.«

Der Kristallpalast war verlassen, und zu Max' Überraschung führte ihn Isabella zu einem Gästezimmer in der zweiten Etage. Die Tür wurde von einem Schuh offen gehalten. Als Max sie aufdrückte, sah er Hudsucker in voller Kleidung schnarchend auf dem Bett liegen. Auf dem Tisch neben ihm stand ein Glas.

Max grinste. »Auch ein Schlafmittel? Schämt ihr Ärzte euch denn gar nicht?«

»Es ist harmlos. Außerdem hat er gesagt, ich dürfte sein Zimmer benutzen. Er hat mich sogar regelrecht darum gebeten. Ich glaube, er hat eine kleine Schwäche für mich.« Sie ging ins Bad, kam mit einem kleinen Beutel zurück und machte sich daran, Hudsuckers Gesicht so zu schminken, als hätte er ein blaues Auge und andere Blutergüsse. Dann nahm sie ein feuchtes Schminktuch, tupfte das getrocknete Blut von Max' Gesicht und strich es über Hudsuckers Nase, Stirn und Wangen, bis der Senator nicht mehr zu erkennen war. Zum Schluss setzte sie ihm Max' Maske auf. »Los, lass uns einen kleinen Austausch vornehmen, solange noch alle schlafen. So gewinnen wir am Morgen vielleicht etwas Zeit.«

Zwanzig Minuten später waren sie wieder in Hudsuckers Zimmer zurück, während Hudsucker, mit einer Maske über dem Gesicht, im Lagerraum des Heizungshauses schlief. Isabella holte eine Flasche Scotch aus dem Kühlschrank im Wohnzimmer. Sie goss zwei Gläser ein. Ihre Hände zitterten. »Irgendwie verstehe ich das nicht«, sagte sie, als sie Max ein Glas reichte. »Als ich unter den Augen deines Vaters die Getränke für den Toast servierte, die Wachmänner betäubte und Hudsucker aus dem Verkehr zog, hatte ich keinerlei Probleme – ich habe alles bestens hingekriegt –, aber jetzt kann ich nicht mal mehr mein Glas halten.«

»Das liegt daran, dass dein Körper weiß, du kannst jetzt loslassen.« Max zog sie in Richtung Bett. »Du hast deine Sache gut gemacht. Jetzt komm und ruh dich aus.«

Sie folgte ihm und setzte sich auf die Bettkante. Als sie einen Schluck Whisky nahm, musste sie husten. »Ich mag dieses Zeug immer noch nicht.«

»Ich weiß, aber du wirst dich genauso daran gewöhnen wie an alles andere.«

»Was ist, wenn unser Plan morgen nicht klappt, Max?«

»Er wird klappen.«

Sie hatte Mühe, die Ungeheuerlichkeit dessen zu fassen, was vor ihnen lag. »Heute könnte die letzte Nacht sein, bevor … bevor alles anders wird.«

»Es wird klappen«, sagte er noch einmal, obwohl sie das besser beurteilen konnte als er. »Es muss einfach klappen.« Er berührte ihre Wange, dann küsste er sie auf die Stirn, weil er sich nicht traute, sie auf den Mund zu küssen. Er verdiente nicht zu hoffen, dass sie noch etwas für ihn empfand.

»Heute Nacht könnte unsere letzte Nacht sein«, sagte sie. Und dann, bevor er wusste, wie ihm geschah, waren ihre Lippen, weich und fordernd, auf den seinen.

Einerseits verabscheute Isabella Max und wollte ihn deshalb auf Distanz halten. Aber noch mehr brauchte sie seine Stärke, ganz besonders in dieser Nacht, in der selbst der leuchtende Himmel zu signalisieren schien, dass die Welt am Rand des Wahnsinns stand. Sie fragte sich immer wieder, warum das Mittel diesmal weder bei ihr noch bei Max gewirkt hatte.

Aber schließlich schlug sie sich diesen Gedanken aus dem Kopf. Das war nicht der Zeitpunkt, um an die Vergangenheit oder die Zukunft zu denken. Als sie Max an sich zog, kam ihr der Gedanke, dass man sich so wohl am Vorabend eines Krieges fühlte. Sie zogen sich gegenseitig aus, und sie musste an ihre gemeinsame Nacht in Antibes denken. Damals war ihre Leidenschaft durch das Mittel entfacht worden, aber diesmal war sie echt. Sie ließ nichts von dem, was seit Antibes passiert war und am nächsten Morgen passieren könnte, an sich heran. Sie konzentrierte sich nur auf das Hier und Jetzt: wie sich seine Haut auf ihrer anfühlte, wie sein Haar roch. Ein paar kostbare Minuten lang existierte nichts anderes mehr. Und auf dem Höhepunkt konnte sie die Wahrheit weder vor sich selbst noch vor ihm verheimlichen. »Max, ich liebe dich.«

Max spürte zum ersten Mal seit seiner Kindheit wieder Tränen unter seinen Augenlidern. Als er hinterher neben ihr im Dunkeln lag, flüsterte er: »Du musst mir glauben, Isabella – egal, was ich alles getan habe, ich liebe dich auch.«

»Ich weiß. Und deshalb hat das Mittel diesmal nicht bei uns gewirkt. Aus den Aufzeichnungen meines Vaters geht hervor, dass er nach seinen Erfahrungen mit NiL 42 eine Sicherung eingebaut hat, die er den Null-Substitutionseffekt nannte. Sie beruht auf dem Phänomen, dass Menschen, die einmal an Kuhpocken erkrankt sind, keine Pocken mehr bekommen können, weshalb man es sich bei verschiedenen Impfmethoden zunutze machte. Aus eben diesem Grund zeigen alle späteren Versionen als NiL Zweiundvierzig, darunter auch Neunundsechzig und Zweiundsiebzig, keinerlei Wirkung, wenn das Hirn des Betreffenden bereits Anzeichen von Verliebtheit aufweist. Auf diese Weise stellte mein Vater sicher, dass echte Liebe nicht durch naturidentische Liebe ersetzt werden kann.«

Max dachte an die Vergangenheit und an die ungewisse

Zukunft. »Kannst du mich wirklich lieben? Nach allem, was ich getan habe?«

»Ja.«

»Und kannst du mir verzeihen?«

Das beantwortete sie nicht, sondern blickte nur in das Dunkel des Zimmers. Doch er konnte ihr Schweigen verstehen. Er war nicht einmal sicher, ob er sich selbst vergeben könnte.

TEIL VIER

Venus

63

Am nächsten Morgen: Neujahr

Der Wecker riss Helmut Kappel aus dem Schlaf. Schwitzend und mit klopfendem Herzen schlug er die Augen auf. Er hatte von der Zukunft geträumt, von einer Welt, die sich nur um ihn drehte.

Es klopfte.

Er sah auf die Uhr, warf sich einen Morgenmantel über und ging an die Tür. Er nahm dem Kellner das Frühstückstablett ab und stellte es auf den Tisch neben seinem Bett. Er hatte beschlossen, nicht im großen Saal zu frühstücken, denn er wollte, dass bis zu seinem Einzug in die Eiskapelle kein Gast sein Gesicht zu sehen bekam. Er hatte den Ablauf sogar so geplant, dass Phoebe vor ihm dort einträfe.

Er griff nach dem Telefon neben seinem Bett.

Beim dritten Läuten hob Joachim ab. »Hallo.« Aus dem Hörer kam starkes Rauschen.

»Joachim, du hörst dich irgendwie eigenartig an.«

»Das Nordlicht stört die Stromversorgung und die Telefonleitungen. Bei dir alles in Ordnung?«

»Natürlich, aber ich möchte, dass du nach Max siehst.«

»Selbstverständlich, Vater.«

64

Max und Isabella wurden früh wach und schlichen aus Hudsuckers Zimmer, um sich aus ihren Zimmern frische Sachen zu holen. Als sie sich wieder trafen, sprach keiner von der vergangenen Nacht oder dem vor ihnen liegenden Tag. Max hütete die gemeinsam verbrachte Nacht wie einen Schatz und hatte beschlossen, die Sache so zu sehen: Er verdiente ihre Liebe nicht. Und was zwischen ihnen passiert war, verblasste zu absoluter Bedeutungslosigkeit, wenn er es mit dem verglich, was vielleicht an diesem Tag passieren würde.

Die Hochzeit war auf den Vormittag angesetzt. Max und Isabella warteten, bis die letzten Gäste mit dem Frühstück fertig waren, dann zogen sie verhüllende Kopfbedeckungen und Pelze an und schlossen sich der Prozession zur Kapelle an. Trotz aller Vorsichtsmaßnahmen fand sich Max plötzlich Feliks Lysenko gegenüber, als er aus Hudsuckers Zimmer kam. Der Russe kam mit finsterer Miene, aus der in gleichem Maß Wut wie Verwirrung sprachen, auf ihn zu. Er war allein. Von Kathryn, die seit dem Champagnerempfang am ersten Tag nicht mehr von seiner Seite gewichen war, fehlte jede Spur. Ihre Blicke trafen sich kurz, aber Lysenko schien keine Notiz von Max zu nehmen und ging weiter.

Max beobachtete, wie Lysenko den Blick über die Zimmernummern gleiten ließ und schließlich fünf Türen weiter stehen blieb. Er hämmerte gegen die Tür. »Klaus! Aus dem Geschäft wird nichts! Ich behalte mein Geld!« Er drosch wieder gegen die Tür, und als er merkte, dass niemand nach draußen kommen würde, zog er einen Zettel aus der Tasche, schrieb eine kurze Nachricht darauf und schob ihn unter der Tür durch.

Max und Isabella sahen sich gegenseitig an. Mit gesenkten Köpfen gingen sie die Treppe hinunter zum Haupteingang. Auf halbem Weg dorthin stieß Isabella mit einem Mann zusammen, der rückwärts aus dem großen Saal kam.

Der Mann drehte sich um, fingerte nervös an seinem weißen Bart herum und sah sie verwirrt und verstört an, bis ihn Isabella anlächelte. »Entschuldigung«, murmelte er schließlich.

Max wandte sich rasch ab, aber nicht bevor der Blick des Mannes auf ihn gefallen war. »Ein seltsamer Morgen«, sagte der Mann zu niemandem speziell. »Ein äußerst seltsamer Morgen.« Dann entfernte er sich.

Max und Isabella lächelten beinahe, als sie ihn die Treppe hinaufgehen sahen.

»Es könnte klappen«, sagte Isabella, und ihre Stimme zitterte vor Erleichterung.

»Das könnte es«, pflichtete er ihr bei, während er beobachtete, wie sein Onkel Klaus auf sein Zimmer zurückkehrte. Dann erschien auf der anderen Seite der Eingangshalle Joachim. Max nahm Isabella am Arm und ging rasch in Richtung Kapelle los.

Joachim war seltsam verwirrt. Als er die Gäste beobachtete, die sich in ihren Pelzen auf den Weg zur Kapelle machten, war sein einziger Trost, dass es ihnen ähnlich zu gehen schien. Als er an der Eingangstür vorbeikam, sah er sein Spiegelbild in der Glasscheibe und rieb sich die Augen. Entweder hatte er am Abend zuvor nach dem Toast zu viel Wein getrunken. Oder vielleicht lag es auch am Nordlicht. Das visuelle Feuerwerk mochte vielleicht bei Sonnenaufgang verblasst sein, aber die Luft war immer noch elektrisch aufgeladen.

Er stapfte durch den frischen Schnee zum Heizungshaus. Er klopfte viermal, und schließlich öffnete ihm einer der

Wachmänner benommen. »Haben Sie etwa geschlafen?«, herrschte ihn Joachim an.

»Nein«, antwortete der Wachmann, obwohl alles auf das Gegenteil hindeutete.

»Wo ist mein Bruder?« Der Wachmann zog ihn nach drinnen. Joachim sah den anderen Stasi-Mann kaum, der die Tür zum Lagerraum entriegelte: Er litt unter heftigen Kopfschmerzen. Die Tür ging auf, und auf dem Boden lag ein schlafender Mann, dessen Gesicht durch eine Maske verborgen war. Joachim blieb über ihm stehen. »Max?«

Stille.

Joachim bückte sich und zog vorsichtig die Maske hoch, sodass die untere Gesichtshälfte des Mannes zum Vorschein kam. Er blickte aufmerksam in das blutverschmierte Gesicht und rieb sich wieder die Augen. Er hatte gehört, dass durch das Nordlicht verursachte elektrische Spannungen dem menschlichen Verstand alle möglichen Streiche spielen konnten. Seine Kopfschmerzen wurden immer schlimmer. Hatte er am Abend zuvor wirklich so viel getrunken? Er blickte sich nach dem Wachmann um, der jedoch nur mit den Achseln zuckte. Joachim zog die Maske wieder nach unten und schloss den Lagerraum hinter sich ab.

Als er auf sein Zimmer zurückkehrte, war seine Frau noch beim Frühstück. Er fühlte sich fiebrig und verwirrt. Er nahm zwei Schmerztabletten und schaute dann in den Safe. Es befanden sich zwei verschlossene Behälter darin. Dem ersten mit der Aufschrift Ilium, der die vier Ampullen mit dem tödlich wirkenden NiL-072-Serum enthielt, schenkte er keine Beachtung.

Sein Augenmerk galt dem zweiten Behälter, in dem sich eine übrig gebliebene Probe von Venus befand. Er nahm die Ampulle heraus und hielt sie ans Licht, bevor er sie in seinen Alukoffer legte. An sich hätte sie nicht erforderlich sein dürfen – er hatte mit eigenen Augen gesehen, wie die Gäste nach dem Trinkspruch ihre Gläser leerten –, aber er wollte nichts dem Zufall überlassen. Wenn heute etwas schief ging, würde ihm das sein Vater nie verzeihen. Er stellte den Koffer neben die Tür, damit er nicht vergäße, ihn in die Kapelle mitzunehmen.

Das Telefon klingelte.

»Joachim, hier Klaus. Sie machen nicht mehr mit. Sollen wir Helmut Bescheid sagen?«

»Wovon redest du überhaupt?«

»Von Projekt Ilium. Corbasson und Nadolny haben mich gerade angerufen. Und Lysenko hat mir einen Zettel hinterlassen. Alle sagen, sie werden nicht für die Brautjungfern zahlen.«

Aus dem Hörer kam lautes Rauschen. Was ging hier bloß vor sich?, fragte sich Joachim.

»Sie glauben, dass wir lügen. Sie haben miteinander gesprochen und beschlossen, sich nicht für dumm verkaufen zu lassen«, fuhr Klaus fort. »Sollen wir Helmut jetzt gleich Bescheid sagen?«

»Es bringt nichts, ihn vor der Hochzeit unnötig zu beunruhigen.« Joachim setzte darauf, dass sich alle Probleme von selbst lösen würden, sobald Venus zu wirken begann. Nach der Hochzeit würde sich niemand mehr dem Willen seines Vaters widersetzen. »Mach dir deswegen keine Sorgen, Klaus. Sobald sie merken, dass wir nicht bluffen, werden Lysenko und die anderen schon spuren.«

Joachim beendete das Gespräch und rief seinen Vater an. »Max ist im Heizungshaus.«

»Sehr gut«, krächzte sein Vater. »Um ihn werde ich mich nach der Trauung kümmern. Ruf mich an, wenn alle in der Kapelle sind.«

Helmut Kappel nahm ein reichliches Frühstück mit Müsli, Käse und Wurst zu sich. Alles schmeckte frischer und intensiver als sonst. Nach dem Frühstück duschte er, nahm seinen Hochzeitsanzug aus dem Schrank und legte ihn aufs Bett. Es war ein von Odin entworfener klassischer Cutaway, nur dass das ganze Ensemble weiß war. Daneben lag ein Pelzumhang. Als er über den weichen Pelz strich, stellte er sich vor, wie Phoebe ihre Odin-Kreation anlegte. Seine Schneekönigin würde zweifellos wunderschön aussehen, aber alle Augen würden auf ihm ruhen.

Er ging ans Fenster, um den Zug der Gäste von Walhalla zur Eiskapelle zu beobachten. Über Nacht war frischer Schnee gefallen, und bis auf das rote Band des Teppichs, der von der Insel zur Kapelle führte, war alles weiß. Bildete er es sich nur ein, oder wirkten die durch den Schnee stapfenden Gäste tatsächlich verwirrt und gedrückt?

Er zog sich systematisch an. Zuerst schlüpfte er in Unterwäsche und Socken. Als Nächstes schnallte er den Assassinen-Dolch um seine Wade. Dann zog er Hose und Hemd an. Nachdem er sein Halstuch gebunden hatte, legte er die weiße Seidenweste und die Hermelinjacke an, und den Abschluss bildete ein Paar schwarzer Schuhe. Dann kämmte er sich, zündete sich eine Zigarette an und begutachtete sich lächelnd im Spiegel. Bis auf seine hellblauen Augen, die glimmende schwarze Zigarette zwischen seinen blassen Lippen und die Schuhe war er von Kopf bis Fuß weiß.

Das Telefon klingelte.

»Alle sind in der Kapelle, Vater«, sagte Joachim. »Bist du bereit?«

»Ich bin bereit.«

65

Es ging kein Wind, als Helmut Kappel auf dem roten Teppich von Walhalla zur Kapelle schritt, und das Wetter war erstaunlich mild. Der bleiche Himmel verschmolz übergangslos mit den Bergen, und das schwache Sonnenlicht ebnete den jungfräulichen Schnee zu einer konturenlosen weißen Fläche. Er kam sich vor, als schritte er durch eine Leere, in der es nur drei feste Gegenstände gab: den Kristallpalast hinter ihm, die Eiskapelle vor ihm und den roten Teppich unter seinen Füßen. Sogar seine weiße Gestalt schien in der Schneelandschaft unsichtbar.

Vor der schimmernden Kuppel blieb er stehen und genoss den Augenblick. In wenigen Sekunden wäre er alles andere als unsichtbar. Sein Gesicht würde das sichtbarste, das die Welt je gekannt hatte. Das war nicht nur der erste Tag eines neuen Jahres. Das war der erste Tag einer neuen Ära der Menschheitsgeschichte. Die zwei Stasi-Männer am Eingang der Kapelle starrten ihn und sein weißes Haar an, und es schien, als wollten sie etwas sagen. Doch dann überlegten sie es sich anders, öffneten die Tür und traten zur Seite.

Er betrat die Kapelle, lauschte der Orgelmusik und beobachtete, wie sich jedes Gesicht im Amphitheater ihm zuwandte. Vorbei an der Hochzeitsgesellschaft führte der Gang zwischen den Sitzreihen hindurch zu dem Podium, auf dem die Brautjungfern und sein neuer Trauzeuge Joachim warteten. Neben dem Geistlichen stand eine verschleierte Phoebe.

Mit langsamen, gemessenen Schritten ging er den Gang hinunter. Er spürte, dass alle Augen auf ihn gerichtet waren und ihn aufmerksam beobachteten. Er hörte die Versammelten auf ihren Plätzen rascheln und miteinander flüstern. Er erinnerte sich, was Joachim ihm gesagt hatte: Sobald jede Person sein Gesicht erkannte, würde das Venus-Serum ihre Bewunderung und zugleich den Tag Vector aktivieren, der sie auf der ganzen Welt verbreiten würde. Der Traum der vergangenen Nacht würde bald Wirklichkeit werden.

Joachim runzelte kurz die Stirn, als sein Vater auf ihn zukam, doch dann grüßte er ihn, und er lächelte. Fast hätte Helmut Kappel seinen Sohn auf die Schulter geklopft, weil er das alles möglich gemacht hatte, aber er beherrschte sich: Sein Schicksal war lediglich das, was er verdiente. Als er die Stufen zum Podium hinaufstieg und sah, wie ihn Joachim und die Brautjungfern anblickten, hatte er das Gefühl, eine höhere spirituelle Ebene zu erreichen. Das war nicht mehr nur seine Hochzeit, sondern seine Apotheose.

Er stellte sich Phoebe gegenüber. Ihr Kleid war von Odin aus weißer Seide und Hermelin entworfen worden. Sein schlichter klassischer Schnitt betonte ihre hochgewachsene, schlanke Gestalt. Sie sah atemberaubend aus, und Helmut Kappel freute sich darauf, die Bewunderung in ihrem Blick zu sehen. Der Priester lächelte ihn an, und Helmut Kappel erwiderte das Lächeln, dann blickte er auf die Hochzeitsgesellschaft hinab. Er konnte seine Erregung kaum im Zaum halten. Ein Gefühl von Macht durchströmte ihn wie Elektrizität.

Er gab dem Priester das Zeichen, mit der Zeremonie zu beginnen, und sofort legte sich tiefe Stille über die Kapelle.

Isabella spürte, wie Max eine Hand auf ihren Oberschenkel legte, um sie zurückzuhalten – vielleicht hatte er ihre Unruhe gespürt. Am äußersten linken Rand der zweiten Reihe beugte sie sich, ganz in Pelz gehüllt, weit vor und versuchte ihre Freundin mit bloßer Willenskraft davon abzuhalten, die Eheschließung zu vollziehen. Am liebsten wäre sie aufgestanden und hätte geschrien: »Tu's nicht, Phoebe. Das ist deine letzte Chance.«

Doch alles musste seinen Gang gehen, wenn sie und Max Gewissheit haben wollten, dass ihre Bemühungen, Venus zu verhindern, erfolgreich gewesen waren – und Phoebe war die Probe aufs Exempel: Sie hatte die permanenten Versionen von Ilium und Venus erhalten. Wenn sie zur Besinnung kam, wäre das der Beweis, dass sie Helmut Kappels Plan vereitelt hatten. Wenn sie ihm allerdings das Jawort gab, wäre seine schöne neue Welt angebrochen.

Der Geistliche räusperte sich, um die Zeremonie zu beginnen, und Isabella befürchtete das Schlimmste. Doch bevor er ein Wort herausbrachte, hob Phoebe ihren Schleier.

Helmut Kappel lächelte, als Phoebe ihren Schleier frühzeitig hob. Er erklärte es sich damit, dass er ihr den Blick auf sein Gesicht verstellte. »Hallo, Phoebe«, flüsterte er.

Sie sah ihn an. Dann schüttelte sie stirnrunzelnd den Kopf. »Tut mir Leid, Helmut, ich will dich nicht verletzen, aber ich kann das nicht tun. Ich liebe dich nicht.«

Man konnte förmlich hören, wie jeder in der Menge den Atem anhielt.

Helmut Kappel verstand nicht, was sie gesagt hatte. Das war einfach nicht möglich. »Was soll das heißen, du liebst mich nicht?«

Phoebes Stimme war ein leises, intimes Flüstern: »Es tut mir Leid, Helmut, aber ich weiß nicht einmal, wer du bist.«

Er packte sie am Arm und reckte sein Gesicht ganz dicht an ihres heran. »Aber natürlich weißt du, wer ich bin. Schau in mein Gesicht, Phoebe. Du liebst mich. Du betest mich an.«

»Nein, das tut sie nicht.«

Helmut Kappel drehte sich um – und sah Isabella Bacci aufstehen und mit Max ans Podium kommen. Das durfte nicht wahr sein. »Was machst du denn hier?«

»Izzy, bist du das?«, sagte Phoebe. »Helmut hat mir gesagt, du wärst abgereist.«

Inzwischen ging ein aufgeregtes Tuscheln durch die Hochzeitsgesellschaft.

»Er hat dir alles Mögliche erzählt, was nicht wahr ist, Phoebe. Schau dir Helmut noch mal an. Erkennst du in ihm den Mann, den du liebst?«

Phoebe schüttelte den Kopf, doch Kappel kümmerte sich nicht darum. »Natürlich tut sie das. Sie betet mich an.« Als Isabella und Max auf das Podium zukamen, stieg wilde Wut in ihm auf. »Du kannst Venus nicht aufhalten«, zischte er. »Dafür ist es zu spät. Es hat bereits begonnen.« Er zeigte auf die aufgeregte Hochzeitsgesellschaft, deren Mitglieder sich inzwischen offen miteinander unterhielten. »Sie sind mir bereits total ergeben.«

Als Max zu sprechen begann, war seine Stimme so ruhig wie die seines Vaters. »Sie sind verwirrt, aber sie sind dir nicht total ergeben. Venus wurde neutralisiert.«

»Was redest du da?«

Jetzt kam Joachim auf das Podium. »Sie bluffen, Vater«, murmelte er. »Es gibt kein Gegenmittel.«

»Aber warum ist Max hier? Du hast doch eben noch gesagt, er wäre im Heizungshaus.«

Joachim sah Max finster an. »Das dachte ich.«

»Was soll das heißen, das *dachtest* du? Erkennst du deinen eigenen Bruder nicht mehr?«

»Er erkennt mich tatsächlich nicht«, sagte Max leise. »Außer dir, Isabella und mir kann niemand hier das Gesicht von irgendjemand erkennen – nicht einmal deines, Vater.«

66

Isabella empfand eher Erleichterung als Triumph, als sie Helmut Kappel ansah. Das Gemurmel der Hochzeitsgesellschaft hinter ihr war so laut, dass nicht einmal diejenigen Hochzeitsgäste etwas von ihrer Unterhaltung mitbekamen, die ihr gespannt zu folgen versuchten.

»Joachim war nicht der Einzige, der gestern Abend den Getränken ein Medikament beigemischt hat«, sagte sie. »Jeder, der gestern Abend auf Sie getrunken hat, hat nicht nur Venus zu sich genommen, sondern ein im Teststadium befindliches Mittel, das temporäre Prosopagnosie hervorruft. Es heißt Amigo-Extrakt, und ich habe es auch den Wachen gegeben.«

»Prosopagnosie? Was reden Sie da überhaupt?«

»Auch wenn keiner der Anwesenden versteht, was mit ihm los ist, ist jeder, der gestern Abend auf Sie angestoßen hat, heute Morgen mit temporärer Gesichtsblindheit aufgewacht.« Als sie zusah, wie in Helmut Kappels Zügen langsames Begreifen dämmerte, dachte sie an ihre letzte Nacht in Phoebes Wohnung zurück. Die Dankeskarte der kleinen Sofia an der Pinnwand über ihrem Bett hatte sie auf die Idee gebracht, die Wirkung des NiL-Serums durch das Amigo-Extrakt aufzuheben: Ihr Vater hatte in dem Prosopagnosie-Ordner, den er für sie angelegt hatte, immer wieder auf die frappierenden Parallelen zwischen seinem gesichtsabhängigen Liebesserum und ihren Gesichtsblindheitforschungen hingewiesen. Vielleicht konnte eine vorübergehende Prosopagnosie den Bann brechen. Sie war unverzüglich in die Klinik gefahren und hatte im Aufbewahrungsschrank für die Proben nach den Amigo-Extrakt-Tabletten gesucht, die bei den Prosopagnosie-Versuchen verwendet werden sollten. Nachdem Phoebe die erste Dosis, die Isabella für sie vorbereitet hatte, versehentlich verschüttet hatte, hatte Isabella am Abend zuvor, während Helmut Kappel Max verhört hatte, jedes Glas, mit dem auf das Brautpaar angestoßen werden sollte, mit dem Mittel versetzt und anschließend mit Joachim die Gläser an die Gäste verteilt.

Es war eine verzweifelte Maßnahme gewesen, und sie hatte nicht zu hoffen gewagt, dass die Tabletten wirken würden, zumal das Amigo-Extrakt zusammen mit dem Venus-Serum in dasselbe Getränk gemischt worden waren. Erst als Max und sie unerkannt die Kapelle erreicht hatten, obwohl sie auf dem Weg dorthin beinahe mit Klaus Kappel zusammengestoßen wären, hatte sie daran zu glauben begonnen, dass es wirken könnte. Die Tatsache, dass Phoebe Helmut Kappel abgewiesen hatte, war schließlich der endgültige Beweis gewesen.

»Helmut, Ihr jüngerer Sohn hat seinen Tag Vector so angelegt, dass er die Sicherheitsbestimmungen erfüllte, und das war seine Achillesferse«, sagte Isabella. »Wenn in den nächsten achtundvierzig Stunden niemand Ihr Gesicht erkennt, wird die ansteckende Komponente nicht aktiviert und Venus somit neutralisiert. Es wird von allen wieder ausgeschieden, und die gewünschte Wirkung tritt nicht ein. Und glauben Sie mir, dank des Amigo-Extrakts werden diese Leute lange genug gesichtsblind bleiben, um Venus zu neutralisieren.«

Helmut Kappel starrte sie ungläubig an. Seine hellen Augen blitzten vor Hass und Wut.

»Es ist aus«, sagte Max.

Sein Vater wandte sich Joachim zu. »Sag mir, sie lügen.«

Joachim blickte sich hektisch um, als suche er etwas.

»Antworte mir, Joachim. Könnten sie das tatsächlich getan haben?«

»Vertrau mir, Vater. Es ist noch nicht aus. Ich lasse dich nicht im Stich.« Damit hob Joachim den Alukoffer hoch, der neben seinem Sitz gestanden hatte. »Du wirst gleich sehen, Vater. Es ist noch nicht alles verloren.« Er stürmte aus der Kapelle und rief den Wachmännern zu: »Wer von Ihnen ist Gustav? Wer kann den Hubschrauber fliegen?«

Max empfand weder Triumph noch Genugtuung über die Wut seines Vaters, und dann sah er seinen Halbbruder aus der Kapelle rennen. Ihm war von Anfang an klar gewesen, dass sich sein Vater nicht so leicht geschlagen gäbe. Er zog seine Glock und rannte Joachim hinterher. Egal, was in dem Koffer war, er durfte Joachim nicht damit entkommen lassen.

Er drängte sich an den Stasi-Männern am Eingang vorbei und rannte seinem Halbbruder über das Eis hinterher. »Tu das nicht, Joachim!«, brüllte er, als einer der Wachmänner bei den Chinooks die Plane von einem der Hubschrauber zog und sein Bruder an Bord kletterte. »Du kommst nicht von hier weg.«

Der Motor sprang an, und Joachim stand an der Tür und richtete eine Pistole auf Max. »Erzähl du mir nicht, was ich zu tun habe, Max. Du hast alles verdorben.«

Max blieb zwanzig Meter vom Hubschrauber entfernt stehen und ließ seine Waffe sinken. »Es ist noch nicht zu spät, diesem Wahnsinn ein Ende zu machen. Wir dürfen Vater nicht damit davonkommen lassen. Er hat dir ein Medikament gespritzt, Herrgott noch mal. Er liebt dich nicht, Joachim. Er liebt auch mich nicht. Der einzige Mensch, an dem ihm etwas liegt, ist er selbst.«

Joachim lächelte traurig. »Aber ich liebe *ihn*, Max. Und ich teile seine Vision, wie auch immer sie aussieht.« Er hielt den Alukoffer hoch. »Hier drinnen habe ich mehr von Venus. Ich werde es anderen geben. Ich werde warten, bis die Prosopagnosie nachlässt, und mehr davon trinken. Ich kann Vaters Vision immer noch Wirklichkeit werden lassen. Er kann sich auf mich verlassen. Und wenn es vollbracht ist, werde ich zu seiner Rechten sitzen.«

»Aber du *kannst* nicht weg«, schrie Max, als die Rotoren zu kreisen begannen. Sie wirbelten den Schnee auf und übertönten seine Worte. Er rannte auf den Hubschrauber zu, blieb aber stehen, als er mit einem Fuß gegen eine der Stahltrossen stieß, die unter dem Schnee am Eis festgefroren waren. »Die Hubschrauber können nicht starten«, brüllte er. »Gestern Nacht haben Isabella und ich die Landekufen festgekettet.«

Ohne sich um seine Warnungen zu kümmern, hob sich der Hubschrauber in den trüben Himmel. Er stieg höher und höher, sodass Max schon dachte, er entkäme. Doch dann sah er, wie sich die zwei Stahlseile abspulten. Als sich das erste abrupt straffte, ging ein heftiger Ruck durch den Hubschrauber. Als auch das zweite griff, ertönte ein durchdringendes Knirschen. Einen Augenblick lang hing der Hubschrauber, bis auf die wirbelnden Rotoren vollkommen reglos, in der Luft. Dann stürzte er in einer trudelnden, sich überschlagenden Spirale ab. Er kappte die Kristallkuppel der Kapelle, bevor er auf den See krachte und die dicke Eisschicht spaltete. Einer der Treibstofftanks explodierte, und der Hubschrauber ging in Flammen auf. Im Eis bildeten sich lange Risse, die an der Kapelle vorbei- und unter ihr hindurchliefen. Als Max sah, wie sich der Helikopter durch das Eis fräste und im eiskalten Wasser des Sees versank, überkam ihn tiefe Trauer um seinen Bruder.

Unter den Hochzeitsgästen brach eine Panik aus. Sie kamen aus der Kapelle gestürmt und rannten über das rote Teppichband zur Insel. Sich durch die menschliche Flut zwängend, rannte Max in entgegengesetzter Richtung über das sich verschiebende Eis. Am Eingang der Kapelle sah er Klaus Kappel und Odin, aber von seinem Vater und Isabella fehlte jede Spur.

Im Innern der Kapelle war der Boden in zwei Hälften gespalten. Ein sich weitender Spalt teilte das Eis und trennte die vorderen Sitzreihen mit dem Podium vom Rest der Sitze und vom Ausgang. Unter dem Spalt rauschte das Wasser hindurch. Die Brautjungfern und andere Hochzeitsgäste sprangen vom Podium über den Spalt und rannten an Max vorbei zum Ausgang. Claire rutschte mit ihren hochhackigen Schuhen aus und glitt zum Wasser zurück. Max packte sie an der Hand, zog sie hoch und schob sie mit den anderen in Richtung Ausgang.

Sein Vater stand wie der Kapitän eines sinkenden Schiffes immer noch auf dem Podium. Phoebe und Isabella schickten sich gerade an, über den immer breiter werdenden Spalt zu springen. Max suchte den Blick seines Vaters, aber er starrte ihn so hasserfüllt an, dass Max ihn fast nicht erkannte. »Tötet ihn!«, schrie sein Vater. »Tötet meinen Sohn. Den großen Kerl da mit dem weißblonden Haar. Erschießt ihn.«

Als Max sich umdrehte, sah er einen der Stasi-Männer, der sich durch die Fliehenden zwängte und seinen Chef zu erreichen versuchte. Der Wachmann riss seine Pistole hoch und schoss auf Max. Die Kugel verfehlte ihn nur um wenige Zentimeter. Ohne zu zögern, schoss Max dem Mann zweimal in die Brust. Als er sich darauf wieder zu seinem Vater umdrehte, hatte dieser den Dolch gezogen und Phoebe an sich gerissen.

67

Sekunden zuvor

Was gerade geschah, war so ganz anders als das, was Helmut Kappel sich vorgestellt hatte, dass er es immer noch nicht akzeptieren konnte. Voller Verachtung, Ekel und Wut blickte er auf die fliehende Menge hinab. Venus mochte sich vielleicht verzögert haben, aber aufgegeben hatte er das Projekt deshalb noch lange nicht. Träume hörten erst auf, wenn sie wahr wurden.

Und wer hatte ihn verraten? Sein eigener Sohn. Der Junge, den er zu einem perfekten Kappel hatte erziehen wollen. Bereits bei Max' Anblick stieg ihm die Galle hoch. Er hätte ihn zusammen mit seiner Mutter ertränken sollen. Als sein Sohn sich abwandte, um den Stasi-Mann zu erschießen, riss Helmut Kappel den Dolch aus der Scheide an seiner Wade, sprang vom Podium und packte Phoebes Arm.

»Es ist aus, Vater«, rief Max und sprang über den Spalt. »Joachim ist tot, und Venus liegt mit ihm auf dem Grund des Sees. Sieh es doch endlich ein, du hast verloren! Es ist aus.«

Sein Vater schenkte ihm keine Beachtung. Die Erfüllung seiner Bestimmung mochte sich vielleicht verzögern – aber Phoebe war ihm schon vor Venus verfallen gewesen. »Wo willst du hin, Phoebe?«

Sie versuchte sich von ihm loszureißen. »Lass mich. Wir müssen raus hier.«

»Du kannst mich doch nicht verlassen. Du gehörst mir. Du liebst mich.«

»Lass mich los, Helmut. Bitte.« Er sah Angst in ihren Augen. Und Abscheu.

Er schlug ihr ins Gesicht. »Du betest mich an.«

Ein Schlag gegen seine Schulter veranlasste ihn, sie loszulassen. Er wirbelte herum und sah, dass Isabella zum nächsten Schlag gegen ihn ausholte. »Lassen Sie sie in Ruhe«, sagte Isabella. »Los, Phoebe, nichts wie raus hier.«

»Aus dem Weg, Isabella«, rief Max vom Fuß der Treppe und richtete die Pistole auf seinen Vater.

Als er den Blick in Max' Augen sah, wusste Helmut Kappel, was er zu tun hatte. Er stieß Phoebe die Treppe hinunter, zog Isabella an sich und drückte ihr den Dolch an die Kehle.

Phoebe richtete sich auf und wollte ihrer Freundin zu Hilfe eilen, aber Max hielt sie zurück. »Phoebe, das Eis bricht auf. Sieh zu, dass du hier rauskommst, solange du noch kannst. Ich kriege das hier geregelt.«

»Aber …«

Er stieß sie über den breiter werdenden Spalt im Eis. »Los, lauf. Schnell.«

Max blickte sich nicht um, als er mit der Pistole in der Hand auf seinen Vater zuging.

»Erschieß ihn«, schrie Isabella. »Er hat deine Mutter ermordet. Er hat meinen Vater ermordet. Erschieß ihn. Kümmere dich nicht um mich.«

»Aber genau das ist doch der Punkt«, flüsterte Kappel ihr ins Ohr. »Max liegt etwas an Ihnen. Die Liebe hat ihn schwach gemacht, Isabella. *Sie* haben ihn schwach gemacht. Dank Ihnen habe ich Macht über ihn.«

Helmut Kappel lächelte, als er die Liebe in den Augen seines Sohnes sah. Dieser Tag war kein völliger Reinfall gewesen. Er hatte immer noch die Technologie und Joachims Unterlagen. Er würde einen Wissenschaftler damit beauftragen, das Serum herzustellen, und diesmal würde er die Sache nicht unnötig kompliziert machen. Er würde Venus einfach den ersten Leuten injizieren, mit denen er in Kontakt kam, und es sich dann von selbst verbreiten lassen. Das war sein Fehler gewesen: Er hatte sich zu dieser ganzen Theatralik verleiten lassen. Aber sein Traum ließe sich trotzdem noch verwirklichen. Und wenn er wahr wurde, würde keinen Menschen mehr interessieren, was heute passierte.

Zuerst musste er allerdings Max und dieses lästige Miststück bestrafen, das seine Pläne durchkreuzt hatte. Er würde Max für seinen Verrat büßen lassen, indem er ihn zwang, die Frau, die er liebte, sterben zu sehen. Und dann würde er auch ihn töten.

»Wirf die Pistole weg, Max, sonst schneide ich ihr die Kehle durch.«

68

»Wirf bloß die Pistole nicht weg!«, schrie Isabella. Sie wusste, dass Helmut Kappel sie in dem Moment töten würde, in dem Max seine Waffe fallen ließ, doch sie sah Unschlüssigkeit in Max' Augen. Max liebte sie wirklich, wurde ihr jetzt klar, und seine Liebe zu ihr war stärker als sein Hass auf seinen Vater. Das half ihr allerdings nicht. »Erschieß ihn endlich.«

»Ruhe«, krächzte Kappel und drückte die flache Seite der kalten Klinge so fest gegen ihre Kehle, dass sie kaum mehr schlucken konnte. »Die Schneide ist nur Millimeter von Ihrer Halsschlagader entfernt. Sie sind Ärztin – folglich wissen Sie auch, dass Sie in wenigen Sekunden verbluten, wenn ich die Klinge drehe. Ich tue so etwas nicht zum ersten Mal. Ich weiß, wovon ich rede.«

Sie sah Max eindringlich an und versuchte ihn dazu zu bewegen, der Killer zu sein, der er gewesen war, und nicht der Mann, der er zu werden versuchte. Ein paar Sekunden lang standen sich Vater und Sohn gegenüber, ohne etwas zu sagen oder zu tun. Dann ertönte hinter ihr ein lautes Knacken, und sie spürte, wie sich das Podium aus Eis unter ihren Füßen verschob. Helmut Kappel geriet kurz aus dem Gleichgewicht, sein Griff lockerte sich, und die Klinge entfernte sich von ihrer Haut. In diesem Moment war sie eher Zentimeter als Millimeter vom Tod entfernt. Sie warf sich mit aller Kraft nach hinten und stieß Helmut Kappel von sich fort.

Doch er war zu schnell, und als sie sich seinem Zugriff entwand und auf das Eis fallen ließ, stieß er mit dem Dolch nach ihr und schlitzte ihr damit die linke Wange, den Rentierfellmantel und die Schulter auf. Im Gesicht spürte sie nichts, als die Klinge durch die zarte Haut fuhr, aber durch ihren Arm schoss ein lähmender Schmerz, als sie auf das Eis fiel. Instinktiv fasste sie mit der rechten Hand an ihre Schulter und versuchte den Blutfluss zu stoppen. Als ihre Finger sich durch den Schnitt in dem widerstandsfähigen Rentierfell zwängten und in der tiefen, feuchten Wunde verschwanden, wusste sie, dass die Sehnen durchtrennt worden waren. Der Arm hing schlaff an ihrer Seite hinab. In ihr linkes Auge lief Blut, als Helmut Kappel auf sie zukam. Alles schien in Zeitlupe abzulaufen, und sie merkte, dass die Klinge in seiner Hand immer noch blitzte. Sie vermochte nur daran zu denken, wie scharf die gekrümmte Schneide sein musste: Der Stahl war so rasch und sauber durch ihr Gesicht und ihren Arm gefahren, dass kein Blut auf ihm war. Sie versuchte, sich aufzurichten. Sie musste unbedingt weg von dieser Klinge.

Max krümmte den Finger um den Abzug, doch als sich das Eis unter seinen Füßen verschob, versuchte er instinktiv, wieder einen festen Stand zu bekommen, bevor er abdrückte. Während sein Vater mit dem Dolch ausholte, um Isabella, die sich auf dem Boden vor ihm wand, den Todesstoß zu versetzen, zielte Max auf seine Brust. Es kam zu einem weiteren explosionsartigen Knacken, und die Eiskuppel begann einzustürzen. Als er abdrückte, krachte neben ihm ein Eisblock auf den Boden und stellte die Eisscholle, auf der er stand, so stark auf, dass er das Gleichgewicht verlor und zu Boden fiel. Der Schuss fuhr durch das klaffende Loch in der zerbrochenen Kuppel in den Himmel. Gleichzeitig fielen weitere Eisblöcke auf das Podium herab, sodass es unter Isabella und seinem Vater zusammenbrach.

Max hörte Isabella entsetzt aufschreien, als er auf das berstende Eis schlug. Von der Wucht des Aufpralls wurde ihm die Pistole aus der Hand geschlagen. Sie schlidderte von ihm fort und fiel in den sich weitenden Spalt aus dunklem Wasser, der ihn, inzwischen zweieinhalb Meter breit, von seinem Vater und Isabella trennte. Sein Vater hatte ebenfalls seinen Dolch verloren, aber er lag nur ein paar Meter von ihm entfernt hinter einem anderen, schmaleren Riss. Links von Helmut Kappel lag Isabella in einer Blutlache gefährlich nah bei dem reißenden Wasser, das Max von ihr fern hielt.

Sein Vater schaute zum Dolch, dann zu Isabella und Max und schließlich zum Ausgang. Für ihn wäre er nur noch zu erreichen, wenn er um den Spalt herumging, aber dann konnte Max ihm den Weg abschneiden. Hinter Max, am Ausgang, war ein weiterer Riss im Eis, aber er war schmal, und das Eis verschob sich ständig. Max überlegte, ob er ins Wasser springen oder um den Spalt herumlaufen sollte, doch sein Vater würde entweder den Dolch oder Isabella erreichen, bevor er nah genug an ihn herankäme.

»Ohne Isabella werde ich dich nicht gehen lassen«, schrie Max. »Wenn sie stirbt, stirbst auch du.«

Einen langen Augenblick schwankte sein Vater zwischen dem Dolch und Isabella, bevor er sich schließlich ihr zuwandte. Während Max auf seiner Seite des trennenden Spalts stand und beobachtete, wie sich sein Vater über Isabella beugte, kam ihm eine Idee, wie er ihr helfen könnte. Dann schob sein Vater Isabella auf das Wasser zu. »Lass mich los!«, schrie sie. Sie versuchte, ihn zu treten und sich von ihm wegzuwälzen, aber infolge ihrer Verletzungen war sie wehrlos.

Helmut Kappel sah Max an. »Meines Wissens ist die Strömung hier besonders gefährlich. Sie wird sie unters Eis und aufs Meer hinausziehen.« Sein Vater lächelte. »Max, die Frage, die du dir stellen musst, lautet: Hältst du mich auf oder versuchst du sie zu retten, wie du deine Mutter zu retten versucht hast?« Sein Lächeln wurde breiter. »Ich glaube, ich weiß die Antwort schon.« Er stieß Isabella in das eiskalte, reißende Wasser, dann stürzte er auf den Dolch zu und zum Ausgang.

69

Der Schock des eiskalten Wassers trieb Isabella die Luft aus den Lungen. Sofort spürte sie den Zug der Strömung und versuchte, dagegen anzuschwimmen. Es wäre schon mit zwei funktionsfähigen Armen schwierig gewesen, aber mit nur einem war es unmöglich. Sie strampelte und paddelte an die Oberfläche und schnappte nach Luft, als die Strömung sie auf Max' Seite des Spalts zog. Allerdings trug sie Isabella nicht direkt zu ihm: Sie zog sie quer über den Spalt, fort von ihm.

Als er loslief, um sie abzufangen, drehte sie sich auf die näher kommende Eisscholle zu, von der eine der Sitzreihen auf das reißende Wasser hinausragte. Als ihre verletzte Schulter dagegen schlug, wappnete sie sich gegen den Schmerz, aber wegen der Kälte spürte sie kaum etwas. Unter Aufbietung all ihrer Kräfte hob sie ihren heilen Arm und hakte ihn um den auf das reißende Wasser hinausragenden Sitz. Jetzt machten sich die Schmerzen wieder bemerkbar, und sie sah, wie sich das eisige Wasser von ihrem Blut rosa färbte. Die rationale Seite in ihr hoffte, die Kälte würde den Blutfluss stoppen, aber die Schmerzen waren ungeheuer. Sich nur mit einem Arm festzuhalten, war extrem kräfteraubend, und der vollgesogene Rentiermantel war sehr schwer.

Max streckte den Arm über den Sitz und versuchte, sie zu erreichen. Seine Lippen bewegten sich, aber sie konnte nichts hören. Sie starrte wie gebannt auf seinen Mund: »Halt durch, Isabella. Ich habe dich.«

Sie versuchte, ihm zuzurufen, aber sie war völlig außer Atem. Obwohl seine Hand bereits auf sie zukam, spürte sie, wie ihr Arm vom Sitz glitt. Sie versuchte, sich mit letzter Kraft festzuhalten, doch ihr Körper wollte ihr nicht mehr gehorchen. Sie spürte – oder bildete sich ein, zu spüren –, wie seine Finger ihren Arm streiften. Dann glitt sie von dem Sitz ab, und das Wasser erfasste sie wieder.

Dieses Mal konnte sie sich nicht einmal mehr zur Wehr setzen, als es sie nach unten und unter das Eis zog. Sie hielt nach einer Öffnung in der Eisdecke Ausschau, aber alles, was sie sehen konnte, war ihr eigenes Spiegelbild und das schimmernde weiße Licht darüber. Der Schnitt in ihrer Wange war so tief und rot. Sie sah sich lächeln über die Absurdität, dass sie sich um ihr Aussehen Gedanken machte, obwohl sie gleich sterben würde.

Die Schmerzen ließen nach. Es ging zu Ende mit ihr, und es war, als sickerte ihr Leben in das kalte, unerbittliche Wasser.

Dann kehrten die Schmerzen mit einem durchdringenden Stechen zurück. Starke Arme entrissen sie der betäubenden Umarmung der Strömung. Blinzelnd spürte sie, wie sie auf ein helles Licht zugesteuert wurde, auf eine Öffnung im Eis. Ihr erster Impuls war, sich gegen die Kraft, die sie ins Leben und in die Schmerzen zurückzog, zu wehren, aber sie war zu schwach. Sie spürte ein zusätzliches Schieben, und plötzlich durchbrach sie die Wasseroberfläche, und ihre Lungen füllten sich mit Luft. Ein letztes Hindurchströmen unter ihr, und im nächsten Moment lag sie keuchend auf dem harten, kalten Eis. Um Atem ringend, blickte sie auf – und versuchte zu schreien. Sie war in dem Spalt neben dem Ausgang aufgetaucht, und über ihr stand Helmut Kappel. In der Hand hielt er den blitzenden Krummdolch.

70

Gerade als Max Isabella aus dem Wasser hatte stoßen wollen, hatte er die dunkle Gestalt über ihnen stehen sehen und gewusst, es war sein Vater, aber er hatte keine Wahl gehabt: Wenn Isabella nicht sofort auftauchte, würde sie ertrinken.

Es gab nur eine Möglichkeit, diese Sache zu Ende zu bringen.

Unter Aufbietung all seiner Kräfte stieß er sie aus dem Wasser auf das Eis, holte tief Luft und ließ sich wieder in die reißenden Fluten zurückfallen. Doch bevor ihn die Strömung forttragen konnte, katapultierte er sich mit einem kräftigen Schwimmzug so weit aus dem Wasser, wie er konnte. Er brach blinzelnd durch die Oberfläche und sah seinen Vater mit dem Dolch in der Hand über Isabella stehen. Alles schien verlangsamt abzulaufen. Max landete auf der Eisoberfläche, glitt an Isabella vorbei, bekam seinen Vater am Fußgelenk zu fassen und riss ihn um. Helmut Kappels triumphierendes Grinsen wich blankem Entsetzen, als er auf das Eis schlug und den Dolch fallen ließ. Ohne das Bein seines Vaters loszulassen, glitt Max ins Wasser zurück und zog ihn mit sich. Mit raschen flachen Atemzügen schied er den Stickstoff aus seinem Blutkreislauf aus. Als das Wasser über ihm zusammenschlug, hielt er seinen um sich schlagenden Vater wie eine Geliebte ganz eng an sich gedrückt und presste seine Arme an seine Seiten. Im selben Moment zog die Strömung Vater und Sohn unter das Eis.

Isabella sah, wie Max mit seinem Vater direkt unter ihr hindurchtrieb. Sie richtete sich auf alle viere auf und kroch ihm hinterher, bis ihn das Wasser unter der Außenmauer der Kapelle hindurchtrug. Dann richtete sie sich ganz auf und wankte zum Ausgang. Sie blickte zu der Stelle, wo der See in den fernen Durchgang zum Meer mündete, doch alles was sie sehen konnte, war die durchgehende Eisfläche.

Die Strömung schien immer schneller zu werden, aber sie ließ Max, der unter dem Eis dahintrieb, nicht aus den Augen und folgte ihm, so rasch sie konnte. Schließlich sank sie erschöpft auf das Eis und sah ihn über die Schulter seines Vaters hinweg zu ihr hochblicken. Er lächelte sie an – ein heiteres, friedliches Lächeln. In diesem Moment, in dem alles Nebensächliche abfiel, *wusste* sie, und das mit einer Gewissheit, die sie nie zuvor erfahren hatte, dass sie ihn nicht nur liebte, sondern dass sie ihm auch vergab. Wahre Liebe war Vergebung.

Aber jetzt war es zu spät. Als sie sah, wie er von ihr wegtrieb, stieß sie mit aller ihr noch verbliebenen Kraft hervor: »Max! Ich liebe dich, Max! Ich liebe dich!«

Phoebe, die Brautjungfern und einige der mutigeren Gäste kamen über das trügerische Eis auf sie zugerannt, aber sie nahm keine Notiz von ihnen. Selbst als Phoebe sie in einen trockenen Mantel wickelte, starrte Isabella noch auf den zugefrorenen See und schrie in der Hoffnung, Max möchte sie hören, bevor er starb, ihre Liebe zu ihm hinaus.

Unter dem Eis sah Helmut Kappel in die erbarmungslosen Augen seines Sohnes und merkte, dass es keinen Sinn hatte, sich zu wehren. Selbst wenn er Max' eisernem Griff entkäme, könnte er nirgendwohin. Als Isabellas gedämpfte Rufe an seine Ohren drangen, legte sich ein Ausdruck des Friedens über Max' Züge, und seinem Vater wurde klar, dass er in das Gesicht eines Mannes blickte, der den Tod nicht fürchtete.

Auf seiner Zunge zerplatzte die bittere Pille der Verachtung. Der Mann, den er als seinen Erben ausersehen hatte, war sein Verhängnis geworden. So sehr er auch versucht hatte, Max für den Sirenengesang der Liebe unempfänglich zu machen, war dieser ihm dennoch erlegen. Selbst im Moment des Todes glaubte Max, die Liebe gäbe seinem Leben einen Sinn. Wahrscheinlich dachte dieser Narr, er würde in Isabellas Herzen weiterleben. Aber irgendwann würde auch sie sterben, und was dann? Max hatte immer noch nicht begriffen, dass die Liebe nur ein raffinierter Trick der Natur war – eine erbärmliche Täuschung, die einzig und allein dem Zweck diente, dass sich die Menschen fortpflanzten.

Doch als sich jetzt die Lungenflügel in seiner Brust aufblähten und der Drang zu atmen unwiderstehlich wurde, zerrannen Helmut Kappel seine Gewissheiten. Plötzlich merkte er, dass er ungeachtet seiner Unsterblichkeitsträume allein und vergessen sterben würde und dass niemand seinen Tod betrauern würde. Er würde vom Angesicht der Erde verschwinden, als ob er nie existiert hätte.

Als die endgültige Auslöschung, kalt und dunkel, unmittelbar bevorstand, wallte eine alles überwältigende Panik in ihm auf. Plötzlich sehnte er sich nach Max' Gewissheit und Frieden. Er krallte sich an seinem Sohn fest und blickte ihm in dem verzweifelten Wunsch, von seiner unerschütterlichen Ruhe und Gelassenheit zu zehren, ins Gesicht.

Das erste reflexhafte Schlucken von eiskaltem Wasser ließ Helmut Kappel heftig würgen und zucken, doch Max hielt ihn weiter fest gepackt. Als er am Wasser erstickte, sah er einen Funken Mitgefühl in den Augen seines Sohnes, doch das war ihm wenig Trost. In seinem Herzen spürte er nur schwarze Verzweiflung, als ihn das Wasser in seine dunkle, kalte Umarmung schloss.

Dann war nichts mehr.

71

Als die Leiche seines Vaters davontrieb, wurde sich Max ganz deutlich des Wassers bewusst, das an und unter ihm vorbeiströmte. Er fühlte sich leichter, fast euphorisch, als wüsche ihn die eisige Strömung von seinen Sünden rein. Er hatte das eigenartige Gefühl, wiedergeboren zu werden, und die Ironie, dass dies zum Zeitpunkt seines Todes geschehen sollte, entlockte ihm ein Lächeln.

Er dachte an Isabellas letzte Liebeserklärung, und Traurigkeit drang durch seine meditative Ruhe. Obwohl er ihre Vergebung nicht verdiente, wollte er sie, auch wenn jetzt keine Zeit mehr war, sie zu gewinnen. Alles, was er tun konnte, war, sich selbst zu vergeben.

Er tröstete sich mit der plötzlichen Einsicht, dass es nicht auf ihre Gefühle für ihn ankam. Wahre Liebe bedeutete, bedingungslos zu lieben, nicht nur geliebt zu *werden.* Sie bedeutete Geben, nicht Nehmen. Seine Liebe zu Isabella hatte ihn stark gemacht und bewies, dass Liebe nichts war, was man fürchten oder mit einem Medikament kontrollieren musste, und dass das Schenken von Liebe dem Leben einen Sinn verlieh. Seine Mutter hatte das begriffen, und jetzt begriff auch er es. Er war dankbar, dass Isabella ihn daran erinnert hatte, bevor es zu spät war.

Er fragte sich, wie lang er schon unter Wasser war. Er hatte seinen Herzschlag bewusst verlangsamt, und vielleicht hatte die Kälte das Gleiche mit seinem Stoffwechsel getan und seinen Sauerstoffbedarf weiter reduziert. Vielleicht war es aber auch nur eine Folge der Unterkühlung – oder er befand sich bereits im Anfangsstadium von Sauerstoffmangel und litt an hypoxischer Euphorie. Egal was, jedenfalls war er vollkommen ruhig. Einen Augenblick lang schien sich das Eis zu klären und den Blick auf den strahlend blauen Himmel freizugeben. Als er nach oben blickte, glaubte er die verzerrte Silhouette eines Adlers zu sehen, der ihm folgte. Dann verschwand das Bild.

Er blickte sich um und stellte fest, dass das Eis dicker wurde, das Wasser dunkler. Vor ihm waren drei Kanäle. Er überlegte, welche in die schluchtartigen Einbuchtungen entlang des Seeufers führten, Sackgassen, in denen seine Leiche Monate, wenn nicht Jahre unentdeckt bliebe – und welcher durch den engen Fjord ins Meer führte, wo das Eis dem Fluss wich, der in den Golfstrom floss.

Während er darüber nachdachte, ohne sich wirklich groß Sorgen zu machen, welchen Weg er nehmen sollte, stieg aus der Tiefe unter ihm eine weiße Gestalt empor. Er erkannte seine Mutter und wusste, dass die Hypoxie eingesetzt hatte. Sie breitete lächelnd die Arme aus – ganz anders als bei ihrer letzten Begegnung. Er war froh, dass sie ihn holen kam, und wollte ihr zu verstehen geben, dass er inzwischen verstand, was sie ihm vor all den Jahren auf dem Boot vor der Küste Hawaiis zu sagen versucht hatte: Ohne Liebe sind wir nichts.

Als ob sie seine Gedanken hören konnte, wurde ihr Lächeln strahlender, und sie legte einen Finger auf ihre Lippen. Dann nahm sie seine Hand und lotste ihn in den linken Kanal unter dem Eis. Das Licht vor ihm zeigte Max an, dass der Tod nahte, aber er behielt seinen Körper weiter unter Kontrolle und gab dem Impuls zu atmen nicht nach. Das ist mir schon einmal passiert, dachte er, und es soll mir nicht noch einmal passieren. Er fühlte sich entspannt, friedvoll, bereit zu sterben. Er schloss die Augen und ließ sich von seiner Mutter führen. Die betäubende Kälte schien sich geringfügig zu erwärmen, und er stellte sich vor, in den Mutterschoß zurückzukehren. Dann implodierte sein Bewusstsein, und er empfand nichts mehr.

72

Odin forderte über das einzige Satellitentelefon von Walhalla Hilfe an, aber weil Neujahr war, dauerte es länger als sonst, bis die Rettungskräfte eintrafen. Überall im Palast wanderten verwirrte Gäste umher. Ein benommener Warren Hudsucker wurde gesehen, wie er blutverschmiert beim Heizungshaus herumirrte und fragte, was aus der Eiskapelle geworden sei. Einige stierten nur stumm auf die Stelle, wo der Hubschrauber in den See gestürzt war. Andere kauerten in Gruppen beisammen und fragten sich, was passiert war. Klaus Kappel und die Kunden des Bankhauses Kappel zogen sich auf ihre Zimmer zurück, um zu packen. Sie wollten nach Möglichkeit abreisen, bevor die Polizei eintraf. Noch während sie auf die Evakuierung des Palastes warteten, schlossen sich die Risse im Eis und froren wieder zu, so dass die Wunden des Sees geheilt waren.

Isabellas Wunden bräuchten länger, um zu heilen. Ein Arzt nähte ihr Gesicht und versorgte notdürftig ihre Schulterverletzung, aber sie nahm keine Notiz von ihren körperlichen Schmerzen. Das Einzige, woran sie denken konnte, war, wie Max' ehedem warmer Körper unter dieser Eisdecke immer stärker auskühlte. Ein einsamer Adler schwebte über dem See und flog auf den Fjord und das Meer dahinter zu. Sie fragte sich, ob es derselbe Adler war, den sie in dem Moment gesehen hatte, als sie dachte, Max würde sie erschießen. Vielleicht konnte er Max unter dem Eis sehen, vielleicht hatte er jetzt seinen Tod genauso beobachtet, wie sie einmal gedacht hatte, er würde ihren Tod beobachten. Auf ihr lastete eine fast unerträgliche Traurigkeit. Sie fühlte sich so leer und konturenlos und verlassen wie der See selbst. Sie hoffte nur, Max wäre in dem Wissen gestorben, dass sie ihn liebte.

Phoebe setzte sich neben sie und hielt ihre Hand. »Geht es dir einigermaßen?«

Sie nickte, ohne etwas anderes zu fühlen als tiefe Trauer.

»Was ist eigentlich genau passiert, Isabella?«, flüsterte Phoebe. »Warum kann ich das Gesicht von niemandem erkennen? Was erzählen wir der Polizei oder wer uns sonst holen kommt?«

Isabella war zu erschöpft für irgendwelche Erklärungen, und sie war nicht sicher, ob sie überhaupt wollte, dass die Polizei etwas von Venus oder Ilium oder auch dem Medikament erführe, das sie am Abend zuvor allen Hochzeitsgästen verabreicht hatte. Je weniger Menschen von der Existenz der Seren wussten, desto besser – sie boten sich geradezu an für Missbrauch jeder Art und hatten schon für genügend Kummer gesorgt. Was brächte es außerdem, die Öffentlichkeit darüber zu informieren? Helmut Kappel war tot, und ansonsten würde nur der Name ihres Vaters in den Schmutz gezogen. Zur gegebenen Zeit würde sie entscheiden, was zu tun wäre. Aber nicht jetzt.

Sie blickte zu ihrer besten Freundin auf. Sie war sicher, der verhängnisvolle Kreislauf wäre durchbrochen, sobald die temporäre Prosopagnosie vorüberging, und Phoebe und die anderen, denen das NiL-Serum injiziert worden war, wären von ihrer Fixierung befreit. »Ein starker Schock hat oft die ungewöhnlichsten Folgen, Phoebe. Aber glaub mir, die Gesichtsblindheit wird sich legen. Ich werde dir später alles erklären, aber zunächst solltest du einfach nur froh sein, dass du unbeschadet davongekommen bist.« Es war das Beste, wenn alle glaubten, sie stünden unter Schock. Und angesichts dessen, was passiert war, war das nicht einmal so weit von der Wahrheit entfernt: Die Leute hatten am Abend zuvor reichlich getrunken, das Nordlicht hatte ihre Hirnchemie durcheinander gebracht, und Phoebes Hochzeit hatte mit einem traumatischen Knall geendet. Sie versuchte zu lächeln, aber ihr war zum Heulen zumute.

Phoebe drückte ihre unverletzte Hand. »Danke, Izzy. Danke, dass du mich vor Helmut gerettet hast.«

»Das haben wir nur Max zu verdanken. Er hat uns alle gerettet.« Isabella blickte auf den zugefrorenen See hinaus und empfand dabei einen Schmerz, der stärker war als alle, die ihr Helmut Kappels Dolch zugefügt hatte. »Er war nicht wie sein Vater.«

Phoebe legte den Arm um sie. »Es tut mir so Leid, Izzy.«

Als sie das Geräusch der nahenden Hubschrauber hörte, spürte Isabella, wie ihr die Tränen kamen. »Mir auch«, sagte sie ruhig.

EPILOG

Vier Monate später

»Das ist bemerkenswert, Dr. Bacci, äußerst bemerkenswert.« Roberto Zuccatto, Leiter der neurologischen Abteilung der Mailänder Universitätsklinik, rückte seinen Kneifer zurecht und zeigte auf die beleuchtete Hirnregion auf dem PET-Monitor. »Sehen Sie, wie der gesamte Bereich ihres inferotemporalen Kortex aufleuchtet, wenn sie ein Gesicht erkennt. Das habe ich bei einem Prosopagnostiker bisher noch nie beobachtet.«

Isabella beobachtete Sofia durch die Glastrennwand. Es war keine der Unfallspuren mehr zu sehen. Das Haar des kleinen Mädchens war nachgewachsen, und es waren keine sichtbaren Narben geblieben. Aber das war es nicht, was diesen Tag so bemerkenswert machte. Das Mädchen trug einen Kopfhörer und saß vor einem großen Fernsehgerät, auf dem ständig neue menschliche Gesichter erschienen. Familienangehörige, Freunde, sie selbst und wildfremde Menschen. Und jedes Mal, wenn ihr jemand bekannt vorkam, leuchtete auf dem Monitor derjenige Bereich ihres Hirns auf, der für die Erkennung von Gesichtern zuständig war. Sofia, die seit ihrem Unfall gesichtsblind war, erkannte wieder die Gesichter derer, die sie kannte und liebte.

»Ich verstehe immer noch nicht, wie Sie in nur wenigen Monaten solche Fortschritte machen konnten«, sagte Zuccatto.

»Das habe ich meinem Vater zu verdanken«, sagte Isabella. »Er hat vor seinem Tod auf einem ähnlichen Sektor geforscht und sich vor allem mit der Stimulierung des Hirnbereichs befasst, der für die Erkennung von Gesichtern zuständig ist.«

»Sie haben allen Grund, stolz auf ihn zu sein.«

»Das bin ich auch.«

Sie war froh, dass das fragwürdige Liebesserum ihres Vaters doch noch etwas Gutes bewirkt hatte. Das machte es leichter für sie, ihm seinen Verrat zu verzeihen und Verständnis dafür aufzubringen, dass er es, auch wenn es falsch gewesen war, aus dem richtigen Grund getan hatte: um die Menschen glücklich zu machen. Der Prosopagnosie-Ordner, den er für sie angelegt hatte, hatte die Behandlung von Gesichtsblindheit revolutioniert und ihr Jahrzehnte mühsamer Forschungsarbeit erspart. Das Medikament, das sie anhand seiner Aufzeichnungen entwickelt hatte, befand sich noch im Teststadium, und die Wirkung war nur temporär, aber sie war sicher, dass es früher oder später die Prosopagnosie Sofias und anderer Patienten heilen würde. Das war das wahre Vermächtnis ihres Vaters – das wahre Liebesserum.

Als sie am Abend nach Hause kam, war sie froh, dass sie inzwischen eine eigene Wohnung hatte. Sie hatte zwar gern mit Phoebe zusammengewohnt, aber es war schön, ein eigenes Zuhause zu haben und neue Wege in ihrem Leben zu beschreiten. Ihr linker Arm zwickte, als sie sich einen Scotch on the rocks einschenkte – eine neu erworbene Angewohnheit, die sie an Max erinnerte. Die durchtrennten Sehnen waren verheilt, aber es würde eine Weile dauern, bis die Schmerzen und die Steifheit ganz verschwanden. Sie sah in der Glasvitrine neben dem Kühlschrank ihr Spiegelbild und hielt inne, um die schmale silbrige Narbe zu betrachten, die von ihrem Backenknochen zum Unterkiefer lief. Die Schärfe von Helmut Kappels Dolch hatte zur Folge gehabt, dass die Narbe minimal war, aber sie war sich ihrer deutlich bewusst.

Der Abend war für die Jahreszeit ungewöhnlich kalt, und sie machte Feuer im Kamin. Als sie sich setzte, blickte ihr von einem der Magazine auf dem Couchtisch Phoebes Gesicht entgegen. Wie die anderen Hochzeitsgäste war auch Phoebe von ihrer Prosopagnosie genesen, ohne dass das NiL-Serum irgendwelche bleibenden Folgen verursacht hatte. Wenn überhaupt, hatte ihre Karriere von den mysteriösen Umständen ihrer kurzfristig abgesagten Hochzeit und Helmut Kappels Tod profitiert. Isabella griff nach der roten Ecke der Zeitschrift unter Phoebes *Vogue*-Cover. Auf dem Titel von *Time* war ein Bild von Helmut Kappel mit der Überschrift: »Das Gesicht der Schweizer Mafia?« Sie schlug den dazugehörigen Artikel auf. Auf der zweiten Seite war ein unscharfes Foto von Max. Als sie den Artikel las, hatte sie Mühe, Max, den Killer, mit dem Mann, den sie geliebt hatte, in Einklang zu bringen.

Der Artikel befasste sich vor allem mit den mittlerweile berühmten meergrünen Ordnern, die kurz nach der abgebrochenen Hochzeit in Walhalla in der Pariser Interpol-Zentrale einzutreffen begonnen hatten. Jeder Ordner enthielt belastendes Material über das Bankhaus Kappel und Comvec, und es ging darin um Geldwäsche, Geheimkonten und andere zwielichtige Aktivitäten. Einer nach dem anderen hatten die Ordner jedes Familienmitglied – Helmut, Max, Joachim und Klaus – massiv belastet. Um seinen Kopf zu retten, hatte der letzte überlebende Kappel, Klaus, eine Abmachung mit den Strafverfolgungsbehörden getroffen und ihnen alle Informationen über ihre Kunden ausgehändigt. Laut *Time* waren fast achtzig Prozent des Kundenstamms der Bank in kriminelle Aktivitäten verwickelt. Warren Hudsucker musste sein Senatorenamt niederlegen und wurde zu einer Haftstrafe verurteilt. Andere, darunter Lysenko, waren untergetaucht. Eine Weile hatte Isabella befürchtet, Klaus Kappel könnte ihr jemanden auf den Hals hetzen, um sie für die Vereitelung der Kappelschen Pläne zu bestrafen, aber offensichtlich hatte er Wichtigeres zu tun. Vor einem Monat war er für eine ganze Reihe von Straftaten, darunter auch Mord, zu einer lebenslangen Haftstrafe verurteilt worden.

Auch Isabellas Anwälte hatten einen solchen Ordner erhalten, aber darüber war in der Presse nichts zu finden. Er enthielt ein Schreiben, in dem ihr mitgeteilt wurde, dass das Bankhaus Kappel und Comvec alle Rechte an der Arbeit ihres Vaters auf sie überschrieben hatten. Sie hatte das Turiner Labor aufgelöst, die gesamte Einrichtung verkauft und sämtliche Proben und Aufzeichnungen mit Ausnahme derer, die sie für ihre Prosopagnosie-Forschungen benötigte, zerstört.

Ihr Vater und sein Serum wurden in dem *Time*-Artikel ebenso wenig erwähnt wie Ilium oder Venus. Umso mehr befasste er sich dafür mit zwei anderen ungeklärten Fragen.

Die erste war, was nun tatsächlich in Walhalla passiert war. Wie nicht anders zu erwarten, hatte keiner der Hochzeitsgäste große Lust gehabt, der Polizei viel zu erzählen, zumal auch keiner viel zu erzählen gehabt hätte. Das war nicht die Sorte Publicity, die Odin haben wollte, und die Kunden des Bankhauses Kappel hatten ihre eigenen dunklen Geheimnisse zu wahren. Phoebe, Claire, Kathryn und Gisele waren vollauf damit zufrieden gewesen, die Episode einfach zu vergessen und wieder zur Tagesordnung überzugehen, und Isabella war es da nicht anders ergangen. Sie hatte nicht die Absicht, irgendetwas zu sagen, was die Existenz des naturidentischen Liebesserums ihres Vaters publik machen könnte. Die neueste Theorie, mit der sich der *Time*-Artikel ausführlich beschäftigte, besagte, dass Joachim und Max Kappel schon seit längerem einen erbitterten Machtkampf um die Nachfolge ihres Vaters geführt hatten. Diese Rivalität war schließlich eskaliert, als ihr Vater plötzlich seine Entscheidung umstieß, wer sein Trauzeuge und Erbe werden sollte.

Die zweite Frage interessierte Isabella wesentlich mehr, weil auch sie keine Antwort darauf hatte: Wer hatte die Ordner verschickt? Ein verstimmter Mitarbeiter oder ehemaliger Angestellter? Ein konkurrierendes Unternehmen? Oder sogar ein rachsüchtiger Kunde? Es waren zahlreiche Kandidaten aufgeführt worden, aber die Wahrheit blieb weiterhin im Dunkeln.

Eine Weile hatte sich Isabella der Vorstellung hingegeben, Max habe irgendwie überlebt und die Ordner verschickt. Sie hatte ihn in Antibes tauchen sehen und stellte sich vor, er habe unter dem Eis so lange den Atem anhalten können, bis er den wärmeren Zugang zum Meer erreichte. Seine Leiche war nicht gefunden worden. Aber das hieß gar nichts – auch die Leiche seines Vaters war nicht aufgetaucht.

Sie legte das Nachrichtenmagazin auf den Couchtisch, machte es sich auf der Couch bequem und schaute ins Feuer. Ihre Lider wurden immer schwerer, und als sie einnickte, hatte sie wieder einmal diesen Traum. Sie hatte ihn seit ihrer Rückkehr aus Walhalla immer wieder geträumt. Doch diesmal wirkte er sogar noch lebensechter und realistischer.

Sie ist ein Adler, der hoch über einem zugefrorenen See schwebt und auf einen unter dem Eis gefangenen Mann hinabblickt, den die Strömung mit sich trägt. Es ist Max Kappel. Als sie tiefer fliegt, um ihn besser sehen zu können, schlägt er die Augen auf, und sie sieht seinen Schmerz, liest seine Gedanken.

Er hat minutenlang den Atem angehalten und wird gerade bewusstlos. Sein erster reflexhafter Atemzug füllt seinen Mund mit Wasser, lässt ihn würgen, reißt ihn aus seiner Bewusstlosigkeit. Es ist, als wolle ihm sein Körper nicht gestatten, seinen eigenen Tod nicht zu erleben. Er zwingt ihn, um sein Überleben zu kämpfen – ob er es will oder nicht. Er würgt und windet sich, als er mehr Wasser schluckt, dann verschluckt er sich und schnappt in einem letzten verzweifelten Aufbäumen gegen den Tod ein letztes Mal nach Luft.

Er wartet darauf, dass sich sein Brustkorb mit Wasser füllt und seine Lungen kollabieren. Aber dazu kommt es nicht. Stattdessen erbricht er das Wasser, das er geschluckt hat. Hustend und prustend schnappt er nach Luft. Er öffnet die Augen. Er liegt auf dem Rücken, umgeben von Licht. Plötzlich ist ihm kalt – es ist nicht die gleiche betäubende Kälte wie bisher, sie hat etwas Trockenes, Stechendes.

Und sie geht mit heftigen Schmerzen einher. Sein Körper wird verzehrt von ihnen.

Plötzlich, barmherzigerweise, wird alles schwarz. Doch dann kehren die Schmerzen zurück, und er würgt wieder Wasser hervor. Da er immer wieder bewusstlos wird, verliert er jedes Gefühl dafür, wie lange er schon da liegt. Schließlich blickt er nach oben und sieht, dass das Licht schwächer geworden ist. Er hebt den Kopf und ein stetes Rauschen füllt seine Ohren. Er streckt die Arme durch die reißende Strömung nach unten, und seine Finger streifen über den Grund des Flusses. Dann stößt seine Schulter gegen etwas Hartes. Die Strömung um ihn nimmt zu – aber er merkt, ihre Geschwindigkeit hat sich nicht verändert. Vielmehr hat sein Körper aufgehört, sich zu bewegen.

Blinzelnd versucht er, sich aufzusetzen. Jeder Knochen in seinem Körper tut weh, und seine Haut brennt vor Kälte, aber er scheint sich nichts gebrochen zu haben, und seine geschundenen Muskeln gehorchen ihm. Er stellt fest, dass er von Steinen umgeben im strudelnden Flachwasser eines Flusses sitzt. Links von ihm ragen hohe Berge empor, rechts hebt sich eine schneebedeckte offene Fläche zu einem dichten, dunklen Fichtenwald. Als er flussabwärts schaut, sieht er in der Ferne nur eine flache Ebene. Das Meer. Er dreht den Kopf. Hinter ihm sind noch mehr Berge, in die sich an der Stelle, wo der Fluss vom See her durchbricht, ein schmaler Fjord gekerbt hat.

Er schaut auf die Uhr. Er hat keine Ahnung, wie lange er im Fluss war, aber er muss Atem geholt haben, nachdem er unter dem Eis ohnmächtig geworden ist, weil er sonst ertrunken wäre. Er muss sieben oder acht Minuten unter Wasser gewesen sein. Auf jeden Fall länger, als er jemals den Atem angehalten hat.

Erst jetzt, als er auf wackligen Beinen dasteht, glaubt er, dass er überlebt hat. Er denkt an Isabella und wird von unbändiger Freude durchflutet. Er ist am Leben. Sofort beginnt er unkontrolliert zu zittern. Er blickt auf seine vom Wasser schrumpligen, bläulich weißen Handflächen hinab und merkt, dass er, auch wenn ihn das Wasser nicht getötet hat, bald an Unterkühlung sterben wird.

Ein fernes Knattern dringt in sein Bewusstsein, aber er stürzt nicht ins Freie, um die Hubschrauber auf sich aufmerksam zu machen, sondern sucht Deckung. Über die vereisten Steine des verschneiten Ufers stolpernd, versucht er den Wald zu erreichen. Doch als er zu laufen beginnt, zittern seine Beine so heftig, dass er kaum von der Stelle kommt.

Da sieht er im schwachen Licht etwas aufblitzen. Ein paar hundert Meter weiter sucht ein Mann mit einem Hundeschlitten mit einem Fernglas den Himmel ab. Er steckt es weg und knallt mit der Peitsche, damit die Hunde den Schlitten schneller unter die Bäume ziehen. Er trägt dicke Fellkleidung, hat ein großes Gewehr über seine Schulter geschlungen, und sein Schlitten ist mit Pelzen und erlegten Tieren beladen. Er muss ein Wilderer oder Fallensteller sein.

Während Max beobachtet, wie der Mann Deckung sucht, wird dieser auf ihn aufmerksam. Er scheint zu zögern, zu überlegen. Doch als Max auf die Knie sinkt, knallt der Wilderer noch einmal mit der Peitsche und lenkt den Schlitten auf ihn zu. Bevor Max weiß, wie ihm geschieht, hat ihn der Mann über die erlegten Tiere auf seinem Schlitten gepackt, von denen einige noch warm sind. Wenige Augenblicke später haben sie den schützenden Wald erreicht.

Max versucht zu sprechen, aber sein Kiefer ist wie gelähmt. Das alterslose, wettergegerbte Gesicht des Wilderers legt sich in besorgte Falten. Er zieht ein langes Messer von seinem breiten Gürtel und schneidet Max' durchnässte Kleider auf, um ihn in zwei große, noch blutige Pelze zu schlagen. Er nimmt eine Flasche vom Schlitten und hält sie Max an die Lippen. »Drikke, drikke«, *fordert er ihn auf. Während der brennende Schnaps Max' Kehle hinabströmt, massiert der Mann Max' Arme und Beine, um das Blut zum Zirkulieren zu bringen.*

Nach und nach, unter heftigen Schmerzen, dringt das Blut wieder bis in seine Finger- und Zehenspitzen vor. Max murmelt die ganze Zeit unverständliches Zeug, während ihn der Wilderer mit seinen kräftigen Händen bearbeitet. Er kommt sich vor wie ein kleines

Baby, wie er so daliegt und in das Gesicht des Mannes hochblickt. Schließlich untersucht der Mann Max' Hände und Füße, stößt einen lauten Freudenschrei aus und klopft ihm auf die Schulter.

Max setzt sich auf, und der Wilderer reicht ihm eine Pelzmütze und einen Lederriemen zum Festbinden der Felle, in die er gehüllt ist. Dann stellt er sich hinten auf den Schlitten und knallt mit der Peitsche, um die Hunde anzutreiben. Als Max sich zurücksinken lässt und zusieht, wie die Hunde den Schlitten in den dunkler werdenden Wald ziehen, überkommt ihn ein Gefühl tiefen Friedens. Er blickt nach oben und sieht einen Adler am Himmel kreisen.

Plötzlich ist Isabella wieder der Adler, doch jetzt schaut sie auf eine Stadt hinab. Sie schwebt über ihrer Mailänder Wohnung und kann sich am Kamin schlafen sehen.

Ein Klopfen an der Wohnungstür weckt sie. Sie erhebt sich von der Couch und öffnet die Tür. »Kann ich Ihnen helfen?«

Der Mann ist hager. Das lange Haar reicht ihm bis auf die Schultern, und seine Haut ist von der Sonne tief braun. Er trägt einen verbeulten Hut, eine Sonnenbrille, verwaschene Jeans, ein zerknittertes Leinensakko und ein rotes Hemd. Er ist unrasiert und hat eine ramponierte Lederaktentasche bei sich. Er nimmt Sonnenbrille und Hut ab. »Erkennst du mich nicht mehr?«

Er sieht so verändert aus.

»Tut mir Leid, wenn ich dich erschreckt habe«, sagt er. »Die Tür unten war offen, deshalb bin ich gleich nach oben gekommen. Ich hatte Angst, du würdest mich vielleicht nicht reinlassen, wenn ich klingle.«

Mehrere Sekunden lang bringt sie kein Wort hervor.

»Darf ich reinkommen?«

Benommen macht sie einen Schritt zurück. Er kommt in die Wohnung und schließt die Tür. »Ich dachte, du wärst tot«, sagt sie.

»Max Kappel ist tot.« Er zieht einen grünen amerikanischen Pass aus seiner Jacke und schlägt ihn auf. Neben einem Bild seines veränderten Gesichts steht ein Name, den sie nicht kennt. Sie erinnert sich, dass er ihr einmal erzählt hat, dass ihm seine Mutter vor langem einen amerikanischen Pass beschafft hat, als sie versuchte, ihn

dem Einfluss der Kappels zu entziehen und ihm ein anderes Leben zu ermöglichen.

Sie kann dem Drang nicht widerstehen, die Hand auszustrecken und ihn zu berühren, um sich zu vergewissern, dass er kein Geist ist. Und dann, bevor sie zurückweichen kann, berührt er ihre Wange. Instinktiv versucht sie, sich abzuwenden, aber er hält sie fest und streicht über ihre Narbe. »Sie ist ja kaum zu sehen«, sagt er. »Sie steht in keinem Verhältnis zu dem Mut, den du gezeigt hast, als du sie dir zugezogen hast.«

»Sie ist hässlich«, sagt sie.

»Für mich ist sie schön. Außerdem war es nicht dein Gesicht, in das ich mich verliebt habe. Es waren deine Augen und die Art, wie du auf die Welt hinausblickst. Ich liebe dich, Isabella. Du hast mir gezeigt, dass ein Leben ohne Liebe kein Leben ist.«

Sie sieht ihn wie gebannt an, unschlüssig, was sie denken, fühlen oder sagen soll. »Was hast du in den letzten Monaten getan? Wo warst du?«

»Ich habe in Europa, Amerika und Australien als Tauchlehrer gejobbt.«

Wut steigt in ihr auf, und sie ballt die Hände zu Fäusten. »Warum hast du dich nicht bei mir gemeldet?«

»Ich war sehr beschäftigt.«

»Was hattest du so Wichtiges zu tun, dass du mich nicht anrufen konntest?«

Er fasst in seine Aktentasche und zieht einen meergrünen Ordner heraus. Auf dem Deckel steht MAX KAPPEL. *»Ich musste einiges in Ordnung bringen.«*

Sie beugt sich zum Couchtisch hinab und greift nach ihrem Glas. Dann gießt sie Scotch in ein anderes Glas und reicht es ihm. Er setzt sich, betrachtet das Whiskyglas und lächelt. »Ich dachte, du magst dieses Zeug nicht.«

Sie setzt sich neben ihn. »Das war einmal. Ich habe mich verändert.«

»Ich auch.« Er nimmt einen Schluck, dann stellt er das Glas beiseite und greift nach dem Ordner. »Ich habe nicht vor, Unordnung in

dein Leben zu bringen, aber ich wollte dich unbedingt ein letztes Mal sehen. Ich werde mich der Polizei stellen.«

»Warum?«

Er blättert den Ordner durch. »Das ist eine Kopie des Dossiers, das ich an Interpol geschickt habe. Darin sind alle meine Verbrechen aufgeführt. Es ist ziemlich umfangreich, aber ich glaube, größtenteils kennst du seinen Inhalt bereits. Die Sache ist die, dass ich alles in meiner Macht Stehende getan habe, um so viel wie möglich wieder gutzumachen. Das Bankhaus Kappel gibt es nicht mehr, Klaus ist im Gefängnis, und die Arbeit deines Vaters wurde an dich zurückgegeben, ohne dass irgendjemand etwas davon erfahren hat, nicht einmal die Polizei. Ich bin jetzt so weit, dass ich mich der Polizei stellen kann, aber vorher möchte ich dich noch etwas fragen.«

»Was?«

»Ich wollte dich fragen, ob du mir vergibst. Was die Gerichte über meine Taten denken, ist mir, ehrlich gesagt, egal. Aber was du denkst, ist mir wichtig.«

Sie nimmt einen Schluck Whisky. Als sie zu sprechen beginnt, ist ihre Stimme voller Ärger. »Dir vergeben? Wie stellst du dir das vor?«

Er macht ein trauriges Gesicht. »Ich verstehe.« Er steht auf, um zu gehen.

Sie versperrt ihm den Weg. »Nein, du verstehst gar nichts. Wie könnte ich einem Toten vergeben? Der Mann, der meine Vergebung brauchte, war Max Kappel. Und ihm habe ich in Walhalla vergeben, als er unter das Eis des Sees gezogen wurde, denn ich habe ihn geliebt. *Max Kappel hat für seine Verbrechen gebüßt, und er ist tot. Alle sagen das. Die Polizei, die Medien, selbst du. Ich kann dir deshalb nicht vergeben, weil Vergebung die Vergangenheit betrifft, und was einmal war, interessiert mich nicht mehr. Im Moment interessiert mich nur die Zukunft.«*

»Ich muss mich stellen, Izzy. Ich muss für das, was Max Kappel getan hat, büßen.«

»Aber warum sollte ich für das büßen, was er getan hat? Wie du ganz richtig gesagt hast, ist ein Leben ohne Liebe kein Leben. Und

ich will ein Leben, und ich will es mit dir. Wenn ich Max Kappel vergeben und ihn zurücklassen kann, kannst du das auch.«

Sie stellt ihr Glas beiseite. »Gib mir den Ordner.«

Er reicht ihn ihr, und sie wirft ihn ins Feuer. »Max Kappel ist tot«, sagt sie. »Er hat für seine Verbrechen bezahlt. Du wirst dich nicht stellen.«

Der Lärm drang durch ihre Träume, und Isabellas Lächeln wich einem Stirnrunzeln. Sie war so gefangen von ihrem Traum, dass das erste Klopfen an der Wohnungstür nicht zu ihr durchdrang. Das nächste Klopfen war lauter. Sie schlug die Augen auf. Wie jedes Mal, wenn sie aus diesem Traum erwachte, überkam sie tiefe Traurigkeit – und dieses Mal ganz besonders, da der Traum länger angedauert hatte als sonst. Normalerweise endete er in Norwegen, wo Max zwar in Sicherheit, aber weit weg war.

Es klopfte wieder.

Plötzlich weckte das Geräusch eine unerwartete, irrationale Hoffnung. Sie wusste, es war nicht möglich, doch sie erhob sich von der Couch, und als sie zur Tür ging, begann ihr Herz schneller zu schlagen.

»Ich komme«, stieß sie, plötzlich atemlos, hervor. Fast schloss sie die Augen, als sie die Tür öffnete. Aber es war nicht die Person, die sie sich erhofft und erträumt hatte. Es war die Frau von nebenan, die ab und zu vorbeikam, um sich etwas von ihr zu borgen. Normalerweise Dinge, die sie nicht zurückbrachte. »Signora Pitti – was kann ich für Sie tun?«

Signora Pitti trug einen knallgrünen Mantel. »Ich gehe noch kurz Verschiedenes einkaufen. Soll ich Ihnen etwas mitbringen?«

Plötzlich kam sich Isabella lächerlich vor, nicht nur, weil sie gedacht hatte, es könnte jemand anders sein, sondern auch, weil sie ihre Nachbarin falsch eingeschätzt hatte. »Nein, danke. Nicht nötig. Aber trotzdem vielen Dank.« Isabella schloss die Tür und kehrte zu ihrem Whisky zurück. Sie griff nach der *Time* und warf sie ins Feuer. Als sie Max' Gesicht verbrennen sah, sagte sie sich, es sei gut zu träumen, aber besser sei es, mit ihrem Leben weiterzumachen. Sie wandte sich vom Feuer ab, ging ans Fenster und ließ die Jalousie herunter.

Der Mann, der in der Dämmerung auf dem Bürgersteig auf und ab ging, blickte zu der Wohnung hinauf. Als er sie die Jalousie herunterlassen sah, wurde ihm klar, dass er etwas tun musste. Er war schlank, sein Haar war kurz geschnitten, und er hatte einen Bart. Seine Haut war von der Sonne gebräunt. Er trug eine Sonnenbrille und einen Burberry-Mantel und hatte eine braune Lederaktentasche bei sich.

Er straffte die Schultern, als er dem Verkehr lauschte, der durch die Stadt strömte. Ihre Adresse herauszubekommen war einfach gewesen – er war ihr von der Klinik gefolgt, doch als er jetzt vor ihrer Wohnung stand, fühlte er sich plötzlich unsicher. Er hatte diesen Moment so oft durchgespielt, aber er konnte sich immer noch nicht entscheiden, was er ihr sagen sollte. Und er konnte sich nicht einmal annäherungsweise vorstellen, wie sie auf sein plötzliches Erscheinen reagieren würde.

Dann erinnerte er sich an ein anderes Leben, an eine Zeit, als er vor einer anderen Wohnung gestanden und sich dazu durchgerungen hatte zu handeln, um allerdings im letzten Moment daran gehindert zu werden. Dieses Mal durfte er sich von nichts aufhalten lassen. Er hatte alles getan, um sein vergangenes Leben wieder gutzumachen, und jetzt musste er ihr gegenübertreten und sie um Vergebung bitten.

Die Eingangstür des Wohnhauses ging auf, und eine Frau kam nach draußen. Sie trug einen knallgrünen Mantel. Der Mann, der einmal Max Kappel gewesen war, betrachtete die Farbe als ein Zeichen. Er holte tief Luft, lief über die Straße und erreichte die Tür gerade, bevor sie wieder zufiel.

DANKSAGUNG

Mein besonderer Dank gilt wie immer meiner Frau Jenny, die mir nicht nur bei den Figuren und beim Plot geholfen hat, sondern auch bei den Recherchen zu dem brisanten wissenschaftlichen Thema, das diesem Roman zugrunde liegt.

Neben verschiedenen Artikeln aus der Zeitschrift *New Scientist* haben sich folgende Quellen als besonders nützlich erwiesen: »Alteration of the platelet serotonin transporter in romantic love« in *Psychological Medicine* von D. Marazziti, H. S. Akiskal, A. Rossi und G. B. Cassano (Cambridge University Press, 1999); *The Science of Love* von Glen D. Wilson und Chris McLaughlin (Fusion Press, 2001) und *Neutral Buoyancy* von Tim Ecott (Penguin, 2001).

Zu Dank verpflichtet bin ich meinem Lektor Bill Scott-Kerr von Transworld für seine Geduld und sein gutes Auge sowie Hazel Orme, die dem Buch als Bearbeiterin mehr als nur den letzten Schliff gegeben hat.

Nicht zuletzt danke ich meinem Agenten Patrick Walsh.